ギケイキ ③

不滅の滅び

町田康

河出書房新社

（承前）

先日、池の畔（ほとり）で吉田といぅ男と話をした。吉田は会社員で池辺といぅ男との関係で悩んでいた。そのとき吉田は、「毎日、会議で嫌になっちゃう。俺、会議、嫌いなんすよ」と言った。けれども、「じゃあ、おまえに一任するからおまえが全部決めろ」と言ったら吉田はなんと言うか。「と、とりあえずみんなで話し合いましょうよ」と言うに決まっている。

なぜそうなるかというと会議を開かないで物事を決めてもし失敗した場合、自分がそのすべての責任を負わなければならなくなるからで、結論は誰の目にも明らかであるのに、長い話し合いが持たれるのはこうした理由による。

という事情は会社もお寺も同じで静（しずか）を北白川（きたしらかわ）に帰したその日のうちに金峯山寺（きんぷせんじ）では理事会が開かれた。衆徒が講堂前に集まって話し合いが持たれたのである。ひとりの理事が隣の理事に言った。

「なんかしかし面倒くさいことになりましたな」

「なにが？」

「なにが、て、あんさん気楽な人ですね。面倒くさいですがな、判官のボケがほんま」

「ああ、なんか近所に潜伏してるとかしてないとか」

「してますねん、してますねん。中院の谷におるらしです。もう情報が入ったあるんです」

「中院てすぐそこだんが」

「そうだっしゃないかいな。そやさかい、どないするか早いこと決めなあきませんねん」

「いやですよね」

「ほんまですよね」

　ふたりの理事がそんな雑談をするうちにも、理事全員が揃って会議が始まった。このとき蔵王堂の屋根の上には多くの鳩が参集して朝日を浴びていた。木の枝が時折ザワザワ音を立てた。

　ひとりの若い理事が発言した。

「議長、発言をお許しください。私たちの調査で九郎判官殿が蔵王堂北院と蔵王堂南院の間にある蔵王堂中院のある谷に潜伏しているということが判明いたしました。そのうえで私たちとしてはどうするか、どう対応するのか、これが喫緊の課題となってくるわけですが、結論ははっきりしていて、もちろんいますぐ攻撃を開始すべきです。そしてこれを鎌倉に差し出すのです。それ以外の選択肢は私たちにはありません」

その発言を聞いて、さっきの理事が隣の理事に言った。

「えらい勢いでんな」

「まあまあ、あの人はどっちか言うたら鎌倉寄りの人だっさかいな」

「どっちかどころやおまへんがな。この先、世の中がどっちゃへ転ぶかわからんのに、そないに鎌倉ばっかしに肩入れしててよろしいんですかね」

「そらまあそうですわな。諸行無常ちいますからな、いま勢いがあっても明日どないなってるかわかれしまへん」

という話を聞いていたのか、ひとりの年取った理事がゆっくり立ち上がり、咳払いをして言った。

「おっほん、おっっほほん、おっほん、おえええええっ、うっ、うううううっ」

「大丈夫ですか？　医者を呼びましょうか」

「大丈夫、大丈夫です。ありがとう。いやはやしかしながらね、若い人の議論は性急で困る。もちろん、黒白をはっきりしたいという気持ちはわかります。僕も若いときはそうだった。けれどもですよ、僕たちは宗門を護ること、仏法を守護することをなによりも優先的に考えなければならない。そういう風に考えるとこれってどうなんですかね。判官殿は私たちの宗門に闘いを挑んでるんですかね。違いますよね。じゃあ、王法っていうか、朝廷に刃向かってるんですか、っていうとそんなこともなくて、義経（よしつね）を討てという命令書も来てませんよね。っていうことはどうなりますかねぇ？　はっきり言って頼朝（よりとも）さんと義経さんの私戦ですよね。

ってい うか、兄弟喧嘩ですよねぇ。もちろんね、僕らだって仏法を護るためだったら武器とって戦いますよ。甲冑着て。でも単なる兄弟喧嘩の、一方の味方して殺生戒を破るってどうなんだろう？　って僕、思うんですよ。っていうとね、いやいやいやいや、わかってますよ、いまからそれ言おうとしてるんだから最後まで聞いてくださいよ。いや、だから僕がそれ言うとすぐ観念的な議論だとか理想論だとか批判受けますけどね、いや僕が言ってるのは具体的な戦略としてね、そんなこととして鎌倉一辺倒でいいのか、とね、そう言うと、じゃあどうするんだ、っていう議論になりますけど、それはもう、なにもしない。つまり曖昧戦術ちゅうことでね、誰かからなんか言われても、あ、まあ仏の教えは尊いものですわ、みたいな屁理屈で乗り切ってどっちの味方もしない、っていうのがね、結局のところ、殺生をしないという意味では仏道にも適う、的な、そんな感じでいった方が僕はいいと思うんですよ。とにかく短兵急にことをおこのうはもっともよくない。平和でいきましょうや、平和主義で」

　この発言を聞いてさっきの私語をしていた理事が隣の理事に言った。

「なんなんですかね、あの人、真面目なんですかね、ふざけてるんですかね」

「両方でしょう」

「なるほど」

　という会話が耳に入っていたのかどうか知らぬが、最初に発言した理事とはまた別の若い理事が立ち上がって言った。

「よろしいですか。ありがとうございます。いまの理事の発言は確かに仰る通りです。私たちはこの山を護り、法を伝えていかなければなりません。しかしだからこそ、私たちはすぐさま攻撃を開始しなければならないと私は思います。なぜかというと治承四年五月の以仁王事件のことがあるからです。ご案内の通り、登極できず、その後、政治的に敗北した以仁王は源三位頼政さんと組んで時の平氏政権に対してクーデターを起こそうとしました。事後的に成算のない計画だった、と論評することは容易ですが、その時点では中央・地方に不満分子も多く、山門すなわち比叡山延暦寺、三井寺すなわち長等山園城寺、南都すなわち奈良は東大寺及び興福寺らの動向によっては事態はどう転ぶかわかりませんでした」

　スタッフの僧がこれを聞いて言った。

「なんか、ええ調子でしゃべっとんね」

「ほんまやね。なに言うてるかわからんけど」

「おまえアホか」

「俺はアホや」

　そんなアホが聞いているとも知らず若い理事は続けた。

「あのとき三井寺は宮側に付きました。そこで清盛君は三井寺に兵を差し向ける。やばくなった宮は三井寺を脱出して南都を目指して落ちていったんですけど南山城の辺で追いつかれて光明山の鳥居の前で流れ矢に当たって戦死したんです」

　理事が私語した。

「なにを調子乗って誰でも知ってることを長々言うとんねん」

「いるよね、そういう奴。ああいう奴がいるから会議が長くなるんだよ。偉そうに清盛君とか言うてるし」

「ほんま、ほんま。流れ矢に当たって死んだらええのに」

そこまで言われていることにまったく気が付かないで若い理事はますます得意げに話した。

「さあ、問題はここです。このとき南都はまだ宮に味方してません。そらそうですわな、自分らの処に落ち延びてくる、ということがわかったうえで南山城まで迎えに行って、清盛君の側と軍事衝突した、というのならそうですけど、この時点ではまだ一兵も動かしてないんです。ところがじゃあ宮に敵対しているかというと、これもしていない。山門はね、いや、俺らは宮方の味方はせん、とはっきり通告してました。なんでかというと御存知の通り、三井寺と仲が悪いからです。あんな奴らと一緒に戦えない、だから三井寺が味方してる奴には俺は味方しない、つか敵対する。来たら殺す。と明言してたわけです。それがわかってるから宮は比叡山じゃなくて奈良に向かったわけですよね。ところが南都はそれを明確にしていないというか、来たら殺す、とも言っていないわけで、つまりいま理事が仰った曖昧戦術をとったわけです。ところが清盛さんにしたらこれが気に入らない。俺に敵対してる奴がそっちに行くっていうことがわかっててなんで殺さへんの？　黙って見てんの？　ちゅうことはおまえも俺に敵対するってこと？　ってわけで、要するに清盛君からしたら、そっちの勢力範囲内に居るのがわかっててなにもしないっていうことは向こうに味方してんのと同じでしょ、ということで、それで、なめとんのか、こらあ、と言って南都に攻め込んで数多くの堂塔を燃やしたんです。これがなにを意味するか、わかりますか。みんな真っ青な顔して黙ってますね。考えるのも恐ろしいんでしょう。じゃあ言うたげます。要するに中立を保つためには、その敵対している奴らを圧倒するくらいの武力が必要ということですよ。清盛入道が戦争してるときにこれに味方も敵対もしないで中立を保とうと思ったら清盛に勝つだけの武力が必要なんですわ。弱い奴が、俺は双方に公平な立場で中立を保つ、とか言っても強い奴からしたら、何様やと思とんじゃ、百年早いんじゃ、と言われて滅ぼされるんです」

アホの僧が言った。「説得力あるなあ」と呟いた。若い理事は続けて言った。

「これを現在の状況に当てはめて考えてみましょう。義経君は僕らの勢力圏のまさにど真ン中に居て、これを捕らえるのも殺すのもまあ簡単ちゅやあ簡単ですわな。掌のなかの小鳥を握りつぶすようなもんです。だから鎌倉からしたら、それをせえへんっていうのは義務違反というか不作為というか、なにしとんねん、早いこと捕まえろや、てなもんですし、不作為どころか、むしろ敵ちゃうんちゃうん？　ということになって関東の訳のわからん、半分人間半分獣みたいな荒武者が騎馬で押し寄せてきて、神聖な寺域を踏み荒らして、堂宇も珍宝もみな焼け落ちて、欽明天皇の御願によって建立された私たちのお山が滅んでしまうんですけど、それでいいんですかねぇ。千年後二千年後に禍根を残す、そのきっかけを僕らの代で作るんですかねぇ。作っていいんですかねぇ。それ考えたらやること決まってるっしょ」

理事の一人が手を挙げて言った。

「あの、質問いいですか。もし仮に頼朝君が怒って攻めてきたとしますよね。そしたらどれくらいの確率で僕らが勝つんですかね。っていうのはつまり勝てる見込みがあるのかな、っていうね、そういう質問なんですけど」

「うーん。どうだろう。どうですか」

と先程から発言をしていた若い理事がもっと若い、実際の実力組織と距離が近く関係が深い理事に問うた。理事は言った。

「まあ、そうですね。実際の戦闘になったらっていう話ですよね。まあ、それなりの仕事はさせてもらいますけどね。ただ向こうのやる気次第っていうか、僕らの最大の武器は弓でも鉾（ほこ）でもなくて、結局は神威ですから、それを向こうが根底から否定するんだったらもう、なんていうか、僕らがどうこうするっていう問題を超えて、はっきり言ってもう仏法の敵ということになって、どう考えても向こうが負ける、とこういうことになるんですね」

「なるほど、じゃあ私たちが勝つんですね」

「勝ちます。間違いなく勝ちます。ただし」

「ただし、なんですか」

「それは真理に於いて勝つということであって必ずしも戦闘で勝つという意味でないことはお含み置きください」

「どういうことでしょうか」

「つまり、向こうのやる気次第と言ったのはそこで、向こうが本気でやってこなければ我々は戦闘で勝ちます。向こうが本気でやってきたら僕らは全員、戦死します。ただし、その後、彼らも罰が当たって滅びるので、どっちにしろ僕らが勝つということです」

一瞬の間があって大多数の理事が口々に言った。

「義経を捕まえましょう!」

「そうしましょう!」

という訳で吉野サイドとしては反・義経、親・鎌倉、という方針が理事会で正式決定し、合図の鐘を撞いて総会を開くことが決定した。

けれども、ただちに鐘を撞くのはさすがに躊躇せられた。なぜなら、総会を開く=鐘を撞く=武装して集合しろ、という風に衆徒たちは受け止めるに違いなかったし、そのようにして集まった衆徒たちは、宗教的使命感というか、俺は正義の側にある、という意識に満ちており、そうなった衆徒はもう誰にもコントロールできない、ということを理事たちは知っていたからである。

そこで一日、様子を見て、総会はその後で開こう、ということになった。その間に私がどこかに行くかも知れない、っていうか、行ってくれないカナー、と願ってのことである。

一方その頃、私は中院の東谷という谷間に座り込み、落ち込んでいた。と言うと、雪が積もって寒い、身動きが取れない、とか、何事もなかったかのように流れる谷川の音が心にさびしく響く、とか、かつては都会の邸宅できらびやかな生活を送っていたのに、いまはこんな山の中で野宿している、といったようなこと。或いは、多くは逃亡して付き従う兵も僅か、その僅かな者たちも餓えと寒さと疲労で極度の不機嫌に陥り、私に従ったのは間違いではないか、みたいな顔をしていてつらい、みたいに聞こえるが……、その通りだった。

いやさ、話し始めは、そうではなく、と続けるつもりだったが、いま改めて考えてみればそうだった。もちろん、勝つ自信はあった。ただ気力というのかな、そういうものがなくなっていた。スキル的には可能なんだけどやる気が起こらない、みたいな。

っていうのはだってそうでしょう、私はその時点でまだ若くて体力もあったし、ここを脱出して西国なり奥州なりに行けばいくらでも盛り返せ、軍事で兄に劣るとはまったく思わなかった。また、政治的にも京都での行政官としての積み上げがあったので、どの人に働きかけて、どの人をどう動かせば中央の人事がどう動くくらいのことはわかっていたし、地方の勢力分布も鎌倉で報告を受けているだけの兄よりはわかっているつもりだった。

ただ一点、気力、これが湧かなかった。鞍馬から脱出して奥州に向かったときはこうではなかった。周りに誰もおらず、ただ一人だったが、やってこます、という意志と力に溢れていた。ところがそれがまったくない。だから、うん、やはりそういういろんな状況に意志もなにも打ち砕かれ、ただ座り込んでつま先を見つめてなにもできないでいたのだ。もしかしたらその時点で病院に行ったら双極性障害という診断が下ったかもしれない。

右にも言ったが谷川の音がやけにさびしかった。だからもう聞きたくなかった。しかし、「おい、谷川、うるさい。少しは静かにできないのかっ」と言ったところでやめてはくれない。相手は谷川なので。自然なので。したがってこれが嫌な場合は自分がどこかへ行くしかない。
けれども行けない。なぜなら自分は大将だからで、自分についてくる部下を捨てて勝手に一人でどこかへ行くわけにはいかない。部下は自由に勝手にどこかへ行ってよいが、大将はそうはいかないのである。

私は疲れ果てて倒れ伏している部下を見た。もはや戦力とは言いがたかった。私は一人になりたいと心の底から思った。もはや暁であった。こいつらが眠っている間に一人で脱出したらどうなるだろうか。峰伝いに伊勢に行けば味方は山ほど居る。そこから船で焼津とかに行っておいしい魚介の料理に舌鼓を打ち、山間の温泉で一か月くらい身体を休めた後は奥州に下るか、それとも甲斐駒ヶ岳に登って山岳ベースを構築するか。北陸道から美濃とか脅かしてこます。但馬から西国を駆け抜けて、もう面倒くさいから宋とか行ってまうか。なんとでもできる。マジで行ってもうたろか。そう思ったとき麓から鐘の音が聞こえてきた。

これはどのように考えても、大衆僉議の鐘、すなわち全体会議、すなわち宣戦布告の鐘で、まあいずれは当面は優勢な鎌倉を慮って私の追捕に取りかかるだろうとは思っていたが、こんなに早く、しかも全山を挙げての軍事行動に出るとは予想していなかったので、さすがに少し慌てて、私は眠っている兵を起こした。

「みなさん、起きてください」

声を掛けながらこれで一人になれなくなったな、と私は思った。なんとなれば。そう、吉野側が行動を起こすより前に移動すれば、「いずくともなく姿を消した」ということになるが、こうなった以上、「部下を捨てて真っ先に逃げた」という実に不細工な叙述を歴史家がすることになってしまうからである。

私は、「あああっ」「ううう っ」とか呻きつつ、刀や棒を杖にしてようよう起き上がり、天を仰いで腰を押さえて痛みに耐えたり、起きるなり胃液を吐いたりしている兵どもに言った。

「いまの鐘が聞こえましたか？　この山の霊力を知っていますか。そもそもが蔵王権現の凄い霊力があったところへ、その霊力に引き寄せられて様々な霊力が集まってきて、その霊力がまた霊力を呼び、その強大な霊力がまたあらたな霊力を呼ぶ、という、いわば霊力のブラックホールのような状態になって、だからもう世間はこれを尊崇するし、もっと言うとびびる。それをよいことにこのヤマコ坊主どもときたら、つけあがって、朝廷も武家もないがしろにして好き勝手なことをしています。いまの鐘もそうです。あれは間違いなく、大衆僉議の鐘ですが、ということはどういうことかというと、院宣を所持している私に対して、鎌倉の歓心を買おうという政策判断の下、勅命もなしに武装して襲いかかろうとしているということです。マジむかつきます」

と最後に言ったのは私の本心だった。そのとき私はいろんなことにむかついていたが、なによりもきゃつらが鐘を打ち鳴らしたことにむかついていた。

というのは、鐘を打つということはその鐘の音は当然、私も私の将兵もこれを聞くということで、それをわかっていて鐘を打つということは、もうはっきり言って公然と私に喧嘩を売ってきたということである。これに対して私はむかついた。「おまえ、誰に喧嘩売ってるかわかってんのか、こらあ」と胸倉を摑みたかった。一ノ谷以降、少なくとも私に対してそんな態度を取る奴はひとりもおらなかった。

そして次にむかついたのは、そのイージーな態度というか、緊張感のない姿勢で、大鐘は山を越え谷を渡って全山に鳴り響く。ということは東谷に潜伏中の私も当然これを聞くということだ。そしたら普通どうするだろうか。当然、やばいと思って逃げようとする。

なのでこういう場合は相手に知られないようにして、秘かに行動を起こし、予期していないところを急襲するのがもっともよい。犯人だってなんだって急に行くから捕まえることができるのだ。それをば、ええっ、そろそろ捕まえに行くからね、よろしくね。と事前に予告する馬鹿はない。しかるに奴らは鐘を打ってそれを報せた。というのはどういうことかというと、私のことをどうあがいても絶対に逃げられない袋の鼠と考えているということに他ならず、下手をすると、鐘を乱打することによって、精神的に追い詰め、逃げるという意欲を減退させて、より捕まえやすくする、みたいなことすら考えているかも知れないのである。

というのはもうはっきり言って完全に舐められているということで、このことに私はむかついた。あのさあ、私を誰だと思っているのかなあ? 私はねぇ、君らが死ぬほどびびっている兵衛佐頼朝さんが、十重二十重の厳重な警護のなか、「あいつがこの畳の隙間から突然出てきても俺は驚かない。それほどのことをする男だ」と言って怯えた人間なんですわ、はっきり言って。その私からしたらおまえらの包囲網なんてザルどころじゃない、ただのワクなんすわ。そこまでおちょくるんでしたら、欽明天皇の御願かなんか知らんけど、燃やしましょか？　全山、ひとつの堂宇も残らんように、燃やしましょか？

　と私は思い、部下も同じ心だろうと思って、

「君たちはどう思う？」

　と問うた。そうしたところ、備前平四郎（びぜんのへいしろう）が出てきて言った。

「あの、意見、言っていいですか」

「もちろんだ。どうする。燃やすか？」

「まあ、それもひとつの方法論だとは思いますが、こうした場合、やはり最悪のケースというのを想定してそれから行動した方がよいと思うんですね」

「うん、まあそれはそうだね。万が一、着火剤が使えないとかそういう場合もあるし」

「それもありますが、もう包囲されてどうしようもなくなった場合、それでもなんとか脱出する方法を図るのか、まあ、それは無理なので、戦って敵に討たれて死ぬのか、或いはその前に自決するのか、これを予め（あらかじ）決めておいた方がよいと思うんです。いざというときに見苦しい振る舞いをして敵に笑われないよう、かつまた、後世の人に笑われないように」

「いや、私の言っているのはそう負ける準備をしようってことじゃなくてね……」

　と言いかけたとき、「なにを馬鹿なことを言ってるんだ。そんなこと考えても意味ないだろう」と大喝（だいかつ）したものがあった。伊勢三郎（いせのさぶろう）だった。さすがに伊勢ともなると私の気持ちをよくわかっている。私は言った。

「ああ、伊勢君。君はどう思うんだね」

「あのねぇ、もう全然、話になりません。そんなね、敵の姿も見ないうちから集団自決の相談したって意味ないでしょう」

「だよねえ。じゃあ、やっぱ、燃やす？　一字残さず燃やす？」

「いやいや、逃げましょう」

「はあ？」

「いやね、まあこんなこと言うたらむっさヘタレみたいに聞こえますけどね、こういう場合はね、冷静さを失ったら負けなんですよ。そんなねぇ、一時の感情に負けて、こうなったら討ち死にじゃあ、とかね、最後の一戦だあああっ、みたいなね精神論根性論じゃ駄目なんですよ。ここは格好悪いけどいったん落ち延びて、態勢を立て直しつつ状況を見極めるというのがね、唯一の合理的な判断なんですよ。ねぇ、そうですよねぇ、我が君」

　と、同意を求めてくる伊勢に私は苛立ち、「だからあ」と、思った。

だからね、そうじゃなくなぜ我が軍が負けるという前提から出発する訳？　そりゃあ糧秣(りょうまつ)もない。疲弊もしている。でもね、そんな、常識で考えたら絶対無理、みたいな状況で勝ってきたのが義経軍でしょ？　違いますか？　そして君たちはその中核に居たわけでしょ。だったらなんで端(はな)から負けを前提で考えるわけ。あのねぇ、最近あまりやってないし、気力もないからちゃんとできるかどうかわからないけど私が早業(はやわざ)使ったらねぇ、こんなもんねぇ、一発で炎上ですよ、炎上。そしたら坊主どもどうするよ、「あああああっ、欽明天皇御建立の吉野の御嶽があああっ」とか言って半泣きで走り回るでしょ。その背中を弁慶たちが薙刀(なぎなた)で切って回ったらどうなります。ぴぎいいいいいいっ、殺されるうううっ、と泣き叫んで逃げ惑いますよね。もうそうなったらどうなるかっていうのはさんざん見てきたでしょ。そうなったら闘いは一方的ですよ。乗っかってパウンドの嵐ですよ。治承寿永以来、こんなこと何百回やったんですか？　簡単な話じゃないですか。

　と思った。けれどもすぐにそれを言わなかったのは、この骨の髄まで負け犬根性が染みついてしまった将兵にどのような言葉で語りかければそれが説得的に響くかが咄嗟に思い浮かばなかったからである。そのとき、発言した者があった。

　武蔵坊弁慶であった。弁慶は言った。

「みなさん、なにを仰ってるんですか。あのねぇ、お寺なんてとこはねぇ、二六時中鐘撞いてるんですよ。その寺の近くに居ていちいち、うわあああっ、鐘が鳴ったああああっ、つって怯えてたら一日中、怯えてんならんでしょうが。だからちょっと御主君、ここで待っとってください。自分、ちょっと麓に下って様子見てくるんで」

　私はこれをとどめた。なぜなら比叡山と吉野には当然の如くに交流があり、弁慶は顔を知られている可能性が高い。先方が麓に下った弁慶を見て、「あ、武蔵坊っ」となれば当然、矢を射かけてくる。となれば当然、弁慶は応戦し、いきなり戦闘が始まってしまうが、取りあえずそれは避けたいと考えたからである。ところがなにが気に入らなかったのか弁慶はきっと改まって、

「さような心配はご無用に願わしゅう存じます。西塔でも有名人で、幹部クラスだった僕が

あんな吉野の下っ端に見知られているということはございませぬ」と切り口上で言いながら振り返りもせで、降り積もった雪を蹴散らしながら金峯山寺方へ下っていった。

このとき弁慶は濃いブルーの直垂にブラックの鎧を合わせ、漆黒の太刀を佩いて、レザーのブーツを履いていて、黒を基調として降り積もる雪を落下のごとくに蹴散らして下り行くその姿はまるで雪原をいくラッセル車のようだった。


そうやって下っていった弁慶は、弥勒菩薩を祀った堂の東、大日如来を祀った堂の上の斜面から寺中の様子を窺った。このときに弁慶がどれほど胎蔵界曼陀羅を意識していたか。それは私にはわからないが殆ど意識していなかったのではないだろうか。

しかしそれにつけても寺中は大騒動で、武装した法師が南大門周辺に集結、興奮して経を唱えたり、ふざけて猿の真似をするなどしてわあわあ騒いでいた。それでも幹部はまだ最終的な攻撃命令を出していないようで、講堂で会議が開かれている様子だったが、若い連中はやる気満々、百人ほどがいつでも出撃できる態勢で、尾根への登り口に屯して、いまかいまかと進発命令を待っている。なかには、「もう、命令待たんと俺らだけでいきましょや」とか言う者もいる始末。これを見た弁慶は慌てて戻ってきて報告した。

「もう攻撃するとかしないとかいう段階とちゃいますわ」

「ではどういう段階ですか」

「もう敵は矢を番えてる段階です。もういま射つ感じです。どうしましょう。やられるまえにこっちから行きますか？　それとも逃げますか？」

弁慶がそう言ったとき、私は急に逃げたくなった。というと違う。なにかこう、武将として直感が働いた、っていうのかな、ここは一度、退いて態勢を立て直した方がよい、みたいなことを思ったのだ。戦争をやっていれば当然、そういうことはある。なんでもいいから前に進めばよいと考えて退くことを知らないのは勇気があるのではなく猪武者、つまり馬鹿ってことだ。

ただ、逃げる、落ちる、っていう負け感がみんなの間に蔓延するのは避けたかった。そこで私は問うた。

「なるほど。じゃあ、どうしようかな。戦おうかな。どっちみち勝つから。うーん、でも弁慶君、ひとつだけちょっと気になることあるんだけど」

「なんでしょうか」

「そのさあ、集まってた兵っていうのは関東の武者だった？　それとも吉野の法師だった？」

「あんた、人の話、聞いてないんですか。もちろん吉野の法師ですよ」

「そっか。やっぱ、そっか。じゃあ、ちょっとまずいかな。なんでって、だってそうじゃないですか。彼らは地元民でしょ。このあたりの地形を熟知してるでしょ。そうなると、わあーっ、こう、なんていうの、袋小路ならまだいい、もう、進むも退くもできない、しかも四方から取り囲まれてる、みたいなところに追い詰められて、があーっ、って、なんていうの、矢とか射かけられてごらんなさい。もちろん、それでも馬で崖を駆け上がって殲滅はするけど、それって面倒くさいじゃないですか？　それだったらここはいったん退いて、態勢を立て直しつつ、こっちに有利な条件下でぼっこぼこにした方が気持ちいい。いわゆる天の時、地の利、人の和ってやつです」

　私がそう言うとみんなは、神妙なような、疲れたような顔をしていて、なにも伝わってない感じがアリアリと伝わってきた。私はがっくり疲れ、駄目なセミナー講師のように落ち込んだ。その気配を察知して弁慶が取り繕うように言ってくれた。

「とにかく、ここはいったん却くということでよろしいのですね」

「うん」

　と私は単簡に答えた。

「じゃあ、どっち方面に行きましょうかね」

「知らぬ。任す」

「わかりました。しかしながら任すと言われましても、このなかにこの山の地形を知っている者はまったくおりませんのでね、まったく見当が付きません」

「駄目じゃないか」

「駄目です。しかもどうやら敵がすぐそこまで来ている感じがします」

「じゃあ、どうするんですか」

「だからこういう場合、やはり推測ということをするのがよろしかろうと存じます」

「君、さっきまでそんなもってまわった喋り方してたっけ。もしかしてわざとやってる？」

「違います。で、まあ推測ですけど、海外の場合ですと、こういう寺のあるところは三つございましてこれすなわち、医王山、香風山、修多羅山の三山でございます」

「あのー、外国の話どうでもいいんですけど」

「あ、そうですね。じゃあ日本の話しましょう。日本の場合ですとこれが二山になります。なぜ我が邦では二山になるのか。これについての興味深い考察もあるのですが、もう敵の足音や話し声が聞こえてきていますので割愛いたします。とにかく二山で、これを私どもの業界では一乗、菩提、と呼んでおります。これを一般的な名称に置き換えますると、一乗は葛城山、菩提は、この、ここですね、いままさに私たちが居る金峯山ということになりまする。この二つの山は役行者様と申します尊い尊い行者様が精進潔斎して開かれたお山でございまして、このお山には恐れ多くも畏くも優婆塞の宮様、すなわち、大海人皇子も一時的にお移りあそばされ、坐しまして、それを見た鳥が啼き騒いだのでございます」

「ええっと。この話いつまで続くのかな」

「私どもが煩悩を断ちきる言いようもなく優れた剣にたとえて拝め奉る不動明王が、初瀬川の流れに姿を現しました。象徴的にではなく実際に姿を現しました。そんなすごい山ですから一般人や部外者が簡単に入ることはできぬのでございます。したがいまして私なども入ったことがないのでございます。なのでどっちに逃げたらよいか、まったくわからないのでございます」

「はあああああ？　つまり、わからないってこと？」

「そういうことでございます」

「それやったら最初からそう言ってくれないかなあ。それをどうでもいいことを長々と喋って時間、無駄にして。どうするんですか。もう敵がこっちを見て矢を番えてますけど」

「ええ、それでまあ、一応、ざっと調べたんですが、南に向かうともろに敵の標的になって全滅します。西に向かうと谷がいよいよ深くなっていって身動きが取れなくなって餓死するか狼に食われるかします。北へ進むとそこから先は断崖で落差百メートルの滝になっていて落ちたら首の骨や腰が折れて非常に痛いです。というか死にます。なので僕たちは東の方角、奈良県宇陀郡の方へ撤退するのがよろしいかと存じます」

「それを先に言え」

と叱正する間にも敵の矢が足元や背後の斜面にバスバス刺さりだしたので、全軍は東の方へ撤退を開始した。


といっても私たちは既に敵にその行動を知られており、それは撤退などという統制の取れた戦闘行為ではなく、客観的に見れば逃避・逃亡であった。首をすくめ、時に伏せ、矢に当たらないようにして、可能な限り早くその場から逃れる。

ということは。そう、敵から見れば私たちははっきり言って完全な、的、であった。っていうのはそりゃそうだ、どんな弱兵でも自分の側を向いていれば、矢を射かけてきたり、太刀で斬りかかってきたり、礫を投げてきたりする可能性がある、つまりは自分もやられる可能性があるということで、それは侮れぬつはものであるが、どんな精兵(せいびょう)でも背を向けていて攻撃することはできず、それはけっして自分がやられることのない的であって敵ではない。だから追撃戦は楽しく、撤退戦は苦しい。それは戦闘ではなく狩猟だから。けれども、いまはその苦しいことをやるより他ない。ここで矢に当たって死ぬならそれまでのこと。そもそも私がそれだけの人間だったということで諦めるしかない。

そう思って私は早業で部下より一足先に宇陀に行こうとして、そして驚愕した。早業がまったく使えなくなっていたからである。もちろん少し前から以前のようには使えなくなっていた。けれども以前のように私が自ら早業でどうのこうのするという局面もあまりなく、というか逆に重い地位にある私が早業で急に現れたり消えたりするというのは立場上まずく、使えないというよりは使わない訳で、その気になればいつだって前のように使えると信じていた。それにまったく使わなかったわけではなく、私的な用件でちょっとだけ使うということは屢屢(しばしば)あったし、この京都を出てからも何度かは使った。

だからこんなに完全にできなくなるとは思っていなかった。だから驚いた。

なぜ私は早業が使えなくなったのか。加齢による衰えか。いやそんな齢ではなかった。じゃあなにか。わからない。わからないが、やはりなにかメンタル的な問題があったのだろう。というと私が弁慶のように極度にメンタルが弱い人間のように聞こえる。だが違う。私はメンタルは強い。強いけれども、とはいうもののそこは人間。心の奥底に、やはり父が罪人だったとか、母が父でない男に嫁いだとか、まあ、そんなことがあるのかもしれない。自分自身も子供の頃からずっと監視されていたしね。あと兄との葛藤とか。それにもっというと、父は祖父を殺しているし、父子兄弟が相争う、殺し合うのがフツーみたいな殺伐とした私たちの血統そのものが僕のメンタルに暗い影を落としていたのか。わからない。わからないが、とまれ私は早業を使えなくなっていた。

ってことは早業が使える前提で逃げられると考えていたのだけれどもいまはそれができないということで、ということは？　いまの私はもしかしたら。袋の鼠？

あまりのことに愕然として自らに問うて客観性を装うことによって自我を守ろうとしたけれども、飛んでくる矢がそれを阻んで自我と身体がもろともに危機にさらされた。

ということはここが私の死に場所になるのか。まあ、じゃあしょうがないか。吉野で敗死。それもまた一興か。一興ってことないか。死ぬし。だからいまはどうするべきかというと逃げるのは逃げるのだけれども、背を向けて闇雲に逃げるのではなく、いったんは踏みとどまって応戦し、敵がやや怯んであまり射ってこなくなったその隙に逃げる。そしてまた敵が態勢を立て直して射ってきたら、また応戦し、頃合いを見てまた逃げる。これを繰り返しつつ徐々に距離を伸ばし、最終的に宇陀に至る、ということをやるしかない。もちろんそれが可能かどうかは別問題だが。

と、そう考えて応戦しようとしたが駄目だった。なぜなら弁慶を含めて味方の兵はみな、ただ背を向けて闇雲に逃げていたからである。

これではどうしようもない。ただ敵の的になって終わり。いよいよ私も死ぬな。はは。まあ、おもしろい人生だったな。死ぬ前にもう一度、静に会いたかった。しかし、まあただでは死なない。なるべく多くの道連れを連れて行ってやろう。

　そんなことを考えて、もはや眉毛が見えるくらいにまで近づいた敵を射ようと、矢を番え、狙いを定めたそのとき信じられないことが起こった。

　私が矢を放つ前にその狙いを定めていた僧兵の喉に太い矢が突き刺さり、その僧兵は、くわっ、と目を見開いて横倒しに倒れたのである。

「え、なんで？　私、まだ射てないのに」

　そう思う間にその脇にいた僧兵の喉にも矢が突き刺さって倒れた。

「訳がわからない。魔法？」

　そう思って横を見ると、なんということだろうか、そこにいたのは、内大臣藤原鎌足の末裔、淡海公藤原不比等の後胤、佐藤左衛門則隆の孫、福島県北部の信夫というところで頑張ってた佐藤元治の次男、佐藤四郎兵衛忠信であった。私は番えた矢を射て忠信に言った。

「君はなにをしている。多くの者が逃げ去ったのに」

　私の射た矢がひとりの敵兵の目に突き刺さった。その兵は、「痛い」と言って転げ回った。心配そうに駆け寄る仲間に「病院に連れて行ってくれ」と言った。

　佐藤は前を向いたままその駆け寄った仲間に照準を合わせて言った。

「いま戦局は非常に危うい状態です。でも大丈夫です。ここは私に任せてください。私がここに踏みとどまって敵を食い止めます。その間に御主君は安全なところまで移動してください」

言いながら佐藤は矢をひょうど放った。駆け寄った僧兵の右の側頭部に矢が突き刺さった。矢は右から左に貫通し、あまりのことに精神がおかしくなった僧兵は「マグマ大使ー」と歌いながら回転して倒れた。私は矢を番え、そのあたりにいた僧兵のアーマーの脇の継ぎ目を狙って言った。

「そう言ってくれるのはうれしいが、佐藤君。君の兄、継信（つぎのぶ）君は屋島（やしま）で能登守教経（のとのかみのりつね）の矢に当たって戦死したんだ。でも君はまだこうして生きている。私はねぇ、君のなかに継信君の面影を見出して、君のなかに継信君が生きていると、そう思っていたんだよ。その君まで死んでしまったら僕はどうしたらいい。命を大事にしろ。命はなにより尊いんだよ」

言いながら私は矢を放った。涙で照準が狂って矢が逸れて隣の奴の胸に突き刺さった。

「こうやって無関係な奴が死んでいくんだよっ。悲しくないのかっ」

私が怒鳴ると、

「悲しくなんかありませんっ」

と忠信は怒鳴り返し、また矢を放った。矢は最初、私が狙った奴に当たってそいつは即死した。そのあたりはもはや真っ赤だった。

「そんなこと言うなっ」

私は切れてムチャクチャに矢を射た。敵がガンガン死んでいった。私は怒鳴り散らした。

「もうすぐ正月じゃないか。生きようよ。生きて一緒に正月迎えようよ。家系、守ろうよ。

私も二月までには陸奥に行くつもりだから、一緒に行こうよ。そしたら秀衡さんにもまた会えるし、家族にも会えるじゃないか。生きようよ。生きて命の尊さを噛みしめようよ」

私はもはや泣き叫んでいた。泣き叫びながら速射していた。敵がバスバス死んで、血しぶきとともに脳漿や腸が宙に舞っていた。敵はもはや浮き足立っていた。

忠信も泣いていた。泣き叫んでいた、そして私よりももっと速い速度で矢を射ていた。敵が死にまくった。敵はもはや麓に引き始めていた。そのなかの一人は忠信の射た背中から腹に貫通した矢を摑んで言った。

「なんじゃこれゃあっ。敵は寡兵で疲れていて弱いと聞いた。だから楽勝だと思って舐めきって、どけ、儂がいったるわ、と言って、抜け駆け的に坂を登って来た。なのに、なにこれ？　むちゃくちゃ強いやないかいな。俺はいまとても後悔している。こんなだったら来なきゃよかった」

そう叫んでその男は膝から崩れ落ち、雪の斜面を転げ落ちていった。

それでもなお忠信は矢を射つつ言った。

「ありがとうございます。ではお言葉に甘えて同行させていただきます。って、言うわけないでしょう。あのねぇ、そう言っていただけるのはありがたいです。ありがたいですけど、違うんですよ。あの治承三年の秋、国を出るとき秀衡殿がなんと仰ったか知ってます？　知らんでしょ。秀衡さんはねぇ、おまえ、命懸けでやれよ。命賭けて義経さんに尽くせ。ほいで死んだら、葬式は儂が出したる。褒美は義経はんが呉れはるやろ。ほいで歴史に名ぁ残せ。

名ぁ残して死ね、と仰ったんです。生きて故郷に帰って来い、と仰ったんじゃないんです。なので信夫の里のお母んにも、今日が俺の命日やと思え、とそう言うて出てきました。私はそういう覚悟でずっと戦ってきたし、いまもそうです。これはねぇ、いまここに集まってる奴はみんなそうですよ。なあ、みんなそうですよねぇ」

と忠信は前を向いて矢を射ながら言った。私は前を向いて矢を射ながら、

「なにを馬鹿なことを言う。みんなもう思い思いに宇陀を目指してますよ。ここにいるのは君と私だけだ」

とやや落ち着きを取り戻して言うと、私以上に落ち着いた口調で佐藤が言った。

「なにを仰います。我が君、後ろをごらんなされ」

「それは駄目だ。一瞬でも後ろや横を向いたら敵が撃ってくる」

「大丈夫ですよ。私たちの速射で敵は損耗して退却しつつあります」

「マジか。じゃあ、ちょっと見てみるか」

そう言って振り返ると、後ろには約十六名の麾下が雪の上に控えていた。

いったんは後ろも見ずに落ちていったが、敵の攻撃がないので怪しんで振り返ると私と佐藤の射る矢によって敵が撃退されているのを見て、自分だけ逃げていくのを後ろめたく思い、戻ってきて、自分たちも少しばかり矢を射るなどしていたのである。

雪の上の武者の顔立ち。熊笹と杉。折れた矢。血と内臓の匂い。ひとときの静寂。空を渡っていく鳥の声。私はいまでも鮮やかに覚えている。忘れたいけど、忘れられない。

敵が退却してあたりは一瞬静かになった。ときおり梢から雪が落ちる音が響いた。私はもはや麾下にどのような指示を出すべきかわからなかった。佐藤に殿軍として一人残って敵を支えよ、とも言えなかったし、全員で潔く散ろう、とも言えなかった。まあ、もっとも責任をウヤムヤにできるのは先に言ったように、銘々勝手に落ち延びよ、ということだが、そうすると身体能力から考えて私一人が生き残る可能性が高く、佐藤の言葉を聞いたいまとなってはそれも寝覚めが悪かった。やはりここで死ぬしかないのか。そう思うとき私の前に進み出てきたものがあった。弁慶である。弁慶は言った。

「我が君。迷っておられるのでしょう」

「わかりますか」

「わかりますよ。いまの壮絶な佐藤の言葉を聞いて、佐藤に一人残って敵を支えよ、とは言いにくいんでしょ」

「実はそうなんです。なんとしても自分だけ助かりたい、みたいな方だったら、うるさい、死ね。というか私が殺す、と言えるのですが、ああ言われるとなんか逆に言いにくいっていうか」

「わかりますわかります。僕もそうです。っていうかここにいる全員そうっす。その気持ちわかってますわ。でもね、佐藤は弓矢取るものなんですわ。もののふなんですわ。常に生死のきわまるところに存すものなんですわ。だからね、その言葉はいつもギリギリのところから発せられた翻すことのない、畏れ多いことですが帝の言葉と同じ言葉なんです。そして佐藤は言ってしまいました。君のため此処で死ぬと言ってしまいました。そしたらもう彼は戦って死ぬしかないんです。それを、『いや、そんなことするな。死んだらなににもならない、みんなで逃げよう』『ですかあー』みたいなことにしてしまったら彼は生きて生涯恥辱を背負い、薄笑いを浮かべて周囲の顔色をうかがって生きるしかないんです。だから、どうか、死ね。と言ってやってください。それが佐藤、四郎兵衛が一番望んでることなんですから」

私は暫くの間黙っていた。その間、佐藤をちらと見た。佐藤は変顔をしていた。私は他の人たちを見た。他の人たちも変顔をしていた。雪がまた散り始めた。仕方なく私も変顔をした。そして言った。

「ならばいろいろ言っても仕方ないね。是非を超えたことだ。佐藤君、此処に残ってください。そして時を稼いでください。その間に私たちは退却する」

「ありがとうございます！」

そう言って佐藤は破顔一笑した。しかし、生まれた瞬間から逃亡生活が始まり、その後も他人のなかで生き、幼少時から人の顔色をうかがい、長じては土民に服仕せられ、さらに戦場を疾駆して生死の境を生きてきた私はこういうときの人の表情の微細な変化をけっして見逃さない。忠信のその笑顔には一抹の悲しみと寂しみが宿っていた。

それがどういう意味内容を含んでいるのかが私にはすぐわかった。つまりは別離の苦しみである。はっきり言って私たちはずっと一緒だった。ずっと一緒に居て敵と戦い、政務を執り、苦楽を共にしてきた。利害関係だけではなく感情生活においても完全に一致して君臣合体、もはや分かちがたい存在となっていたのである。

とはいうものの私には多くの家来がおり、そのひとりびとりとそんな関係を結んでいたので、たとえここで佐藤と別れたとしても他の家来とこの先、君臣合体できるが、佐藤はそうはいかない。私ひとりを仰いで生きていた。

というと彼には同僚・同輩があるではないか、苦楽を共にしたと言えば彼らだってそうでしょう。もののふ同士の横のつながりというものはないんですか、という話になるが、勿論それはある。例えば伊勢三郎、例えば、片岡、例えば堀。あるいは常陸坊海尊。或いは鷲尾義久。けれども、その堀や伊勢や片岡だちはいまそれぞれ佐藤のところに駆け寄って口々に別れを告げている。

「頼むぞ」

「魂魄となって主君を守ろう」

「俺もすぐ行くから待ってろ」

「信夫の庄に言伝はないか」

「達者でな……、といってそれは無理か」

などと。それに対して佐藤は、「うん、うん」と頷きながらハラハラと涙を零していた。

果たしてそれは別離を悲しんでいるだけだっただろうか。いや、そうではない、そうやって同僚が暇を乞うのを受けているうち、自分はついにたったひとりで此の世を去る、ということをつくづくと、そして同時にしみじみと悟って悲しくて寂しくて、さらに言うと、日頃から鬼をも拉ぐと言われ、昔、桓武天皇の命令で蝦夷を征伐、史上最強と言われた大将軍・坂上田村麻呂、数々の伝説を残し、神の化身と称えられた藤原利仁将軍に並ぶものと自ら考えていた武将としてあるまじきことで、そんなことは思うことも許されないのだが、恐ろしくて、佐藤はひどい混乱に陥ってしまったのだ。

だから率直な気持ちを言うならば、「やはり死ぬのが怖くなったので殿軍はどなたか別の方にお願いしたい」ということだったのだろうが、弁慶に先ほど、「立派な武士は前言を翻さない」的なことを言われ、自分もそれに乗っかって英雄的な雰囲気を醸し出してしまった手前、そういうことを言い出せる雰囲気ではなかった。

私はその気持ちの変化を責めようとは思わない。私は生まれてこの方、特に寿永からこっち、多くの人間が死に際して見苦しい態度を見せるのを見てきた。よく東国の武士は勇猛だから死を恐れないんでしょ、みたいなことを言う人があるが、それはものの一面を見ているに過ぎない。彼らの勇気とは即ち激しい生の現れであり、それは逆から見れば激しい生への執着である。此の世において激しく自らの生を発現させるということが彼らにとっての勇猛であり、もとよりそれは死と隣り合わせだ。生きようと思うあまり死に向かう。だから私に言わせれば、現世での利得を求めて戦場で死を恐れず戦うのも、恋に狂って歌を詠むのも、生の現れ、という意味では同じこと、文字を知っているか知らないかの違いに過ぎないし、どっちが偉いという訳でもない。どちらも激しく生に執着し、死を恐れる人間であるということだ。

って私はなんの話をしているのか。そう。急に寂しくなって急に死ぬのが怖くなった佐藤の態度は、武士のくせにと責められるものではない。勇猛果敢に戦って死んだ奴は恐れたり悲しんだりする間がないうちに死んだ。ただそれだけのことだ。一瞬でも考えれば人間は死ぬのが恐ろしい。もちろんなかには爆笑しながら敵に突撃、目に矢が刺さってケタケタ笑っている奴もいたが、それは要するに極度の緊張と興奮によって頭がおかしくなっていただけで武士の勇敢さとはなんの関係もない。

という訳で混乱した佐藤は身体がグニャグニャになってそこに立っていられないくらいになった。これではすぐに殺されてしまって殿軍として役に立たぬし、それに戦場ではなにが起こるかわからないから、敵を殲滅するのは無理だとしても、佐藤が勇戦することにより、こちらになにか戦略がある、どこかに伏兵が潜んでいるなど考え疑心暗鬼に陥った敵が総崩れを起こし、その間に佐藤が落ち延びる可能性だってなくはないのだが、これじゃあそれも期待できない。

そこで私は気合いを注入することにして佐藤を近くに呼んだ。

「四郎兵衛、ちょっとここへ来なさい」

「はあーい」

佐藤はまるで脱魂してしまったかのような足取りでフラフラとやってきた。みんな心配そうにその足取りを見守っている。私は佐藤に言った。

「君はとても疲れてしまっているようだな」

そんなことありません！　と本来なら言うのだろうが、心が弱っているからだろう、佐藤は、

「ええ、なんか疲れちゃって」と武人がけっして言ってはならぬ本心を言った。そしてその言葉の奥底には、「連れて行ってくれ」「俺を一人にしないでくれ」「生きさせてくれ、生き延びさせてくれ！」という心の叫びが蔵されてあった。そして佐藤は私の顔を見た。佐藤は、

「やはり君一人を置いて行くわけにはいかない。殿（しんがり）は弁慶君にお願いして君は私と一緒に来るがいい」そう言って欲しい、みたいな顔をしていた。私は佐藤に言った。

「やはりそうか。だったら君の佩いているその太刀はまずいな。うん。まずい、どれくらいあるのですか」

「されば三尺五寸です」

「ああ、もう最悪だ」

「やはり太刀が長すぎると殿軍は無理ですかね」

「うん。特に疲れているときはね。いや、太刀は長ければ長いほど格好いい、みたいな風潮、あるけど、そんなことは全然なくてね、やはり実戦においては二尺七寸くらいが一番、使い勝手がいいんですよね。いや、そりゃね、弁慶君のように身長が八尺もあれば話は別ですよ。でも普通の人間はそうじゃない。最初のうちは気合いで振り回すのだけれども、そのうち、振り疲れ、っていうのかな、普通の太刀の倍も疲れてくる。その割には相手に届かないしね。

そして疲れてくるとその重さがこたえてきて、だんだん動きが鈍くなってくる。そこへ短い刀を持った俊敏な敵が斬りかかってきてご覧なさい。一撃で倒されてしまう。ましてや君の場合、この時点で疲れているのだから、その刀は敵を威圧する装飾以上の意味をなさない」

「ということはやはり、もう少し短い刀を持っている者が殿軍を務めた方がよいということでしょうか」

「いいえ。心配には及びません。おい、そこにいるのは誰だ、山田君か。山田君、例のものを持ってきなさい。さあ、持ってきた。これだ。これを使いなさい。これで最後の一戦を戦いたまえ」

そう言って私が佐藤に渡したものは。一振りの太刀、といって普通の太刀ではない。二尺七寸と小ぶりながら贅(ぜい)をこらした黄金造り。装飾細工も精緻このうえない、一国と引き替えにしても惜しくはない、真の貴人、雲の上のさらに上の方に存す人のみが持つことを許される至高の逸品であった。

私はこの太刀の鞘の中程を片手で摑み佐藤に差し出した。佐藤はまるで蒟蒻(こんにゃく)のようにブルブル震えながら、頭を下げ両手を差し上げた。その体勢で刀を持ったまま私は言った。

「この太刀はそう悪いものではないです。ちょっと短めですけど切れ味は抜群です。私はこれ一本ですべての合戦に勝利してきました。そもそもこれがどういう由来の刀なのかと言いますと、驚かないでくださいね、これ実は熊野(くまの)権現の御宝剣なんです。えええええっ、って、だから驚かないでって言ったじゃないですか。いや、本当です。嘘じゃありません。正真正銘、熊野権現様に納められていた御宝剣です。という証拠は勿論ございます。というのはこれは私、源義経が熊野権現別当湛増僧都に直接、手渡しで頂戴したものだからです。なんでそんな宝物を私が貰ったかと言いますと、それは私が平家追討に赴く際、湛増さんが、やはり勝った方がいいだろう。しかし敵の数が多いし、それよりなにより敵は主上を擁して三種の神器も向こうさんにあるから勝つためにはやはりそれを凌駕するような神仏の霊力・パワーを秘めた宝剣・神剣のようなものがないと無理だ、と考えて、普通、無理なところを祈って、祈りまくって特別に熊野権現様からくだされた、という経緯があったからなんです。ということで、私は三年戦って平家に勝ちました。追討しました。しまくりました。そんなことができたのは今だから言いますが私の力じゃない、はっきりいってこの御神剣のパワーがあったからなんです。だからどんなことがあってもこの刀だけは手放さないできました。はっきり言って売れば凄いことになるんですけどね。っていうか値段とかつかないんじゃないかな、凄すぎて。でも佐藤さん、あなたは私の命を守るためにここに残ってくれる。だったら、いまとなっては、ほぼ私そのもの、と言っても過言ではないこの刀をあなたに差し上げることによって、あなたは死ぬまで私と共にいる、ということになります。だってこの剣はわたしそのものなんですから。だから佐藤、おまえはひとりじゃない。ずっと義経と一緒に居る。そう思ってくれ」

　私がそう言うと、先程まで魂が脱けおちてフラフラになり、土色になっていた顔色も急に良くなった佐藤がしっかりした声で、同僚を振り返って言った。

「みなさん、見てください。凄くないですか。兄貴は屋島のとき、秀衡ちゃんが我が君に献上した馬を我が君から賜りました。そいで戦って死にました。兄貴はあの大夫黒(たいふぐろ)に乗って黄泉路(よみじ)をたどったんですよ。そして弟の僕がいまこの御太刀を賜りました。凄くないですか？　兄弟で凄くないですか？　普通、兄か弟かどっちかでしょう。これで家名は八百年以上残ります。皆さん、羨ましいでしょう。でも拗(す)ねないでくださいね。頑張ったら、努力したら僕たちのような果報にでくわします。まあでも、こんな宝剣はもうないですけどね」

とそう言って佐藤は急に不安げな顔つきになり、今度は私の方を見て言った。

「あのお」

「なんですか」

「もしですねぇ、なんか急に元気になってきて、もしかしたら死なないかも、みたいな気になってきたんですけど、もし、もしですよ。私がここで敵を食い止めて、後日、生きて再び御主君と再会した場合はどうなるんでしょうか。端的に申し上げて、この御剣はやはり返却ということになるのでしょうか」

「そのときは勿論、返してもらう」

「え」

「うそうそ。いったんやったものを返せ、ってそんなケチなことを言うわけないじゃないですか。そんなことを言うのは兄だけです」

「ああ、よかった」

と佐藤が安堵する様を見て伊勢は横を向いて、くほっ。と言った。弁慶は、麦芽を生で食べたような顔をして黙っていた。そこで私は、「さあ、受け取れ」と言って太刀を差し出した。

佐藤は両手を差し出してこれを受けた。そして佐藤がこれを受け取った瞬間、すかさず気合いを注入した。気合いというのは、そう以前、堀川(ほりかわ)合戦の折、喜三太(きさんだ)に注入した大将軍の気合いで、通常、数萬から数十萬で用いる量の気合いを一人に注入するのだからその効果は凄まじい。

ガッキーン。

一撃でテンションがあがって、佐藤は太刀を頭上に掲げ、うおおおおっ、と絶叫して駆け出したかと思ったら大木の手前で飛び上がり、「ジャンピングニー」とおらびつつ大木の幹に膝蹴りを食らわした。普通であれば膝が砕ける。けれども大将軍の気合いが注入してあるから膝がダイアモンドのように硬くなっており、逆に幹の方が微塵に砕け、メリメリメリメリメリメリ、ずっさーん、と音を立てて上を下にして斜面に倒れた。

あぎゃあああ。痛いいいいいいっ。ひいいいいいいいいっ、という何人かの悲鳴が斜面の、下の方から聞こえた。どうやら敵の物見であるらしかった。鷲尾他数名が矢を番えて斜面の方へ駆け出そうとした、がそれより先に佐藤が斜面を駆け下り、「殺すぞ、こらあああっ」と絶叫しつつ、素手で関節を折り、頸動脈を絞め、目を抉(えぐ)り、急所を蹴り潰すなどして全員を殺害していた。

「殺すぞ、て」

「もう殺してるやん」

私たちは呆れ、言葉を失ってその様を見ていたが、やがて気を取り直した弁慶が言った。

「もういいよ、戻ってこい。折角の体力を無駄に遣うな」

「わかってますよ」

そう言いながら佐藤は斜面を飛ぶようにあがってきた。両手に五つ六つ、素手で引きちぎった雑兵の首をぶらさげていた。

「我が君、これはほんのお土産です」

「ありがとう。うん、確かに見たよ。その雪の上に置いておいてください」

「雪見大福みたいな?」

「いや、ちょっとそれわからないんだけど、佐藤、頭、大丈夫か」

「すごく大丈夫です」

「そうか。それはよかった。ところで佐藤君、敵の物見も来ていたようだし、再度の本格的な攻撃が始まる前に私たちは撤退するが、言い残したことはないか」

「ありますね」

「では言いなさい」

「ええ、でも言いません」

「なぜだ」

「あまりにも畏れ多く、こんなことを言ったら武士としての資格を失うからです。だから言いません。行ってください。さようなら」

「ああああっ、気になる。いいから言って」

「わかりました。では申します。私は気合いを注入していただいて体力のみならず頭の回転も三千倍になりました。その高速回転する思考で考えたのですが、まあ、みんなが退却した後、ここに残るのは私一人ですよねえ」

「まあ、そういうことになりますね」

「そしてここに敵、つまり、吉野の坊主が押し寄せてきますわね。でもそこに立っているのは私一人、そこで不思議に思った奴らが、九郎判官殿はいずくにおわす、と私に聞きますわね、そしたら私はなんとこたえたらいいんでしょうか。まあ、ねぇ。いやー、ちょっとよそ行きまして、ここにはいてしませんのや、くらいしか言えませんよね」

「そうなるかな」

「そりゃ、そうですよ。ちょっと席外してますので後ほど此方（こちら）からかけ直しますって言うんですか」

「それはないな」

「でしょ。そいでそうすっと、あ、なんや、と。大将いてないのか、と。大将もいてないのに戦えるか。こんな奴と戦っても意味ない。っていうか逆にこんな奴、相手にしたとわかったら後でなに言われるかわからないし、自分でも恥ずかしい。去（い）の去の、となってどっか行ってしまいます」

「そうなりますかね」

「なりますよ。なんと言ってもプライドの高い、自分らより偉いものはこの世にないと心から信じて傲り高ぶっている吉野の大衆ですからね。そいでそうなったら私はどうなりますかね。ここで死ぬと覚悟を決めて、全身に力を漲らせておもっきり頑張ってそこで待ってた私の立場はどうなりますかね。アホ丸出しじゃないですか。でしょでしょでしょ。だからそうならないために、ひとつお願いがあるのです」

「なんでしょうか」

「吉野の奴らに、大将、どこ？ と聞かれたとき、私が清和天皇九代の後胤、源の九郎義経である、と名乗ることをお許し頂きたいのです」

そう言って忠信は雪の上に両の手をついて頭を垂れた。諸将はあまりにも大胆な発言に驚き呆れ、なにも言えないでいた。そして私には佐藤の本心、本当の狙いがわかっていた。そのうえで私は言った。

「それはならぬ。なぜと申すに、そのことでおまえの面目は立つかも知れないが、後日、そのことが、というのはおまえが私の名を名乗ったということが世間に知れたとき、私の面目が丸つぶれになるからだ。そのとき世間はこう言いますよ。くっはー、やっぱり義経も落ち目やねー。自分が逃げるために、部下に清和天皇の御後胤の名乗りを許した。いっやー、人間、落ちるところまで落ちるもんやねー、情けないことやねー、とこう言われるに違いない。

私はそれに耐えられない」

そういうと佐藤は自信たっぷりに言った。

「それは大丈夫です」

「なぜだ」

「まあ、敵は大勢、こちらは一人。矢を射ち尽くしたらそれで終わりです。でも敵の手にかかるのはむかつくから自分で腹切って死にます。そのとき大声で、ははは、騙されたな。俺は義経ではない。俺は佐藤忠信という侍だ。ざまあみやがれクソ坊主ども。おまえらは全員、地獄に堕ちる、と叫んでそれから死にますので」

「ああ、じゃあ大丈夫か」

「大丈夫ですよ」

「じゃあ、いい。許します」

という一連のやりとりはしかし演劇のようなものであった。というのは右にも言うように私は佐藤の本心がわかっていたし、佐藤も私がわかっていることをわかって、そんなことを言ったからである。

では佐藤の本心とはなにか、それは私になりすまし、私の身代わりとなることであった。佐藤が身代わりとなって死に、義経戦死、という噂が宮中ならびに鎌倉に伝われば追及の沙汰は止み、私は楽々と奥州へ赴くことができる、という寸法である。

しかしそれをそのまま言うと、さっき私が佐藤に言ったように、命を惜しむあまり部下に清和天皇の御号を許し、自分は尻に帆を掛けて逃げた、という批判を受けるので、それを避けるため、一連の問答を行った。それが演劇だというのである。

しかし私は世間を恐れているのではなかった。もちろん世間はそうした批判をするかも知れない。けれどもそれは私が死に、私の敗北が確定したら、という話であって、勝った者は批判されない。現にいま現在、頼朝さんの顔がでかいと言って批判する者は殆どない。なので最終的に私が勝者となれば、自分の好きなように物語を拵え、それを信じさせることができる。そして私はこの難局さえ乗り切れば私は最終的に勝利するとこの時点では思っていた。だから私が恐れていたのは敵ではなく味方だった。

なんじゃいな、この大将。自分が助かるためだったら名誉なんてどうでもよいのか、と軽侮される。それが面倒くさかったのだ。だから私は味方に聞かせるためにそれを行った。

そして佐藤の方はと言うと、こちらは名誉のため、後の世に名前を残すためにそんなことを言っていたのだった。義経の身代わりになって死んで義経を助けた立派な男、と言われたかったのだ。だから佐藤は死ぬときに、「俺は佐藤じゃ、ぼけ」と言うと言っていたが恐らく言うつもりはなく義経として死ぬつもりだった。もちろん後日の検屍・首実検の時点で彼が佐藤であることが判明するが、それこそが彼の期待するところであったのである。

お互いにそれがわかったうえでそんなことを言い、そこにいる全員がその前提を受け入れたうえで行動するのだから、つまりこれは演劇である。

というと、そんな演劇みたいなことをやっているから負けるのだ、勝つためにはリアルな現実を見据えなければならない、とわかったようなことを言う人間の屑が現れる可能性があるから言うが、人間は前提を受け入れるから人間なのであって、前提を受け入れられなければそれは人間ではなくて牛馬と同様の畜類である。演劇なしに人は人として生きられない。演劇があるからこそ人は人として生きることができるのである。ずっと演劇の主人公になってきた私が言うのだから間違いない。

　ということで主従の演劇がその後も続いた。その間、忠信は注入でギンギンだったから感情の入り方が並大抵ではなかったし、私は私で大将軍らしく、演技をしつつ演出的なことも同時に考えていた。私は忠信に言った。

「では佐藤君。君は私だ。清和天皇九代の後胤、伊予守九郎義経殿だ。ところで九郎殿、その鎧はちょっと貧乏くさいけど、どういう鎧ですかね。どういう来歴の？」

「あ、これすか？　これは私の兄の佐藤継信が屋島で我が君をお守り奉って美事、討ち死になされた際に着てた鎧です。それを私が着てるんです。これを着ていると兄に守られているような気がして。なので貧乏くさいとか言われたらむかつくんです。はっきり言って」

「はあ？　兄？　あなたの兄は頼朝さんじゃないんですか」

「あああああっ、そうです。そうでした」

「だったらむかつきませんよね」

「ええ、まったくむかつきません」

「じゃあ言いますけど、その鎧がもし佐藤継信君戦死の折、着用していた鎧だとしたら、結局、能登守教経の矢が貫通してしまった鎧ということですよね」
「あ、まあそういうことっすね」
「言っちゃあ悪いですが、でもそれって平家の公達、つまり毎日毎晩、女官と戯れながら酒飲んで和歌作って、人間関係だけ頑張ってる奴のダルダルの弓で射た矢ですよね。そんな矢を貫通させてしまう鎧ってどうなんでしょうね。昼夜を問わず山岳を駆け回り、宙吊りになったり、岩を持ち上げたり、火の上を歩いたり、滝に打たれたりして佛を観想するばかりでなく、山の中でヒマと精力を持て余して一般的な武芸の稽古を普通の武士の六倍くらいやってる僧兵の強弓を受けたらどうなるんでしょうね。死にますよね。だから、君はこれを着なさい」

そう言って私は自分が着ていた、紅の鎧を脱ぎ、シルバーのスタッズを打った兜を脱いで渡した。名乗るだけでは義経に見えず、やはり見た目、衣装も義経でないと、という演出家としての配慮である。

となると佐藤も心得たもので、もはや芝居がかり、「こはくわほう」とかなんとか言いながら、自分が着ていた貧弱な（私のと比べて）鎧を脱ぎ、雪の上に置き、「ざふしき共に賜び候へ」と芝居的に言った。

下人にでもやってくれ、というのだが、ここが見せ場と思った私は極力さりげなく聞こえるように配慮して、「いやいや、私、鎧ないんで着させてもらいます」と言ってこれを着た。

これを見ていた群衆（弁慶たち）は驚愕してどよめいた。貴人である私が一武士に鎧を賜うだけでなく、これを交換したからである。これにはさすがの忠信も驚き、芝居を忘れ、「そ、それは、なんというか、あまりにも」

とかなんとか言って狼狽(ろうばい)しているので私はこれを制して言った。

「は？　なんのことでしょうか、義経公。私はあなたの部下ですよ」

ととぼけた顔で言ってやった。それでようやっと自らの役柄を思い出した忠信は、「ああ、そうでした、そうでした」と言い、

「まあ、そういうことで大将軍である私、義経がここに残りますんで、君たちはさあ、早く行きなさい」

と偉そうに言った。しかしここで腹を立てては芝居が成立しないので弁慶だちは、「かしこまって候」と言って行こうとする、そこで私は、「ちょっと待ちなさい」と言ってこれをとどめ、私の振りをして目を剝き、手をアゲサゲし首を左右に振って奇妙な恰好をしている佐藤に、

「ところで佐藤君」

と声を掛けた。ところが佐藤が「ああああっ、俺は義経ええええっ」とか言って返事をしない。

「おいっ、忠信」

「うーん、あーん、スルメのなかに入りたーい」

「こら、佐藤、目を覚ませ」

大喝して、横鬢にハイキックを決めた。佐藤は雪の上にどうと倒れた。普通なら死んでいるが、注入のパワーがあるので肘でガードしつつスウェーして躱したのだろう、すぐに立ち上がり、その衝撃でようやっと佐藤は佐藤に戻り、言った。

「あ、すみません。なんか、役に入りすぎていて自分が呼ばれてると思いませんでした」

「うん。まあ、義経になりきるのはいいが、最後に佐藤忠信本人に聞いておきたいことがひとつある」

「ああ、佐藤としての私、ということですね。はい、なんでしょうか」

「おまえの地元、信夫の庄の人たちに言い残すこと、伝言はないか。あったら必ず伝えるぞ」

言われて佐藤は暫くの間、黙った。止んでいた雪がまたハラハラと降ってきた。

佐藤は徐に語り始めた。

「雪が降って参りましたね。この雪を見ると佐藤の庄のことを思い出してしまいます。私は戦場では鬼神です。人間ではないのです。人を殺しても何とも思いません。自分の命もまったく惜しくない。馬は目とかみていると、可愛いな、と思いますが、しかし凝とみているとなんか怖くなってきません？　馬の目ってあれ実は怖いですよ。それと同じように、というのは可愛いもののなかに怖さがあるように、鬼神である私のなかにも人間らしい心が宿っているのだなあ、といま故郷のことを問われて思いました」

「あ、そうなんだ」

「そうなんです。いまを去ること五年前、治承四年の八月、兄と私は御主君に随うように秀衡公に言われて平泉を出ました。私には子供が一人ありましてね。末寿丸つうんですが、末寿丸はそのときまだ三歳で、なにもわからない子供でしたが、考えてみたらもう八歳になってるんですよね」

「そういう計算になるかな」

「だから、あのときは言葉も喋れなかったんですけど、いまはもう喋ってて、『父上は元気ですか』とか言ってるかと思うとね、その声が聞きたくて聞きたくて、それを聞かないで死ぬのがちょっと残念なんです」

「と、そう伝えればいいのかな?」

「いやいやいや、そうじゃなくてね、鬼神の私のなかにもそういう親子の情愛みたいなものがね、あるんだ、とそう言いたい訳です」

「なるほど、親子の情愛がある、と。鬼神なのにあった、と。そう伝える」

「じゃなく」

「じゃあなんなんですか」

「それをこれから言うんですけどね」

「はい。お願いします」

「いや、だからそうした親子の情愛っていうのは、こっちが親の立場でね、ある訳ですけどね。しかし子としてもそれがあるんです」

「お母さんのこと?」

「その通りです。あの治承四年の夏、あなたはもの凄い勢いで進発した。そしてもの凄い速度で行軍した。だから後を追うようにして平泉を進発した私たちも急がざるを得なかった。多くの者が馬上で尻から血を垂れ流して苦しんだ。休憩もせず馬を走らせたからです」

「なに? 文句言ってんの?」

「いーえ(大声で)。文句なんてある訳ありません。電撃的速度というのはあなたの主要な戦法で、私たちはそれによって多くの重要な戦いを制してきた訳ですからね。ただ、母には泣かれました」

「なぜですか」

「そのとき私たちの実家、信夫の庄は通り道でした。だから私たちは一応、実家に寄りました。これが今生の別れになるかも知れないわけですからね。だから母としては一泊して、ゆっくり名残を惜しみたかった。しかしそんなことをしていたらあなたは前線に到着して私たちは後れを取ってしまう。はっきり武士なんて先陣切ってなんぼの商売ですからね、そんな訳にはいかない。もしそんなことになったら弁慶君あたりに、『あの佐藤兄弟って一番後から来たんですって。いやーね』とか口をあまり開かない嫌味な口調で批判される。これははっきり言って恥辱。家名を汚すことになるし、褒美ももらえない。だから本心を言えば、馬から下りないで、馬に乗ったまま、『お母はん、手柄立てて帰ってくるさかい、達者で待っとけよ』とだけ言って通過したかった。けれどもそれではあまりにも母親に悪いので、一応、家に寄ってね、話をしたわけです」

「するとどうなりました」

「するといきなり母親の愚痴です。『あー、私ほど運の悪い人間はそうあるものではない』とこうきなすった」

「ほんほん」

「『夫の佐藤元治殿に早うに死に別れ途方に暮れているところ、縁あって伊達(だて)郡の娘さんと知り合い、親切に面倒を見てくださるので、ああよかったよかったと喜んでいたのも束の間、この娘さんにも死に別れ、成人したそなたたち兄弟が家には居らずとも同じ国の内にあって秀衡殿に仕えておじゃるのを身の頼りにしておったものを、なんと思し召す秀衡殿、二人ある兄弟を二人とも九郎殿のお供にお付けなさり、わたしゃなんちゅう酷いことをなさるのじゃと秀衡殿をお恨み申し上げたわいな』とこんなことを言いよりましてね」

「それは行きにくいね」

「そうなんです。でもねその後、すぐにこう言いよったんです」

「なんと言いました」

「『まあしかし、こういうときに命を的にして戦うのが武士の務め。その約束があるからこそ日頃の生活が成り立っているわけじゃによって、此度(こたび)のこたあ、わたしゃ仕様ないと思うことにした。ほいでまた、こなた方にしてみりゃあ、こういうときに行け、行って手柄を立ててこい、と言われてこそ、ちゅう思いもあるでしょう。まあいわば代表選手に選ばれたも同じ。こんなとき秀衡公に、おまえは行かいでいい。国元に残れ、と言われるということは戦場でものの役に立たない、と思われたちゅうこってすからな。それは私も誉(ほま)れに思う。だから、行ってこい。行け。ただ、行く限りは手柄を立ててくだされ。そしてそんなことはゆめないとは思うが、臆病な振る舞いだけはしてくれなよ。そんなことをしたら向こう行ったとき私が父上に、なんちう育て方をしてくれたのだ、恥ずかしい、と叱られますでな』とこない言いよる」

「なるほど。気丈なお母さんじゃないですか」

「それはそうなんですけどね、やはりそこは女親ですから未練です。その後に『けどなあ、そなたら手柄をたてなさる。手柄を立てて四国西国の果てに御領地を賜ってそこに住まうちうことになったとて、一年に一度、それが無理なら二年に一度は必ず必ず帰ってきてこの母に顔を見せてくれようぞ。わかったな。約束じゃぞ』とこない言いましてね」

「切ないですね」

「そうなんです。なんで兄貴も私も、『心配するな、母者人(ははじゃびと)。一年経ったら顔を見せに戻ってくるで』と励ましました。けども、『ああ、ふたりある息子のうち、ひとりを遠くに遣るだけで悲しいのにふたりとも戦に行ってしまうなんて悲しすぎる。あり得ない。死にたい』と結局は大泣きして」

「ああ、まあ、母親というのはそういうものなのでしょうねえ」

「ええ。頭ではなんとかして、家の名誉とか本人のやり甲斐とか言って理解しようとするのですが、情の部分では納得がいかないんですね。だからもう戦死なんてことは最初から想像もしてない訳です。必ず生きて還る、と信じてる訳です。ところがあれからこっちもういろいろあったじゃないですかあ？　なんで手紙も出せないまま四年も経って、それでようやっと去年の春頃、一段落ついたところで人を遣って、兄貴が屋島で戦死したこと。立派な最期であったことを伝え、来年の春にもなれば忠信も戻ります、と伝えたところ、そいつが戻ってきて言うのには、もう大変な悲しみようで一時は錯乱状態に陥ったが、なんとか正気を取り戻し、『継信のことは残念でならないが仕方がない。しかし来年の春に忠信に会える。それがうれしくてならない。もはや私の生きる希望は忠信が顔を見ることだけ。早く今年が終わらないか知らん』と仰っておられたそうです」

「つらいな」

「なので。すみません。ひとつだけお願いがございます」

「申せ」

「我が君が平泉にお下りなさったと聞いたら母は必ず平泉に参り、『忠信は何処に居りますでせうか』と訪ね歩くでしょう。そのとき、誰かから素っ気ない口調で、『ああ、あいつ死にましたよ。継信は屋島で死んだけどあいつは吉野で死にました。一対百の戦いでズタズタに斬られて死んで、死骸は狼の餌になりました』みたいなことを言われたら母親はもうショックで死ぬかも知れません。もし死ななかったとしてもそのときの母の心情を思うと私は本当につらいです。なのでその際は、本当に本当に申し訳のないことではございますが、殿が平泉にお下りなさって充分に落ち着かれた頃でけっこうでございますので、御主君直々のお言葉を母に賜りたいのでございます。忠信も継信もよく戦った。よく戦って死んだ。立派な最期だった。なので悲しむな。私はおまえの気持ちはわかるぞ。同情するぞ。とこう言ってやって頂きたいのでございます。御主君からそのお言葉を賜れば母も涙を流して、これでよかったのだ、と諦めてくださることと思いますので」

そう言って佐藤は雪の上に膝をつき、額に指を当てて、くくく、と声を洩らした。その両の肩が小刻みに揺れていた。それぞれが郷里に残してきた妻子や老いた親を思い浮かべているのであろうか、諸将も嗚咽(おえつ)を洩らしていた。

「わかりました。そのときは必ず会います」

「ありがたき仕合わせ。したらもう思い残すことはない。私は九郎義経だ」

佐藤は無理矢理に気を取り直して立ち上がり、「こらあ、吉野。なめとったら殺すぞ、こらあっ」と絶叫した。その無理矢理な様子がちょっと不憫で、それまでは大将軍という立場上、堪えていた涙を流してしまった。私はそれを誤魔化すように慌てて言った。

「さて、じゃあ私たちは行くが、君、本当に一人で大丈夫なのか。まあ、もちろん本当の一人じゃないんだろ。郎党みたいなものが何名かいるようだが何人いるんだ?」

「元々は十人ちょっといたんですけどね。だいたい逃げました。いま残ってるのは三人です」

三人かあ、と私は思った。確かに佐藤は勇者だし、気合いも注入した。けれどもいまの愁嘆話で気合いがなくなってしまった。土佐坊正尊が襲撃したときは気合いが消失しなかったので喜三太ひとりでなんとかなったが、あのときは泥酔はしていたが私もその場に居たし、すぐに弁慶も来た。実は江田源三も奮戦していた。

けれどもいまは母親の泣き言を言って気合いが減った佐藤と基本、アシスタント的な仕事しかできない下人が三名。私の実戦感覚で言うと、ここはやはりあと七人くらいは欲しいところ。というと、「だったらもう一度、気合いを注入すりゃいいんじゃん」と言う人があるかもしれないが、バカ言ってンじゃないよ。大将軍の気合いは、そこらのいい加減なスピリチュアルカウンセラーのぬるいヒーリングではない。百万の軍勢をたったひとりで睨み付け、押し返すくらいの、もの凄い気合いで、短時間に何度もできるものではなく、一回やったら次にできるのは無理して三日後ぐらい。そしてそれを何度も続けると自分が腑抜けになってしまい、結局、戦争に敗れる。

寿永頃、蒲冠者範頼君は平家追討を頼朝さんに命じられて苦労して、それで私の真似をして屢屢、諸将に気合いを注入した。けれども元々それだけの胆力も無いから思ったような効果が現れず、それで無理をして回数を重ねたため、一時、駄目な感じになっていた。

という訳で気合いも注入できない。ならば、やはりここは佐藤一人に任せるのではなく、他の誰か、例えば片岡かなにかに残ってもらうのが一番よい。そこで私が、

「やはり、合計四人だと難しいです。どなたかに佐藤と一緒にとどまって敵を食い止めてい

ただきたいが、残ろう、と言う人はいませんか。片岡君、どうですか」

「片岡さんはいま小用に立たれました」

「それは残念。他にどなたかおられませんか」

そう問いかけると、佐藤と仲がよかった備前平四郎と鷲尾三郎義久が、「なんだったら僕たちが……」と申し出た。

「郎等も居りますから合計二十人くらいになります。百や二百の敵なら数時間は持ちこたえられるでしょう。その間に安全なところまで移動してください。私たちも命があったら後を追います」

ときわめて合理的な意見を述べたのである。ところが佐藤がこれを断った。佐藤の言うのももっともで、御主君は途中で襲撃に遭うかも知れない。そのとき人数が少なかったら御主君が命を落とされる可能性が高まる。そのとき備前と鷲尾がいるのといないのとでは大違いでしょう。というのはその通り、備前も鷲尾も納得して私と一緒に行くことにした。

「じゃあ、まあ、すまんが頼むよ」

と声を掛ける二人に、

「いいってことよ。郎等も二人居るし」

と佐藤は薄く笑って言った。

「あれ？　さっき三人って言ってませんでしたっけ」

「へへへへっ。いま話している間に逃げたようです」

「なるほど。それならまだそんな遠くに行かぬでしょう。なんだったら追いかけて殺しましょうか」

と鷲尾の付き人がそんなことを言っているので私は慌てて止めた。

「やめておきなさい」

「マジですか」

「マジだ。なにしろこういう局面だ。中堅幹部でも責任逃れをしたくなる。そういえば片岡君は小便から戻ってきたのだろうか。まあ、片岡君がそんなことをするはずはないが、地位の低いものが逃亡したくなるのは責められるものではない。だから一人で逃げたい人は逃げればよい。密告もしたければしたらいい。自分が助かるためになんでもする。それが人間の本質で、口では正義だの道理だの言ってますが戦の真の原因も実はそこにあるのです。だから下人が逃げるのは当たり前。なので私はむしろ、佐藤とどまって主と共に戦い、主と共に死のう、と決意したこの二名の魂を称えたいし祝福したい。この無名の二人こそが歴史に残る真の勇者です。この者たちの魂は永遠にこの義経と共にあります。もちろん佐藤忠信も一緒です。この名もなき二名の雑色の魂よ、永遠なれ！」

がっきーん。

私の演舌によって二名の雑色に気合いが注入され、一名が十名分の歩兵力となった。

パチパチパチ、と後ろで拍手する者があった。振り返ると小便から戻ってきた片岡であった。次の瞬間、全員が拍手し、口笛を吹き、足を踏みならし、和歌を詠んで二名の勇者を称えた。

　全軍に闘争心が戻りつつあった。いやさ既に気力がみなぎっていた。演劇は成功した。

　忠信は雪の上に立った。もはや自分の鎧を脱いでいたので直垂（鎧の下に着るインナーのこと）姿であった。東北の田舎者にしては洒落た直垂で、滋目結、といってサイコロの一みたいなパターンを染め出した直垂だった。或いは京都で付き合っていた女に選んでもらったのか。それに私が与えた鎧を合わせて、シルバーの兜をかぶったら、ありえないくらい渋い、自分で言うのもなにだが、まるで源義経のような美しい武将姿になった。

　そして元々、佩いていた太刀、実はこれもけっこうな名刀で、かの淡海公藤原不比等から伝わるツラライというやつらしかった。まあ、そんな古代の刀がいまの戦に使えるのか、というと、さっき私が喝破したように使えない。けれども、これも佐藤にとってはある種、アッパーの役割を果たしているらしく、これはそのまま差して、その脇に私が与えた二尺七寸黄金造りの太刀を差した。この二本が結果的に絶妙なフォルムを形作って、佐藤の姿はますます義経的になった。

　こんなとき大事なのは矢と弓で、ここまで頑張っても矢と弓の羽の色や形、種類、そしてまた本数が変だとすべてがぶち壊しになる。

　しかし佐藤は完璧だった。

大中黒といって、真ん中がいい感じのブラックで、上下がホワイトの鷲の羽を使った矢を二十四本、ケースに揃えて差し、そこから三センチくらいはみでるようにして一本だけ、ベージュの羽の矢を差し、ちょっと高い位置に背負うという高度なテクニックを使っていた。矢でそんな細かいことをやっているのと裏腹に弓は節のやたらと多い、装飾のまったくない無骨で扱いづらそうな強弓をあえて携えて、強者感を醸し出しているのが心憎い。

　日が次第に上って、あたりが明るくなってきて、それと同時に忠信のＨＰがグングン上昇していくように私には見えた。


　十六人が落ちていく。夫を守った東帰の節女。先生助けた証空阿闍梨。命を捨てて身を捨てて、主君の命を救うのは、それはもちろん源氏の郎党。昔のことは知らんけど、今日日のことなら源氏に限る。

　頃は師走の二十日頃。どんより曇った冬の空。晴れもやらない雪模様、木の枝折るよな強い風、鎧の袖に降る雪を、打ち払いつつ落ちていく。汚れつちまつた鎧のうえに、真白き雪が降り積もる。


　私たちはそんな感じで東へ落ちていった。さあ、その頃、忠信主従。七人（追加で郎従を増やして最終的にはこの人数になった）で陣地構築。雪を積み上げて防塁となし、そこへ木の枝を差して逆茂木的な感じにした。郎従たちはけっこう大変なその作業をしながら話した。

「なかなかきついですね」

「そうですね。戦争ってこういう戦闘以外のことをやってる時間が意外にありますよね」

「そうなんですよ。いきなり撃ち合いとかあんましないですよね。だいたいこんなことやってる。あ、そこもうちょっと木ぃ差しといた方がよくないですか。よかったら、これ、どうぞ」

「ああざす。でもそこにほら、木がけっこうあるじゃないですかあ。あれが自然の盾になってちょうどいいんですよね」

「あ、ほんとだ。いいなあ」

「いっすよね。いや正直、ここまで陣地造れるって思ってなかったんすよ。すぐ敵くると思ってたんで」

「ですよね。かなりマジモンの陣地できましたよね。これだとけっこう戦えますよ」

「ほんとほんと。でもそれにしても敵来ないっすね。どうなってんだろう。いま何時頃でしょうかね」

「そうですね。みんなが行ったのが十一時くらいでした。あれから二時間くらい経ちますから、もう一時まわってるんじゃないすかね」

「おっそいですね。なにやってんですかね」

そんなことを言いながら佐藤たちは敵の来襲を待った。ところが三時を過ぎ、四時になっても敵が来ない。というのはしかし実に疲れることで、なぜなら次の瞬間にも敵が攻めてくるかも知れないと思いつつそれに備えて緊張し続けなければならないからで、次の瞬間にも地震津波が来るかも知れないと緊張しつつ日常生活を送れないのと同じことで、いかなる勇者と雖も人間である以上、こうしたことに耐えられるものではない。

という訳でさすがの佐藤忠信も緊張感を保ち続けることができず、これ意味なくね？　と思い始めてしまっていた。なにによらず一瞬でもそう思ってしまうと、以前と同じ気持ちでそのことを続けるのは難しくなる。ただでさえそうであるところへさして郎従が、

「大将、もし敵が今日中に来ないで日が暮れた場合はここで一泊するんですかねぇ。寒いんですけど」

「大将、晩飯、ってどうしましょねぇ？　なんでしたらどっかで調達してきましょか」

「大将、或いは鹿でも撃ってきてジビエ的な感じでいきますか。鹿鍋的な。あ、でも火、つかえますかね」

「大将、冬の日暮れは早いですねぇ。しかも雪がけっこう降ってきましたわ」

「大将、雑煮はやっぱ丸餅ですかねぇ」

「大将、マジで寒くなってきました」

「大将、トイレ行ってきていいですか」

などと心の底からどうでもいいことを言ってくるので完全に緊張の糸が切れ、ついに、

「ああ、もうしょうがない」と言い、「なにがしょうがないんでしょうか。やはり猪の方がうまいのでしょうか」と問う郎従に、「ちげーよ。こんなとこ居たってしょうがない、つってんだよ」と乱暴な口調で言った。

「しょうがないでしょうか」

「そらそうだろう。そもそも俺らなんのためにここにいるんだよ」

「敵と戦うためです」

「そりゃそうだよ。俺らはいざというとき敵と戦ってなんぼの商売だ。そうじゃなくて俺がいま言ったのは戦う目的だよ」

「えーと。なんでしたっけ」

「忘れたのか。御主君が安全な場所まで移動する時間を稼ぐ、というのが最大の眼目だ。そして御主君になりすました私が討たれて、義経戦死。ということにする。そうすれば頼朝公の追及がやむ。その間に御主君は楽々と平泉にお入りになることができる」

「ああ、そうでした。そうでした」

「でしょ。でもその敵がね、こない訳ですよ。はっきり言ってもう四時間以上経ってますからね。普通の人間でも相当のところまで逃げてますよ。ましてや神速とまで言われた御主君のこと。疾(と)うに安全な宇陀あたりまでいってるでしょ。っていうか下手したら御主君だけ一足先に伊勢あたりまで行ってるかもしらん」

「ですよね」

「そしたら最大の眼目はもう達成してるでしょ。そいで、敵が来ないから討ち死にもできない。だったらもう俺らただ寒い思いするためだけにここに立ってるってことになる」

「それもそうですね。じゃあ、どうしましょう」

「どうするもこうするもない。この陣地を放棄する。そして本隊に合流する」

「ええええええええええっ？　あんなに苦労して構築した陣地を放棄するなんて。あり得なーい」

「君、それ本気で言ってるの？」

「もちろん冗談です」

「殺してもいいかなあ」

「駄目です。さあ、出発の準備をしましょう。みなさーん、撤収します。五分後に出発します。ただちに準備してください」

ということで忠信だちは荷物を背負って本隊の足跡を追ったのだが、二百メートルほど行ったところで本隊の足跡は烈しい風とちらつく雪によって跡形もなくなっていて、どっちに進んだらよいのかわからなくなった。

しかも既にあたりは暗く、勘を頼りに適当に進めば深山に踏み迷う可能性が極めて高い。

「やることなすことうまくいかない。もうこうなったら、さっきの陣地に戻って敵を待つしかないだろう」

忠信がうめくように言い、不幸な七人は陣地に戻り、敵を待った。

そうしたところ、午後六時頃になって、ようやっと敵が谷の向こうの斜面に姿を現した。

「やっときやがりましたねぇ。なにしてたんでしょうねぇ」

と一人の郎従が言った。本当になにをしていたのか。こっちの疲れを待っていたのか。それとも意見がまとまらず揉めていたのか。こっちを恐れていたのか。私にもわからない。

　わからないが、まあとにかく三百名が谷の向こうで、「おおおおおっ」と鬨(とき)の声をあげた。三百名が一斉に、それも読経で鍛えた喉で声を合わせたので、その鬨の声は谷に轟きわたって迫力満点だった。

　それに呼応するように忠信軍も鬨の声をあげたが、こちらは七名しか居ないので、かなり情けない感じの鬨の声だった。

　これを合図に戦端が開かれた。

　寄せ手の先陣は、川連法眼(かわつらのほうげん)、と呼ばれる僧が務めていた。川連法眼は幹事長代理的な役職を務める武闘派であった。なので彼は僧ながら実にいい感じの装備品を身につけていた。

　イエローグリーンの、薄手のオールインワンの上にパープルの鎧を合わせて、兜は武骨でシンプルなものをあえてチョイス。太刀も今風のデザインのものを佩いて、矢も、飛ぶ・刺さる・殺す、という基本をしっかり押さえた実用的なものが二十四本、兜の上から少しケースが見えるくらいに背負っているのがタダモノじゃない感を醸し出している。全体的にシンプルなんだけどすごくバランスがいいっていうか、いい感じで力が脱けてるんだけど凄みがあるって感じ。

　そんな川連法眼が藤の蔓(つる)を巻いた弓の真ん中あたりを持ち、同じような感じに凄い武装僧を五、六人引き連れてじわじわ迫ってくる。

　なかでも気力体力が全身に漲って溢れているのが遠くからでもわかる四十くらいの法師。

ネイビーの直垂にブラックレザーの鎧を重ねて、太刀の鞘もブラックでとても強そう。移動式の防塁とも申すべき大きな盾を持ったそいつが先頭に立ってぐいぐい迫って来て、ついに矢が届く位置にまで近づいて来た。

といってあの頃の戦争だから無言で攻撃を仕掛けてくるわけではない。この段階で口で言い負かすことができると、相手のHPがけっこう下がったので、この段階で言い合いで勝つということは重要だった。あの頃は言語・言論も立派な武器だったのである（いまの世界でも実はそうなのだが）。

という訳でまず川連法眼が言った。

「私たちは吉野の軍勢である。いまここに鎌倉殿の御弟君、九郎判官義経殿が滞在中と聞き、確認のため罷り越した。吉野山と判官殿との間には現在、なんの問題も生じていない。しかし朝廷、院庁、関東から、詳しい説明は省くが厳しい内容の通達があったので、いまそこまで執行官がいらっしゃっている。その上で申し上げる。部下の方は以下を九郎判官殿に伝えよ。ご自身の立場を明らかにし、そのうえで速やかに当山より退去せよ。もし退去しないなら私たちは君たちを攻撃せざるを得ない」

権力を笠に着たきわめて嫌味な言いぶりであった。こんな言い方をすることで川連法眼は言い合いに勝とうとしていた。だから佐藤も黙ってはいられない。直ちに言い返した。

「あのさあ、ちょっと聞きたいんだけど、君たち、吉野の君たち、清和天皇九代の御後胤左衛門少尉源義経公がこの山に渡らせ賜うてることを今まで知らなかったの？　けっこう前から来てるんですけど。バカじゃないの？　っていうかさあ、なんの問題も生じてないところに来てなにが問題なわけ？　あのさあ、鎌倉殿が怒ってどうのこうの、って言ってるけど、君たち、本当のこと知ってるの？　知らないっしょ。あれ全部、誤解なんだよ。嘘の情報が入っちゃってるだけなの。だから本当の情報が入ったら、誤解なんてすぐ解けて、また兄弟で一体化するのよ。って当たり前じゃない、僕たち、壇ノ浦とかで戦争やってた訳でしょ。戦争ってことは周りに人がいっぱいいて、義経がちゃんとやってた、っていうのみんな見てるの。つまり証人なんて山ほどいるわけよ。だから誤解が解けるのは時間の問題なの。君たちさあ、そういうことちゃんとわかって、出てけ、とか、殺す、とか言ってるの？　そんなこと言ったり、ましてや殺したりしたら後でどんなことになるかわかってる？　この山の堂宇、ひとつ残らず燃えるよ。それが義経公のやり方だから。義経公なめんなよ、こらあ。っていう僕が誰か気になりますよね。一応、言っときますわ。おまえらみたいなゴミカスが一生、側に寄ることもできない光り輝く高貴な武将、百戦無敗の大将軍、源義経公に、吉野クズがか細い声でなんか言ってるけど、バカすぎてなに言ってるかわかんないからおまえ言って聞いてきてと言われて聞きに来ておまえらの前にご降臨してくださっているのは、内大臣藤原鎌足公の御末裔、ということは淡海公不比等様の御後胤、佐藤左衛門則隆の孫で、佐藤信夫庄司元治が次男、佐藤四郎兵衛尉藤原忠信っていう人間ですわ。わかったか。よく聞いたか。僕は名乗ったよ。吉野クズ。僕の名前を聞いて恐ろしくなったでしょうから、なんだったら武器捨てて雪の中、土下座しながら後ずさって逃げていってても僕はいっこうに構わない。なぜなら吉野の禿げたウインナーと戦って勝ってもなんの得にもならないから。勝って当たり前だから」

と、佐藤はこんな風に完全にバカにした言い方をして、言い合いは佐藤の完勝で、川連法眼は逆上、さっきまでの嫌味な官僚口調をかなぐり捨て、

「じゃかあっしゃ、そこを動くなよ。ぶち殺したら、あほんだら」

と怒鳴ると、道のない斜面を下り、谷を越えて吶喊してきた。これを極度に冷静な態度で見た忠信は郎従に言った。

「待て待て待て。矢を射るなよ。射たところであの大きな盾に刺さるだけで一人の敵も殺せない」

「ほいだらどないします?」

「あのなあ、あいつら、喧嘩は強そうだが頭がかなりアホだ。近くまで来たらもう一回、論争を仕掛けろ」

「了解。それで時間を稼ぐわけですね」

「仰る通りだ。その間、僕はここから谷の斜面を上流に向かい、ポイントを見つけて渡河して後ろから攻撃する。僕がスタンバイするまで、やつらを小馬鹿にしまくって時間を稼いでくれ」

「どうやったらあなたがスタンバイしたってわかりますかね」

「スタンバイしたら鏑矢を射る。そしたらヒュルルって鳴るからわかりますでしょ。そのと

き僕はあの大きな盾を持ってる奴の首を狙う。とにかくあいつが邪魔だからね。そしたらみんなで、がー、って行って残りのアホ追い散らして、あの盾で防備しながら中院の峰まで駆け上がって、あの盾の陰におらば、そのうち敵の矢も尽きる。味方の矢も尽きる。そしたらもう後は斬り合い、突き合いでしょ。刀、振り回して、可能な限り多くの敵を楽しく殺して、僕たちも楽しく死にましょう」

「それいいですね。それでいきましょう」

「じゃあ、僕、ちょっと行ってくるね」

「うまいことやってくださいね」

「任さんかい」

そう言って忠信は普通の矢二本と先端に音響装置が付いた鏑矢一本だけを持ち、弓を杖についで行こうとするので、郎従が言った。

「え、そんなちょっとでいいんですか。もっと矢ァ持っていかはったらよろしいのに」

「いや、これでいい」

「なんでですか」

「まあ、任せとけ」

と忠信は説明せずに行った。代わりに私が説明すると、木が生い茂り、蔓などもぶら下がり、雪が積もった谷の斜面を行くのに、ケースに入った大量の矢を背負っていくと、ガシャガシャして歩きにくく、またこの作戦の成否は、敵に発見される前に一撃で敵の盾を持ったっこうね、何ぐ。て、け。

奴を射殺できるかどうかにかかっており、こっちが二本以上、矢を射る局面になるということは、その時点で敗北が確定したということになるからである。ならば矢は鏑矢一本で充分だし、なにかのために予備の矢を持っていくとしても二本以上は必要ない。なぜならそうなったら三本射つまで生きていないだろうから。という訳である。


ということで、忠信が渡渉し敵の背後に回るまでの間、七人の郎従が、大盾を前面に押し出してジワジワ迫ってくる川連法眼らにおちょくりの言葉を投げかけた。


「やっぱり吉野ってなんか田舎くさいよね」

「吉野って感じ悪いよね」

「吉野のお坊さんって一般人よりアタマ悪いって本当ですか？」

「ブラックの鎧とネイビーの直垂とブラックの太刀ってさあ、なんか売れないホストみたいじゃない？」


ってもちろんそんなことを言われたからといっていちいち反応する必要はないのだけれども、黙っていたらそれを認めたことになる、というのでこれに対していちいち、都会から意外に近くて便利、とか、実際に付き合ってみたらいい人ばかり、とか、頭はかなりよくて全国から多くの僧が吉野に勉強しに来ている、とか、いま白山(はくさん)や出羽(でわ)三山では吉野ルックが大注目で、比叡山とかもう終わったよねと言われている、など反論し、それにまた忠信の郎従たちが再反論して、問答には相当の時間を要していた。

なので、その間、忠信は余裕で河を渡って谷の向こう側の斜面に移動することができた。斜面。敵の後ろの仄暗い木立の中、こちらから向こうは見えるが向こうから此方は見えない、というところに到った忠信が、さて、どうすっかな。と見ると、前に大きな倒木があったので、これに登って見ると、倒れて上に突き出す恰好になった枝がちょうどいい感じの盾になるし、位置的にも弓手（ゆんで）、すなわち左側に敵がいるというばっちりなロケーションであった。

なぜそれがばっちりなのかというと、左手で弓を持ち、右手で矢を番えて引き絞ってこれを射出する関係上、左に敵が居た方が撃ちやすいし、当たりやすいからである。だから私たちはあの頃、戦争をする場合は、馬上にあったときは特にそうだが、敵の右へ回ることばかり考えていた。馬の上で左手で持った弓を右に撃つのは難しいからね。当然、私はスイッチヒッターで右でも左でもどっちでも撃てた。

ま、この場合、忠信は徒（かち）だったから別に右でも左でもよかったのだけれども、馴れというか、やはり騎馬での戦闘に馴れているから、どうしても敵が左に居た方が安心感があって戦いやすかった。敵が居て安心感というのも変な話だけどね。

という訳でベストポジションに辿り着いた忠信は十三束三伏の矢、というのは握り拳を十三個分＋指三本分の長さということで、普通よりかなり凄い、常人には扱えないシロモノである、その根元のところを、弓の弦にあてがい、満月のごとくに引き絞り、敵から見えないステルス状態なのをよいことに、きわめて慎重に狙いを定め、ひょうど放てば、矢はブンと音を立てて飛んでいき、盾を構えた悪僧の左腕に美事に命中、矢の破壊力が凄いので悪僧の肘から先を籠手ごと切断して、矢は最終的には大盾に、ズバン、突き立って、その音が木立に響くと同時に、ドシン、音を立てて全身ブラックの悪僧、朽ち木の如くに地面に倒れた。

川連法眼は驚愕した。なぜならまったく予想もしなかった方向から矢が飛んできて味方の一人が目の前で死んだからである。「こ、これはもしかして……、囲まれた?」そう思った瞬間、川連法眼は激しく動揺した。そして言いようのない恐怖にかられた。

川連法眼はこれまで、自分ほど強いものはない、と信じて生きてきた。

「俺は喧嘩して負けたことないんじゃ」

ことあるごとに川連法眼はそう嘯いていた。そしてそれは虚勢・はったりではなく事実であった。けれどもそもそも川連法眼の喧嘩の相手とは誰だっただろうか。所詮は山法師。近所の百姓、近所の田舎武士だち。そんな御連中相手に川連法眼は闘って勝ち、武芸大会やなんかでも準優勝とかしていた。それを根拠に、俺は強い、と思っていたのだ。だから自信があった。

「義経かなんか知らぬが、俺が行ってみいな。いっぱっちゃ。こっちには大盾もあるし」

と強気も強気、大強気であった。

ところがその大盾を持った武者がどこからともなく飛んできた一本の矢によって射殺され、そのときになって初めて川連法眼は、底知れぬ恐ろしさを感じたのだ。

「こ、これが、噂に聞く義経の神業的兵法ってやつなのか」

思わず呟いたとき、川連法眼は恐怖のあまり小便をだだ洩らしていた。川連法眼は空を見上げた。法眼の目に、谷川の向こう側、そしてこちら側の斜面がのし掛かってくるように見えた。

「俺はおそろしい。おそろしくてたまらない。いまにもすべての木末(こぬれ)から雨霰(あめあられ)と矢が飛んでくるような気がしてならない。いま、すぐそこの木陰から義経が僕を殺しに、ぬう、と現れるんじゃないか、的な。そのとき義経はねぇ、笑ってるんだよ。笑いながら僕を殺すんだよ。僕だけじゃない。君も、君も、みんな殺されるんだよ。ああ、もう、僕はどうしたらいいのかわからない。般若波羅蜜(はんにゃはらみつ)」

と、川連法眼が恐慌をきたしているのを斜面の上から観察していた忠信は歴戦の強者、研ぎ澄まされた戦場勘がその瞬間を見逃すわけもなく、大声で、

「おげあっ。いまのこのタイミング逃すな。正面の軍勢はまっすぐ行け、ど正面からおもっきし攻めたれ。他の奴らは後ろに回り込んで包囲殲滅せえ。いったれ。ぶち殺したれ。伊勢三郎も、熊井太郎(くまいたろう)も、鷲尾十郎も、備前平四郎君、片岡八郎君も行って行っていきまくれ。もちろん武蔵坊弁慶もいかんかい。三百人かなんかしらんけど、一人残らずぶち殺せ。いつものように」

と怒鳴った。

全国に名の知れたメジャーな勇士たちの名前を改めて聞いた川連法眼はますます怯えた。

「俺はなんと愚かだったことか。近所のおっさんを棒でぶちのめして俺は強いと思い上がっていたが、あいつらはあの強大な平家を西海に沈めた歴戦の強者。俺はただの田舎のヤンキー。勝負になるはずもなかったのだ。それを根拠なく、『弁慶なんて実際やってみたらたいしたことないよ』と偉そうにして、こんなところに来てしまった。俺はいま心の底から後悔している。はっきりいって五十メートル以内に弁慶がいると聞いただけで足が震える。あの人たちはオーラだけで俺に勝っている。俺のオーラは糞のオーラだ」

と呟く法眼の周りに異臭が漂っていたのは法眼が知らない間に恐怖で脱糞してしまっていたからである。

その川連法眼は義経攻略軍三百名を率いる指揮官であった。この時代の戦場において指揮官の命令が末端まで届くには時間がかかったが、その動揺は一瞬で伝わった。

「待ってくれええっ、俺をひとりにしないでくれええ」

川連法眼はそう泣き叫んで仲間の後を追った。誰かが怒鳴った。

「くさい。くんな」

僧兵だちは、「この戦、あかん」と直感的に悟り、銘々が自分の判断で、ある者は斜面を駆け上がり、ある者は谷伝いに逃げ始めた。そこにまとまった秩序のようなものはなにもなく、それはまったくの勝手な逃亡であった。

これを見た忠信は所期の目的は達成されたと判断、素早い動きで斜面を駆け下りると、大盾を保持していたブラックの武者には一瞥(いちべつ)もくれず、つまり首級(しるし)をとることなどせずに、盾をうち担ぐや、さらに斜面を駆け下って谷川を渡河、味方の陣に舞い戻った。

その、射撃から始まる一連の鮮やかな動きを対岸から見守っていた味方七名は奮い立つような思い、

「よっしゃ、いこやい」

と、突撃しようかというのを忠信が、「ちょっと待て」と留め、全員、盾の陰に入るように言った。

その間。

一旦は逃げたけれども囲まれているわけではない。というより敵は小勢らしい、と悟った有能な指揮官が吉野方にいたらしく、選りすぐった射手を前面に立てて、盛んに射かけてくる。それも並のではなく、一撃で骨を砕くような、強い矢が轟音とともに飛んでくるのだからたまらない。七名は忽ち射殺された。

と普通ならなるのだが、忠信方には鹵獲してきた強力な防御兵器・大盾があった。

ひゅん、という弦の鳴る音が響いた直後、矢は、ばっすーん、と音を立てて板の表面に突き立ち、その音たるや、突然、千人のキース・ムーンと万人のジョン・ボーナムが現れて同時にドラムソロを始めたみたいな、もう訳のわからないくらいに喧しい音であったが、けれどもそのお蔭で人間は誰も傷つかなかった。

そしてそんな音が一時間も続いた。けれども忠信軍はこれに応射しようとしなかった。というかできなかった。なぜなら矢を射ようとして盾から顔を出したらその瞬間、顔が、腕を

出したらその瞬間、腕が吹き飛ぶことがわかっていたからである。

けれども。塹壕で只管、攻撃を耐え忍んだことがある人ならわかると思うが、そうした追い詰まった状況はけっこうメンタルにくる。その結果、病んでしまって、こんな状況が続くぐらいだったら、一か八かここを出て血路を開くほうがよいのではないか、いわゆる死中に活を求める、というやつだ、と考え、飛び出ていって一瞬で死ぬ、みたいなことをしてしまうのである。

そしてそれは勇気があるとかないとかそういうことではなく、つまりそれほどに人間の精神というのは壊れやすいものということである。

だから。このとき殿軍として忠信といた者はもとより一死を覚悟していて勇気がないわけではまったくないのだが、あまりの敵の矢の音のえげつなさにメンタルをやられ、口々に、

「いつまでもこんなことしてても死ぬだけですやン」

「っていうか、俺ら死ぬ覚悟はできてます。もうだったら早く死にましょうよ。こんなことしててもつらいだけですやン」

「そうです。もう突撃しましょ。突撃して、死にましょや。っていうか、もうここで切腹したい。こんな状況には耐えられない」

など言って騒ぎ始めた。

けれども四郎兵衛忠信はさすがであった。同じ人間である以上、そういう精神状態に陥ってもちっともおかしくないところ、ひとりで健常な精神を保って、

「ちょっと待ちなさい」

と冷静な声で言った。

「いまは心を静かにしていなさい。心を静かにして待ちなさい」

こういうときにこんなことが言えるのが歴史に名を残す人と残さない人の差である。しかしまあ、こういうことは後の人が結果を見た上でそれらしく書き加えたものも多いので丸っきり信用することはできない。しかしいまはその場に居なかったとはいえ当事者中の当事者である私が言っているのだから間違いなく忠信はそう言った。そして誰かが間違いなく、

「待ってどうするんですか。この儘じゃじり貧やないですか」

と苛立ちを露わにして言った。それに対して忠信は心に深く染みいるような低音で言った。

「静かにしていればいずれ敵は矢を撃ち尽くします。そうするとどうなりますか。あの人たちは経験がありません。今日まで大規模な戦いを知らぬのです。あなたがたは見たでしょう。先ほど私が敵の後方に回ったときの、あの混乱ぶりを。矢を撃ち尽くしたことを知った彼らはあのように、いえ、あれ以上に混乱して、ある者は呆然とその場に立ち尽くし、ある者は焦って突撃し、ある者は後方に退こうとして、お互いにぶつかって、ホテルの回転ドアーでぐしゃぐしゃになっていつまでも出られない田舎者のように、ひとっところに固まってグルグルするでしょう。私たちが攻撃すべきはまさにそのときです。そうなったら私が合図をしますので射られるだけ矢を射なさい。射尽くしたら刀を肩に担いで突撃しなさい。そして討ち死にして名を残してください」

誰もなにも言わなかった。忠信の言葉が心に染みいり、心の奥から納得したからであった。そして忠信が言い終わる頃、鼓膜が破れるのではないか、と心配になるほど喧しかった、矢が盾に当たる音がやんだ。

「そろそろとちゃいますか。ちょっと見てみ」

忠信に言われた郎党がおそるおそる盾の横から首を出して様子を窺った。

「どうだ」

「なんか、向こう岸でぐしゃぐしゃになってグルグルしてます。みな慌てふためいています。急に駆けだしてぶつかって倒れたりしてアホみたいです」

「いまである。射撃せよ」

忠信の号令一下、郎党だちは、とはいうもののまだ少しは残っているかも知れない敵の矢に射られないよう、絶えず鎧を揺り動かし、横板の間に隙間ができるのを防ぎ、また、左肩の大き目の袖が前に来るようにして首を傾けるという教科書通りの体勢を取りつつ、これまでの鬱憤を晴らすように矢を射まくった。

勿論、忠信も矢を射る。満月のように弓を引き絞り、グルグルのアホに狙いを定め、ひょうど放つ。

轟音とともに飛んでいった矢が敵の首に、肩に、腹に、股間に突き立ったときにはもう既に二の矢を番えている。いやさ、放っている。

みんなもそうしている。

バンバン矢が飛んで、バンバン敵が倒れる。おもしろいように倒れる。

「こら、小気味いい」

とみんながそう思っていたが、しかし敵は数が多い。射ても射てもアホが蠢いて、その数がいっかな減らない。それればかりか少しばかり増えたように思える。

というのは、グルグルのアホに混じって矢を満載したケースを背負った新手の敵が現れるからで、アホが射るちょっと曲がったような矢と違って、そういう奴の射る矢は強力である。ぶうん、と音がしたと思った次の瞬間には、すぐそばの木の幹に、ばすん、と突き立って、木が焦げる匂いと煙が立ち上る。

そして新手が増えると同時にこっちの矢がみるみるなくなっていく。

「さあ、そろそろ死に時か」

そう思った忠信が後ろを振り返ると、六人居た郎等のうち四人は既に射殺されて残りは二人になっていた。

「いやさ、一時は小気味よい戦闘だったけど、やっぱり数には勝てないね」

「まあ、そうですね。しかしまあ、最初からそのつもりでしたからね」

「想定内ってやつか」

「さよさよ。ほたら潔う死にましょか」

「じゃあそうしよう」

「けどとはいうものの、あなたはね大将ですからね。しょうむない流れ矢に当たって死んだらあきません。俺らが前に出て、つまり矢面に立ちますから。そいで、ぐわあっと行きましょ。最後の花、飾りましょいな」

「いいね！」

という訳で忠信と二名の郎等は敵を突き伏せ、切り倒ししながらグイグイ進んで行った。どこへ？　それは、より名のある敵を求め、敵の本陣めざして進んで行ったともいへるし、十万億土を目指して行ったともいへる。

そしてほどなく、覚悟したとおりに一人は飛んできた矢で頸椎が砕けて死んだ。その矢を射たのは薬師如来といって衆生を病苦から救う仏様にちなんだ名を持つ医王禅師という名の法師であった。その直後、もう一人の郎等が脇を射られて死んだ。脇に矢が突き立った瞬間、彼は一声、

「脇、やめろ」

と叫んだ。彼を射たのは治部法眼という法師であった。背が低く、しかし筋肉の発達した法師であったらしい。

ということで六人の部下が全員射殺され、忠信はただのひとりになった。なってしまった。そのことについて忠信は不安に思っただろうか。部下を失って悲歎にくれただろうか。いや、そうしたことはまったくなく忠信は、
あ。も、ぜんぜんぜんぜん。

と思っていた。実は忠信は、「っていうか役に立たない奴にうろちょろされるとむしろ邪

魔なんだよね。足手まとい、つか」と思っていた。「これで自由に動ける」とも。

というのはつまり忠信は、周囲で郎党が、あああ、いまそんな動きしたらやばいやんか的な動きをするため、その補助や援護をせざるを得ず、「あ、いまこいつを撃ちたい」と思っても撃てなかったりしたのである。

だから本当は、「もう、早く死んでよ」と思っていたのだが、さすがに自分のため、そして主君のために命を捨てる覚悟をしている彼らにはっきりそういうのもなんか悪い気がして、言えずにいた。

それがついに死んでくれたので、「よかったー」と思ったのであった。

しかしなんたる皮肉であろうか。

ようやっと自分の好きなタイミングで撃てるようになったとき、忠信に残された矢はたった二本、一本は鏃（やじり）が鋭く尖って殺傷能力の高い尖り矢、もう一本は尖端が二股になった雁股（かりまた）の矢であった。

忠信が詩人ならばここで己の運命を嘆き、それをすべての生命の様態に重ね合わせるべく思いを巡らせ、それを言葉に定着させただろう。

けれども忠信はその瞬間、もっとも合理的な作戦行動をとるべく自らを鍛え上げてきた武人であった。

矢が二本。ならば。そう。敵の中からもっとも名のある敵、吉野山を代表するような人物を射殺し、直後に自裁する。それこそがいま私がとるべき作戦行動だ。

味方が全滅し、矢が後二本しかない。それがわかった瞬間、忠信はそのように決意していた。

一方その頃。立ち騒ぐ吉野方のなかにあって、じっと立ち尽くして動かない、三十人ほどの真っ黒い集団があった。

栄えある矢合わせに失敗して大恥をかいた川連法眼と仲間たちであった。はっきり言って笑いものであった。「いいんですか。このままでいいんですか」そんな思いが三十人に共通してあった。

このまま戦が終わったら自分たちはどうなるだろうか。一生、笑いものになる。だからなんとか戦が継続しているうちに手柄を立てて失われた名誉を回復しなければならない。

三十人はそう思って戦場に立ち尽くし、輝かしい戦功を上げる機会を窺っていた。

その真っ黒な集団の中にきわだってブラックな法師がいた。

そのオールブラックぶりたるや徹底していて、インナーの直垂もブラックならアウターの鎧も堅いブラックレザーをブラックの革紐でステッチしたもの。黒を基調としたヘルメットの前立は黒みがかった鹿の角。三尺九寸の黒漆塗りの太刀を熊皮のケースに収め、矢のケースにブラックのカーフレザーを張り、黒漆を塗ったぶっとい矢の矢羽根はもちろん黒。これが頭の上からちょっとだけ見えるように背負っているところがとても渋い。黒漆で仕上げた九尺もある、四人がかりでないと弦を張れない超ストロングな弓を左手で地面に突き立てて立っている。顔も色黒といっても土方焼けな感じはまったくなくてどこかノーブルな浅黒さ。目が大きくて鼻が高いからかしら。意外に菊門とか狙われてそう。

その法師が傍らに立っていた川連法眼、その他、二、三名の法師と言葉を交わしたかと思ったら、やおら倒木の上に立ち、忠信の方に向かって、

「皆さん。はっきり云ってさっきは仕損じたよ、コノ野郎。それは俺は認める。さあせんした。はっきり云って、俺たちなめてました。けど源氏っ、こら義経。やっぱ、てめぇらすげーわ。最高の敵だよ。まいったよ。ここまでやられるとは思わなかったよ。でもなー、源氏。てめぇらだってダメージ負っただろう。俺たちだってただやられてた訳じゃねぇからな。それなりのことはさせてもらったから。だから、源氏、こいっ、こらあ。逃げてんじゃねぇ。かかってこいや、こらあ。もっかいやって決着付けようじゃねぇの。源氏の根性みせてみろや、こらあ」

とおらび、さらに自分の知名度がイマイチであることに気がついたのか自己紹介を始めた。

「つう俺はなあ、覚えとけ。俺は紀州の人間で、新宮（しんぐう）を仕切ってる鈴木党は知ってますでしょ、その鈴木党のなかに、もしかして聞いたことないですかねぇ、凄い奴いるよね、って。それが俺なんですけどね。さっきボロ負けした川連法眼のボケは子供の頃から仲よくてね。あいつは昔からヘタレでした。けどまあ俺は生まれた瞬間から極悪で、悪いことばっかりしてましたから、それが原因で紀州追放になって、まず俺は奈良に行きまして。奈良のそう東大寺、東大寺。けどそこでも気に入らんことがあったら暴れる、朋輩をどつき回す。他人の

土地へ行って収益を喝上げしたり、ヤミ金みたいなこともやって、というか、ま、やり過ぎて、そいで奈良も追放になって、こんだ、比叡山の横川に行きましてね、けどそこもやっぱし追い出されて、そいでしょうがないからこの二年くらいは吉野でくすぶってるんだけど、なんて言い方は吉野に失礼だろうが、クソがっ。でも一応、横川出身というと箔がつくんで、名乗るときは横川の禅師覚範と名乗ってます。よろしくお願いします。これでも食らいやがれ、アホンダラっ」

と覚範禅師、四人張り（四人がかりで張った弓のこと）の強弓に十四束（約一〇八糎）の矢を番え、力任せに引き絞ってひょうど射た。

その射るタイミングがあまりにも早いというか、言い終わるか終わらないか、みたいなタイミングだったので忠信、ちょっと驚いた。

横川の禅師・覚範が放った矢は一直線に飛んだ。ここで一言。今の人は、弓矢なんて。と侮っているかも知れない。弓矢の戦いなんてなものは鉄砲の戦いに比べれば児戯に等しいと考えているかも知れない。

そういう人に私は言いたい。アホ吐かせ。と。

そんなものは実際の戦場を知らない人の戯言に過ぎない。事実、あの頃の弓矢の威力というのは後の鉄砲などという貧弱な武器とは比べものにならないくらいに凄まじかった。

訓練を受けた武士の放った矢は厚さ六寸の板を貫通したし、射程距離も連続的な照射も火縄銃なんかよりは遥かに優れていた。

　もし三百の鉄砲隊と百の騎馬武者を率いた私が戦ったらどうなっただろうか。もちろん種々の条件にもよるが、最初の十分間の弓射で鉄砲隊の三分の二は射殺され、残りの三分の一は騎馬による突撃で三十分以内に全滅しただろう。さほど弓矢の威力というのは凄まじく、ちゃんと練習すればそれはいまでも充分に実践的な戦力であると私は考える。昭和の御代、学生運動が盛んな頃、ニュース映像にてこれを見た私は、なぜ学生諸君が弓箭(ゆみや)を使用しないのか不思議でならなかった。

　閑話休題。覚範の矢は乱暴に放った割に照準は正確で、ぶうん、うなりを上げつつ、忠信目がけて一筋に飛んできた。忠信、

「呀(あ)っ」

　と声を上げ、思わず身を屈めてこれを避けた。

ようでは天下の大将軍とは言えない。忠信、弓を杖について凝(じっ)と立って動かない。矢はその忠信の弓を握った左手の拳をかすめて後ろに飛んでいった。

　もし忠信が慌てて動いていたら。くはっ、たぶん犬のように射殺されていただろう。

　忠信が振り返ると矢は、直ぐ後ろの椎(しい)の木の幹、恰度(ちょうど)立札ほどの高さにしらじらと、ではなく深々と突き刺さっていた。四郎兵衛忠信はこれを見て慄然とした。

　矢は鏃の接合部あたりまで刺さり、そこから煙が立ち上っていたからである。そして忠信は、

「マジでぎりぎり助かった。昔、鎮西八郎為朝（ちんぜいのはちろうためとも）という人が居てこの人は七人張りの弓に十五束（握り拳十五個分・約一一五糎）を能（よ）く引いて、威力が強すぎて一本の矢で二人射貫いたというが、それははっきり言って神話で、今日日、現実にそんな人はいない。ってことはもう、はっきり言ってこれ、この覚範って奴、なめてたけど取りあえず最強の弓の使い手ちゅうことで、もちろんそれだけの奴だから一発目ミスって二発目もミスるってことは確率的にもあり得ない。ならば向こうが射る前にこっちから射てこましてやろう」

と考え、一旦は尖り矢を弦にあてがって、満月のように引き絞り狙いを定めた。で、矢を放ったかというと放たない。放たないで緩め、一呼吸ついてから、また尖り矢を弦にあてがってこれを引き絞り、精神を集中して狙いを定めたかと思うとまた緩める。これを何度か繰り返してなかなか射たなかった。いや、というか射てなかった。

なぜか。まず、覚範の位置が射程距離よりわずかに遠かった。そればかりか谷底から強い風が吹き上がっていた。この条件下ではおそらく命中しない、と忠信は考えた。

もちろん忠信の腕前を以てすればそうしたことを計算に入れた上で命中させることは或いはできたかも知れない。けれども仮に命中させたとしても相手に致命傷を与えることができなければ意味がない。ところがどうだろうか、覚範は完全武装しておりその鎧はきわめて堅固で容易に矢を貫通させせない。

矢が命中しなければそれは武者として恥であるが、鎧に弾き返されたとなるともっと恥である。

「源氏って、なんか凄いみたいにみんな言ってるけど、実際の矢はヒョロヒョロ矢らしいよ」

「ほんとかよ」

「ほんとだよ。俺、見た奴から直接聞いたもの」

「マジか。なんか笑うね」

「笑う、笑う」

といったことになって、そんなことを言われるくらいなら死んだ方が増しだが、実際は死んだ後もずっと言われるのである。事実、いろんな奴がそんなことを言われて後世の笑いものとなっている。かく言う私だって低身長、出歯、行政能力欠如、適応障害など、あることないこと言われたし、いまも言われている。

武士、ことに関東の武士はこうした他人の評判を異常に気にする。なぜならなめられたら終わりの商売だからである。だから忠信もそうしたことを考えた。

そこで忠信は一計を案じた。

当人を狙っても射程が長いから貫通しない。ならば相手の武器、すなわち弓を射てやろう、と考えたのである。

というのはしかし口で言うのは簡単だが、実際には死ぬほど難しい。というのはそりゃあそうだ、人間の胴を射るのさえ難しいくらい距離が離れているのに、それより遥かに細い弓を射るのであって、はっきり言って神業で、普通に考えたらそんなことが人間にできるわけがない。

けれども。

忠信は普通じゃない。普通の人間じゃない。

現在の中華人民共和国の湖北省から湖南省にいたる領域にかつてあった楚という国の養由基という人は弓の名手で、柳の葉を地面に立てそこから百歩離れたところから百発の矢を射て一発も外さなかったという。凄いことである。

じゃあ忠信はどうか。そんなことが忠信にできるのか。と言うと、忠信は三寸の幅のものを五段すなわち三十間すなわち55 metre の距離から射て外さない。まさに楚の養由基に勝るとも劣らぬ達人と言える。そのうえ百戦錬磨の将軍・四郎兵衛忠信は覚範を弓手の方角、すなわち左前方、に見るという好位置にいて、五割、いやさ、八割くらいで命中する確率が上がる。

外すわけがない。

忠信はこのように考えた。

そしてそう考えて忠信がすぐに矢を射たかというと射なかった。と言うと多くの人が、「だったら早く射ればよいではないか。その間にも覚範が射かけてくるかもしれないわけだし」と思うだろう。だが、多くの人と同じようにそう考え、そして焦って射るようでは、そこいらの梶原景時レベルの愚将・凡将で、そんなことでは私の麾下は務まらない。じゃあどうしたかというと忠信は先ず番えていた尖り矢を外して雪の上に突き立て、次に背中のケースから雁股といって、尖端がふたつに分かれた鏃のついた矢を取り出してこれを番えた。

どういうことかというと、貫通力に優れ目標に致命傷を与えることができる尖り矢から、貫通力は劣るがより破壊力に優れた雁股に変更した、なぜなら先程までは鎧を貫通させて胴を射貫き、一撃必殺を狙っていたが、いまは、弓を折って相手を無力化すればよい、と考えるようになったからである。

と言うと多くの人が、「そんなこと当たり前の話で、わざわざ称賛するようなことじゃないよね」と言うだろう。だが、そんなことを言う人に限って戦の経験が無い。私はそんな人は一度、戦に行ってみればよいと思う。

例えばそんな人があの土佐合戦のときに従軍していたらどうなっていただろうか。おそらくは、恐怖で小便を垂れ流す以外なにひとつできず、二、三秒で馬に踏み殺されていたに違いないと考えられるだろう。

つまり何度も言って申し訳ないがやはりアドレナリンが全開で放出されている戦場で斯うした冷静な判断ができる佐藤というのはやはり凄くて、いくら人並み外れた膂力があったとしても、いくら普段の練習で百発百中の腕前を誇っていたとしても、実際の命のやり取りが行われる現場で、斯うしたことができない人は弱い。

そして多くの人がそうした人間的な弱さを抱えている。なぜなら人間だから。

ところが私や忠信や弁慶、また頼朝さん、或いは武家ではないが九条兼実、或いは畏れ多いが後白河院、なんて人たちはそうした人間的な限界をどこか超えてしまっているところがあって、だから各々の領域で強いのである。

ということで非人間的な技術と非人間的な戦場の直感を併せ持つ忠信は雁股の矢を番えた。そしてこれをすぐに引き絞ったかというとすぐには引き絞らない。なぜかというと引き絞った状態というのは脇が大きく開いて静止した状態で、敵から見れば非常に狙いやすいからである。

なので逆に敵がそういう状態になっているときに此方が撃てば非常に当たりやすい。けれども敵がそういう状態になってから引き絞って狙いを定めるのでは遅い。なぜならそのとき敵の矢はもう既に発射されてしまっているからである。

そこで忠信がどうしたかというと、忠信は半分くらい引き絞った、野球で言うところのセットポジションのような状態で相手が狙いやすい状態になるのを待った。

そうしたところ覚範は、ここいらが右に言ったような凡人で、先ほど射損じて失敗したからけっこう焦って、忠信が思考したようなことをいっさい考えず慌てて二の矢を番え、漫然とこれを引き絞った。

もちろんこのタイミングを忠信が見逃すわけはなく、素早く、しかし完全に引き絞るとひょうど射た。

矢はまるで誘導装置が付いているかのような軌跡を描いて飛び、覚範の弓の鳥打といって、上の方の大きく湾曲したところ（ということは強度がもっとも弱いところで、忠信はもちろん意図的にここを狙った）に命中して折れ、覚範はこれまで感じたことのない異様な感触を両の手に感じて激しく動揺、動揺は直に怒りに転じた。

「なんてことしてくれるんだあああああっ」

覚範は激怒して左手に残った弓の残骸を投げ棄て、右手で腰に付けた箙（矢を入れる木製ケースのこと）を引きちぎって、これも投げ棄てると、三尺九寸の太刀を引き抜いて振り回して頭の上に振りかざし、

「勝負じゃ、こらあああっ」

などと意味のわからないことを喚き散らしながら忠信の方に走ってきた。

弓を撃つ、と決めた時点でこうなることを忠信は予測していた。だから急きも慌てもしない。忠信もまた弓と動くのに邪魔な箙を外して雪の上にそっと置き三尺五寸、伝来の宝刀であるところの「つららい」を鞘から抜いてこれを待ち受けた。

と言うと多くの人が、「え？」と思うに違いない。

どういうことかというとこの時点で覚範は腕をふりかぶった状態、すなわち、全身がまったく無防備な状態で忠信の方に走ってきているわけで、このとき先ほど雪の上に突き立てた尖り矢を番えて射出すれば容易に覚範を討ち取ることができるのに忠信はなぜそれをしなかったのか？　ということである。

蓋しもっともな疑問で、私なら恐らくそうしたし、別に私のような天才美男戦略家でなくともそうしただろう。けれども忠信はそれをしなかった。

なぜか？

一言で言うと世間の評判を気にしたからである。覚範は、「勝負じゃあああっ」と言って刀で戦いを挑んできた。それに対して刀で対応しないで、勝って当たり前の弓矢で応戦したら、たとえ勝ったところで、「相手が刀できているのに弓で対応するなんて失礼、って言うか卑怯」などと批判する輩が必ず出てくる。

もちろんそれは綺麗事であって戦争に勝たなければなんの意味もないし、ある意味で言うと、相手の嫌がる卑怯なことをやるのがリアルな戦場の実態である。

けれども戦争に勝てばそれでいいという訳ではなく、勝った後のことを私たちは気にする必要があった。というのは勝った後、恩賞の配分を間違えればあちこちから文句が出てまた戦争になるし、悪評判が立てば、政権の正当性を疑われ、反乱やクーデターが起こった。

要するに私たちは軍事的合理性だけを考えればよいというわけではなかったのである。

そしてそれは個人のレベルにおいてもそうで、嘘をついた。逃げた。自分だけ助かろうとした。自分勝手なことをした。自分だけいい思いをしようとした。など言われれば恩賞がおじゃんになった。

というのはかく言う私がやられたことで、そんな証言によって私は不利な立場に追い込まれたのだ。そしてときにそれは明らかに嘘とわかっているのに証拠採用された。

だから戦場においては戦略的な合理性よりも名誉を重んじなければならない局面があったのだ。

そしてなにより重要なのはこのとき忠信は義経の扮装をしていたということだ。

だからこのとき敵は忠信を義経と信じていた。その義経が戦場で卑怯なことをしたとなったらどうなるだろうか。

もちろん京都にいる関東に与同する連中はこれを最大限に利用、日本国中に、「義経は吉野で進退相窮まって、なんとかして助かろうと卑怯未練、見苦しい振る舞いに及んだ」と言い触らすだろう。そのうえで脱出なった私が再起を図って全国の武士に、「我に院宣有り。我が麾下に集へ」と呼びかけたところでいったい誰が応じるだろうか。誰も応じないに決まっている。

忠信はそれが訣(わか)っていたから敢えて有利な戦術を放棄して太刀での戦いに応じたのであって、もし自分ひとりのことだけだったら勿論、一撃で覚範を射殺しただろう。

そんなことで忠信は伝来の宝刀、つらい、の鞘を払ってこれを待ち受けた。

そのうちに間近に迫った覚範が、「きゃあああああああっ」と喚き散らしながら打ちかかってくる。

「こんかれえっ」

忠信も喚き散らす。しかし忠信、驚いた。なんとなれば覚範の太刀筋があまりにもムチャクチャだったからで、理論も技術もなにもない、ただただ剣を前に突きだして右に左に振り回すばかり、もうはっきり言って完全な素人であったからである。

だったらさっさと玄人の技術で打ちのめせばよいのだけれども、なかなかそうもいかなかったのは、相手が玄人ならば次なにをやってくるのか予測が付くがなにぶん素人なので、普通プロなら次は籠手を斬って来るだろうというところで真っ向に打ちかかったり、一歩、下がって大きく振りかぶったかと思ったらクルクル舞うなどして、次になにをやってくるかまったく予測が付かなかったからである。

もちろんだからといって強いわけではない。それで強いのなら素人最強ということになり、なにも血の滲むような修業をして玄人になる必要はない。

ただ問題なのは覚範が並外れたパワーとスピードを持った素人だということで、その覚範がまったく予測の付かない突飛な攻撃をしてくるのだから、ぼやぼやしているとカウンターの一撃を食らうおそれがあった。

そこで忠信は暫くの間は覚範の太刀を受けることにした。すなわち最初のうちは「様子・出方を見て」そのだいたいの太刀筋を見きわめ、その後に倒しにかかろう、と考えたのである。

ということで忠信は覚範のムチャクチャな太刀を受けた。

ぶんっ。カキーン。

金属音が空に響いて、忠信は覚範の剣をはじき返す。

「おのれ。猪口才な」

憎まれ口を叩いてまたぞろ覚範が斬ってかかる。

ぶんっ。カキーン。

また、忠信が受ける。次第にその間隔が短くなって、ぶんっ、カキーン。ぶんっ、ぶんぶんっ、カキーンカキーンカキーン。チャリンチャリンチャリン、カキーン、カキーン、カキーン。とその金属音はひとつの拍子をなし、まるで音楽のように響いた。

そのようにして何十合か切り結ぶうちに忠信、そこはさすがに玄人だ、ワンパターンな覚範の太刀筋を完全に見きって、いちいち太刀で受けずとも、ひょいと顔を横に向けたり、上体を仰け反らせたりするだけで、これをかわすことができるようになった。

忠信はいまや剣を構えていなかった。馬手も弓手もだらりと下げ、顔を突き出して変顔をしたり、猿的な動作をするなどした。それに対して覚範はいちいち激昂、全力で打ち込んできた。けれども忠信はこれを見きっているので、簡単にこれを躱す。そのことがますます覚範を苛立たせた。

言うまでもなくこれは忠信の戦略であった。

はっきり言ってこうした戦いというものは熱くなったものが負け、最後まで冷静に戦ったものが勝つ。それを熟知している忠信は、そうやって覚範を挑発し、怒らせて自滅に到らせようとしているのであった。

その思う壺に覚範ははまっていく。動作が大きくなり、あちこち隙だらけになった。忠信は今こそ仕留めるときと考え、すっ、と太刀を構えた。

しかし直ぐには打ちかからない。忠信は覚範との距離を測っていた。忠信と覚範にはかなりの身長差があり、したがってリーチにも差がある。ということは？　そう、覚範にとっては離れて戦う方が有利であり、忠信としては懐に飛び込んで戦いたかった。

そしてこれまでは基本的に覚範の距離で戦っていた。倒すためには飛び込まなければならない。そのタイミングを忠信は待っていたのである。

と、そのとき。相手が太刀を構えたのを見た覚範は、「おのれ、いよいよ打ちかかってくるつもりか。そうはさせじ。此方が先に打ってやる」とばかりに大きく太刀を振りかぶった。脇が大きく開いた。

この瞬間を忠信が見逃す筈がない。

忠信はまるで猛禽が鳥屋の入り口をくぐろうとするときのように、頭を低く下げ、兜の垂れたところを傾けて覚範の懐に飛び込んで斬りつける。

ずばっ、と危うく斬られそうになるところ、かきーん、覚範はこれを辛うじて受けたけれども、ようやっと受けたわけだから体勢が大きく崩れる。その崩れたところへまた忠信が打ち込む。また覚範がぎりぎりでこれを受ける、と先ほどとは攻守逆転。忠信の距離になったところで、三尺八寸の大太刀と自らの長いリーチが仇となって覚範は防戦一方の戦いを強いられた。

覚範は口を開いて汗をかき、また彼方此方に受けた小疵から流血して、全身が朱に染まり随分と苦しそうで、倒されるのは時間の問題と見えた。

ところが覚範、なかなか倒れない。あっ、打たれたっ、と思ったら紙一重でこれを受けて返している。なんでだ。覚範はそんなにディフェンスがうまいのか。

いや、そんなことはなかった。ではなになのか。

それは忠信の、スタミナ切れ、であった。というのはそらそうだ、はっきり言って忠信はこの三日間、ろくに食事もとっていないし、寝ていない。そんなコンディションで雪の中、戦闘を続け、いま、覚範という強敵と一対一で戦っている。体力が続くわけがない。だから本来であれば忠信は一撃で覚範を倒す必要があった。長期戦になった時点で覚範が圧倒的に有利なのだ。

そして打ち疲れ。やはり打つときは裂帛（れっぱく）の気合いを込めて打つから相当の体力を消耗して、一太刀打つごとに忠信はスタミナを削られ、その威力は目に見えて小さくなっていった。

ということで形勢が再逆転、覚範の太刀がまた決まり始めた。

セコンド的な立場からこれを見ていた川連法眼と仲間たちの連中が声援を送った。

「その調子、その調子、効いてるぞ」

「相手は疲れてる。一気に畳みかけろ」

「籠手を細かく打っていけ」

「回れ、回れ。ガード上げろ」

聞こえているのか、いないのか。とにかく暫くの間、戦いは覚範のペースで進んだ。忠信は終始、受けにまわり、何箇所かに浅からぬ疵を負ったようだった。もう一撃、いいのが入ればいよいよ忠信は倒れるだろう。誰の目にもそう見えたが、どういう訳だろうか。次第に覚範の手数が少なくなって、気がつくと源氏の太刀が決まり始めていた。

　なんでそんなことになるのかというと、自分が疲れているときは相手も疲れているということで、覚範は覚範で、開始早々から猛ラッシュをかけたことによる打ち疲れに加えて、武名全国に轟く伝説の武将との対戦、という激しいプレッシャーによって要らざる力が入って著しくスタミナを消耗していたのである。

　そしてなによりいみじいのは忠信の回復力というか、生きるか死ぬかの限界を何度も突破してきた者だけが持つ恐るべき底力で、ああもうやられるな、死ぬな、となった瞬間、身体の奥底から訳のわからない、或る意味梵我(ぼんが)一如(いちにょ)的なパワーが湧いてきて、ちょっと意味がわからないような活躍をするのである。

　これを見ていた覚範のセコンドじゃない、党派の仲間たちは慌てた。

「ああ、このままではやられてしまうぞ。どうしよう」

「どうしようもこうしようもない、乱入して助けるしかないっしょ」

「じゃ、いくか」

「でもそれってどうなんだろう」

「なに。この期に及んでなに」

「だってこれは一対一の戦い、武者同士の一騎打ち、そこへ我々が乱入したら世間の人はなんて言いますかねぇ。卑怯って言わないですかねぇ」

「なにを眠たいことを言っている。いいか、これはなあ、小法師の遊びじゃないんだよ。戦争なんだよ。戦争ってのは勝つためにはどんな卑怯なことだってやるのだよ。つか卑怯なことをやるのが戦争なんだよ。戦争は卑怯なんだよ」

「なるほど。説得されました。仰る通りです。乱入しましょう。乱入して大勢で寄ってたかって半殺しにしましょう」

「よし、じゃ、いこう」

と衆議がまとまって医王禅師、日高禅師、主殿助、薬院頭、還坂小聖、治部法眼、山科法眼といった、いずれも究竟の七名が、

「あほんだらあ」

「いてもたらあ」

など喚きながら戦いの場に乱入してきた。

これを見た忠信は一瞬ですべてを了解して諦めた。諦めてぼんやりし思わず知らず、「だめか」と、呟いた。というのはそらそうだ。覚範ひとりに対してこのように手こずっている。そこへ七人の新手が乱入してくるのだから、一人二人は殺せたとしても残った奴に一斉に襲いかかられて斬り殺されるに決まっている。

もはやこれまでか。と忠信が覚悟の臍を固めたとき、覚範が言った。

「待て」

言われて医王禅師以下七人は、「え?」と驚いた。半分くらい来たところで立ち止まった

医王禅師が覚範に問うた。

「待てとはどういうことだ」

「はあああ?　どういうことって、なに言ってんすか?　っていうか意味わかって言ってますぅ?　あのねぇ、これはねぇ、お互いトップ同士の一対一の勝負なんすわ。男の戦いなんすわ。英雄伝説なんすわ。それにセコンドが乱入してくるってあり得ないっしょ。なんか俺が卑怯みたいになるじゃないすか。普通、やんないでしょ、そんな格好悪いこと。あのー、考えて動いてくださいね。頼むんで。っていうか、もし乱入してきたら死ぬまで怨むし、死んでも怨みますわ。はっきり言って」

卑怯と言われるのを承知の上で加勢しようとして、こんな言われようをしたので当然、一同は白けた。

「だったらいいよね」

「討たれても仕方ないよね」

そんなことを言いながら一同はダラダラ引き返し、元の位置から戦況を見守った。けれどもその心の内は先程までとは違っていた。というのは。

先程までは川連法眼の恥を雪(すす)いで、自分たちのグループ・一党が義経(実は佐藤忠信)を討つという名誉を共有しようという思いがあり、心の底から覚範を応援していた。しかし、右のように言われてより後は、「死ね」「早く討たれろ」という感じになっていた。彼らは覚範のなかに名誉を重んじるのとは別に、手柄を自分だけのものにしたい。ところがセコンドの乱入によって勝ったら、みんなの力で勝ったということになってしまい、手柄を独占できないから嫌、という思想があるのを見抜いていたのである。

　ということで戦いが再開されたが、このインターバルの間に覚範はかなり体力を回復したはずで、一方、忠信はいい感じの攻撃を中断されてリズムを狂わされた。

　そこで百戦錬磨の忠信は、ここは一番、引いてみよう、と考えた。つまり追い込まれて退却するのではなく、相手を焦らせ、ミスを誘うための戦術的な退却をしてみよう、と考えたのである。そこには疲労が極に達したため、もはや回復はなく、後はスタミナをジワジワ奪われていくだけだろう、という冷静な計算もあった。

　けれどもいきなりは退却しない。

　まず忠信は、持っていた大太刀をいきなり覚範の顔面目がけて投げつけた。

　覚範は驚愕した。驚愕して怯んだ。

　なぜなら斬ったり突いたりするものでけっして投げるものではない太刀、それも大太刀がいきなり顔面目がけて飛んできたからである。

「もしかして……、きちがい？」

　と覚範が怯むところ、次に忠信は私が授けた二尺七寸黄金造りの御神剣を、ずらっ、と抜いて覚範のところまで走って行くと、兜の内側目がけて、ぶん、と振り下ろした。

　誰の目にも、ああ、やられた。と見えた。ところが覚範はこれをすんでのところでスウェーしてかわす。間髪をいれず忠信は前傾姿勢をとり、覚範のテンプル目がけて突きを繰り出した。

ぐわん。

兜でガードされていたとはいえ、覚範はもの凄い衝撃を受け、一瞬、意識が飛んだ。

「ああっ、効いたあっ」

医王禅師がわめいた。


覚範がふらふらしている間に忠信は走った。

「おいっ、しっかりしろ、逃げたぞ。追いかけろ、逃がすな」

医王禅師らの声に促されて覚範はふらつきながらこれを追った。
三、四十米（メートル）ほど走って忠信は立ち止まった。幹の直径が二米もある倒木が道を塞いでいたのである。後ろからは覚範が迫ってくる。普通の武者だったらこんなときどうするだろうか。よじ登るだろうか。いや、よじ登らない。なぜならそんなことをしているうちに追いつかれ、バックを取られてぼこぼこにされるからである。
だからそうしないで向き直って追いついてきた敵を迎え撃つ、というのがこの場合の普通の、というか唯ひとつの戦法であろう。

ところが忠信は普通の武者ではない。一瞬立ち止まりはしたものの、なんの躊躇もせず、トウッ、という掛け声とともに、まるでアニメーション映画のヒーローの如くに、ひらっ、

と空中に舞い上がった。そのとき恰度、追いついてきてダメージからもかなり回復した覚範が、

「ヘゲタレがあっ」

という掛け声とともに、ぶんっ、豪剣を振り下ろす。

けれども遅かった。そのとき已(すで)に忠信は巨大倒木の向こう側に着して見得を切っていたのである。

空を切った覚範が太刀は、がすっ、音を立てて木の幹に食い込む。そしてなまじ力があるものだから深く食い込んでしまってこれがなかなか抜けない。

「ああっ、抜けない。なんでこれが抜けないんだ。よいしょ、よいしょ。ああ、もう、腹立つなあ。誰がこんなことをやったんだよ。俺だよ」

覚範が愚痴を言い、セコンド陣が、「慌てるな。落ち着いて」など助言を送るうちに忠信は三十米ばかり走って、また立ち止まった。

行く手が切り立った崖であったからである。

人々が、龍返し、と呼ぶ、難所中の難所であった。崖の向こうには四十丈(じょう)、すなわち百二十米ほどもある超巨大な岩があった。下はちょっと覗いただけではその底が見えないくらいに深い谷であった。こちら側の崖も巨大な岩もほぼ垂直で、手がかり足がかりのようなものはまったくなく、谷に降りて逃げるのは不可能と思われた。

ここに忠信の進退がいよいよ窮まった。

忠信は考えた。

もし此処で戦って斬られたら世間になんと言われるだろうか。

「あほや。負けよった」

と言われる。それは避けたい。ならばどうするか。向こう側のあの岩に飛び移ったらどうだろうか。垂直に見えるあの岩だが、二丈ほど下の、庇のように張りだした部分に、人が二人ほど立てる感じのところがある。一か八か、あそこ目がけて飛び降りたら、或いはまだ戦えるかも知れない。よしんば失敗して谷底に転落死したとしても、それは自害ということになって、少なくとも、斬られた、ということにはならず名誉は保たれる。

ならばやってみる価値は大いにある。そう考えた忠信は鎧の草摺すなわち鎧の裾に垂れた防具を両の手で摑み、えいっ、という気合いとともに下方の巨大岩石目がけて二丈すなわち六米ばかりを飛んだ。

次の瞬間、忠信は、巨大岩石の庇部分の、ちょうど人が二人立てる感じのところに美事に着地していた。

「うまいこといった」

そう思った忠信が振り返り、着地の衝撃で傾いた兜の位置を直して崖の上を見ると、いましもやってきた覚範、激烈に口惜しそうな顔で崖上に立ち、忠信を見下ろしていた。

覚範は叫んだ。

「見苦しいぞ、忠信。そんなところに逃げ込んで恥ずかしくないのか。あがってこい、こらあ」

　忠信が答えた。

「うるせぇんだよ、吉野の禿っ。俺とやりてぇんだったらおまえが来い、滓（かす）っ」

「いったらあ、こらあ、逃げんなよ、暈（ぼ）けっ」

　顔面を真っ赤にして叫んだ覚範は忠信の居るところ目がけてぱっと飛んだ。

　そのとき覚範、忠信がしたように草摺をつかまずに飛び降りた。そのことが覚範の運命を決した。実は崖から斜めにつき出た木があった。

　忠信はこれを見て咄嗟に草摺を掴んで飛び降りた。着地直前にこれに草摺が引っかかる可能性があり、そうすると着地の際、バランスを崩し、下手をしたら四十丈下の谷底に転落して死ぬと考えたからである。

　ところが覚範は禿とか滓とか言われて激昂、後先を考えず遮二無二飛び降りた。それだから忠信が危惧したとおり草摺を斜めに突き出た木の枝に引っ掛け谷底に転落こそしなかったが、忠信が抜刀して待ち構えている、その目の前に、ばしゃ、と不細工に転がった。

「ぬかった」

　慌てて立ち上がろうとするところ忠信、充分に精神を集中して、

「えいっ」

　気合いとともにド正面から太刀を振り下ろした。

太刀は世に二つとない。武者は忠信。これが斬れないわけがなく、振り下ろした太刀は、

兜を真っ二つに叩きわり、そのまま脳天から喉元まで、ずんっ、と斬り下ろした。

したものだから可哀想に覚範の顔が二つに割れて両肩に垂れ下がった。

しかしなんという根性の持ち主だろうか、そんなになりながら覚範、なんとか立ち上がろうとしてもがく。しかし顔が二つに割れた状態で立って戦えるわけもなく、次第次第に弱っていき、最後は膝のあたりを両手で押さえ、首を天に向けて伸ばし、悲しげ、「うっ」と呻いたかと思うとそのまま前に倒れて絶息した。覚範。四十一歳。血が滾るまま、ただ暴れ回るだけの、なんの意味もない生涯であった。


忠信は覚範を倒した。しかし忠信は暫くの間、抜き身の太刀を杖にして立ち、そのままじっとしていた。戦闘で使い果たした体力の回復を待ったのである。

二分後。忠信はしゃがみ込むと、二つに割れているため、べらべらして切りづらい覚範の頸を、喉元を押さえて掻き切って立ち上がり、これを腰にしっかりと括り付けた。忠信は目の前の崖を見た。いま忠信が立っている岩は切り立ってツルツルだったが、崖はやや傾斜してところどころに灌木が生えていた。

「つうことはあの辺、目がけて飛べば、あの枝に摑まって、後はあっちゃっぺらのルートを辿ってなんとか上がれそうだな」

忠信はそんなことを呟き、そして後ろに下がると、助走を付けて跳んだ。

二分後。忠信はさっきの崖上に立っていた。

「さあ、元のところに戻った。あの岩のうえにずっといてもなにもならないからな。しかし元のところに戻ったとはいえたった一人で法師どもを全滅させることはできない。どうしようかな。まあとりあえず、暴れ込んで、殺すだけ殺して後は、うーん、まあ、燃やすか」

忠信はそんなことを呟き、腰に括り付けた覚範の頸を外して地面に置き、これに太刀をブッ刺し、肩に担いで歩き出した。

二分後。忠信は中院の峰に戻ってきた。忠信は高きところに上り、谷の向こうに構築した陣地に居て、索敵の任務に就いている僧兵どもに向かって、太刀の先に突き刺した覚範の頸を掲げて申し渡した。

「おおい、おまえら」

もう今日は戦闘はないいんじゃないかな、と勝手に決めつけ、このところいろいろあって疲れているので交代が来たら宿坊に帰って今日こそはぐっすり眠ろう、と思考していた僧兵たちは突然、現れた敵に動揺、「うわっうわっうわっ」と慌てふためき、矢をとって弓を番えるなどした。

これを見つつ忠信は余裕をかましつつ、

「おまえらのなかでこいつの顔知ってる奴居るか。あの凶悪で獰猛で暴れ出したら手が付けられないと評判の覚範ですわ。その頸を私、左衛門尉義経が討ち取りました。しかしねぇ、私がこんなものの頸を持っててもなんの意味もないのでねぇ、さあ、宿縁がある奴がおったら誰なと拾え」

と言って、ぶんっ、と太刀を振った。

もう血も流れない覚範の頸が弧を描いて飛び、反対側の斜面に落ち、雪の上を数米転がって止まった。

これをみて法師たちは衝撃を受けた。

「くわあ、あの強いがうえにも強い覚範があんなことに！」

「頭蓋骨割れて脳がはみ出てもとるがなあ！」

「顔がベラベラなってるやんかあ！」

という感じでみんなが怯えるなか比較的冷静だった一人の法師が言った。

「あんな奴には到底叶わない。まともに戦ったらどう考えても全員が死ぬ。とりあえずこの陣地は放棄して本堂まで下って、そして皆で善後策を協議するのが得策ではないだろうか」

それに対して、

「僕はその考え方は卑怯だと思う。そこにあるのは、自分だけ生き延びたい。自分だけ助かりたい、という一心だけが露骨に現れている。僕はそんな浅ましい考えに与しない。僕は全員がここに残って戦うべきだと思うし、もし僕以外の全員が逃げて僕一人になったとしても戦う。戦って死ぬ。僕は見苦しい振る舞いに及んで生きるより、勇敢な死を選びたい！」

と言うものはひとりもなかった。

全員が、「その通りだ。みんなで相談して決める。それが仏の教えの根底にある」など詭弁を弄し、覚範の頸を雪の中に打ち棄てて逃走した。

十二月二十日。もはや年の暮れの夜の始め。月もまだ昇らず中院の谷は真っ暗であった。耳を澄ませば、その真っ暗な谷の彼方此方から、当初からの戦闘に参加して深手を負ったまま死にきれないでいる兵士の呻き声。そして時に、「我を助けよ」と叫ぶ声が聞こえた。もはやむなしくなった死骸もたくさんあるはずであった。

その中院の谷にたった一人残された忠信は思った。

俺はこれまで何度、死にかけただろう。何度、危地を脱しただろう。美事散る、その覚悟で俺は戦った。けれども死ななかった。死なないで生きている。その俺の周りには無数の死骸。彼らは俺のように死ぬ覚悟だっただろうか。いや、生きて名利を得たいと考えていただろう。ただ、生きたい、とだけ虫のように願う者も多くいたはず。その彼らが死んで、死のうとした俺が生きている。つまり生死(しょうじ)は人の意志を超えたもので神仏の決めること。それならば無理に死のうとしても意味がないし、生き延びることは恥ではない。ならばここは一番、もう死ぬとか生きるとかを考えて、いろんな方策を立てる。戦術に基づいて戦うとかいうことはやめて、自分の思うが儘、恣(ほしいまま)に行動するのが一番よいのではないか。となれば俺はいまなにがしたいだろうか。山野を駆け巡ってゲリラ戦を展開したいだろうか。いや違う。俺がいましたいことは家屋のなかに入ることだ。山野はもういやだ。いったい俺は何日、家屋のなかに入っていないだろうか。家屋に入って眠る。それをしないと人間は疲れる。そして食事もしたい。戦闘はその基盤の上に成り立っている。

だから俺は家屋の中に行こう。そしてこのあたりでもっとも近い家屋と言えば、そう寺中の堂宇。それは敵の中へ入っていくことだけれども仕方がない。それで死ぬならそれはそれで構わない。もともと死のうと思っていたのだし。ただまあ散り際だけは見事にしたい。けれどもそれも家屋のなかに入ってからの話だ。兎に角いまは家屋に入る。入って休む。それをしよう。生死のことは神仏にまかせて。

そのように考えた忠信はまず重い兜を脱いで、鎧の肩紐に引っ掛けた。それで露わになった髪は髷(まげ)を解いてあったので、これをざっと束ねてあり合わせの紐で括り、さんざん敵の血を吸った血刀を拭いもせで肩に担いだ。なぜ鞘に収めなかったかというと、自分から攻撃するつもりはないが、急に斬りかかられた場合はこれに対応しなければならず、もしそのとき刀を鞘に収めていればその分対応が遅れ、家屋に入るという目的が達成できないまま死ぬ、と考えたからである。

そんな恰好で忠信は寺を目指して山を下っていった。

そしてすぐに退却していく御連中に追いついた。

なぜなら忠信は小疵はあったが深手は負っておらなかったのに比して彼らの多くは深手を負ってその分、進むのが遅かったからである。

けれどもあたりは暗く、退却していく兵隊は忠信が追いついたことに気がつかない。

「いやあ、えらい目に遭いましたなあ」

「ほんと、ほんと。調子に乗って、いてもたらあ、とか言うて出てきましたけど、もう御免です。炊事とかそっち方面の仕事がしたい」

「ですよねぇ。それにしても覚範てマジ、口だけでしたよね」

「そうそうそうそうそう」

「死ねばいいのに」

「もう死んでますよ」

「あ、そうか。惜しい人を亡くしました。南無阿弥陀仏」

「しらこいんじゃ」

など言いながらダラダラ歩いていく。しかしいくらなんでも暫く進むうちには、鎧から何からデーハーだし、それよりなにより独特のAURAをまとった忠信が真ァ隣を歩いていて気がつかぬ訳がなく、なんとなくおかしいと思ったひとりが隣を歩く男に話しかけた。

「あの、見えるかなあ、あそこ行くあの人」

「え、なんか暗くてよく見えないんだけど、うん、ああ、あの人。うわっ、なんかリラックスした感じっていうか、独特の抜け感が格好いいね」

「うん。そうなんだよね。でも鎧とかよく見ると赤糸縅(あかいとおどし)で高価そうじゃない？　あれもしかして義経さんと違う」

「君なあ、寝言は寝てから言いなさい。こんなところを義経さんが歩いてるわけないでしょう」

「でも、なんか凄い義経っぽいんですよ」

「もしかしてコスプレ？」

「うーん、そんな人、周りにいないよね」

「いないよねぇ」

「じゃあ、ちょっと訊いてみましょうか」

「そうしましょう」

そう言って二人は忠信に近づいていって訊いた。

「あの、すみません」

「なんでしょう」

と忠信はノンビリした口調で答える。

「あなたはどこの僧坊の所属ですか。それ義経さんのコスプレっすよね」

「違いますよ。本人ですよ」

「本人？　意味わかんないんですけど」

「僕は九郎判官義経です」

「ってことは？　もしかしてマジで」

「本人？」

「ぎゃあああああああっ」

「殺されるうううっ」

と落ち行く大衆、大騒ぎになった。

大衆は喝叫した。

「皆さん、本堂の皆さん。戦闘に敗北した義経公がただの一騎にてそちら方面に逃走中です。戦闘員は迎撃態勢をとってください。繰り返します。義経公がそちらに向かっています。弓箭の準備をしてください。義経公が本堂に向かって逃走中です」

これを聞いた本堂の軍勢が直ちに戦闘態勢に入れば忠信は一瞬で射殺されたはずである。ところが実際にはそうならなかった。

なぜなら相変わらず雪が降り積もっていたからで、御案内の通り、雪というのは音を吸う。雪夜が静かなのは雪がいろんな音を吸っているからである。

そして悪いことに少し前から風が強くなり始めていた。

なので落ち延びる大衆の声は風に散らされ雪に吸われて本堂にいる人にはまったく聞こえなかった。

それだから本堂では、戦闘担当の法師も、夜になったことでもあるし、さすがに今晩は戦闘はない、やるとしたら明日の朝でしょう、と個々人で判断し、腹巻を脱ぎ、草鞋（わらじ）も脱いで寛ぎ、

「なんかいろんなことが、いい方向に向かうといいよね」

「ほんとだよね」

などと話し合いながらチャーハンを食べ食べ酒を飲んだり、仲のよい人にウオノメをとってもらったりして優しい時間を過ごしていた。

戦闘担当の法師ですらそうなのだから、その他の一般の僧はもっとそうで、みんなの幸せを祈ったり、たまったメールの返信をしたり、稚児と媾曳(あいび)きして快楽に耽る者すらあった。なので忠信は迎え撃たれることなく、南大門を潜って、寺域に入ることができた。あたりはひっそりと静まりかえっている。そうしたところ左手に大きな建物が見えた。

ああ、家屋だ。いいなあ。家屋。

余のことはなにも考えない。忠信は只それだけを考えて、その建物に近づいていった。その建物は山科法眼という人の坊舎だった。実は山科法眼と山科法眼に仕える者たちはみな、先ほどの戦闘に加わるため出払っていて、坊舎の周りに人影は無く、森閑と静まりかえっていた。

そして坊舎の中にもわずか数名の法師と稚児が残留するのみで、彼らは凱旋して帰る主のために酒肴・膳部の仕度をなしていた。

「これこれ、なにをすんにゃ。そんな平たいもんに羹(あつもの)よそたらお出汁がみなこぼれてしまうがな。ほらいわんこちゃない。こぼれてしもた。早よ、ぞっきん持て来て拭きなはらんかいな。て、これなにをすんにゃいな。畳の目ぇなりにこすりなはれ、目ぇなりに。そりゃあべこべにすりこんでんにゃ。不細工なやっちゃで」

「おほほほ」

「笑っていやがる。可愛い奴やで」

とそんなことを言いながら彼らは仕度をなしていた。縁先からその様子をのぞき込み、坏に盛られたおいしそうな果実やその他の御馳走、そしてまた瓶子の酒を見た忠信は、ごくりと唾を飲み込み、思わず知らず呟いた。

「みてみやがれ、部屋のうちのそこここに武具がある。それから考えるに、この坊の主はさっきの戦闘に参加していたのだろう。してみればあの御馳走は軍から帰った彼奴らのための御馳走。けど、すまねぇなあ、へっへっへっ、おまえらは食えない。なぜというに俺がみんな食っちまうから」

呟いた忠信は音を立てて部屋に入って、

「へっへっへっ。おばんです」

と言い、太刀を肩に担いで御挨拶をした。

これを見た法師と稚児が驚いた。というのはあたりまえ、全身血みどろの完全武装した武将がヘラヘラ笑いながら入ってきたのだから。

「きゃあああああっ」

「こわいいいいいっ」

「いやよー」

悲鳴を上げてててんでな方向に逃げていく。

それで広い座敷に残ったのは忠信と御馳走。

これで普通の神経をしていれば、逃げた法師たちの通報によって大衆たちが捕縛しにくることを予測して、急ぎ食べ物を確保、安全な場所に移動したうえでこれを食すのだろうが、既に数日間、ろくに眠らず食べていない状態で戦闘を続け、幾度も死線をかいくぐって、もはや生死のことは天に任せる心境となっている忠信は、とにかく入りたいと願っていた家屋の、その座敷の真ん真ン中に、どっかと座り込んで、「どれどれ」など言いながら手を伸ばして坏や鉢を引き寄せて、これをうまうま食し始めた。

そうしたところ、当然のことながら、坊の法師の急報を受けた敵の軍勢が押し寄せてきた。

「このなかに潜んでいるらしいが、なあに、たった一騎だ。一気に踏み込んで切害いたしましょう」

「仰る通り！」

「いやいや、待て待て。なにしろ敵はあの義経だ。どんなはかりごとがあるか知れたものではない。ここは慎重に事を運ぶがよいぞよ」

「仰る通り！」

そんな声やその他、ガチャガチャいう音や激しく咳き込む音、まったく意味をなさないわめき声などが坊の周囲に響いていた。

いくら疲れているとはいえ戦勘の鋭い忠信がこの物音に気がつかぬはずがない。

けれどももう、いまはなにもかもがどうでもよくなっているというか、食いたい一心、飲みたい一心に凝り固まっているので、

「あー、なんか敵、来てるなー」

と思いつつも酒を、「いやさ、こんな小さいものでやっていたのでは追いつかぬ、ええいっ、かまうことあるかい、このままいったれ」

てなもので、用意してあった盃やなんかは使わない、瓶子から直にグビグビ飲んでいたが、そのうちに飲み口のところが細うて飲みにくい、とて、すぼまったところを素手でベキベキ折りとって、がぶ飲みし始めた。唇は痛くないのか。無茶な男である。

そんな感じで飲みかつ食らった忠信は、鎧のすれる音、人の話し声、足音、火が爆(は)ぜるような音と匂い、わめき声、が聞こえるなど、坊舎の周囲に寄せ手の気配が充ち満ちているにもかかわらず、「いやいやいやいや」など言いながら兜を脱ぎ、これを膝の下に置き、置いてあった火桶に額をかざして冷えた身体を温めた。

もちろん眠るつもりはなかったはずである。

けれども腹はくちい。鎧は重い。不眠不休の戦闘に身体は疲れ切っている。そのうえ酒まで飲んだ。それへさして冷えた身体がほくほくと温まってくるのだから眠くならないわけがなく、いつしか忠信は敵、軍兵の叫喚を子守歌に、とろとろ眠ってしまっていた。

そして前後不覚になったところへ、どっと押し寄せられればさすがの忠信も射殺もしくは斬殺されていたはずである。

しかし押し寄せた大衆の一人が、なにを思ったか、

「九郎判官殿のこれにお渡りにて候や。もはや逃れられぬぞ。出でさせ給え」

と絶叫し、これを聞いて忠信、はっと、我に還った。

おそらくは内心の恐怖と緊張に耐えられなくなって叫んだのだろうが、率直に言ってアホとしか言いようがない。

だってそうだろう、いまも言うように、忠信は疲れ果てて眠ってしまっていたのだから、そこを急襲すれば確実に殺せた。ところが大声を出して、わざわざ注意喚起をしたため、殺せなくなってしまったのである。もし私の部下にこんなアホ声を出す者がいたらその瞬間、斬殺されたと思う。マジで。

しかし、このアホのお蔭で忠信は危ないところを助かった、直ちに兜をかむり緒を締め、灯りを吹き消して、太刀を、ぎらっ、と抜き放ち、

「なにを遠慮しとんね。そっちから入ってこいやっ。殺したるから」

と怒鳴り返した。

これを聞いて一同は、股間にすうすうする感覚を覚え、その場から動けない。

なぜなら人数が違うので、攻め入って制圧することは、まあ最終的には可能だが、相手が相手だけに数十人は疵を負うだろうし、数人は斬り殺されることが予測されるが、もし自分がその数十人ならまだよいが、数人のうちに入った場合、はっきり言って自分は死ぬわけで、それが非常に嫌というか、恐くて恐くてならなかったからである。

だからたった一人の敵を相手に多くの軍勢が誰ひとりとして突入せず、庭先にひしめいて、わあわあ言ってもみ合うばかりで、動員されて集まったやる気のないデモ隊みたいなことになっていた。

そこへ山科法眼が戻ってきた。

軍勢の一人が山科法眼に言った。

「山科はん、あんたンとこ、えらいことになってまっせ」

「さいな、いまそこで聞きました。義経が立て籠もってまんにゃて」

「そうでんがな」

「ほな、突入して殺さんとあきまへんがな」

「そうでんねけどね、なんちゅうても相手はあの義経はんでんがな。下手に飛び込んだらこっちゃが命とられまんが。せやさかいよう行かんでおりますねん」

「ほな、こないしまひょ」

「どないしまんねん」

「火ぃ付けて燃やしてまいましょ。煙に巻かれて出てきたところを射殺したらよろし」

「それよろしなあ。けどほしたらあんたの坊舎が……」

「かましませんがな。落人(おちうど)に入り込まれて一晩なんにもようせなんだ、ちゅうのも不細工な話やおまへんか。それに」

「それになんです」

「ここで義経公を討ち取ってみなはれ。私らの地位はどうなります」

「そらあがりますわ。朝廷からも褒められるし、鎌倉はんともようなりますわな」

「そしたら、あんた、どうなります」

「そら利権とかが仰山手に入りますわ」

「ですやろ。そうなったらこんな坊舎、日に一宇ずつ建てられますわ」

「そらそうだんな。ほた燃やしましょ。ええっと、ここらに柴みたいなもんありましたかいな」


という自分たちの都合のみを考慮した会話が忠信の耳に入った。

法師たちは生きることを考えていた。

しかしこのとき忠信は死ぬことを考えていた。武士が死ぬことを考えるということはどういうことか。死後の世間の評判を考えるということである。

美事に死ねば、「ああ、天晴れの武士だ」と称えられ、家の誉れとなる。しかし、無様な死に方をすれば、「卑怯未練なぼけなす」と嘲られ、孫の孫の代まで笑いものにされる。どれだけ優秀でも、どれだけ頑張っても、「あいつは先祖がアホ」と言われて子孫が迫害される。

そこで忠信が咄嗟に思ったのは。「焼き殺される、ってどうだろう?」ということだった。

「あいつ、どっかの家に逃げ込んで火ぃつけられて焼き殺されたんだって?」

と言われた場合、その後、

「アホちゃう?」

となりゃあしないだろうか。それだったら、どうせ焼死するのであれば、自ら火を放ち、焼け死んだ方がよいのではないか。その場合、「自ら火つけて死す。壮烈なる最期なり」みたいなことになり、まだ評判がよいのではないだろうか。

だったら、あの鈍くさい法師どもが、「ああ、柴がおまへんなあ」とか言ってる間に、自分で火を付けた方がよい。

そう思ったとき忠信はもう、傍らにあった屛風に火をつけていた。

けっこう高価そうな、その屛風は忽ちにして燃え上がる。

忠信は火のついた、屛風を抱えて、屋根裏と天井板の隙間に放り込んだ。すぐに彼方此方から煙が出たかと思うと、ぼわっ、と焔があがった。

「けへへ。ざまあみやがれ」

と忠信は口を曲げて笑い、大衆たちは、「くわあああっ、中から火ぃつけよった」と慌て騒いだ。

「かましまへん。そのうち煙に巻かれて出てきまっしゃろ。そこを射殺しまひょ。ほれ、みな取り囲まんなはらんかいな」

「応」

大衆ども、縁の周りを取り囲む。

そこへ忠信、焔と煙の中から、ゆらっ、と出てきた。

それ、と一同、矢を番えてひきしぼったが、その一瞬前に忠信は、

「静かにさらせ、どあほっ」

と喝叫、一同はその迫力に気圧されて、ひきしぼった弦をゆるめた。それへ畳みかけて忠信は言った。

「大衆ども。聞こえますか。君たちは本当に俺のことを九郎判官殿と思っているのですか？判官殿はねぇ、もうどっかへ行ってまいましたよ。だから俺は判官と違うんですわ。ではだれか。俺はねぇ、九郎判官殿の家来で、佐藤四郎兵衛藤原忠信ちゅうもんですわ。知ってますでしょ。まあまあ有名なんで。で、まあ、俺はいまから死ぬ訳だけど、おおおおおおお、静かにしろ、静かに。だからさ、そうやって揉めるわけでしょ、君たち。つまり、俺を誰が討ち取った、彼が討ち取ったといって、争いになるでしょ。手柄をめぐって。坊主のくせに。だからさ、そういう揉めごとを防止するために、俺は自分で腹を切ります。だから手柄で揉めないでください。死んだら首斬ってくださいね。そいで鎌倉に持っていってください。そいで頼朝さんに見せてください。そしたら目ぇ開いて言うたりますわ。『バーカ、バーカ、バーカ』ってね。どうかそのときお小便をちびらないでくださいね」

言い終わるや忠信は、刀を抜き、左の脇下に、ズブッ、と突き立てた。

「ぎゃあああああああっ」

忠信は天を仰いで絶叫し、刀が深々と突き刺さった左脇腹を左手で押さえ、空をつかむよ

うに右手を差し上げて、よろよろよろけつつ、焔と煙のなかに後ずさりして消えた。

これが我が軍中にあって四天王と言われた勇将・佐藤忠信の壮烈にして哀れな最期であったのか。

そうではなかった。

忠信は左の脇腹を刺し貫いたと見せかけて、そこに挟んであった鞘に刀身を射し込んだのだ。そうすると遠目の大衆、法師だちには、いかにも腹に刺したように見えた。

これは忠信の、法師の目を欺くトリックであったのだ。

「ぎゃあああああっ、痛いー、脇が痛いー」

泣き叫ぶ振りをしながら、坊の内に入った忠信は、これだけ大きな建物のこと、まだ、火の回っていない場所がどこかにあるはず、と建物の奥に走っていき、そこにあった梯子段を登って天井裏に上がってみれば、やはりそうだ、東側の屋根の端の方はまだぜんぜん火が回っていない様子。

さあ、あすこから逃れようというので、行くにつれてだんだん低くなる屋根裏を走って行き、やっと立っていられるくらいの所、すなわち屋根の下がったところまで来ると、立ち止まって腰を落とし、「きえええええいっ」と気合いを発して野地板（のじいた）を蹴った。

強烈な蹴りであった。

野地板は割れて吹き飛び、その上にあった瓦も粉々に割れ、ぽっかりと夜空が覗いた。

それから忠信は屋根へ逃れる。屋根のそこここが破れて火の手が上がっている。いつまで屋根の上でまごまごしていると焼け死んでしまう、さあどうしたものか、と忠信、あたりをみるなれば、山の斜面を切土して建てたる堂宇なれば、高い高い屋根の上と雖も、一丈ほど先は山の斜面。

あしこに飛び移れば或いは助かる。一丈といういまで言えば三メートルほど、下手をすれば、山と建物の間に落ちてしまうが、「なあに、これしき飛べないなら、それが持って生まれた俺の寿命だ。南無八幡大菩薩。えいっ」

と跳んだ。見事、堂宇の背後の山に飛び移った。と同時、ぼあん、と音がして、いまさっき忠信が立っていたところに一際おおきな火の手が上がった。


松が何本か、かたまって生えているところがあった。

「よし、ここなら大丈夫だろう」

忠信は鎧を脱いで雪の上に敷き腰を下ろした。兜を脱いでこれを枕となし、うち寛いで、炎上する坊舎を取り囲む敵の様子を余裕で眺めた。

もはや忠信はそこにはいない。にもかかわらず大衆は慌て騒ぎ、興奮して取り乱していた。ひとりの大衆が言った。

「なめやがって、クソ野郎が。九郎判官義経だと思えばこそ多大な犠牲を払ってこれを討ち取ろうとした。ところがただの家来だった、って、意味ねぇじゃん。納得いかないんですけど」

「じゃあ、どうしますぅ？　捕まえてボコボコにしますか」

「もういいよ。勝手に焼け死ねばいいいんじゃねぇ」

「ですよね。そもそもなかに入るの無理だし。ていうか顔、熱い」

「うん。少し下がろう。そして平和の尊さについてもう一度、考えてみよう」

大衆はそんなことを言い合い、坊舎を取り囲んで、建物が焼け落ちるのを見守っていた。


坊舎が完全に燃え、火が鎮まったのは翌日の午過ぎである。大衆だちは、「しかしまあ、忠信といえば大幹部で著名人、一応、首を六波羅に持っていかぬとあかぬだろう」というので、焼け跡を捜索した。ところが、首も死骸も見つからず、「いったい、どうしたことだろう」と首を捻った。

法師たちはまだブスブスいって焦げ臭い焼け跡に立って話し合った。

「おかしいですなあ」

「そうなんですよ。普通は焼け焦げた死骸ってのがね、残る筈なんですが」

「ということは、逃げた？」

「いっやー、それはないでしょう。だって腹に刀刺してましたもん」

「だから、深手を負いながら辛くも逃れた」

「うーん、でもあの火と煙ですからねぇ。普通は無理でしょう」

「でも普通じゃないすからね、あの人たち。人つぅよりむしろ鬼神？」

「でも、どうなんでしょう？　だとしたらその鬼神がいまだこの近所に潜んでるということになりますけど」

「それはなんか精神的に嫌です」

「ですよね。それに、もしそうだとしたら放置できないし、かなりの人数を割いて捜索をしなければならなくて、そうすると、変な話、予算っていうか、お金とかもかかってくるじゃないですかあ」

「ああ、それは困る」

「でもあれじゃないですか。あの焔のなかを脱出するのはどう考えても無理ですよ。私は斯う見えて火生三昧耶法(かしょうざんまいやほう)、俗に言う火渡りをマスターしています。その私でもあれは無理です。つまりその可能性については考えなくてよいのではないでしょうか」

「いや、むしろ建設的な議論を進めるためには考えるべきではない」

「ですね」

「でも、実際に死骸がない。これはどう考えましょう。後で突っ込まれると面倒です」

「うーん、そこなんですよねぇ。なんか適当な死骸拾ってきて燃やしますぅ？　それでこれが忠信です、的なこと言えば……」

「それはさすがにまずい」

「じゃあ、どうしましょう。なんて言いましょう」

「わかった。いっやー、すっごいわ。やっぱ、四郎兵衛忠信、すっごいわ」

「な、なにがすごいんです」

「心ですよ。精神力ですよ。人間って精神力でここまでいけるんですよね」

「どういうことです」

「だから、佐藤忠信はね、自分が死んで、その屍（しかばね）を敵にさらすことは恥であると、こう考えたんですよ。そこでです。焔の中で忠信はこう誓ったんです。『俺は骨まで燃えたる』と。そうしたらどうです、その精神力で忠信は骨まで燃え尽くして、塵と灰になって此の世から消えていったんです。なんたら凄い精神力。恐るべし忠信」

「そんなことありますかねぇ」

「普通はないですよ。でも忠信ならあり得ます」

「なるほど。でもそう考えるとすべて合理的に説明できます」

「なぜならそれが真実だからです」

「なるほど。じゃあ、ま、そういうことで捜索はもういいですかね」

「いいでしょう。じゃ、まあ、帰りますか」

「そうしましょう。戻って此度の軍で亡くなった方の魂を悼みましょう」

「そうですね。でも平和になってよかった」

「本当です。結局、それが仏の教えの根源ですよ」

「じゃあ、みなさん、行きましょう。そして明日からまた頑張って仏教を守護していきましょう。テッシュー」

大衆は話し合って結論を得た。そして数名の見張りを残してその場を立ち去った。山科法眼は当面、彼の師の坊に移った。

さてそして忠信は、その夜は蔵王権現の御前に移動して一夜を明かし、着用の鎧を権現の御前にそっと置いて明けて十二月二十一日の払暁、吉野の山を脱出して、二十三日には入京。

かくして四郎兵衛忠信は辛き命を生き延びて、生死を超えた。


扨一方、その十二月二十三日に私がなにをしていたかというと、かなり苦労していた。雪が降り積もり風が吹くなか、人目を避け、空性の庄、椎ヶ峰、譲り葉の峠、という難所を越え、さらに広性ヶ谷というところに差し掛かっていた。

はっきり言ってとんでもない山道で、私たちは腰まで、ひどいときは胸まで積もった雪を搔き分けながら進んで、百メートル進むのに一時間以上かかることもあった。

全員、疲労甚だしく、手足は凍てついて肘から先、膝から先の感覚がなかった。それでも進めば進むだけ、たとえそれがわずかでもその分だけ生に近づく。そんな思いで皆、雪の中を進軍した。

けれども桜谷というところまできた時点でそれも限界に達し、もはや動けなくなるものが出てきて、太刀を枕にして倒れ伏し、「もう、動けない」と言い、「生まれ変わったら焼き魚になりたい」など言い出す者も現れたので私はやむを得ず暫し休息することにした。

こういうときにやはり頼りになるのは人並み外れて体力のある武蔵坊弁慶で、みな疲れ切っているのにもかかわらず、雪を全身に浴びて躍動的に踊ったり、自分の衣服や武芸の素晴らしさを称える自作の歌を韻を踏んで歌って周囲の人にうざがられていた。

私は弁慶を呼んだ。

「おい、弁慶君。その変な踊りやめてもらっていいかな。ちょっと話があるんだけど」

「〽オレはブサイク、オレはブサイク、オレはブサイク、誰ヤ？　コンナトコニ泥オイタンってか。ほほい、はい、何用でござりましょうや」

「みな疲れておるようですね」

「御意」

「君はどうですか」

「身共(みども)は達者です」

「そのようですね。けれども精神的にはどうです？　かなり病んでるようにみえますが」

「あー、まー、病んでますね」

「ならば君も含めて休息が必要です。これ以上、この過酷な山道を行軍するのは無理です。麓の人里に下りて体力を回復しないと」

「まー、そうですね」

「そこで熊野と関係が深くて、修験的なネットワークに連なっている君に問います。このあたりに落人である私たちを受け入れて、匿(かくま)い、休息させてくれる人はいますか」

「あー、難しいですね。それはあなたが行政官だった頃のことを考えれば、それを恩義に感じている人は少なくないでしょう。けれどもいまあなたを匿い、もしそれが露見したらどうなりますか。六波羅探題。鎌倉。両方の印象が極度に悪くなり、地位を追われたり所領を取りあげられたりと、人事面、処遇面で著しい不利を蒙ります。恩は恩で忘れるものではありませんが、それに報いて我が身を害するのであれば、なんの意味もない。だってなぜそれを恩というかというと、それが自分にとって有利だからです」

「いや、別にそんなこと、君に教えてもらわなくてもわかっているんですがね。そのうえで、匿ってくれる人がないか、と問うている」

「ああー、そうですよね。そう意味では、ま、ありませんね」

「そうか」

「あ、でも、ひとりだけいるかも」

「だからさっきからそれを訊いているんだけどね。誰です」

「此の山の麓に聖武天皇御建立の弥勒堂があります」

「あ、聖武天皇。でしたらそこそこ立派な……」

「ええ、たいへん立派です。そこらの田舎のボケナスの御建立とはやはり格が違います」

「いいじゃないですか。それで」

「そこの館長というか、別当職は南都の勧修坊聖弘さんです」

「いいねいいねいいねいいね」

と私が喜んだのははっきり言って南都の聖弘は私の盟友と言ってよい人物であったからで

ある。私はこの偶然を喜ぶと同時に、なぜ弁慶はすぐにこのことを言わぬのか、この非常時になにを勿体ぶっているのか。変な奴過ぎる。と半ば呆れて弁慶の顔を見た。弁慶は続けて言った。

「その館長代理が御岳左衛門(みたけのさえもん)という男で……」

「なるほど。その男がとても信頼できる人物で、ってわけですね」

「さあ、そこはわかりません。彼がどんな思想を持っているかはわかりません」

「じゃあ駄目じゃないですか」

「ええ」

「じゃあ、最初からそんな話をしない方がよい。期待した分、がっかり感がすごい」

「ええ、だからね、信用できない、と決まったわけではないんです。信用できるかも知れないんです。だから、私が行ってきますよ。行って、その人物を見て信頼できるなー、と思ったら、事情を話して支援を要請します」

「信頼できないと思ったときはどうしますか」

「殺します」

「いいね。じゃあ、お願いします」

「え、では行って参ります」

と谷を下っていこうとした弁慶を私は呼び止めた。

「ちょっと待ちなさい」

ってくるのかもしれないが、この頃の私は、弁慶を信じていいのか信じない方がいいのか分からなくなっていた。


「なんでしょうか」

「信頼できるとわかったとしても、君のそのルックスだと向こうが怯えてしまう」

「そうですよね、私の顔、あまり可愛くないですものね。スタイルも、ちょっと豚さんだし。〽オレはブサイク、オレはブサイク、オレはブサイク、ああああああっ、もー、いやああああああああっ」

「わかった、わかった。踊るな、大声で歌うな。敵に聞こえる」

「相済みませぬ」

謝る弁慶に私は、手紙を託した。

「よし、これでよい。これを持って行きなさい」

「畏まって候」

とて弁慶、私が書いた手紙を懐に、麓へ下っていった。

扨、そこでどんなやりとりがなされたか。

かつての私であれば早業を用い、脇からその様子を見てその御岳左衛門という男が信用できる男かどうかを見きわめた。

ところが、長年に亘って蓄積した疲労、対人ストレスによるメンタルの不調に加え、ここ数日の不眠絶食、静とのつらい別れなどの影響で、その頃には私は早業をまったく使えなくなっていた。

にしたっていずれ状況が好転すればまた使えるようになるだろう、私はそんな風に高をくくっていた。

と、それはともかくとして、兎に角、早業を使えぬ私は弁慶の戻りを待つより他に仕方がなかった。

多くの者が生と死の瀬戸際にいた。いまのところは大丈夫だが、この状況が続けばいずれ私もそうなることが予想された。

このとき私は奇妙なことを考えた。

もしかしたら弁慶は戻ってこないのではないか。

そんなことを考えたのである。つまり逃亡を疑ったわけだ。そしてすぐさま、いやいやそんなはずはない、とその考えを打ち消した。貧すりゃ鈍する。早業ができたときは、そんなことは毛筋ほどにも思わなかったのに。

けれども一度、抱いた疑いはなかなか消えない。真っ白なセーターに飛び散った珈琲の染みのやうに。私はいろんなことを考えながら待った。弁慶はなかなか戻ってこない。

というのはそらそうだ、道なき道を胸まで雪に埋まって、これを搔き分けながらくだり、のぼってくるのだから時間がかかるに決まっている。しかもその間、行った先では事情説明を行う。

頭ではそう理解しているのだけれども、感情の部分が収まらないというか、自分の今の不甲斐なさとか、惨めな気持ちとか、いままで裏切られたこととか、そんなものが全部ごっちゃになって苦しくって仕方ない。

だからもし弁慶が裏切ったということがわかったら、こんな風にして復讐しよう、なんてこと、想像して気を紛らわした。そしてその一方で、「もしかして弁慶って、普段、こんなことばかり考えているのかな」なんて思い、ほんの少し弁慶の気持ちがわかったような気になった。

やがて複数の人が登ってくる気配を感じたのは、さすがにこうなっても衰えない長年にわたって鍛えた軍勘。けれども、「うれしや。弁慶が戻ってきた」と喜ぶにはまだ早い。なぜなら敵の道案内をして戻ってきたかもしれないからである。

そこで研ぎ澄まされた軍勘でそのあたりを探ってみた。というのは私くらいになると、その気配からそれが友軍であるか、敵軍であるか、或いはたまたま通りがかった商人であるか、たまたま通りがかった山賊であるか、なんてことはほぼ百発百中で言い当てることができたからである。

というのはとにかくそれが敵軍であった場合、向こうも下手をしたら死ぬかも知れない、と思ってやってきているから、やはり発する気配が自ずと違っていて、そこにはやはり尋常ではない気合、凍るような殺気が漲っている。

ところが友軍の場合はそうしたものはない。やはりそこには友愛の気配というか、親愛の情というか、そういうものから生まれてくる、人間的な暖かみ、やさしさ、愛と平和のメッセージ、イマジンゼアリズノオヘブン的な生ぬるい空気感が漂ってくる。

だから私からすれば、軍場でよくある同士討ちなんてことは有り得可からざることなのだけれども、軍勘の鈍い凡将にはどうもそういうことがよくあった。

扨それでそのとき麓から登ってくる者どもはどのような気配を発していたかというと、それははっきり言ってだらけきった気配であった。そしてただだらけているだけではなく、ふざけた気配もかなり濃厚にあった。そしてそのふざけた気配の背景には、人間としての根本的ななにかを欠いた、或る種、病的な精神、腐った魂があった。そんな奴がそう居る者ではない。

おそらくあいつだろう。あいつに違いない。そう思って待っていると先頭に立ってやってきたのは思った通り、武蔵坊弁慶その人であった。

弁慶は御岳左衛門の雑人五、六名とともに戻ってきた。

雑人たちは二棹の長持を担げていた。

「遅くなりました。ただいま戻りました」

そんなことを言った弁慶は困憊して口もきけないでいる雑人に長持を下ろすよう指示した。

雑人は長持を下ろし、その場に倒れた。

私の麾下、十六名が長持を取り囲むように集まった。私は弁慶に言った。

「報告してください」

弁慶は報告した。

「ええ、行きました。大きな立派な堂でございました。さすが聖武天皇って感じの。私はこれをとても拝みました。まこと仏法を感得いたしまして」

「それはよかったことです。それで御岳左衛門はどんな様子でしたか」

「まだ若い男でした。顔がとても美しく、たいへんな男ぶりでした。勧修坊さんが重用するのも無理はありません」ただ御岳が私のことを好いたかどうかはわかりません。

「そんなことはまったく聞いておらないのです。御岳左衛門が信頼できるかどうか。それを見てきてほしかったのです」

「ああっ、って、すみません。大声出しちまいました。自分にとってあまりにも自明なことなのでつい説明するのを閑却していました。まずそれを言わんければなりませんよね。まったくオレって来た日には、なんて可愛いお馬鹿さんなのだろう」

「一部に大きな誤りがあるが、基本的にはその通りです。早く報告してください。みんな困ってます」

「はいいいいいっ。報告します。結論から言いますと、大丈夫でした。手紙を読むなり御岳左衛門は、『こんなに近くにいらっしゃっているのであればもっと早くにご命令くだされればよかったのに』と申し、あなた様のことを心配しておりました。私はその様子を観察いたしましたが、言葉に嘘はないようでした。それどころか真情が身体から溢れて言葉になっているような印象を受けました」

「なるほど」

「して、その長持の中味はなにですか。私は書に、部下が餓えているゆえ酒飯、菓子など所望す、としたためたのですが」

「え、そうだったんですか。どこで行き違ったんだろう。手紙を読んだ御岳左衛門は、なるほど、わかりました、と言って、薙刀、弓、矢、鎧などの武具を長持に入れ、『さ、これを判官殿に届けてください』と申したのです」

「マジか?」

「ええ」

「で、君、黙ってそれを受け取ってきたの?」

「ええ、私は手紙を見せてもらえませんでしたし、内容についても聞かせて貰ってないんで」

「マジかー。くっそう。字ぃ、読めないのかよ。田舎のクソ代官が」

と私は落胆した。なかに糧秣がはいっていることを期待して這って集まり、頭をもたげて弁慶の話を聞いていた十六名の部下もがっかりしてそのまま倒れ伏してビクリとも動かなくなった。御岳左衛門の雑人は相変わらず筋骨疲軟して立ち上がれない。

もうこうなったら、御岳左衛門が信用できる人物であるというのは本当らしいから、私が自ら里へ下り、話をするしかないのか。

そう覚悟したとき、弁慶がチャラチャラした口調で、

「なーんちゃって、嘘嘘嘘。中味は酒飯と菓子に而御座候」

と言って長持の蓋を取った。

長持にはうまそうなフルーツ、酒、色鮮やかな季節の料理がぎっしりと詰まっていた。

私の心の中にうれしい気持ちと殴りたい気持ちが同時に湧いていた。

けれども皆は素直にこれを喜び、立ち上がって長持の周りに群がった。そのとき倒れていた雑人が踏みつけにされ、「げっ」「ぐわっ」と声を上げた。

「わーい。酒だ」

「わーい。飯だ」

歴戦の勇士が子供のように顔を輝かせて長持を覗き込んだ。

「こらこら、喧嘩したらあきませんよ。みんな仲良く」

と誰かが言い、みなが、

「はーい」

と大きな声で返事をした。

そうして銘々好みの酒や飯を取った。それでも長持の中にはまだ仰山の酒肴があった。御岳左衛門はさほどふんだんに御馳走を用意してくれたのである。

そして、「いただきまーす」みんながこれを食そうとした、まさにそのとき、東の山の方から幽かに人の声がした。私は声を出さず、目と手で一同を制した。

したところさすが歴戦の強者ども、直ちにただならぬ気配を察知し、みなピタリと黙る。

そして耳を澄ませば確かに敵兵の声。

「いっやー、それにしても雪、えげつないですな」

「まあね。しかしまあ、あいつらが通った後ですからまだましですわ」

など言いながら進軍している様子である。

目で合図すると、たちまち二名が偵察に出る。戻ってきて曰く、

「吉野の大衆にござります。精兵百五十。ほどなくここにいたると思われます」

「それでは静かに落ちてください」

私の命によってみな飯を捨て慌てて武具を着けその場を去る。その後ろ姿はきわめて惨めな敗軍の姿であった。

そして私と弁慶がその場に残った。

「君はなぜ落ちぬのです」

「あなた様こそ」

ふたりは見つめ合った。そして熱い抱擁を交わした。のだろうか。いや、そんなことはしなかった。私たちは戦場のリアルを生きていた。

「考えていることは同じですね。よろしい。そちらを持ちなさい」

私は弁慶に命じ、ふたりで長持の棹を持ち、何度か前後に揺らした後、谷底めがけて抛(ほう)った。

長持が笹を巻き込みながら雪の斜面を転がり落ちていった。私はそれを見ていた。

弁慶は散乱した果物や餅を雪に埋めていた。

それを見て私は、いろいろむかつくがいざ戦争になってやはり頼りになるのは弁慶だ、と思った。


私たちは先に逃げた人たちに追いついた。

一番後ろを歩いていたのは常陸坊海尊だった。弁慶は海尊に言った。

「おいおい、待て待て、止まれ。みんな止まれ」

「なんだ、早く逃げないと敵に追いつかれるぞ」

「いいからとまれ」

「おーい、みんな止まれ。弁慶がなんか話あるそうだ」

順繰りに先頭まで伝言が伝わり、十六名が立ち止まった。

「なんだ、弁慶」

問う海尊に弁慶が言った。

「私はけっこう遅れていた。にもかかわらず君たちに容易に追いつくことができた。その理由が常陸坊、君に訣るか」

「知らん」

「知らないのなら教えてさしあげますわ。足跡よ。足跡がくっきり残っていたのよ。だからみなさん、命が惜しいならシューズを逆に履くのよ」

海尊が返事をしないで不愉快そうに横を向いて言った。

「意味わかんない」

私もまた弁慶の言っていることの意味が訣らなかった。そこで私は弁慶に問うた。

「君は日頃から言動がファンシーだが、またわからないことを言っている。シューズを逆に履いてどんなよいことがあるのです」

そうしたところ弁慶の鼻がパンパンに膨らんだ。それをみた全員が気持ち悪いと思った。けれど弁慶は気にせず言った。

「この二月、私たちは船にて屋島に押し渡りました。その出発の前日、梶原景時が『逆櫓付けたらええんちゃん?』とぬかしよりました。そのとき我が君は『私は逆櫓なんて知らない』と仰いました。同じことです。船に逆櫓があるように、シューズにも逆シューズってのがあるんです」

「確かにあのときは説明を聞くまで此の世に逆櫓というものがあるのを知らなかった。説明を聞いて逆櫓の意味がわかったうえで私は梶原の提案を却下しました。それは梶原が嘘つきの気ちがいだからではありません。それをやったら武士としての名誉を失い、後の世の笑いものとなると判断したから却下したのです。そしていま逆シューズという戦術があると聞いた。説明を聞いた上でそれが名誉に抵触せぬのであれば私は逆シューズを履きましょう。さあ、弁慶君、説明してください。逆シューズとはいかなるものですか」

と、ここまで正面切って名誉の話を、ましてや私がこの境涯に落ち込んだ原因の一つである梶原景時の名前まで出してしたのだから、さすがの弁慶もたじろいで逆シューズの話はやめる、と私は踏んでいた。

　ところが自説に酔ってしまっている弁慶はたじろがない、それどころか余裕さえ感じさせる口調で話を始めた。

「いま御主君から名誉というお話が出ました。そこでまず議論の前提として、戦場における名誉とはなにか。戦場における礼儀とはなにか。というところから御説明いたします」

　弁慶はそう言って、かつて歴史上に存在して歴史書に記録された十六の大国、五百の中国、その他無数の小国の、その代々の帝王の事跡と、その合戦において重んじた名誉、礼式について語り始めた。


　そのとき敵はすでに近くまで迫っていて、気合・気迫を込めて叫喚する声、武具がかちゃかちゃ鳴る音などが、私たちの留まっているところまで聞こえてきていた。つまり私たちは向こうから此方はいまだ見えていないにしろ確実に既に敵の射程に入っていた。

　だから本来であれば、「その話はまた後ほど。しかし今は逃げましょう。命あっての物種です」と言って静かに退却すべきであった。

　けれども私はとどまって動かない。なぜならそれが死後もそれに拘束される名誉の話であったからである。私はそこだけははっきりさせておきたかったのだ。このとき私は、もし弁慶が訳の訣らないことを言ったら、その場で、斬殺しようと実は考えていた。

　私がそんなだから誰も逃げることができず、全員が尻をもぞもぞさせながら弁慶の話を聞いていた。もちろん話の途中で逃げる者がいたら斬るつもりだった。早業こそ使えなかったが私の剣技はまだ衰えていなかった。

弁慶はこのように語った。

「十六あった大国のうちの、なんだったかな、いま正確な資料が手元にないので間違ってたらすみません、確か西天竺（いまのインド）だったと思いますが、このうち、しらない国、っていうのはこれ洒落じゃなくて、此羅奈国と書くのですが、その此羅奈国と波羅奈国という国がありました。この両国は香風山という山を隔てて国境を接していました。崑崙という方が馴染みが深いですかね、その山の裾野は広大な原野でした。この香風山は当時、宝の山と信じられていて、というのはおそらく鉱物資源やなんかあったのではなく、山そのものが強大な霊力を持つ神秘の山と思われていたんでしょう、両国の間ではこの山の領有権をめぐって激しい争いが絶えませんでした。そんなある日、波羅奈国の王は敵国の首都を制圧することによって最終的な決着をつけようと考え、五十一万騎の正規軍を従え、国境の山を越え、此羅奈国に侵入してしまったんです。ところがなにしろ五十一万騎の大軍ですから、進発するまでの間、やはり相当の準備期間が必要になってくるわけですね。ところが、そりゃあ、此羅奈国の王様だって馬鹿じゃありませんから、当然、この動きを事前に察知します。それで此羅奈国の国王がなにをやったかというと、普通ならこれに対抗して兵を集めて防御線を固めるということをするわけですし、もちろん、それをやらなかった訳じゃないんでしょうが、それよりも注目すべきはこの王様が、香風山の北麓で象を飼ってたんですね。飼ってたというか、北麓に千の洞というところがあって、洞というくらいだから……」

と、弁慶がここまで話したとき、私は口を挟んだ。

「弁慶君、すまないが、この話は長く続くのか」

「ええ、長くなってすみません」

と弁慶は謝った。敵がいよいよ近くまで来ていた。私は弁慶に言った。

「敵が近くまで来ている」

「ええ」

「けれども、君の話は長くて難しい」

「だから、切り上げて退却せよ、と仰るんですか」

不服そうに言う弁慶に言った。

「だから、わかりやすくして、なるべく早くみんなが理解できるようにアシスタントを付けましょう。海尊君、アシスタントやってください」

「はーい」

そうして常陸坊海尊というアシスタントがついて、よりわかりやすくなった弁慶の話がもう少し続いた。

「ええっと、どこまで話したっけな」

「此羅奈国の国王が香風山の北麓で象を飼っていた、って話でしたね」

「あ、そうでした、そうでした。海尊さんって顔が可愛いだけじゃなくて頭もいいんですね」

「もー、やめてくださいよー」

「すみません。と、まあそういうことで香風山の麓には千の洞窟があって、そこには千頭の象が住んでいたんです」

「象の個室だったんですか」

「まあ、そういうことになりますかね。その辺は詳しい資料が残ってないんでよくわからないんですが、とにかく象が千頭居たわけです。そのなかに巨象、っていうのはつまりムチャクチャ大きい象が一頭居たんですが、この巨象を国王が気に入って飼ってたんです」

「象を飼ってたんですか」

「そうです。巨象をね。それで、巨象がどれくらい大きかったかというと、一日に四百石の飼料を食べたというんですね」

「四百石もお米を食べたんですか！」

「米かどうかはわかりません。象ですからおそらく干し草のようなものが中心だとは思いますが、それでも四百石ですからね。すごい量です」

「ほんとですね。どんだけ大きかったんだって話ですよね」

「そうです。ま、この時代の一石っていうのは後の我が国で言う一石とは厳密に言うと異なるのですか、イメージとしてみなさんにわかりやすく言うと、一石っていうのは十斗、一斗っていうのは十升ですから、一石っていうのは一升瓶百本分、四百石っていうのは一升瓶で四万本って計算になります。一升瓶四万本ってかえってわかりにくいかも知れませんが、それを一日で食べるわけですから、相当な大きさです。あくまでも直感ですけど、僕の感覚だと、最低でも体長五十メートルくらいはあったんじゃないかなって気がします」

「すごいですね。昔ってすごい」

「とはいうものの、なんといっても一日に食べる量が四百石ですからね。餌代もバカにならない訳で、はっきり言って財政を圧迫するわけです。そこで、政権幹部が会議を開いて対策を協議するんですが、やはり国王の道楽で、こんな巨大な象を飼っておくのはなんの意味もない。こんな象はもう野生にかえした方がいいのではないか、という話になって、そこで王様に、『この象を飼うことでいったい国になんの利益があるのでしょうか』と質問する訳です」

「いまでいう国会質問のようなものですかね」

「その通りです。そしたら王様がそれになんと答えたかというと」

「なんと答えました」

「王様は、『なぜ我が国に危難が訪れぬと思うのか。君たちは平和ボケしている。もし我が国が危機に陥ったとき、この象が居なかったら国土は忽ちにして蹂躙(じゅうりん)されるに違いない。私は君たちがなんと言おうと象を飼う。四百石を惜しんですべてを失ったらなんの意味もないと思うから。それが結局はみんなのためだと思うから』と答弁したんですね。そうしたところに、さっき言ったように、隣国が五十一万の兵を擁して攻めてきたわけですから、王様としては、だから言ったじゃん、です」

「私の言ったとおりになったでしょ、って訳ですね」

「そうです。そうです。けれども、さっき言ったように象の餌代で財政が逼迫してますから、これに対抗するだけの戦争費用が賄えない訳ですね。それで王様がどうしたかというと、王様は象を連れてこさせて、その大きな大きな耳に口を当てて、『いま私の国が攻撃されている。君は恩知らずではないはずだ。自分がなにをするべきかはわかっているな。では行け。行って義務を果たせ』と言ったんですね」

「そしたら象、敵のところに行ったんですか」

「行きました。ムチャクチャ怒って行きました」

「象、賢いですね」

「そら賢いです。なにしろ象は脳が大きいですからね。普通の象でも賢くて一度見た人間の顔を何十年も後まで記憶しているといいますからね。ましてや、五十メートルもある象ですから、脳もそれなりに巨大な訳です。もちろん、脳の絶対的なサイズと知能は直接関係はありませんが、まあ、とにかくこの象は普通の象よりも賢かったようで、国王の恩義を忘れず敵に向かって脇目も振らずまっしぐらに攻めていったわけです。で、敵陣に着いて、まずなにをしたと思いますぅ?」

「えー、なんだろう? 糞ですか?」

「ぜんぜん違います。天に向かって一声、吼えたんです。咆吼したんですよ」

「なんで吼えたんですか」

「それはもう、あれでしょう」

「なんですか」

「もう、なんていうか、気合いっていうか、もう、おまえらを許さん、殺す的な、っていうか、まあ、人間だって戦争で突撃するときは、うおおおおっ、って吼えるじゃないですか」

「ええ。ええ」

「あんな感じですよね」

「なるほど。それで吼えたんですね。パオーン、って」

「いやいやいやいやいやいやいやいや。そんなもんじゃありません。なにしろ身体が百メートルもありますからね」

「あれ、さっき五十メートルって言ってませんでしたっけ」

「あ、そうでしたっけ。ま、とにかくでかいわけです。だからもう、声もでかい」

「どれくらい大きいんでしょうか」

「まあ、そうですね。法螺貝(ほらがい)ってありますよね」

「ええ、あのムチャクチャ喧しいやつですよね」

「あれをそうですね、一時に一千万口、吹いて鳴らしたくらいです」

「耳、潰れます」

「そうなんです。だからその瞬間、波羅奈国五十一万騎のうち約半数の耳が潰れました」

「すごーい」

「すごいでしょ。でもそれだけじゃなくて」

「え、まだなにかあるんですか」

「あまりにも音と振動が凄くて低周波とかも凄いから、耳が潰れるだけじゃなくて、別の症状、すなわち頭痛、吐き気、めまい、全身のむくみ、しびれ、やなんかも出て、それに加えて、意欲減退、抑鬱、錯乱、発狂といった精神的な症状も出てしまって……」

「え、そんなんじゃ、戦力として使いものにならないじゃないですか」

「そうなんです。そんなことで、勇猛果敢な精兵五十一万騎ほぼすべてが腰抜け同然となりました。そして象はその腰抜けと化した五十一万騎を端から順番に踏みつぶして歩きました。ひと踏みで約五十名を踏み殺したそうです」

「凄すぎる……」

「それでも五十一万いますからね。全部、踏み殺すのに七日七晩かかったそうです」

「ええええっ五十一万、全員、殺されたんですか」

「ええ。やはり凄い象ですからね」

「後ろの方の人とか、七日七晩のうちに逃げられなかったのかな」

「そうなんですよね。でも、ほら、もう最初の咆吼で、頭痛とかめまいとか治らないんですよね。治りかけても、踏んでるときもときどき吼えますしね。それでもう発狂とかもしちゃってるんで」

「あ、じゃあ、もう逃げられませんね」

「でもさすがに王様は逃げました」

「あ、やっぱ王様の周りには守る人がいるんですね」

「そうです。でもそれも最後は、側近の六人だけになりました。後はSPが三人いるだけです」

「え、じゃあ、もう今の御主君みたいな感じじゃないですか」

「これ、控えよ」

「すみません。でも五十一万が十まで減るなんてあり得ないですよね」

「それくらいに象が凄かった」

「だからやっぱり象には餌をやった方がいいっていうことですよね」

「あ、まあそうかも知れませんけど、この話にはまだ続きがあるんです」

「え、まだあるんですか。うわー、楽しみー」

〽頃は神無月(かんなづき)、二十日過ぎ。香風山の北の腰。紅葉ふもとに折り敷きて、むらむら雪の曙を。波羅奈国王わずかな供は、踏みしだきてぞ、落ちたまううううううううううっ。

「すごーい。浪曲で説明してくださってます」

〽それ、国王を討ち取れと、象に続いて数多の武士が、わっとばかりに攻めかかる。供の者ども口々に、疾(と)く落ちばや国王と、言うを国王押しとどめ、足なる沓(くつ)を脱ぐなれば、これを逆さに履きなして、雪の山路を落ちていく。

「その足跡を見るなれば先は後、後は先にとなりにける。これぞ御身を助けんがため。追っ手の武士はこれを見て。さすがは異朝の賢王なるぞ。いかなる計略あるならん。この奥山は虎伏す山。いま日は西に傾きて、日が落ちたなら我らが命。虎の餌食となるならん。いずれ戦に出た訳は、敵の大将討ち取って、後の世にまでこの名を残し、家の安泰願う故、それを狼虎の餌食となれば、元から子から失って、国の妻子も路頭に迷う。三十六計、逃げるが勝ーちーい、よおおおおおおおおおおおおっ」

「うまいっ。うまいけど長いっ」

「すみません。という訳で逆シューズにする利点はここにある、っていう話でした。どうも長くなってしまってすみませんでした」

「あー、そーだったんですね」

「ほんと、ごめんなさい。最後、つい唸っちゃって」

「いえ、ぜんぜんぜんぜん。ほんと、弁慶さん、歌、すごいよかったです」

「あ、ありがとうございます。今度、歌のゲストで呼んでください」

「あ、ぜひぜひ。という訳で、弁慶さんにお話をうかがって参りました。聞き手は海尊でした。それではごきげんよう」

と海尊が言って弁慶の長い説明が終わった。アシスタントに海尊を付けたことによってより長くなったようで、これは明確に私の mistake であった。しかし弁慶の話そのものも枝葉の部分が多すぎて結局なにが言いたいのかわからず全員がどんよりと曇った目をしていた。私にもわからなかった。私は少し苛ついた口調で、「結局、君はなにが言いたいのか」と問うた。

ところが自分の主君がそうやって苛ついているのにもかかわらず弁慶は、相変わらず意味不明な余裕を示して、自分はこの世の深淵をすべて知っている、みたいな悠然とし、かつ、勿体ぶった口調で言った。

「話の落ちを申しましょう。波羅奈国の国王はそういうことで自国に立ち還ることができました。そして今度は耳栓を用意するなど象対策も十分にした上で再度の遠征を行い、此羅奈国を平らげ、此羅奈国波羅奈国両国の皇帝として即位されました。それができたのもあの苦難の雪中行軍の際、沓を逆さまに履いた、逆シューズの計略を採用されたからこそです。我が君は我が朝の大将軍にして清和天皇九代の御後胤、そんな逆シューズなんて阿呆な真似はできぬ、と思し召しでございませう。しかれど異朝の賢王もそうなさいました。ものの本に、『敵が調子に乗って高ぶっているときは自分は身を低くしてこれをやり過ごせ。敵が調子悪いときは嵩に掛かって高圧的な態度でいけ』とあるのを御存知かと思います。プライドとか面子（めんつ）にこだわっていたら負けます。それを捨てたから、捨てて逆シューズを履いたから波羅奈国の国王は勝ったんです。他の人は知りませんが私は、この武蔵坊はそういう態度で事に臨みます。逆シューズ履きます」

と私が命令するのを待たず、自分の判断で勝手に沓を脱いでこれを逆さまに履いた。その様子はまったく独善的で、まるで、「自分ほど偉いものは此の世にない」と言っているようだった。そこで私は皮肉を込めて言った。

「君は人の知らぬ事をよく知っているな。武芸に優れるのみならず、当代一流の学者だったのだな。知らなかったよ。これからは君のことを先生と呼ばなければならないな。先生、あなた様はそんな、波羅奈国がどうした、とか難しいこと、どこで習ったのですか」

と問うた。さすがにそこまで言われたら恥じ入るか、少なくとも照れるかすると思ったからである。ところが弁慶は照れも恥じもせで、

「桜本僧正の高弟としてありしおり法相、三論の遺経のなかにこのことを学びました。まあ、はっきり言って、私、強いじゃないですかあ？　普通、強い人って無知な人が多いんですよ。腕っぷしだけに頼って生きてますから。ところが私の場合、強いうえに、こんなこと知ってるんですよ。っていうか、正式の学問的なトレーニング受けてるんですよ。だからはっきり言いましょうか？　言いますよ。こんな人、他にいないと思いますよ。こんな頭よくて強い人」

と言い放って鼻を広げた。

私は呆れ果てた。呆れ果てたが、ここでなお弁慶と議論をするとこっちがアホみたいな感じになると思ったので、

「相わかった。余も聖王に倣おう」

と言い、沓を逆に履いた。余の者もそのようにして私たちはその場を立った。

それからほどなくして敵がやって来た。

本来であれば弁慶が長広舌を揮っている間に到着していたはずの敵であった。けれども未だ殺到していなかったのは、恐らくは途次、なんらかの故障、というのは装備に不具合が発生したとか喧嘩ができたといったようなこと、が生じて一時、行軍を止めていたからであろう。陣中ではよくそういうことがあった。

ということでまず私たちが休止していた地点に到着したのは、その日の先陣を務めていた治部法眼という人であった。治部法眼は暫くの間、その地点に立っていた。

その治部法眼に対して血気にはやった大衆の一人が文句を言った。

「なぜ君は立ち止まる。早く敵を追おうじゃありませんか。そして討ち取ろうじゃありませんか」

と。

そしてその大衆に同意して、「そうだ、そうだ」と声を挙げる他の大衆に向かって治部法眼は、

「うん。それはそうなのだが、ここにひとつの怪異がある。ここまで私たちが追ってきた足跡は谷に向かって下っていた。ところが、見たまえ。ここから先はその足跡がなく、逆に谷から上がってきた足跡があって、二つの足跡はここで合わさっている。となるとお？ 奴らはどこに行ってしまったのか。地に潜ったのか。真逆、そんなことが起こるなんて私には信じられない。けれども信じられないことがいま起きている。義経公は常ならぬ軍略家。戦の

天才。ここにどんなおそろしい計略があるか知れたものではない。ここで谷の方に下りていけば私たちは義経公の計略にはまって踏み迷い、狼の餌になるは必定。いくら仏法を守護するためと雖も、無駄に命を捨てよとは仏様も仰るまい、ここは退却した方がよいのではないか」

と言った。そうしたところ大衆も戦いて、

「義経はおそろしい」

「弁慶もおそろしい」

「狼も怖い」

「逃げよう」

「逃げましょう」

と退却しかけた。

私たちはまだそんなに遠くまで行っていない。したがってその遣り取りが聞こえていた。弁慶が猛烈に得意げな顔をし、その顔をグングンにこちらに近づけてきた。やめて欲しかったのでやむを得ず言った。

「弁慶の言うとおりになった。さすがである。褒めてとらす」

そうしたところ弁慶は不満そうに言った。

「それで終わりですか。もっと褒めてくださいよ」

「うん、すごいすごい。すごいよ。すご過ぎてふるえる。のけぞる」

私はさらに言ったのだが弁慶は、

「なんか心、入ってない」

とふくれ面をする。私は、

「すごい。本当にすごい。でもいまは早く落ちよう。ぐずぐずしているとやられる」

と説得したのだが、

「えー、だってー」

など言って弁慶が動こうとしない。仕方がないので殺そうかな、と思っていると、敵陣から、

「待て待て待て待て」

と声がして、後詰めの方からひとりの悪僧が走ってきた。

「あじゃじゃん。医王禅師じゃないか。どうした。いま我らは退却しようと決めたのだが」

「ああ、知っている。しかしその前に僕の話を聞いてもらえないかな」

「ああ、聞こう。言ってくれるか」

「言おう。さっそく言おう。というのはな、敵の大将の九郎判官義経というのは、もともとは鞍馬育ちの人でな」

「ああ、知ってる。有名な話だ」

「だから強いだけじゃなくて学問もある」

「まあ、そうだろうな。おまえとは大違いだ」

「じゃかあっしゃ。それで判官がそんなだから付き従う部下も法師上がりで学がある奴が多い」

「あ、そうなんすか」

「そうなんだよ。例えば常陸坊海尊なんてなのがいるが、こいつは園城寺の学僧だった」

「そりゃすごいね。本格だ」

「そうなんだよ。そしてそればかりではない、あの強いので有名な弁慶っているだろう、あいつは比叡山の桜本僧正の弟子だ」

「そうなのか。比叡山に居たというのは知ってたがそんな偉い人の弟子だったとは知らなかった。じゃあ、奴は学問ができる」

「まあ、できるって程のことはないが物識りだ。大概のことはよく知ってるし、ことに外国の戦争のことにはうんと詳しい」

「ああ、そう」

「そうなんだよ。で、僕の言いたいのはここなんだけれどもね、この足跡ね。これは弁慶の考えたことではないかと僕は思うんだよ」

「どういうことだ」

「昔、波羅奈国が此羅奈国に攻められて敗走したとき、波羅奈国の王が沓を逆さまに履いてぎりぎりで難を逃れた、という話があるんだが、弁慶はそれを知っていて真似したんじゃないかな」

「マジか」

「マジだ」

「でも君も弁慶もよくそんなことを知っているな」

「いや、これはあの頃、桜本にいた学生なら誰でも知ってる話だ」

「ってことは君は？」

「俺、弁慶の隣で授業、受けてたんだよ」

「マジか。じゃあ、きっとそうだな。弁慶の入れ知恵で全員が沓を逆さまに履いて谷に下っていったんだ。そんなことをするくらいだから敵はそうとう弱っているはず。みんな、いまの話、聞いただろう。退却はよして、みんなで関を作って一斉に襲いかかろう」

「そうしよう。おおおおっ」

「おおおおっ」

「おおおおおおおおおおっ、あぎゃあああああ、げほげほげほっ」

「どうした」

「ちょっと関を作りすぎて嘔いちゃった」

「アホや」

とか言いながら敵は勢いをつけて谷を下って迫りくる。私は、

「駄目じゃないか。君はこれを知っているのは自分だけだ、と言ってなかったか。どういう

ことだ」

と弁慶に問うた。弁慶は言った。

「いまはそんな詮索をしているときじゃないでしょう。ちょっとでも早く逃げるのが先決です。いざ落ちばや」

とか言って谷を下っていく。その間、こちらの姿を早くも認めた敵の矢が飛んでくるので、私たちは首に矢が刺さって致命傷を負うとても嫌なので錣を傾け、刺さらないようにしながら、ぐしゃぐしゃになって落ちていった。

そのとき沓を逆さまに履いているので歩行は困難をきわめ、私たち十六人は沓を脱ぎ捨てたいような気持ちになった。


しかし名に負う義経軍である。いざ方針が定まれば神速、敵を引き離して、かなり先まで進んだのだが、谷を下りきったところで、そこから先に進めなくなった。

私たちの行く手に激流が横たわっていたのである。

後で調べたところに拠ると、そこは吉野川の上流で、白糸の滝というところであった。

右手を見ると、高さ五丈、メートル法で言うと十五米ほどの滝が、名前の通り、白糸を散らしたように、どうどうと音を立てて落ちていた。左手、乃ち川下の方を見ると、雪解けの水で、水嵩さらに増し、激流、岩を噛んで滾るようであった。

川岸はこちら側も向こう側も垂直に切り立った雪の壁で、高さは二丈、六米ほどもあり、しかも表面は降り積もった雪が凍って、銀箔を貼ったようにツルツルして、川に下りることも、とりついて昇ることもできなそうだった。

十六人が川岸に茫然として立ち尽くした。

誰かがポツリと言った。

「もはやこれまでか」

また誰かが言った。

「鹿も四つ足、馬も四つ足。つってもこれじゃあね、無理っすよね」

「ですね」

と言ってその人は無意識に腹を撫でていた。

そのとき弁慶は川岸のもっとも川に近いところに突っ立っていた。その後ろ姿はまさしく方途にくれている人のようであった。

その弁慶に誰かが、

「おい、武蔵坊、どうせ渉(わた)れないんだから、立ってたってしょうがないだろう」

と言った。弁慶は振り返った。顔がきわめてブサイクだった。弁慶は言った。

「渉れない、渉れない、と思うから渉れないのだ。こんなものは渉れる。簡単なことだ。そう思えば自ずと活路は開ける。まずは、なにがあっても渉る。自分は渉れる。そう思うことが大事なんだよ。念ずれば花は開く」

私は言った。

「猥ら(みだ)なセミナーのごとき妄説はやめてください。こんな川、越えられる訳がない。もう諦めて……」

切腹しよう、と言う前に言葉を重ねて弁慶が言った。

「いえ。思い込みにとらわれて諦める、なんてこと、他の人は知りませんが私は、この武蔵坊はそういう態度はとりません。渉ります」

「君、さっきもそんなこと言ってませんでしたか」

「言ってません。言ってます」

「どっちです」

「どっちでもいい、とにかく渉る。それだけです」

「では、好きになさい」

そう言って許可を与えたところ、弁慶は、「では参ります」と言い、川を跳び越えるべく助走し始めた。

というと、弁慶が、いったん後方に下がって、つまり、斜面を登って、それから谷に向かって駆け下りたように聞こえるが、そうではなく、弁慶は川と平行に走り始めた。

これでは助走にならない。誰かが言った。

「あいつ、なにやってんだ」

「騎虎の勢いであゝは言ったものの、どう考えても渉れないとわかって、きまりが悪くなって、あのまま走って逃げるつもりじゃないか」

「なるほど。じゃあ、追っかけていこう。そいで笑ってやろう」

「そうしよう」「そうしよう」

言って後を付いていくと、弁慶は三段（一段は約十一メートル）ばかり、乃ち三十米ちょっと行ったところで立ち止まってブツブツ呟いている。

なにを言っているのかと聞くなれば、

「源氏が代を継いで祈りを捧げてきた八幡大菩薩様。あなた様は源氏を見捨てるおつもりですか。源氏のことをお忘れになったのですか。よもやそんなことはないと私は信じます。どうか、どうか、これまで同様私たちを守ってください。私たちを救ってください。どうか願いをお聞き届けください」

と祈り、そうして、くわつ、と目を見開き、またぞろ川下に向かって走り始めた。もの凄い速度であった。タイムをとっていた訳ではないが、間違いなく一〇〇米五秒を切っていたように記憶する。

ようやっと私たちが追いつくと弁慶は、今度は四、五段行ったところで立ち止まり、対岸を凝視していた。

「また、祈っているんじゃないですか」

「いくら祈ったって駄目なものは駄目ですよ。愚人にはそれがわからない」

など言いながら近づき、弁慶の見る方を見ると、これまでとはちょっと様子が違っていた。どのように違っていたかというと、まず、その部分だけ両岸が突き出ていて川幅が狭くなっていた。また狭くなった分、流れはより深く激しく滾り、渦巻き、岩を嚙んで白い飛沫があがっていた。

それは恐ろしいことだが、しかし向こう岸を見ると、岸の上端が崩れているところがあって、その崩れているところに背の高い竹が三本生えていた。

三本の竹の葉は先端で縺れてひとつに結び合わさったようになっており、珠玉のような氷の粒が垂れ下がっていた。


私はこれを見て思った。

「いけるかも」

そこで私は先ずは自らが跳んでみようと思い、弁慶とそして余の者に、自分が跳ぶ、という意思を示すとともにその理由を述べた。

「私はまず私が跳んでみようと思う。なぜならこういうことは試してみないとわからないからだ。一ノ谷のときもそうだ。私は鹿の動きを見て、これなら馬でもいけるな、と判断した。また、ああいう風に身体を使えば谷を下ることができる、ということを学んだ。しかしいま鹿はいない。ならば私が鹿になろう。なぜなら軍のなかでもっとも身体能力に勝っているのは私だからだ。私が跳ぶさまをみて各々、これを真似て跳んで、我に続け」

そうしたところ一人が手を挙げた。

「あの、質問いいですか」

「許します」

「いま大将が飛べる前提で話してますけど、もし大将が川に落ちたときはどうすればいいんでしょうか」

「そのときは」

「そのときは？」

私は一拍おいて答えた。

「全員、川に飛び込んで殉死してください」

十五人が息を呑む音が聞こえたような気がした。

私は自分のコーディネイトをチェックした。もし私がこの難所を逃れ、後日、復活して中央政界に返り咲くことができたら、死後、この場面は、一ノ谷や屋島、壇ノ浦と同様に伝説化されるに違いないが、そのとき、さんばら髪で、ボロボロの鎧を着た、いかにも落ち武者、みたいな感じで描かれるのが嫌だったからである。

しかし大丈夫だった。

私は光沢のあるレッドのインナーの上に、グラデーションの付いた赤いレザーでステッチした鎧を着て、シルバーのスタッズを散らした兜をかぶり、ゴールドの太刀を佩いて、上下がホワイトでセンターがブラックのイーグルのフェザーで矧(は)いだ矢を高めに背負って、はっきり言って完璧なコーデだった。

その後、頼朝公を筆頭に多くの武将がこれを真似たが顔がでかすぎたり、ひとつびとつのアイテムのフォルムが田舎くさかったりしてぜんぜん駄目だった。

実はこれ、簡単なようでけっこうむずかしくて関東の武者とかには無理だったりするのだ。顔の造りとかも割と大きくて。

ということで装束もオッケーだったので私は、川の端まで行き、鎧の裾の前後に垂れた部分を摑み、首を傾けて、

「とおっ」

気合いを発して跳んだ。

思ったよりずっと楽勝だった。

私は容易に竹の根元を摑むことができた。私は衆目を意識して、鎧の裾に付いた水滴数粒を優雅な動作で、さっと払い、そうして対岸で見守っている一同に言った。

「水の勢いが凄いのでむずかしそうにみえますが、実際に跳んでみると大したことありません。さあ、皆さん、私に続いてください」

これを聞いた一同は、

「よっしゃ、ほんだら跳びまひょか」

「跳びまひょ、跳びまひょ」

というので跳びよった続きよった、誰が跳んだかというと、片岡八郎、伊勢三郎、熊井太郎、備前平四郎、鷲尾三郎、常陸坊海尊、駿河次郎、喜三太なんかがまず跳び、その後にも次々と跳んで、十六人中十四人までが跳んだ。

残った二人はというと弁慶とそれから根尾十郎。

で、根尾が、「じゃあ、次は私が」と言って川岸に向かいかけた。

その根尾の鎧の肩のところの袖を引っ張って弁慶が言った。

「待ちなさい」

「なんすか」

立ち止まって問う根尾に弁慶は言った。

「根尾さん、鎧、脱いだ方がいいですよ」

言われた根尾は、

「みんな、鎧を着たまま跳んでいる。それを私だけ鎧を脱げ、とはどういうことですか」

とやや不愉快そうに問うた。

弁慶は答えた。

「根尾さん、立ってるだけで足、震えてるじゃないすか。無理っすよ」

と弁慶が言うのは当然であった。なんとなれば根尾はそのとき五十六歳。いまの五十六歳と違って、平均寿命が三十とかそれくらいの時代の五十六歳だから極老といってよい。

だから私が都落ちするときも、「君は無理だから残れ」と私が止めたのにもかかわらず、「御主君がよい地位に就いているときこれに仕えて一家眷属を養ってきたのに、落ちぶれたからといって、これを見放し、都に残って二君に仕えてへらへらするなんて自分にはできません。行きます」と剛情に言い張って無理矢理ついてきた。

だからこれまで何度も何度も死にかけたし、はっきり言って、ここまで随いてこられたのが不思議で仕方なかった。そんなことだから弁慶の言うのが正しい。

私は対岸から二人に声を掛けた。

「根尾君、弁慶の言うとおりにしなさい。危ないから。落ちたら死ぬから。っていうか弁慶、鎧脱いだだけでは無理でしょう。より安全な方法を考えてください。根尾君、それでいいですね」

「承りました」

「はい」

ということで弁慶は、弓の弦を外し、これをつなぎ合わせて、一本の長い糸となし、これをこちら岸に投げた。向こうと此方の何人かがこれを強く握り、これをいのち綱として鎧や装具品をすべて外した根尾はようやっと渡渉した。もちろんそこは流れが激しく、岩もゴツゴツしていたので、ま少し下流の緩やかなところまで移動して渉ったのである。

さてそれで対岸に残ったのは弁慶一人である。私は弁慶に、

「さあ、根尾も渡した。後は君だけだ。君の体力なら楽勝だろう。早く跳びなさい」

と言った。

ところが弁慶は天を仰いで歎息したり、首をグルグル回したり、両肘を曲げて前後に振るなどして、なかなか跳ばない。そこで、

「おい、弁慶、早くしろ。ここで時間を取られるとまた敵に追いつかれる」

と言ったところ、弁慶は無視して答えず、わざわざ川幅の広くなっている上流に向かって一段ばかり走り、岩の上に積もった雪を薙刀の柄で払って岩の上に立つと、見得を切るような形を作って言った。

「たかがこれくらいの、川を越えるのに、竹やなにかに必死こいてしがみつく、などという見苦しい真似は僕にはできません。さあ、その辺はあけておいてください。僕はここから飛び越えますので。みんな僕の勇姿を見ていてください」

みなが呆れて言った。

「アホすぎる」

私はみんなに言った。

「無視しよう。みんな、あっち見るな」

「了解」

全員が後ろを向いた。

私も下を向いて緩んでいた沓の紐を結び直した。

「アチョー」

怪鳥のような弁慶の気合いが聞こえた。

そしてそれに続いて、「ひいいいいっ」という悲鳴とボシャンという水音が聞こえ、音のした方を見ると激流のなかに、なにかゴミのようなアホっぽい塊が見えた。

そして弁慶が取りついたと思しき川岸には折れた岩躑躅となにかが滑ったような黒い筋があった。

どうも弁慶が飛びついた崖に岩躑躅があり、弁慶は咄嗟にこれにしがみついたが、なにしろ岩の上に生えている躑躅だから根が浅い。弁慶の目方を支えられるべくもなく、たちどころに折れて、弁慶は川に落ちたらしかった。

水に落ちた人間を引き上げるのは壇ノ浦でさんざんやって慣れている。私は、いま考えればなぜそんなものがそこにあったのかわからないし、誰の持ち物かもわからなかったがとにかくそこにあった熊手、を手に取ると、川端を走り、岩を嚙む激流を為す術もなく流されていく弁慶の、鎧の後ろの紐が結んであるところに引っ掛けた。

しかし流れが激しく、いまにも持って行かれそうなところ、伊勢三郎が来たので、

「任せる」

と言うと、伊勢は万事心得、

「へい」

と言うと、伊勢は剛力であった、人並み外れて巨大でただでさえ重いうえに、鎧を着てさらに重量を増した弁慶を、

「えいっ」

という気合いとともに宙に持ち上げた。

さすが昔、泥棒をしていただけのことはある。実はいままで黙っていたがこいつは私が会

った頃、泥棒だったのだ。

そして宙に持ち上げられた弁慶はというと、全身から水をタラタラ垂らしながら、「ピース」とかいってヘラヘラ笑っていた。

さすが昔、修験の荒行をしていただけのことはない。

私は弁慶が謝ると思っていた。そして悄げると思っていた。だから叱るというよりは、どうやって励まそうか、慰めようか、ということを考えていた。ところがヘラヘラ笑ってピースとか言っている。変顔をしてふざけている。

私は弁慶が憎くなった。憎くて憎くてたまらなくなった。そこで少しばかり痛撃を与えてやろうと、

「どうしました、武蔵坊君。さっき口で言ってたことと、結果はかなり違っているようですが」

と可能な限り厭味な口調で問うと、

「つまづいたっていいぢやないか。にんげんだもの」

とさらにふざけた口調で言ったので、その瞬間、殺したいと思ったのをまるで昨日のことのようにはっきりと記憶している。

またそれとは別に、我が軍の熊手はなんと強靭なのだろう、と感嘆したことも。

さあそうして全員が川を渉って、みな足早に落ちていったが、弁慶はまたぞおろ川に近づいていった。弁慶はまたなンぞ奇矯なことを考えていたのか。

弁慶は先ほど自らが発見し、私たちがそれに取り縋って渡河した三本の竹のところに近づいていった。

そのときには私とあと数人が弁慶が来ないことに気づき、立ち止まって振り返っていた。

その視線を十分に意識して、弁慶は芝居がかった動作で、腰に差した名刀・岩透(いわとおし)、を抜き放った。

弁慶は舞踊のような所作をしながら岩透を振りかぶった。白刃がギラッと光った。

弁慶は半ばは謡うような調子で、

竹と雖もいのちあり。
我にもいのち亦(また)あれど、
竹、根茎を持ちにけり。
青陽の春来りなば、
筍伸び復(ま)た茂みとならむ。
我ら死して帰らぬ習い、
竹を伐るこそいたわしけれど、
我らが命にいざ代われ。

と言うと、

「えいっ」

という気合いとともに刀を振り下ろした。

三本の竹が根元から斬られて傾いた。弁慶はしゃがみ込むと、その根元を雪で埋めて、切り口を隠蔽し、次に立ち上がると、いかにも茂った葉の重みで自然に傾いているとみえるように竹の角度を調節した。

ある者が訝しげに言った。

「あれはなにをやっているのでしょうか。水に落ちて恥ずかしさのあまり気が狂ったのでしょうか」

その脇に居た者が答えた。

「いや、そうではなく、失地回復・汚名返上を狙った偽装工作だよ」

「どういうことです」

「君も鈍いな。だから敵が来たときに……」

と言いかけたとき、弁慶が得意げな表情で戻ってきて、

「あ、御覧でしたか。この弁慶、湧くが如き智謀の持ち主、稀代の軍略家、武蔵坊弁慶があやって工作してきましたので、敵が来て、我々と同じようにして渉ろうとしても大丈夫でございます」

と報告した。

その自己顕示欲がうざくてうざくてたまらなかったが、やったことは間違っていない。というか、とてもいいことだったので、本来であれば指揮官としてこれを褒めなければならなかった。でもなんだか褒めたくないという気持ちが自分のなかにあったので私は別の話をして誤魔化した。

私は言った。

「世の中にはいろんな乗り物があり、人は乗り物に乗っていろんなところに行く。行こうとする。そして失敗したり成功したりする。これはきわめておもしろいことだ。歌が好きな許直という人は船を転覆させたし、笛が好きな宝趙という人は竹に乗ってひっくり返ったらしい。周の時代の穆王は垂直にそそり立つ八尺の壁を平地のごとくに歩んでそのまま天に昇った。古の張博望は浮木につかまって大海を渡った。そして、この現代、義経は竹の葉っぱに乗って激流を渉ったのである」

私はそう言い切り、そして、その先の落ちを期待してじっとしている一同を後目に殺して谷の斜面を振り返りもせでサクサク登っていった。

弁慶他の連中はなにかが頭の中でモヤモヤしているような様子であったが、大将軍である私が進発したのでついて行くより他なく、小声で不平を言いながら歩き始めた。

斜面を登っていくと開けていて、木々の間から渡河地点を見下ろすことのできる場所があった。距離といい、方角といい、渡河地点に現れた敵を弓射するのに絶好の場所であった。そしてなによりも谷間に吹く風がどういう訳かその場所にだけは吹き付けていなかった。私はそのこともよいことだ、と思った。

私は全軍（と言ったところでたったの十六名だが）に停止を命じ、そして言った。

「ここは最後の一戦を戦うに絶好の場所である。もし敵が器用に川を越えたら矢先を下げて撃て。そして敵を殲滅せよ」

「質問があります」

と言ったのは鷲尾三郎。

「許す」

「もし敵が全滅するより先に矢が尽きたらいかがいたしましょう」

「そのときはここが私たちの墓所となる」

というのはつまりここで切腹せよ、と言ったのだがさすがは私の部下で、

「あー、ここだったら風もきつくないし、いっすね」

「見晴らしもいいし、傾斜も緩やかだし」

「あれ、桜じゃないですか」

「いっすねー。春になったら花見できますね」

など言ってまったく死を恐れていない。そのうえで、「花見でバーベキューは如何なものか」「建築費用は坪あたり銀八百匁」などと愚劣なことを言っている。死ぬのに。

そんななか鷲尾三郎がまた言った。

「あのー、もうひとつ聞いていいですか」

「どうぞ」

「弁慶さんの工作が功を奏して敵が渡河できなかったときはどうしますか。それでも戦をしますか」

「そのときは」

「そのときは?」

「そのときは戦争はしないでいいでしょう。川のこちら側から向こう側に、心ない誹謗中傷の言葉、憎悪表現などを情け容赦なく浴びせかけてやりなさい」

「それは例えばどんな風な?」

「いちいちうるさいな君は。それは自分たちで考えろ。仏敵とか、そんなんでいいんじゃないの。マザーファッカーとかいろいろあるでしょう。吉野のクズ人間とか。ミジンコの生まれ変わり、とか」

「わかりました。当日がたのしみです」

「もう当日だっつの」

と言う間もなく、吉野の法師どもが私たちと同じルートを辿って川上からやってきて、私たちが渉った地点で立ち止まり、口々に罵り騒いだ。

「あー、ここで足跡、途切れてます。踏み跡がそこここにあります」

「くっそう、じゃあ、ここからこの激流を跳び越えやがったのか。鬼神かっ」

「いや、いくら九郎判官が凄いといっても人間には違いがない。なにか方策というか方途というか、そうしたものがあるはずだ。あたりをよく探せ」

「ああああっ」

「どうしたあっ。なにか見つけたか」

「なにもないいっ」

「しばくぞ」

「あああああっ」

「しばくぞ」

「違う。俺とそいつを一緒にするな。俺はあんな痴れ者ではない。真面目な男だ。あれを見ろ」

と、その法師の指さす対岸の方を一同見るなれば、尖端に氷の粒を光らせた竹がまるで手をさしのべるように此岸に向けて大きく傾いでいる。

「あの、竹にとり縋って渉りやがったのだ」

「あれにつかまれば誰だって飛べる。よし、みんな行けっ」

と指導者格の治部法眼が命令して、まず進み出たのは三名の法師。歯を黒く染め、鎧に長めの肩当てをつけ、手鉾や薙刀などもいかついものを装備して、それなりの勇者であるらしかったが、どんなものかと思って見ていると、修験の技なのだろうか、手を組み合い一体と

なって、

「はっ」

という掛け声とともに見事、跳んだ。

距離は十分で、枝垂れた竹の先にひとりの手が掛かる、

「やった。跳んだ！」

と誰もが見たが、ほほほ、その竹は弁慶が細工して根元で伐ってある竹。なんの抵抗感もなく、スポン、と抜けて、たちまち岩を噛んで白く泡立つ激流に落下、一瞬でその姿は見えなくなり、二度と浮き上がらない。おそらくは水底で毬のようにクルクル回転しているのだろう。

向かいの山で私たち十六人はその一部始終を見ていた。

そして、さあ、馬鹿にするのはここだ、と思うから全員で一斉に、どっ、と笑い、ここを先途と嘲りの言葉を投げかけた。

「あほやー、死によった」

「滝行のリハやってんちゃん」

「あれが吉野の学力」

「吉野クズ。地獄への一本道」

「坊主の墓場。金峯山寺」

「げらげらげら」

「げらげらげらげらげらげらげら」

と、これ以外にもとてもここに書けないようなことを言って馬鹿にしたので、吉野の法師たちは、不愉快すぎて口もきけない、という状態になって、拳を握りしめ、真っ青な顔で、ブルブル震えて雪の上に立ち尽くした。


しかしそのまま立っていてもどうにもならない。というかどうしようもなさが募るばかりである。


そこで日高禅師は努力して口を開いて、言った。

「こんな陰湿な嫌がらせを思いつく奴は此の世に一人しかいない。そう、あの弁慶のボケだ。なんかもう、はっきりアホみたいだよね。俺ら。みってん、あいつらのあの顔。あいつらの目に、ここに呆然として立ってる俺らは、弁慶の計略にまんまとはまった粒選りのアホ、ど間抜けと映っているのだ。俺は、一秒ここにいれば一秒分、二秒ここにいれば二秒分、出家者としての、人としての、俺の価値が下落していくような気がする。っていうか、もうなんか、もうなんかやる気なくなった。いったん帰ろう」

「え、ここまで来て撤収すか」

「うん。とりあえず撤収」

あっさりそう言う日高禅師に、

「日高さん、なに言ってンすか。すぐそこに敵が見えてんですよ。だのに帰るんすか。いや、逃げるんすか。日高さん、恰好悪いすよ。俺、そんな日高さん、見たくないっす。渡河ポイント探して渉りましょうよ。渉って戦いましょうよ。最悪、渡河に失敗して川に落ちて死んだって、いいじゃないすか。敵を目の前にして逃げるよりそっちの方がまだましっすよ。駄目なんすか。いいっすよ。わかりました。じゃあ、日高さん、帰ってくださいよ。みんなも帰れよ、うっせえ、てめぇら、どいつもこいつも卑怯なんだよ。俺は一人で戦う。戦って死ぬ。それが俺の生きる道だ」

と食ってかかる若い僧がまったくなかった。

「日高禅師の意見に賛成する」

と全会一致で決定し、そのまま撤収していこうとした。

これを見た私は、このまま行かせてはおもしろみに欠ける、と思った。私は片岡八郎を呼んだ。

「片岡君、ちょっといいですか」

「はい、なんでしょうか」

「あいつら、よっぽと口惜しいとみえて帰って行きますね」

「そのようです」

「どう思いますか」

「おもろ、と思います」

「よろしい。けれども、帰ってしまったらそのおもろみも終わってしまう」

「どういたしましょう」

「彼らを呼び止めてください」

「なんと言って呼び止めましょう」

「こういうのです。義経が川を越えかねているところを、ここまで送ってくださったのは、嬉しいこと。お蔭で川を越えることができた。礼を言うから少し待て、と」

「厭味ですね」

「まあ、後々のこともあるからね。これくらいかましておかないと」

と私に命じられて片岡、無塗装で、ざっくりとした木の質感やぬくもりをそのまま生かした弓に、大きな鏑付きの矢を番え、これを川の向こうへ、ひょうど放った。

矢は、ヒュルヒュルヒュル、と音を立てて飛ぶ。

この音が耳に入った日高禅師らは当然、足を止めて、「何事ならむ」と振り返る。その振り返った御一行様に向かって片岡は大音声にて、

「皆さん、判官様よりのお言葉です。足を淀めてこれを聞きなさい。もう一度、言います。判官様がお言葉を発せられます。これを聞きなさい」

と言った。

ところが、吉野の法師ら、

「おい、あんなこと言うとんど。どないする？　止まるけ？」

「止まったとて、や。ボロクソ言われるに決まっとんね、あほらしもない。聞こえん振りして行こで」

なんて聞こえぬ振り、

「ああ、谷の向こうで、顔の不自由な猿が泣き叫んでるが、なにを言っているのだろう。動物は言葉が話せないから可哀想だね」

などと負け惜しみを言いながらそのまま進んで行く。


これを横で見ていた、いらんことしいの武蔵坊弁慶、さっき水にはまって、まだ小片のところどころから水が滴る、濡れた鎧を身に纏(まと)ったたまま、巨大な倒木のうえによじ登って、その上にすくと立った。背は並外れて高いうえ、百メートル向こうにいてもそれと訣る不細工な顔面、全身から立ち上る変態のオーラを備えたその立ち姿はまるで、舞台に立つ俳優のように、いや、それを遥かに超えて目立っていた。

その弁慶が、全山の木々を震わせるような大声で、

「君たち。君たちの中の芸術に理解ある者はこれから私がする舞踊を見なさい。西塔の武蔵坊弁慶、踊ります。乱拍子っ」

と宣言した。

これを聞いた吉野の法師ら、

「おい、あんなこと言うとんど。どないする？　とまるけ？」

「いっやー、僕は芸術というものがとても好きでね。芸術には目がない方だから、ちょっと観ていこうと思う」

と足を止め、しかしかと思えば、

「意味ないいっしょ」

と言う者もあったが、過半は奇妙なものを見たい、という気持ち、すなわち好奇心を抑えきれずに足を止め、弁慶の舞が始まるのを待った。

これを見て取った弁慶は木の下で無塗装の木の温もりを感じながら、ぼうっ、としている片岡に、

「片岡君、演奏」

と声を掛けた。

言われた片岡は、反射的に、「あ、はい」と言うと、スタンダードなタイプの弓をケースの中ほどから抜き出し、これで白木の弓の根っこの辺りを叩き始めた。


コンコンカッコッコ、コンコンカッコッコ、コンコンカッコッコ、コンコンカッコッコ、

どこかしらに木の温もりを感じさせる、親しみやすいリズムが谷間に響きわたった。それはどこかしらに懐かしさを感じさせるリズムでもあった。

コンコンカッコッコ、コンコンカッコッコ、コンコンカッコッコ、コンコンカッコッコ、

ひとしきり弓を叩き、会場の空気が暖まった頃合いを見計らって片岡は、

「ワアーン、ツウ――、ワン、ツー、ハチマン、サイコウ」

と声を出し、これを合図に弁慶は、

〽春は桜が流れるから
吉野川って、名付けたね
秋は紅葉が流れるから
立田川（たったがわ）って、言ったんだ
冬はどうなの？
冬はどうだろ（このパートは片岡八郎が歌った）
冬はどうなの？
冬はどうだろ
冬も終わりに近づけば
法師もまるで紅葉のように
赤くなって流れてく
法師もまるで紅葉のように

赤くなって流れてく
コッコンカカッカ、コッコンカ
カッコンココッコ、カッコンコ

と歌い、時には激しく、時には緩やかに、緩急を自在に操りつつ、音と言葉に身体を委ねて踊った。

弁慶は、これを何度も繰り返した。

その都度、片岡のリズムは変奏され、歌と踊りは熱を帯びていった。

川の向こう側でこれを聞いていた法師たちは、素晴らしい楽曲に身を任せてしまいたい気持ちと、自分たちを虚仮にする歌を否定したい気持ちに引き裂かれていた。

「なんちゅうアホな奴や。すごく好き」

「なんとでも言えばいいじゃない。もう好きにして」

そんなことを言いながら法師たちは、狂ったように舞い続ける弁慶の歌と踊りに呪縛されてその場を動けず、そのうちにあたりは段々に暗くなっていった。

どこで習ったという訳ではないが、私は舞踊に関しては些かの才能があった。どれくらいの才能かというと、まあ仮に今だったら世界的なバレエ団に所属してトップの階級に属する程度の才能だ。

そんな私から見ても弁慶の踊りは変態特有の不思議な魅力に溢れていたから、吉野の法師どもがこれに見とれるのは無理もない。

けれども私はいつまでもこれに見とれているほど愚かではない。二周目くらいで飽きてきて、四周目に入る頃には完全に興味を失っていた。

それは日頃から、弁慶の人となりに触れ、そのうざみを十分に知り尽くしている余の者も同じらしく、我が軍中の者でこれに見入る者はもはやない。

そこで私は傍らの者に言った。

「弁慶の踊りもよいが、もはや日も落ちた。今日は長い一日だった。みな疲れたでしょう。そして腹も減ったでしょう。こうなってくると惜しいのが、惜しく思われるのが、あの御岳左衛門ちゃんの心のこもったケータリング。あれは本当に残念なことをした。けど、まあいいや。それをいま言っても仕方がない。とにかく、それにしたって皆さん、逃げる直前に自分が今晩食べる分くらいは懐に入れたでしょう。苦しくありません。それを出して用意してください。食べて、身体に力をつけて、それからさらに安全なところまで下がりましょう」

ところが一同は悲しい顔をして俯いて、食糧を取り出そうとしない。私は重ねて言った。

「さ、遠慮しないで」

そうしたところ一番前にいた奴が、情けない顔で言った。

「いや、もうあのときは、もうそこまで敵が来てたんで逃げるのに必死で……」

用意していないと言うのである。私は、まあしゃあないか、と思いつつも、

「君たちはまったく計画性がないなあ。私は大将軍だけど自分の分だけは持ってるよ」

と言って、あのとき咄嗟に確保した餅菓子二十個を鎧の右のポケットから取りだした。

「わっ、いつの間に」

「しかも、懐紙に包んである」

「あのときそんな暇ありましたっけ？」

「いっやー、なかったと思いますけど」

「うまそうですな」

「うまそうです」

「あれはどうなるんでしょうか」

「わかりません」

「ちょっと聞いてみましょうか？」

「聞いてみなはれ」

「わかった、ちょっと、聞いてみます。もし、もし、我が君」

「なんですか」

「その、餅菓子は二十ありますな」

「ありますね」

「それは、あんた、一人で食べなはんの」

「そうですね。私の餅菓子なんで」

「そら、殺生や、そら殺生」

「なにが殺生ですか。それほどの先見性もない貴方方が悪いんですよ。なんでも主君がして
くれると思ったら大間違いです。戦場では自分の身は自分で守るしかないんです。そんなこ
とも訣らない武者は死ねばいいんです」

「ひどい。私だって餅菓子食べたいのに」

「うるさいっ、早く死ね」

一喝するとその、一番前にいた奴は涙をポロポロ零し、立ったまま切腹の準備を始めたの
で私は慌てて、

「って、ウソウソ。いまのは戯談(じょうだん)です。あ、ちょうどいいところに来た、おい弁慶君」

と恰度そのとき、舞を終えて、ステージから降りてきた弁慶を呼び止め、

「これをみんなに分けてくれたまえ」

と言って弁慶に餅菓子を渡した。

そうしたところ弁慶は、

「かしこまって候」

となにを大仰に受け止めたか、単に菓子を配るだけなのに妙に儀式張って、直垂にこれを
戴き、ユズリハの葉を敷いて、二十のうち四つを取り、

「一つをば葛城金剛の佛に奉る。一つをば金峯山の佛に奉る。一つをば道祖神に奉る。一つ

をば山神護法の御ために奉る」

と言って葉の上に置いた。

残りの餅は十六。そして人は十六人。

弁慶はうち一つを私の前に置いた。そして残りの面々に餅を配った。

弁慶の手元に残った餅は一つ。弁慶は言った。

「一つだけ餅が残りました。申し訳ありませぬが、これは私の分とさせて頂きます。それから神佛に奉りましたる餅菓子ン四ケ、これも私の方で適切に処理させて頂くことに致します
る」

これを聞いた、さっき切腹しかけてた奴が言った。

「あ、あのボケ。五箇取ってまいよりました」

「おかしいと思いましたよ。たかだか、お菓子配るのに、一乗菩提がどうのこうの、って、なにを大層に言うの、って思ってたら、結局、自分が全部、取ってるじゃないすか」

「けど、あいつ坊主でしょ。あんなことしたら罰が当たるってことを知らないんですかね」

「そりゃあ、知ってるでしょう。けど、あいつは罰が怖くないんですよ。なんでかわかりま
すか」

「わかりません。なんでですか」

「もう罰があたってるからですよ」

「どういうことです」

「あの顔は生まれつき罰が当たった顔です」

「あ、なるほど。こら道理や。げらげらげら」

「げらげらげら」


と笑ってる奴があるかと思うと、その向こう側では、餅を食いながら泣いている奴もいる。

「どうしました。歯ァでも痛むんですか」

「違います。情けなくて泣いてるんです」

「なにが」

「なにがって、そうだっしゃないかいな。さっきね、御主君が餅をくださったとき、わたしゃあ、うれしかった。ああ、ありがたい主君の恩、と思いましたよ。けど、考えてもみなはれ。先なら、あんた、こんなしんどい思いしてお仕えしてみなはれ。『ああ、ようやってくれた。ご苦労であった』ちゅてでっせ、まあ、そうすな、むっさええ感じの鎧、精悍な馬とかボンボン貰えましたわ。それがどうです。いまは。御主君も私らもすっかり落ちぶれて、こんな餅一箇もろうて、涙ながして喜んでるんですわ。こんなことで喜んでまう自分がね、わたしゃ情けないんです」

「言われてみたらそうですわな。なんや、さっきまで嬉しかったけど、聞いてたら私も自分が可哀想に思えてきました」

「そうだっしゃろ」

そう言って二人は餅菓子をムシャムシャ食べながら涙をポロポロ零している。

それを見るうち、なんだか私の心も寒くなってきて、先ほど弁慶が前に置いた餅を一口齧ってみた。

うまい。

そう思った瞬間、いまそいつが言った言葉が全部、思い当たって、突如として涙が溢れた。いかぬ。こんなところで弱気の虫に取り付かれてどうする。そう思った私は、こんなときは弁慶の変妙な顔を見れば自然に笑いが浮かぶはず、と心得、弁慶の方を見た。

そうしたところ、なんということであろうか、弁慶も、餅を一度に五箇頰張り、ブンブンに顔を膨らませつつ涙を流している。

それともあれは頰張りすぎで喉が詰まって泣いているのか。

何方（どっち）なのだ。はっきりせよ。

そう思っていると弁慶は餅を飲み下し、雪をすくってこれを呑み込んだ上で、泣いている二人に向かって言った。

「おまえらはどこまで厚かましいんですか。おまえらが食ってるその餅は、そもそも別の人が献上したもの。そしてそれをここまで持ってきてくれたのは我が君。だったら感謝して食べればいい。それをば、落ち目の自分が情けない、とか言って泣いてる。自分しかないんですか。不可知論っていうか、なんていうか、神佛の威力、っていうのはこれはすごいですよ。人間はこれに介入することはできない。しかしだからといって自分の身を守る努力を放棄していいという訳ではない。ことに戦場においては！」

「あいつ、なに普通のこと言うとんねん」

「熱、あるんすかね。普通のこと言うな、ボケ。弁慶のくせに」

弁慶が力説するのを聞いてそんな茶々を入れる者もあったが、聞こえているのかいないのか、弁慶は話を続けた。

「おまえらは身の不幸を嘆く前に己の分を己で持ってこなかった不覚を思い知れ。思い知って反省しろ。わかったか、ぼけ」

と一同を罵倒する弁慶に、

「じゃかあっしゃ」

「黙れ、ブサイク」

という罵声が飛び、さらには、

「持ってけえへんかったんはおまえかて一緒やろ。偉そうに言うな」

という罵声が飛んだ。

その声がした方に向かって弁慶は笑みを浮かべ、そして、

「いやいやいや、なかなか」

と言うと、鎧のなかから餅を二十ばかり取り出して雪の上に置いた。

「あああ、こ、これは」

「餅にござるよ」

　そう言って弁慶は得意顔をした。これにいたって先ほどまで弁慶を悪し様に言っていた人達は忽ちにして態度を変え、

「さすがは弁慶さん」

「やっぱり弁慶さんはすごい」

「弁慶さんは他者に対する思い遣りがある」

「そう、思い遣りがすごい。笑顔きしょいけど」

　など言って称賛した。


　そして私もまた弁慶の斯うしたところを評価せざるを得ない。弁慶はその性格に問題はあるものの、いくつかの点で突出した能力を備えていた。このことについてもそうで、ここでさらに餅菓子を食することによって十六騎ひとりびとりの体力が目覚ましく恢復（かいふく）するのは明白だし、やる気も生まれる。私の心中にもまた配下の者と同じく弁慶を称賛する気持ちが生まれていた。

　そうしたところ弁慶は、左の脇の下から黒い、大きめの筒を取り出して、雪の上に置いて、もっと得意そうな顔をした。

　不思議に思った片岡八郎が、

「なんすか、それ」

と問うた。弁慶は、「手にとってご覧なさい」と言って横を向いている。

言われた片岡はおそるおそるこれを手に取り、筒の口に顔を近づけ、匂いを嗅いで、

「こ、これは……」

と絶句した。一同は片岡に問うた。

「なんだ。それはなんなんだ」

「間違いない。これは酒」

一同は、おおおおおっ、とどよめいた。

弁慶はあのとき、瞬間的に手近の竹を伐り、穴を穿ち、酒を詰めて鎧の中に忍ばせたのである。なんたら手腕、なんたら早業。一同これを称賛。

弁慶はこれも懐に忍ばせた素焼きの盃を二つ取り出すと、私にこれを参らせ、私が三度、干した後、「さあ、わずかだがみんなで飲もう」と言い、みんなで回し飲み、みなが三度ずつ干して、みな腹と心が温まり、その夜はそこで一夜を明かした。


明けて文治元年十二月二十三日。目が覚める直前まで私は都の自邸にいる夢を見ていた。柱は磨きぬかれ、どっしりした調度は美に沈み、その狭間に綾絹が光っていった。廊の向こうには美しい庭園があり、傍らには贅美を尽くした美しい女が侍っていた。

目が覚めたとき、私の意識はまだ都の自邸にあった。だから目を覚ましてあたりを見渡したときはその落差に驚いた。雪の降り積もる酷寒の山中。まるで刃のような空気。なにもか

もが凍りついた世界の中で、疲れ切って目が落ちくぼみ、髭も伸び放題の、鎧を纏った男たちが眠りこけていた。

それでいまどこにいるかを思い出して私はもはや一瞬も山中に居たくなくなった。

私は傍らに倒れていた片岡八郎に声を掛けた。

「八郎」

「はっ」

さすがは武者、片岡は瞬間的に飛び起きた。

「なんでしょうか。法師どもが参りましたでしょうか」

「そうではない。山路はつらい。なので里に下りようと思う。みなを起こせ」

「かしこまって候」


ということで私たちは桜谷を出で、茂見谷（しげみのたに）というところまで下りていった。まだまだ山中ではあったが、ここまで下りて来ると貧民階級の家が何軒かある。

人里離れた山中から来た者に、そうした人間の気配は元来、安堵感をもたらすはずのものであるが、私たちは、こんなことを言っては身も蓋もないが、はっきり言って、どう見ても落ち武者。

こうしたところの土民は落ち武者に対しては非常に辛辣で、落ち武者と見るや襲いかかって、鎧から太刀から直垂からなにもかも剝ぎ取ってこれを売って儲けようとする。

そして剝ぎ取ったそれらが、非常に高級なものだった場合、その首にも非常な値打ちがあるかも知れないから、首を切って役所に届ける。そしてそれが本当に貴人だった場合はかなりの褒美が期待できる。

というと、そう易々と武士が土民に討たれるのか、と疑問に思うかも知れないが、けっこう討たれる。なぜなら向こうは数が多いし、落人を討ち取るノウハウ、スキルの蓄積がある。しかも多額の褒美というインセンティブもある。

それに引き比べて落人の側はというと、私たちがそうであったように、疲弊しているうえ、矢も食糧も殆どない状態。それに加えて敗残、という事実による心理的な落ち込みというか、抑鬱状態、神経症状を呈する者も多く、玄人であるのにもかかわらず素人である土民にけっこう討たれてしまう。

というか、あの頃は兵隊はほとんどが農兵であったので、土民と雖も、戦場で人を殺した経験はそこそこあって、ことに馬から落ちた騎馬武者を取り囲んで刺殺、撲殺することにかけてはかなりの技術を有していた。

もちろん、弁慶を初めとする私の麾下の者共は、それとは別、むざむざとこんなところで土民に討たれるものではないが、けれども通報がうざかった。

これからどこに退転するにしろ、居場所はなるべく不明確にしておきたかったのである。

そこで私たちがどうしたかというと、常套手段、鎧を脱ぎ捨てた。

鎧を脱ぐということは自分たちが落人であると認めることであった。私はその時点で負けた気はぜんぜんしていなかった。もし私が伊予に押し渡っていたら。四国をおさえ、九国の住人に迎えられ、海を制し、或いは平家の残党とも協力して、財貨、兵粮を蓄え、大軍を擁して入京の準備を調えていたはずである。しかるに偶々の暴風によってそれがかなわなかった。ただそれだけのことで、私が源氏の御曹司であるという事実が変わったわけではなかった。

　しかしここで意地を通して、「儂は武士の誇りは捨てぬ」など言って死ぬ気もなかった。

「こんなものはねぇ、ただの物質ですよ。いつでも、なんぼでもゲットできます。けれども生命はそうはいきませんよ」

　とみなで励まし合いながら、鎧を脱ぎ捨てて、茂見谷の古木の根方に埋けた。土をかけられて見えなくなる鎧は、まるで屍骸のようだった。

　鎧を脱いだ麾下の者どもは互いの姿を見て言った。

「おおっ、鎧を着ていりゃこそ武者に見えていたが、君、鎧を脱いだら、どこからどう見ても土民だな」

「そうかっ」

「喜んでるんやあらへんがな。馬子にも衣裳、とこう言われて馬鹿にしられてんにゃで」

「どういうこってす」

「中味は貧相、側だけのやっちゃ、ちゅうてんにゃがな」

「そやったんか」

「そやがな」

「その段、おまえはええな」

「なんでやね」

「鎧、着てても貧相や」

「じゃかあっしゃ」

最後に私は言った。

「明年の睦月の末、如月の初めにもなればかなりほとぼりが冷めて、詮議もゆるくなっているることでしょう。その頃に奥州に下向します。京は一条今出川の辺りで落ち合いましょう。みんなで奥州に行きましょう。そしてもう一度、みんなで栄華をつかみましょう」

それに対して一同は、

「応」

と応じたがタイミングがずれて声は揃わない。


殺気を漲らせた男が何人も固まっているとどうしても目立ってしまうので、私たちはバラバラに落ちた。木幡山、櫃河、醍醐、山科、とそれぞれ目当てのあるところを目指して落ちていったのである。山奥がよいだろうと鞍馬の奥を目指す者もあった。人の多いところに紛れた方がよいだろうと考え、あえて洛中に潜む者もあった。そしてそのいずれもが再集合地点の近くであった。

私もまた、ただの一人で落ちていった。

そのとき私は稚児が着るような胴巻を着し、太刀を脇に挟んで、その上からダサい直垂を着た。

そして十二月の二十四日の夜の更けには南都（奈良の興福寺のこと）の勧修坊の得業（とくご）という僧のところにいた。

人間はみなそれぞれが自分のことで精一杯で、常に自分を起点にして物事を考えるが、此の世にはそうした人間が溢れていて、あちこちでいろんなことが起きている。疫病や飢饉が蔓延して国が破産したり、個人が電車の中で醜く争ったりしている。受領が莫大な富を集積するのはいつの時代も同じことだ。どんな思想を文章として掲げたところで、人間が人間であり、自分という皮の中に閉じ込められている以上、それは変わらない。私がいまだにこんなことをしているのもそのためだ。来月から池がなくなるというのに。と私が言うと、

池のことなんてちさなことだ。歴史に残らぬこと。なかたりそ。

と社会ネットワークで絶叫する人があるが、もちろん間違いだ。そんなちさなことが積み重なって大きな事が起こるのだ。私はそんなことをいくらも見たし、私も当事者だった。流行病（はやりやまい）も私営水道組合の解散も個人にとっては同じ重みを持っており、その個人どもによっ

て此の世はあらぬ方向に動いていく。そこに統一的な意志が介在することは、ははは、おまへんのや。

私はなにを言っているのか。それは簡単なこと。

私は、一方その頃、と言っているのだ。


一方その頃、というのは私が吉野の山を彷徨(さまよ)った挙げ句、山中行軍がすっかり嫌になり、軍を解散、土民階級に身をやつして、各々散った頃、一足先に吉野を脱出した佐藤忠信はその後、どうなっただろうか。どこかで死んだのだろうか。

いやさ忠信は生きていた。生きて京都にいた。

十二月二十一日の払暁、自害を装って敵の追及を躱した忠信は二十三日に入京、昼間は場末に隠れ、夜間に洛中に入って、私の消息を尋ね歩いた。

というのはどんな感じかというとそこは落人、お尋ね者、指名手配中の人物なれば、当然、「私は佐藤忠信といって義経の家臣なのだが、吉野で戦闘中に主君と別れた。合流して再起を図るべく主君の行方を探しているのだが、貴君、御存知ないか」と尋ねて歩いた訳ではない。

そんなことをしたら直ちに捕まってしまう。

じゃあどうしたかというと、寺や博奕(ばくち)をやっているような、人の寄るところに、下人的ななりで、「へっへっへっ、おばんでやす」かなんか言いながら入って行き、心安く話しかけて、暫く世間話をした後、「ところでそない言うたら、先に判官さんが西国にいかはったやないすか。あれからすっかり噂聞きまへんけど、どこい行たんでしょうなあ」

などと問うた。

そうしたところ、これはいまでも同じだが、落ち目の有名人の消息というのは庶民にとっての心躍る話題であるようで、多くの者が目を輝かせて、自らが得た情報に基づいて積極的に話をしてくれた。

というのはよいのだが、所詮は根拠の薄弱な噂話で、みな言うことがまちまち、情報錯綜してなにを信じたらよいのかさっぱり訣らない。

ある者は、「吉野川に身投げして死なはったらしおすえ」と言い、別の者は、「北国経由で陸奥国にいかはったみたいですわ」と言い、そして最後に、「知らんけど」と付け加えた。

なので忠信としては、そんな都雀（みやこすずめ）の噂話レベルの話ではなく、もう少し上というか、朝廷や鎌倉方に近いところの確度の高い情報が欲しかったのだが、当然、そんなところには危なくて接触できない。

そんなことで有益な情報を得られぬまま暮れも押し詰まってとうとう二十九日になってしまった。ところが行くところがない。

洛中をあてどなく歩き回ると寒風烈風が身に染みる。「おお、寒っ」とすっかり下人ぢみてしまった仕草でこすり合わせるその両手は皹（ひび）あかぎれだらけ。吐く息でこれを温める。

いつしか忠信は鴨川の西岸にいたっていた。河原に乞食がうごめいていた。

　忠信は独り言を言った。

「吉野山はもっと寒かったはずだが、これほどの寒さを感じなかった。アドレナリンが噴出してたからか。いや、違う」

「俺はこの年になるまで正月三が日の儀式を欠かしたことがない。それをば今年はそれもかなわない。人間、落ち目にはなりたくないものだ」

「俺はこれからどうしたらよいのだ。主君を失うということがこんなに惨めだなんて考えもしなかった。俺は自分で自分のすることを決めなければならない。俺はなにがしたいのだろうか。主君にもう一度、相まみえたい。それはある。けれどもそれができないいま、俺はなにがしたいのか。乞食と一緒に餅を食べたいのか。ちげーよ。じゃあなに？　てめぇはいったいなにがしてぇんだよ。佐藤忠信」

　と忠信は自らに問うた。

　自分はなにを望むのか。それは合戦で武勲を立てること、そして末代に名を残すこと。その名で子孫が生きていけるようにすること。しかしいまそれはできない。主君がないから。じゃあ、いまなにがしたいのか。というと、ゆっくり眠りたい、ただそれだけだ。なんだ、あの吉野で誰かの邸に入ったときと同じじゃないか。笑う。

　けれども、その眠るところがない。悲しいことだ。泣く。

　と忠信は悲しんだが、実はまったく当てがないわけではなかった。というのは、かつて鎌倉殿御代官にして左衛門少尉、検非違使別当、源義経の股肱として都でブイブイ言わしていた頃、忠信は都の女に持てまくって、あちこちに女がいた。

そんなかで忠信がもっとも想いをかけていたのが四条室町に住む、小柴入道、という者の娘、萱、であった。きわめていい女で、あの頃、女が顔を見せて洛中を歩く、などということはなかったが、たまたまその顔をのぞき見た東国の武者が、その妖艶な美しさに気が違い、刀で牛を斬って鮮血を浴びて歌ったり、腰の蝶番が外れて立てなくなるなどしたものである。

そんな美人ではあったが、女の方でも忠信に惚れ、この十一月十三日の早朝、義経主従都落ちの際は、都の外へ出たがらない京の女であるにもかかわらず、はるばる摂津の湊までくだってきて、「船の労苦なんて厭わないから連れて行って欲しい。一緒に居たい」と愁嘆を演じた。

けれども御主君が多くの美女を同行、乗船させていたことに対する批判が武者のうちで高まっており、麾下の忠信が、「女を連れて行きたい」なんて言い出せる雰囲気では到底なく、忠信は、「あかぬ。また時節が来たら必ず会いに来るゆえ、待っておれ」と言って女を帰らせた。

女はそれでもいよいよ船が出るまで湊にとどまって去らなかった。

「会いたい」

と忠信は思い、また、つくづく女の肌を恋しく思った。と言うと、「ほな、いたらええがな」と思う人も多数いらっしゃるだろう。けれども忠信には行かれぬ理由があった。

というのはなにかと言うと、端的に言って、男の見栄、である。見栄という言葉が悪ければ意地と張りとでも言うべきか。

摂津で別れたときは、確かに都落ちではあったが、いまをときめく顕官（けんかん）の家臣、美々しく装って華麗な姿であった。

馬も鎧も弓も矢も、なにもかもが男の逸品、厳選された超一流の品々であった。

しかるにいまはどうか。辛うじて烏帽子（えぼし）だけはかぶっているが、それとて途中で弱そうなおっさんをどつき回して奪ったもので、くたくたのみすぼらしいものだし、着物は、これを着物というのだろうか、浜に落ちている海草を拾い集めて荒縄で身体に巻きつけているような感じだった。刀はなくて腰に木片を突き刺していた。

髪の毛から間断なく雲脂（ふけ）が、まるで吉野の雪のようにいとしめやかに降り続けた。皮膚の到るところから垢が浮き出し、鱗のように固まり、強烈なアンモニア臭が全身から漂っていた。吉野で受けた刀疵が膿んで全身からドロドロの膿が噴出したうえ、全身に原因不明の発疹とでき物がひろがって、その一部からも膿が流れ出て、永年にわたる戦場での過酷な経験によりＰＴＳＤを発症しているため、落ち着きがなく、泣き叫んでいたかと思うと、急にニコニコ笑うなど情動がきわめて不安定で、目つきが尋常ではなかった。

かつての美丈夫、凜々しい青年武者が、こんな恰好・状態で訪ねていったら女はなんと思うだろうか。

たとえそれが田舎の醇朴な女だったとしても、

「幻滅した。もう会いたくない」

と思うだろう。況してや、萱、は都のイケイケの美女で、交際する人間は金持の受領とかイケイケの武士の兄ちゃんとかばっかである。或いはその美貌に目をつけた雲の上の方々だって通ってきたのかもしれない。

そんな女がいまの忠信の姿を見て、元のように付き合うなど考えられない。

「幻滅した。会いたくない」

どころか、

「こんな人、見たこともない」

と言って知らない振りをするか、いや、

「くっさーい」

とことさら語尾をあげて逃げていくに違いない。

そんな態度を取られてなお、昔の誼でどうか宿をお貸し願いたい、着物と飯を恵んで貰いたい。それと可能であれば抱かせて欲しい。無理だったらいいです。と懇願するのは、忠信のプライドに抵触した。

そんなだったらいっそ行かないで、昔のいい感じのイメージを頭に残しておいて貰って、そのうえで、元のようになってから会いにいったほうがよい、と考えていたのである。

しかしもはや他に頼るところもなく、それよりなにより、考えているうちに女に会いたくてたまらなくなった忠信はついフラフラと四条室町の女の家に行ってしまったのだ。

そうしたところどうなったか。

案ずるより産むが易し。

行って庭先、いかにも不審そうに、名乗らぬ忠信の姿をジロジロ見る下婢を相手に押し問答をしていると、「その声は、もしや……」と縁先に出てきた、萱、忠信を見て涙を零し、屋敷に招じ入れるや、その惨めな姿を厭うことなく、身を寄せて抱きついたのはまさに女の真心であった。

「会いとうございました」

「いやー、俺も俺も」

と忠信は鼻の下を伸ばし、それから身体を洗って、新しい衣服を調えて貰い、それから肴、酒、菓子なども食べさせて貰って、それから抱かせて貰って、それから熟睡させてもらった。

そのようにして、女はいい感じで忠信を迎えてくれたのだが、そうなると心配になってくるのが父の入道ってやつで、日本神話のパターンだと、こうして女の愛に助けられた英雄の命を奪うのは決まって女の父である。

須佐之男命の娘、須勢理姫といい感じになった大国主命は須佐之男命に殺されかける。そしてかく言う私自身が鬼一法眼の家でその娘をこましたときも鬼一法眼は私の命をつけ狙った。

だからこの場合も、忠信は父の入道に謀られて殺されてしまうのではないか、とどうしても思ってしまうのだ。

しかしこの入道は、入道というとなんとなく気難しくてとっつきにくい爺さん、というイメージがあるが、実際は愛想のいい入道で、私たちが都にいる時分から大層、忠信をもてなしていた。

と言うといまの人はピンとこないかも知れない。なぜなら父親が娘と付き合う男に関して、手塩にかけた大事の娘をむざむざよその男に取られた、という感慨を抱くというイメージが流布しているからである。

しかしあの頃はそんなことはなくて、舅というものは聟を非常に大事にして、聟が家に来ると自分で酒や肴を運ぶなどするくらいにこれを歓待し、また、それ以外にもなにくれとなく世話をした。

なぜそんなことをしたかというとそれが家の栄えに繋がったからである。出世しそうな男が居たら早いうちから目をつけて娘と付き合わせる。男が出世したらそのコネでいろんな役職について様々な権益を得ることができる。

それのもっともエグいやつが、娘を宮中に入れる。それでもし娘が皇子を生んで、その皇子が皇太子になったら、それはもう舅は我が世の春である。

しかしまあそこまでいかないにしても、そうして聟が出世したら家が栄える。けれども今のように、結婚して家庭を持って、ということではなく、聟は親の家から通ってくるだけだから、そこで嫌なことがあったらもう通ってこない。そこで舅は聟が来るような雰囲気作りをして、娘にも、「おまえ、もっと色気出せ」と言うし、娘もそのように努力する。経済的な支援もする。

だからあの頃の都の若い女は、貴族の娘は言うに及ばず、そこいらの町娘も色気を出しまくり、静のような有名芸能人を真似てメイク、ファッションに工夫を凝らし、おのおの妍を競って、男にとってはパラダイスのような世界だった。

また男も女に好かれないと出世ができないから歌や舞いの稽古をし、衣服に凝り、お肌も手入れして、全員が髪の毛サラサラお肌ツルツル、お目々ぱっちりの男性アイドル路線を爆走していた。

しかしこの世の中には常に需給バランスというものがあり、いい感じに出世していきそうな聟には方々に付き合う女がいて、あちこちに通うことができるが、家柄も悪く、出世の見込みのない聟は、あまり行くところもなく、しょうがないから家で学問とかしてる。或いは武士だったら弓矢の稽古ばかりして、ますます女に相手にされない偏屈となって、やけくそになって暴れ、暴れすぎて死ぬ。

といってでも女の方も容貌や家柄を問われ、不細工だったり、性格が腐っていたりすると男も寄りつかぬから、そこはうまいこと均衡して、そんななかで、うまくやった舅だけが生き残り、太い家柄となって残った。つまりかなり過酷な婚活戦争のようなことが行われていたのである。

そういう訳だから忠信はこの舅の入道に随分とよくしてもらっていたし、実際のところ気もよくあって話などすることも屢屢だった。

けれども家が盛っていくためには、生き残っていくためには、今の忠信は邪魔者でしかない。だから寛いでいるところ、若い家人が来て、「入道殿が話があると言っているゆえ、ちょっと来てくれ」と言われたときは忠信も、「いやだなあ」と思っただろう。

しかし無視もできないから、「まあ、最悪、殺せばいいか」と思いながら家人に案内されて小柴入道の待っている間に行くと、暗い顔ながら入道、

「あなたが十一月十三日に姿を消したこと、それを私は永続的なものだとは思っておらなかった。月末に帰ってくると思っていた。けれどもぜんぜん帰って来ないからもう諦めていた。別の、もっと力のある舅のところに行ったのやろうと、そう思っていたのだ。しかるに今般、あまり力のない、この入道ところへ帰ってきてくださった。それがなのめならずうれしい。入道、ベリーハッピーだ」

と言った。

本当に意外なことだったが、そういうことで娘萱と父の小柴入道ともに落人の忠信を温かく迎えてくれ、忠信はその屋敷で年を送った。

それでようやっと人間らしい、そして武士らしい精神と外見を恢復した忠信は、ここで三月くらいまでを過ごし、やがて春になって山岳の雪が解けたら京を出て、山路を辿って、おそらくは私が既に辿り着いているであろう陸奥国に下向して、私と再び相まみえ、もう一花、人生の花を咲かせてやろうという先の希望を持つに到ったのであった。ところが。

「天に口なし、人を以て言わせよ」という言葉の通りに、真実、事実というものは、特定の誰かが意図的にそのことを知らせようと思わなくても、一般の人々の口を通じて自然に広まっていくもので、死んだと思われていた忠信がどうやら生きていて京都に潜伏しているらしいという噂が、

「恐ろしい話がおすのや」

「なんや」

「あの佐藤忠信はんが京におるらしんどす」

「げっ、マジどすか、ほな、ちょっと行ってきますわ」

「えっ、あんた用があってきなはったんどっしゃろ。どこへ行きなさる」

「いやいやいや、こんな恐ろしい話、聞いて黙ってられますかいな。ちょとそこらで言い触らしてきますわ」

といった具合に人の口を通じて一瞬で京中に広まっていった。

そしてそんな風に下から広まった話は、当然のことながら正月の二日には六波羅すなわち京都における鎌倉の出先機関にまで届いて、六波羅としては勿論、それ、正月明けにしません? とも言えず、直ちにこれを捕縛せよ、という指令を下す。

さあ、そうなると忠信、ノンビリ青陽の春を待ってはいられない。

幸いにして小柴入道宅に潜伏しているということまでは知られていない様子なので、四日

には入道宅を出ようとした。忠信は、正月だというのに、まるでフナムシのような、変で陰気な顔をしている入道に挨拶に出た。

「どうも、舅殿、新年の目出度いところ、どうも申し訳のないことができました」

「みなまで言いなはんな。あなたの身状のことですやろ」

「ええ、そうなんです。ちょっと具合が悪くなってきました。私がここにおりますと入道殿にも累が及びますでな。私はここを発ちますぜ」

と言ったところ入道はますます変顔になって、そして言った。

「ちょ、ちょっと待ちなはれ」

「なんですか」

「出立は明日にしなはれ」

「なにを仰る、入道殿。早く発たないと私が此処にいることが六波羅に知れてしまいます。そしたらあんたも無事じゃすまないんだよ」

「それはわかっています。しかし今日は日が悪い」

「なに、日が悪いとな。ううむ。ならばやむを得ぬ。出立は明日にしよう」

つまり吉凶の占いによって出発を延期したということで、その日、忠信は入道方に留まった。

と言うと、いまの人は、なにをアホなことを言っているのだ、と思うだろう。

「なにをアホなことを言っている。いまにも軍勢を差し向けられるかも知れぬというときに、仏滅がどうしたとか友引がどうした言ってってもしょうがないでしょう。それっていまで言ったらトレーダーが今日は日が悪いから株を売るのはやめよう。と言っているようなものでしょう。死にますよ、そんなことしてたら。あー、昔の人ってのは非科学的な迷信にとらわれていたのだなあ。愚かなことだ」

という具合に。

しかし私から見れば、あの頃の私たちと比べて合理的で理性的であるとは思わない。それどころか、今の人間の方がより、そうしたものに行動を規制されているように見える。なぜならあの頃は、そうしたものにある程度、統一された規格があったが、今の人は個々人が勝手に、いろんなところで聞きかじった断片的な知識に基づいてスピリチュアルに支配され、方角がよいだの、気がよいだの、運気が上がるだの、結婚できるだの、カネが儲かる、といった錯覚と迷妄にとらわれて、非科学的で合理性を欠く行動をとっているからである。

そしてあの頃、もっともそうしたことを気にして行動を自ら制限していたのが都の貴族たちであった。

なぜなら彼らは諸国から都に運ばれる貢納物によって、和歌管弦エログロ三昧の優雅な生活を送っており、けっしてその生活を手放したくない、と考えたからである。

持続可能性のある社会を目指せ、などと言う人は、現状、いい目をみていて、それを維持したい人で、現状、食うや食わずの悲惨な目に遭っている人は、「もうなんでもいいから、現状を変えてくれ。いくらなんでもいまよりはましなはずだ」と考える。

しかし、一寸先は闇の世の中、人間の命は風前の灯火、明日ありと思う心の仇桜夜半(よわ)に嵐の吹かぬものかは、などという通り、どんなに富貴な人でも先のことは予測がつかないし、今朝、元気だった人が夕方には此の世の人でない、なんてことは誰の身の上にも起こることであり、それをカネや権力でどうこうすることはできない。

そうしたとき人は超越的な存在を意識する。そしてそれを人為的に解釈して、よいと信じたことを信じる。それは昔も今も変わらない。おそらくはそれが人というものなのだ。私は戦場において度々、奇跡的な勝利を手にしたが、それはそうしたことを一切、信じず、リアリズムに徹したからだ。ゆえに私はしばしば敵の意表を突くことができたのである。そんな私も政務を執る際は人のそうした感情に配慮せざるを得なかったし、そのうちに私もそうした感情にとらわれるようになっていった。

って私はなにの話をしているのか。っていうと、そう、忠信が日が悪いということで出発の日を一日延ばした、という話だった。

でしょうがない、というのでその日は家に籠もって酒を飲んだり、おそらくもう二度と逢えないであろう女と充分に名残を惜しむなどして時を過ごした。

さあ、それで明けて五日。調べたところ日もまあまあで、出発しない理由は何処にもない。ってことで忠信は絶対、出発しようと思ったのだけれども、結論から言うとこの日も出発しなかった。

なぜかというと出発しようとして荷物をまとめていると、萱が、「あと一日、あと一日だけいて」と言って抱きついてきたからである。

このとき忠信は抱きついてくる女を突きのけ、

「ならぬ。私は参る」

と言おうと思い、そして女の顔を見た。

女の顔は忠信の肩の辺りにあった。女の瞳は潤み、紅い唇が蠱惑的に開いていた。女は再度、身を寄せてきた。女の軀が熱かった。忠信は身の内に昂ぶりを感じ、そして思った。

「二時間ぐらいしてから言おう」

二時間後、忠信は思った。

「明日の朝は絶対、発とう」


この一連のことが忠信の命運を決した。四日の朝に忠信が京を脱出していたならば、忠信はいま暫くの命を長らえていただろう。しかるに忠信は六日まで出発を延引、がためにあんなことになった。

その間になにがあったのか。

実は。文治元年十一月十三日、私たちが京都から落ちた後、萱のところに通ってくるようになった男がいた。その男こそ誰あろう、東国の住人、梶原の三郎であった。

と言うと皆、「梶原ってもしかしてあの梶原?」って思うだろう。そう、あの私についてあることないこと鎌倉殿に報告して、私と鎌倉殿の関係が難しくなる、あのきっかけを作った梶原景時の三男、景家であった。梶原三郎景家は鎌倉から派遣され、六波羅にあって要人警護や治安維持を受け持っていたのである。

ということは、そう明確に私たちの敵であり、その敵と萱はよい仲となっていたのである。忠信はそんなことをまったく知らずに小柴入道方でノンビリ身体を休め、萱と睦み合っていた訳だが、となると当然思うのは萱とそして父の入道がいったいどういうつもりで、そうして六波羅の幹部級の武士が通う自宅にお尋ね者の忠信を匿ったのか、ということである。

父と娘はいったいどういうつもりで落人である忠信を匿ったのか。

もっとも腑に落ちる考え方は父と娘、心を合わせて、最初から忠信を六波羅に引き渡すつもりで匿った、という考え方である。

つまりどういうことかというと、私たちが海上で嵐に翻弄され、住吉（すみよし）の浜で合戦し、雪の吉野を飢餓に苦しみながら彷徨している間に、いまを時めく鎌倉方の若武者と恋に落ちた萱は、その恋しい人に手柄を立てさせる、すなわち追捕（ついぶ）・追討の対象となっている忠信を景家の手に引き渡し、彼に手柄を立てさせようとした。

という風に考えれば、最初、忠信が乞食同然の姿で現れたのにもかかわらず、萱が拒まなかったのも頷ける。

けれども私はそれは違うのではないか、と思う。なぜなら、萱は、前触れもなく訪れた忠信を見て咄嗟にそうしたことを思いつくような女であるとは考えられないからである。

だから萱はそのときは、忠信が帰ってきてうれしいと心の底から思ったのであろう。

以前から萱の許には多くの男が文を寄せており、景家はそのうちの一人に過ぎず、おそらく本命は忠信だけであったのである。

だからこそ萱は乞食同然の姿で訪れた忠信を迎え入れ、匿ったのである。

じゃあなぜ、萱は、あのような行動をとったのか。

或いはそれは小柴入道の差し金なのか。落人を匿っていれば自らも罪に問われるが、これを訴人すれば逆に褒美を貰える。だから入道は正月の二日くらいに娘を呼んで言った。

「おい、娘よ。おまはんはなんちゅうしょうむない男を匿っているのか。あんな将来のない男とつきあってもろくなことはない。それよりもこのところよく来てる梶原の三郎、あれいいじゃないか。あれにしなさい」

と言い、その上で、

「そのとき、いま家に居る佐藤忠信が邪魔になってくるが、それは大丈夫。梶原殿の許へ、『いま家に佐藤忠信が来ている。捕縛するか首にするかはあなたの心次第。どちらにしてもこれを捕まえて鎌倉殿に見ていただけば、そなたは出世間違いなし。是ッ非そうなさいませ』と使いを遣ればそれですむこと。三郎殿は出世して、そなたはよき男と枕を交わし、我が家は栄える。八方丸く収まる」

と言った。そして娘が、

「了解です」

と言った。

これも合理的な考え方だが、私はこれも違うと思う。というのは、最初に忠信を呼んで話したときの入道の態度がそれらしくなかったからである。

このとき入道は変な、堅苦しい言葉遣いをしたし、変顔もしていた。全体に陰気で、フナムシのような感じだった。私の長い経験で話すことを許していただくと、人は策謀をめぐらすとき、フナムシの顔をすることは殆どなく、また態度も概ね陽気である場合が殆どだ。笑っていることとさえある。

けれども入道はフナムシの顔をしていた。

なぜか。

それはただ再会を喜ぶばかりの娘と違って、本気で忠信の境涯を悲しんでいたからだろう。おそらく入道は政治情勢から判断して、遠からず追及の手が忠信に及ぶことを察していた。そして、それが自家の滅亡に繋がることも知っていた。

にもかかわらず入道は忠信を匿った。人はその理由を知りたがるだろう。それは私にはわからない。けれどもこの世には人の悲しみを愛し、人の悲しみとともに滅びたい、と願う人間がいることを私は知っている。小柴入道はそのような独特な人間だった。

或いはただ単に佐藤の菊門を欲していただけに過ぎないのかも知れぬ。それもまた人間だ。

じゃあ、なになのだ。

誰のせいで忠信はあのような最期を遂げたのか。

ずばり言おう。

私はそれはやはり萱のせいであると思う。

入道が四日、日が悪いから今日は出発しない方がよい、と思ったのは心底、忠信を案じてのこと。しかし、五日、忠信に行かないで、と懇望したのは萱の本心ではない。ではこの間になにがあったのか。

女心と秋の空は美しいが変わりやすい。おそらく四日のうちに気の変わるようなことがあったのだろう。その気の変わる原因はもちろん忠信にあるが、じゃあ、忠信はなにをして、なにを言ったのか。それは私にはわからない。わからないけれども、思うのは例えば、四日、忠信はどんな格好で出立しようとしていただろうかということで、忠信は凜々しい騎馬武者の姿で馬に乗って出ようとしていただろうか。

いや、それはない。なぜなら目立つからである。ではどんな姿だったか。恐らく私たちが吉野から落ちたときと同じように、鎧腹巻これを具さず、市中をぶらついていても目立たない下人姿で落ち行こうとしていたに違いない。


それを改めて見た萱は思った。

「ださっ」

と。そして、こんな下人の格好をして嬉しそうにニタニタ笑っている男に付いていって、その果てになにがあるのだろうか。女人としての幸福があるのだろうか。なにもないのではないだろうか。いや、絶対にないだろう。

そう思って改めて男を見ると、男は鼻息を荒くしてグングン顔を近づけてくる。そのとき萱は思わず叫びそうになった。

「くさっ、口くさっ」

戦場では過大なストレスが蓄積する。そのため忠信は胃を病み、わずかに口が臭かった。惚れているときはそんなことは気にならなかったが、いざ気持ちが冷めると、そんなことも嫌で嫌でたまらない。萱は顔を背け袖で顔を覆った。その萱に忠信は言った。

「泣いているのかい」

「こっちを見ないでください」

「泣いてる顔も可愛いよ」

意味ちゃうわ、ぼけ。


そんな気持ちの転回が萱の中に生じた。これは間違いないだろう。そしていくつかのサインを忠信に送った。けれども忠信はまったくそれに気がつかず、萱はその鈍感を憎み、ますますこれを嫌うようになった。

そしてそのとき思い出したのだ。誰を。そう、梶原の三郎、景家のことを。そして萱はまったく自然に、なんの疑いもなく思った。

「乗り換えよう」

と。しかし梶原の三郎はいま都でブイブイ言わしている鎌倉殿の直系若衆、はっきり言って女に持てる。一時の私たちがそうであったように。つまりあちこちに女が居り、その全員が京の水で磨き抜いた美女である。そんな中ひとり抜きん出て、北の方すなわち正妻に収まるのは容易なことではない。

そして萱はさらに思ったのだ。

「これ使えるかも」

と。

つまり、右にも言ったように忠信捕縛または殺害の功を三郎景家に遂げさせることにより、覚えめでたくなって景家の愛を勝ち取ることができるのではないか、と考えたのである。

そこで五日の朝、旅立とうとしている忠信を誘惑して引き止め、その一方で梶原に使いを出した。

使いが来たその日、偶々、暇で、

「暇だなあ。こんな暇な日はやはり女と戯れたいものだ。行こうかなあ。どこへ行こうかなあ」

と思考していた。其処へ恰度、四条室町から使いが来て、「渡りに船です」とかなんか言いながら、入道方へ向かう。住居の五条西洞院(にしのとういん)と四条室町なんてのはすぐそこだ、すぐやってくる。

一間に案内される。酒肴が出る、菓子が出る、やがて萱が来る。萱がにじり寄ってきて景家の耳元に口を近づける、景家は早やその気になって女の手を握る、その景家に萱は囁いた。

「三郎様」

名を呼ばれた景家は脂下(やにさ)がり、

「えへへ」

と笑った。情けない笑顔だ。それでも武者か。萱は笑う景家にまた囁いた。

「お呼びしたのは余のことではありませぬ。判官殿の郎党で佐藤四郎兵衛という者があるのを御存知でしょう」

「ええ、知ってますよ。勇猛な人と聞いてる。判官殿とともに雪の吉野を逃走、いま私たちはその行方を懸命に追っているところだ。しかし天に昇ったか地に潜ったかその行方は杳(よう)として知れぬ」

「実はその四郎兵衛殿が先月の二十九日から家に居るんですよ」

と言った瞬間、景家の顔の色が変わり、

「なにっ、この屋敷にだと」

と叫んで太刀を摑んで立ち上がりかける。萱、これを、「お静かになさってください。いま忠信は別の間でぐっすり眠っております。あの様子じゃ、ちょっとやそっとで起きゃしませんが、あまり大きな声を出すと起きてしまいます」

と押しとどめる。

女が落ち着いているのに武士である自分が慌てたのは極まりが悪かったとみえ、と景家、

「眠ってるんですか。そうですか」と刀を放して座り直す。その景家に萱は、

「暮れの二十九日、いきなりやって来て、言う通りにせぬと命はないぞ、と入道殿を脅しますゆえ、いやいや匿いました。そのまま正月を越しても居座りまして、今朝方からは酒を飲んで宵には前後不覚、明日になれば陸奥国に下ろうという魂胆らしく、私どもにくさぐさの用意を命じました。討つなら今しかございませぬ。どうかこの機を逃し給いませぬな。いえいえ、なにも手ずからお討ちになることはありますまい。いまからあなた様はお戻りになって下知して足軽ども差し遣わせ、屋敷を囲んでしまって、搦め捕るか討ち果たすかして、首なとなんなと鎌倉殿の見参に入れれば恩賞、望み次第にござりまするぞ。余の人に先を越されれ、なぜ先に吾に知らせなんだ、など仰いませぬように。私はまずあなた様にお知らせ申しましたぞえ」

と吐かしくさった。

これを聞いた景家は暫くの間、黙った。あまりのこと、すなわち、あの鬼より怖いと言われた九郎判官の一の郎党、歴戦の勇者、佐藤四郎兵衛忠信がすぐ近く、同じ屋敷内にいるということにびびって口がきけなくなったのである。

そして景家は、その恐ろしい忠信を殺せと、平然と言ってのける萱の顔を改めて見た。途轍もなく美しかった。

景家はそれがまた恐ろしかった。自分が愛した女に密告され、殺される忠信の姿が頭に浮かんで、敵ながら哀れに思えた。

そのとき入道はどうしていたのだろうか。入道は内面の暗闇でひとり、変顔をしていた。

景家はこのときふたつの重大な決意をしていた。

ひとつは、忠信を討たぬという決意、そしてもうひとつは、萱と手を切る、という決意であった。景家は暫時、沈黙、頭の中で話の段取りを組み立てたうえで、嫣然(えんぜん)と微笑む萱に言った。

「わかりました」

「ああ、よかった。じゃあ、討つんですね」

「討ちませんね」

「えええええっ、ひどーい。なんでぇ?」

「ひどいかどうか知りませんがね、いいですか。私は梶原一門の代表としてこの都に送り込まれたんです」

「知ってます」

「知ってますか。そうですか。じゃあ、僕の任期が何年か知ってますか」

「知らない」

「三年です。そしてもう二年が過ぎた。その間、私が畿内の行政を受け持っていました」

「なに、行政って」

「まあ、一言では言えないけど、いろんな権利関係の調整ですよ。各方面から訴えを受けてこれに処分を下す。後は治安の維持ですね。気骨の折れる仕事です」

「そうなんだ」

「そうですよ。みんな勝手なことばっかり言ってくるし、だからといって武力行使もそう簡単にできないし」

「武士なんだから、やればいいじゃん」

「そりゃ、攻め滅ぼすのは簡単だよ。でもそれやっちゃうと後が百倍大変なんですよ」

「あ、そうなんだ」

「そうなんですよ。だからもうね、大変なんです。失敗したら一門の、梶原全体の不名誉になるわけですからね、プレッシャーすごい」

「わかるー」

「それでやっと二年ですよ、二年。ああ、三分の二きたな、と思ってね、あと一年、無事に過ごせば鎌倉に帰れるんですよ。そんなときにですよ、わざわざ頼まれもしない、忠信追討、みたいなことやってですよ。成功すりゃあまだしも、失敗したら周囲になに言われると思います？」

「なに言われんの」

「あー、梶原の息子、自分の評価を高めようと思って、頼まれもしないことやって失敗した。これはもう一門として責任とってもらわなければなりませんよね、ってなるんです」

「でも、成功すればいいんでしょ」

「だめだね。成功したところで、なんか命令されてないこと勝手にやる、ってどうなんだろう。いくら結果がよくても、なんか筋が違うよね。っていうか、いったんそれ許したらみんなが勝手なことやり出して収拾つかなくなるよね、って言われて、あいつは自分が出世したいから冒険主義に走った。功を与える必要はない。っていうか左遷でしょう、逆に。となる。それが関東の武士社会というもの。実際、判官殿もそうなった。僕はああはなりたくない。そもそもあんな知略も武略も僕にはありませんからね。そういうこと、つまり忠信を討て、なんてことを頼むのであれば僕じゃなくて誰か他の人に頼んでください。あと、それとは別にいま突然、急用を思い出したので帰ります。さようなら」

と言って景家は立ち上がった。

萱は戸惑った。景家が予想に反する意外なことを言ったからである。それで思わず、

「また、近々、おいでになりますか」

と普段、あまり言わぬ未練な言葉を口にした。これに対しても景家は、

「わからぬ」

とにべもない返事をしてそのまま入道邸を後にした。

萱は屋敷に取り残され、別間ではなにも知らない忠信が眠っていた。

かくして萱の目論見は崩れ、萱は焦った。萱はなにをそんなに焦ったのか。

萱は自分が殺されたり滅ぼされたりすることはないだろうと思っていた。萱が気にしてい

たのは自らの好感度であった。

　これまで萱は都で有名な美女の一人として、そこそこの人気を誇っていた。けれどももし景家が六波羅に帰って自分の郎党とかにこのことを洩らしたらどうなるだろうか。

「いっやー、えぐい女ですわ。ありえないっしょ」

「どういうこと」

「元カレ佐藤忠信を別の部屋に寝かしといて、自分呼び出して、いまやったら殺せるで。殺したら出世できるで、言いよるんですわ」

「怖っ。でどうしたんですか」

「逃げてきましたよ」

「正解でしょ。そんな鬼みたいな女。敵と味方に二股かけたクズ女じゃないですか。僕、それ拡散してもいいですか」

「別にいいんじゃない。被害者増やさないためにも」

　みたいな形で噂が拡散され、私は、情のない女、認定され、これから一生、人に後ろ指を指されて生きていく。きいいいいいいっ。なんで私がそんなこと言われなきゃならないのか。ってそれは自分が密告したからで、はっきり言って逆切れであるが、萱の立場からすれば、「それとて自分の景家に対する好意じゃないか。好意を踏みにじって無にしたうえに、自分の悪口を拡散するなんてひどい」という気持ちが根底にあって、どうしても納得できない。

そのうえで萱は考えた。

自分の好感度はこの先、間違いなくダウンする。なぜこんなことになったのか。それは景家のせいだ。

自分の好意を無にして景家は自分を見限った。むかつく。

じゃあ黙っていればよかったのか。黙って忠信を東国に落として、それからなに食わぬ顔で景家と付き合っていればよかったのか。くっそう。しくった。

しかし元を正せば、忠信があんな状態で転がり込んできたこと。それがすべての元凶だ。むかつく。美しいイメージのまま戦死すればよかったのだ。生きよ。堕ちよ。とか言って生き延びて、恥をさらして。だっさっ。マジ、だっさ。

でももっとダサいのはすべてを失った自分。このまま黙っているのも口惜しい。もうこうなったら恥も外聞もない。最低でも忠信には捕まって欲しい。そして私と同じところまで堕ちて欲しい。

そう思って萱はどうしたか。

今度は夜になってから自ら、六波羅に行き、下っ端に話したところで、景家がそうしたように握りつぶされるだけと思うから、六波羅の長官、北条時政の息子で秘書官の江馬小四郎に面会を願い出た。江馬小四郎というのは、教科書にも出てくる後の北条義時である。

けれどもなかなか取り次いで貰えない。ってのは当たり前の話だ、突然、訳のわからない女が訪ねてきて、「あ、そうですか、どうぞどうぞ」とはならない。

しかし女の執念というのは恐ろしいものだ、どういう訳か、自分を訪ねてきてしつこい女がいる。これがまた滅法、美人らしい、ということを耳にした江馬の小四郎、

「ほいじゃあ、面会してみませうか」

ということになって面会かない、

「実はこうこうこうこうこういう訳で、私の家で四郎兵衛忠信が熟睡しています」

と訴え、小四郎がいろいろ問うたところ、どうやら本当らしいので、「こりゃ、大変だ」ということになり、ただちに六波羅全体の責任者で父の北条時政に報告、時政は、

「すぐに動員かけてください」

と指示、集まった二百騎が直ちに進発、四条室町は小柴入道方を取り囲み、女は褒美をもらったのんかもらわなかったのか、そのまま失せた。


そのとき忠信は熟睡していた。これが戦場であれば熟睡なんてけっしてしない。常に頭の何処かで敵を意識しているから眠っていても心と体のギアーが戦闘モードに入ったままである。

ところが忠信は豚が残飯を貪るように安眠を貪っていた。

永年の疲れがたまっていた。主を失った心細さもあった。正月の浮かれ、久しぶりに味わった女体がもたらす快楽。いろんな要因が重なって忠信は貪婪に睡りを貪ってしまった。けれどもそれらはなんの言い訳にもならない。その時点で戦士失格なのだ。

戦う者に人並みの人生、世間並みの幸福などあり得ない。

それを忘れたものはその時点で失格、退場となる。そのとき失うものはなにか。どこから出て行かなければならないか。

失うものは命であり、出口の先に広がるのは賽の河原である。


熟睡していた忠信を起こしたのは小間使いの女であった。萱に命ぜられ、忠信の髪を結ったり、着替えを手伝うなどしていた女である。女は忠信の人柄がなんとなく好きで、忠信が奥州に没落することを芯から悲しんでいた。

そして女は昨日より気を揉んでいた。

「こんなことをしているうちにも六波羅から軍勢が押し寄せてくるのではないか。忠信は捕縛され、あるいは切害せられるのではないか」

然う思っていたのである。ほうしたら言わぬことでない、夜になってただならぬ気配、庭に出て様子を窺ってみると、軍勢が入道邸を十重二十重に取り囲んでいる。

女は慌てて忠信が睡っている間に駆け込み、

「もし、もし」

と声を掛けた。けれども食らい酔ってる忠信は眠りから覚めない。そこで、普段から身体に触れているから余の者に比べれば憚る気持ちも少ない、その身体に手を掛けて乱暴に揺すぶって、

「もし、もし」

と声を掛ければ忠信、ようよう目を覚まし、なにを勘違いしたか、

「おほほ。許す。近う」

かなんか言って手を伸ばしてくるので、

「そや、おへん。えらいことどす」

「えらいこととはなにでしょうか。猿が木から落ちたのでしょうか」

「違う。そうじゃない」

「ではなに」

「軍が屋敷を取り囲んでおります」

「なに？　そりゃいかんがに」

忠信、慌てて夜具を撥ねのけ、刀をひっつかんで中門まで行き、夜陰に紛れて門外の様子を探ったが、時既に遅し、蟻の這い出る隙間もない様子。

とって返したときは既に一死を覚悟していた。

忠信は誰に言うともなしに言った。

「始めあるもの終わりあり。生あるもの必ず滅す。自らの力の及ぶところではない。屋島、一ノ谷、壇ノ浦、吉野山、何度も死にかけたが死ななかった。死なずに生き延びた。それも運。いま死ぬのも運。別にどうってことない。ただし、俺も佐藤忠信。犬死はしないぞ」

そう言い終わったとき、忠信は完全に戦士モード、もはや惰弱に流れ、快楽に溺れ、惰眠

を貪った忠信とは別人、全身に気合いを漲らせた稀代の勇士、四天王の一人、無双の戦士、四郎忠信に立ち還っていた。

とはいうものの寝ていたそのままの姿で戦う訳にはいかない、忠信はただちに身支度をした。インナーはホワイトの小袖を二枚重ね着して、ボトムスはイエローの裾幅の広い袴、直垂はターコイズ、袴の腰のところの切れ込みをつまみ上げて帯に挟み込み、直垂の袖をしぼって肩のところで結ぶのは動きやすくするためだけど、見た感じも渋い。

髪は結うどころか梳かす暇もない、後ろで無造作に束ねて、烏帽子のなかに押し込み、これをリーゼントのように後ろに倒して、その上から烏帽子の懸け紐をぐるっと回し、額のところでしっかり結ぶ。

この身支度にかかった時間は二秒を切っていた。さすがである。

そうして太刀を取り、再び中門のあたりまで行って外の様子をうかがったが、仄暗く、武具や馬具の色が見分けられない。

しかしそのうえで訣ったのは、急に触れが回って各々駆けつけたらしく、敵は、百騎二百騎と固まっておらず、五騎十騎ずつくらいが、そここに居て、互いに連絡もないようだった。これを見て、忠信は、或いは、闇に紛れて、その間をすり抜けていけば脱出できる、と考えたが、ううむ、と唸ってさらに考えた。

しかし。とはいうものの馬上の敵は完全に武装しており、この忠信には矢も馬もない。そんななかもし見つかったら、どうなるだろうか。犬追物の犬の如くに追い立てられ、散々に射かけられるだろう。しかしこちらには矢がないから逃げ惑うしかない。

それは惨めだし、また、それで死ねばまだよいが、疵を負って動けなくなったところを捕らえられ、六波羅に連行されたらどうなるだろう。当然の如くに、

「判官のおはし所は知らんずらん」

と疑われて厳しく訊問される。もちろん、そんなもの、ペラペラ喋るはずがない、

「知るかあ、ボケ」

ととぼける。そうしたらどうなるか。

「知らないんなら仕方ない。帰っていいよ」

ってなるかあ、ボケ。

「さらば、放逸に当たれ」

ということになる。放逸というのはつまり、痛めつけたれ、ということで要するに責め問いせよ、ということだから、身分の卑しい者に散々に殴られ、蹴られ、最初のうちは耐えられるかも知れないが、アレをやられてると、どれだけ豪毅な人間でも精神がやられて、正気を失い、錯乱状態に陥る。

そうなってしまえばこの自分だってなにを口走るかわからない。

もしそうなったら、生涯をかけ、命を懸けてやってきたこと、すなわち判官殿に対する忠

誠、を最後の瞬間に自ら無駄にしてしまうことになる。

それだけは絶対に避けたい。

じゃあ、どうしたらよいのか。

それは、取りあえずはこの囲みを破る。破っていったん落ち延びる。それしかない。


とそのように考えた忠信の心理はなかなかに複雑なものであっただろう。なぜならその直前まで忠信は死を決していた。しかしそれに忠信は条件をつけた。それは、死ぬのは死ぬが華々しく死ぬ。犬のように逃げ惑って射殺されるのは嫌だという条件である。

そこで衣服を着替え、格好いい感じになって刀の柄を握って、「さあ、死のう」となったかというとならず、武者の習いで、先ずは敵の様子を窺った。

そうしたところ歴戦の強者、戦場勘が尋常でない忠信は直ちに敵の弱いところ、突破できそうな所を察知してしまった。

死ぬことを決めているならそんなことを察知する必要はない。けれども察知してしまった忠信は、「もしかしたら助かるかも」と思ってしまった。しかし、それは先の決定と矛盾する。そこですぐに、「いや、向こうは完全武装、こっちは刀一振。絶対に殺される」と考えた。

ところが。私は戦場で多くそうした例を見てきたが、どんな豪胆な武者でも死ぬのを恐ろしがって、咄嗟に死を回避しようとする。「ここが俺の死に場所だ。さあ、死のう」と言っていた武者が、斬りかかってくる敵の刃をすんでの所で躱し、反対に相手を斬殺するなんてことは、私は百回以上、見た。かくいう私自身もそうしたことがあった。頼朝さんだってそうだった。左馬頭殿だってそうだっただろう。

忠信だってもちろんそうする。そして忠信はそのときの自分の姿を想像し、恰好わるい、と思った。ということは自分が設定した、犬死はしない、という死ぬ条件に反することだ。といって敵に囲まれている以上、どうしようもない。

そこで忠信はその問題は一度棚上げにして別の可能性について考えた。

それは、もし、死なず、生け捕りにされたらどうなるだろう、という考えで、それは最後の一瞬で、これまでの全生涯をふいにして、死後もその名は恥辱にまみれる、という考えるだけで身の毛がよだつような恐ろしい考えであった。

だったらそれを避けるためにはどうしたらよいか。

なんとしてもこの囲みを破る。そして、いまは生き延びる。そして、その後、落ち着いて死ぬ。

それが、忠信の、死ぬと決めた、でも死にたくない、という気持ちに向き合って瞬間的に出した結論であった。

忠信は取りあえず中門の縁に上がった。そうしたところ、うえに古びた座敷があった。迷わずあがると、板屋根の葺き方が杜撰で月の光が洩れている。

こりゃ好都合、というので、なんたら力だ、べりべりべり、と屋根を破って上へあがると、そこから跳んで、梢から梢に飛び移る小鳥のように不規則で変則的な、次はどこに向かうかわからない、予測不能な動きで駆けた。

これを誰よりも先に見た江馬の小四郎が下知した。

「あああっ、見てください。あそこに敵が逃げていきます。みんなで射殺しましょう」

「おうっ」

と答えて、そこいらにいた武者たち、目にも止まらぬ速さで矢を番えてはひょうど放つ。その速さ、そして矢の勢いたるや凄まじく、ぶうん、ぶうん、と空気を切り裂く音を立てて飛んでいく。

それだから普通であれば、一瞬で射殺されて転がっただろう。

しかしいまも言うように、忠信は不規則で予測不能な動きをした。がために番え、狙いを定め、放った瞬間にはもう別の地点に移動している。

矢はあらぬ方に飛んでいき、塀に突き立ったり、時には味方の人馬に命中、

「ぎゃあああああっ」

「痛いーっ」

「ヒヒーン」

といった悲鳴が響いた。

「いやあ、狙いが定まりませんなあ」

「ホンマですなあ」

射手がそんなことを言ううちにも忠信はみるみる遠ざかっていく。普通、そのようにジグザグに走れば距離はなかなか捗らないはずなのに忠信はグングン遠ざかっていく。なぜかというと、まあ、速かったからで、私の軍勢は門前の小僧ではないが、みなある程度、早業を修得していた。

もちろん私のように瞬間的ではない。瞬間的ではないが、普通の軍隊に比べれば神速であった。だからあのような戦果をあげることができた。

ということで、あっという間に忠信は矢の射程外に出た。

それを見た江馬小四郎が叫んだ。

「射殺できませんでした。なにをやっているのですか、鈍くさい。しかし諦めてはなりません。みなで追いましょう」

「おうっ」

と答えて数百騎が忠信を追った。

いくら速いと言ったって、向こうは騎馬でこっちは徒、追いつかれるに決まってんじゃん、と思うが、くほほ、まだ辺りは薄暗く、逃げていくのは京の町中、せっまい裏道、そこいらの家の前に、車やら、漬物桶やら、訳のわからん木材やらが乱雑に放りだしてあって、そこへ馬で突っ込むものだから、あっちにぶつかりこっちにぶつかり、

「くっそう、邪魔なんじゃ、ぼけ」

「ぶつかってくるのが武者なれば斬り殺すけど、材木なんで斬ってもどきやがらん」

「それどころかあべこべに倒れてきますのや」

「なめとんな」

「ま、なめてはないんでしょうけど」

って感じでぜんぜん追えない。その間に忠信はどんどん遠ざかって行って、やがて見えなくなった。


やがて夜が明けて、あたりが明るくなる。忠信はなお市中の物陰に潜んで京都脱出の機会をうかがっていたが、日が高くなるにつれて人員が増え、辻辻角角に東国から来た武者が立って四囲に目を光らせている。そこをなんとか突破したとしても、郊外は地元の奴らがガチガチに固めていることが予測された。

「これでは脱出は不可能。脱出しようとしたら追い回されて訳のわからん下﨟に射殺される」

そう考えた忠信は脱出を諦めた。で、それでどうしたか。その場で自決したか、というとそうはせず、六条堀川の私の邸に向かった。

それがどういう心理かというと、同じ死ぬのなら私が二年住み給ひし六条堀川の邸、つまり私と所縁のある場所に参って、私と精神的に一体になった状態で、死ぬなら死ぬ、死ななくて、また別の展開があるならそれに身を委ねるってことにしよう、という心理である。

それで警戒の目を掻い潜って、といったって四条室町あたりに居て、そこから六条堀川なんてすぐそこで、忠信は比較的容易に私の旧居に辿り着いた。


そして忠信がそこに見た光景は悲しみに充ちていた。

勢威を誇るような立派な門は開け放たれたままで、蝶番が外れて傾いていた。門の屋根に草が生えていた。

その門をくぐってなかに入ると穢（きたな）らしい雑草が生えて、到るところに枯れ葉が堆（うずたか）く積もって、時折、吹く風にクルクル舞っていた。

縁と室内を区切る跳ね上げ戸や引き戸は、崩壊してバラバラになっていた。薄暗い室内に入ると、床に埃が積もって、ボロボロになった御簾（みす）が風に靡（なび）いて、その様は恰（あたか）も死んで霊魂となった人がおぼつかぬ手つきで御簾を巻こうとして巻けず、失敗してはやり直しているようであった。襖を開けて奥へ進むと、真っ暗ななか、蜘蛛の巣がびっしり張っていた。

「べっ、べっ」

忠信は顔に張りつき、口に入った蜘蛛の巣を吐きだし、両手で払いながら、茫然とした。

たった一年でかくも。

忠信の胸に意味の訣らない悲しみが広がった。

それでも、邸のそこここに私との思い出があり、面影があり、よすががあった。

忠信は、

「ああ、あのときはこうだった。あのとき御主君はこうおっしゃった」

と過去の時間を追憶し、私を追慕して間から間をさまよって歩いた。

頬を涙が伝った。

けれども忠信は猛き武士である。いつまでも甘美な悲しみに浸っているものではない。ひとしきり邸内をめぐったところで、

「おし。じゃあ、準備するか」

と心を切り替え、やがて察知して押し寄せて来るであろう敵襲に備え準備を始めた。

といって敵は数百の騎馬武者でこっちはたったいち人。搔楯もなにもないから、準備といっても防備を固めるわけではない。それどころか逆に、垂れ下がった御簾を切って落とし、戸を全部、跳ね上げて見通しをよくしたうえで、刀をずらっと引き抜き、袖で刃を拭い、敷居の上に立って、「来るなら来い。あほんだら」と小さく呟いたのみである。

果たしてこれを戦闘の準備というのであろうか。

言わない。

普通なら戸板でもなんでも使って盾の代わりにして矢の禦ぎとしたり、わかりにくいところに隠れて突如現れて敵の意表を衝く、なんてことをするはずである。

ところが忠信は部屋の見通しをよくし、自分をさらけ出している。いったいなにをしているのか。ヤケクソか。というとまあヤケクソには違いないのだろうが、それなりの計算はあ

って、つまり同じ死ぬなら、多くの人に自分が立派に死ぬところを見せることによって、「あの四郎忠信の死に際は誠に立派でありました」

と語り継がせる、盛り上げるという意図があったのだろう。

そういう自分の武勇に関して、拡散希望、みたいなことを言ったりしたりする人はあのころの武者に珍しくなかった。しかし忠信には、それに加えて演劇癖みたいなところがあったようだ。例えば吉野の山科法眼の坊で忠信は、やはり敷居際に立ち切腹の演劇をした。ああいうことをするのがどうも好きなのだ。もしも四郎忠信がいまの時代を生きていたら、コントを主体とした芸を見せて生計を立てる芸人になっていたかも知れない、と言うと言い過ぎか。

ってことで忠信は敷居の上に立ち、白刃を煌めかせて力んでいたが、北条方の軍、なかなか姿現さず、やがて疲れてきて、どっかと胡座をかいて座り、刀を傍らに置き、拳を突き上げて、「うーん」と大きな声を出して上体をよじり、そして独語した。

「いやー、しかし、待ってると来ないな。来ないでくれ、と思ってるときはガンガン来るんだけどな。いやー、しかし、それにしても、まあいい方じゃないのかな。っていうのはあれでしょう。やはりまあ、俺は死ぬわけだけど、戦って死ぬわけだけど、敵に不足がないっていうか、向こうの大将、北条時政殿は、関東にあっては鎌倉殿のお舅さん、都にあっては鎌倉殿御代官六波羅殿って訳で、俺はそのカウンターパートな訳だからね。いいよ。とてもいいよ」

と言って、忠信は俯き、それから門の方を見た。鳥がチュンチュラと啼いた。忠信はまた独語した。

「けどあれなんだよな。惜しむらくは、そういう素晴らしい敵を目の前にしてディフェンスに徹するしかない、ってとこなんだな。くっそう。せめて鎧一領、矢のケース一箇、後、弓か。それがあったらなあ、討ち死にするまでにかなり殺せるんだけどなあ。そうしたら、『おおおおおっ、やっぱ佐藤忠信すごいやん』ってことになるんだけど。残念だなあ」

とそう言って忠信はことさら残念な顔をして、それから、

「ああん？」

と言って首を傾げ、そしてまた、

「いま、思い出したけど、もしかしたら鎧あるかも知れんなあ。あれは忘れもしない、去年の十一月十三日、都を出て伊予に行こう、って話になったときだよ。そうそうそうそう。やっぱなんか都、離れるの寂しくて、その日の晩は鳥羽に一泊したんだよ。そんとき、御主君が『あの私の六条堀川の家ね、あれいまどんな感じになってますか』って言ったんだよね。そしたら常陸坊海尊が、『心霊スポットになってるみたいです』って答えたんだよ、そしたら悲しんだっけな、御主君。『義経住み馴らしし所に天魔の住処とならんこと憂かるべし』つって、そいで、『心霊スポットとして確立するのを防止するために私の甲冑を置いておきましょう』って言うから、常陸坊が、『そしたらどうなります』って聞いたら、『心霊は私の

幽玄F

佐藤究

少年は、空を夢見、空へ羽ばたく——日本・タイ・バングラデシュを舞台に「護国」を問う、圧巻の直木賞受賞第一作。

▼一八七〇円

夢分けの船

津原泰水

幽霊が出ると噂される風月荘七〇四号室を舞台に、「音楽」という夢の船に乗り合わせた人が奏る、切なくも美しい著者最後の青春小説。

▼一九八〇円

ウミドリ　空の海上保安官

梶永正史

消えたタンカーを追え。B級映画のような言葉を遺して死んだ内通者。中国マフィアとある宗教団体の繋がりを摑んだ海保は……。

▼一九八〇円

夢幻(ゆめまぼろし)

曾野綾子

最初期の短篇を中心に貴重な発掘作品の数々、初の単行本化！　短篇の名手として知られ、作家生活七〇年、曾野文学の新たな魅力に迫る！

▼一九八〇円

モモ100%

日比野コレコ

モモの退屈な日常に彗星のごとく現れた、トリックスター・星野。愛すべき文体で綴られた、命綱代わりの恋の哲学。文藝賞受賞第一作！

▼一五九五円

煩悩

私たちはほとんど一つだったのに、どうして[illegible]

甲冑が邸の主と看做してこれを畏れて逃げていきます』『つまり、魔除け、ってことですか』『そうです』『じゃあ、そうしましょう』ってことになって、桜の模様を染め出した革でステッチした鎧、シルバーの兜、山鳥の羽で作った矢十六本、自然木無塗装の弓一張をわざわざ鳥羽から置きにいったんだよ。そうだよそうだよソースだよ。いま思い出した」

と独語、立ち上がってそうして天井裏にのぼった。なぜなら当時も今も日本の風習としてそうした家の護りのようなものはたいてい天井裏に置くからである。

そうしたところ、うす暗い天井裏の奥に、傷んだ屋根の隙間から洩れいる日の光に照らされてきらきら輝くものがある。

「やれ、ありがたい」

と拝むようにして取り下ろし、鎧の腿当てが長く垂れるようにこれを着こなして、矢を背負い、大力にて押し撓めて弓弦を張り、何度か試し引きをし、そうするうちに闘志が湧き出てきたのか、狂ったようにこれをビヨンビヨン鳴らすその様はまるで前衛ジャズの演奏家のようであった。

という訳で忠信は武装することができたのだが、私自身は鳥羽でそのような会話を交わした覚えがない。おそらく家臣で相諮って決めたことがいつの間にか私が言ったことになったのかも知れないし、ただ単に私が忘れただけかも知れない。私の場合そういうことがけっこうある。ある程度、有名な人はみんなあるのかも知れない。

というのはまあよいとして、とにかく忠信は武装して、それでようやっと本気で死ぬ決意を固め、弓弦を鳴らして盛り上がっていた、ちょうどそこへ北条方が押し寄せてきた。忠信はビンビンをやめ、縁のところどころに残る、跳ね上げ戸の陰に身を隠して敵の様子を窺った。

敵の先陣は中門を越え縁先の庭にまで入ってきた。後陣はまだ門の外に居るようだった。そのなかほどにいた江馬小四郎が鞠の懸かりを木楯にとって……、と言っても今の人にはわからない、鞠っていうのは蹴鞠のことで、蹴鞠の懸かり、っていうのは、蹴鞠のコートつまり庭、のぐるりに植えた木のこと、それから、木楯というのは、木の幹を矢を禦ぐ盾代わりにするってこと、つまり、庭の一角、蹴鞠コートの四隅に植えた木の内の一本の木陰に身を隠しつつ、江馬小四郎は大きな声で言った。

なんと言ったかというと江馬小四郎は、

「見苦しいですよ。佐藤兵衛尉さん。もはや助からないのが訣っているというのに、いつまでコソコソ逃げ隠れするのですか。武士らしく堂々と姿を現したらどうです。と、そう申した以上、こちらも堂々と名乗りましょう。私たちの総指揮官は北条時政殿。斯く言う私は江馬小四郎義時という者です。さあ、出ていらっしゃい」

と言ったのである。

縁のところどころに残る跳ね上げ戸の下の部分に身をかくしてこれを聞いた忠信は、出し抜けに戸を思い切り蹴飛ばした。

戸は音を立てて庭に落下、忠信はスクと立ち素早い動作で矢を番えて言った。

「江馬小四郎殿に申すべき事があります。可哀想に、あなた方は法律に無知だ。教えてあげましょう。保元平治の合戦の際、私たち武士が存分に戦えたのはなぜだかわかりますか。それはあの戦が朝廷の御争いだったからです。私たちは御門そうしてまた院の御所のご命令を御畏み、戦ったのです。だからこそ、どなたにも遠慮することなく戦うことができた。しかるになんなんですか、この戦いは。武士と武士の勝手な争いじゃないですか。私闘じゃないですか。こんなことで京を騒がしていいんですか。いい訳ないでしょう。しかもあなたの主君の鎌倉殿も亡き左馬頭殿義朝様の公達、私の主も同じく左馬頭殿の公達ですよ。つまり兄弟の御仲たがいから始まった争いなんですよ。それもどっちかが悪いわけじゃない。誰かがあることないこと告げ口して鎌倉殿が怒って始まった話、だから時が経てば必ず誤解は解けます。そのとき、江馬さん、あなたのこと鎌倉殿はどう思うでしょうねぇ。あなたの一門のことをどう思うでしょうねぇ。誤解に基づいて罪もない人たちを攻め滅ぼしたおっちょこちょいの一門、と思われて冷遇されますよ。絶対、されます。ははは、馬鹿な一門だ。無知な一門」

と忠信にそう言われて江馬小四郎は一瞬、うっ、となって気勢を殺がれた。

その一瞬を忠信が見逃すわけがない、縁側から飛び降り、着地するより前に空中で矢を放ち、軒下に着地してそこからもえげつない速度で乱射した。

江馬の郎等三騎の喉笛、首筋に矢が突き立ち、馬から落ちて転がった。馬は優しい目でそれを見ていた。江馬は転がった屍骸と馬を見て思った。

「こわい」

その間にも忠信が放った矢が飛んできてさらに二人の郎従に命中した。江馬小四郎は必死で冷静さを保って部下に言った。

「いったん、とにかくいったん引きましょう」

「それがいいと思います」

と返事もしない、というか、既に多くの部下が池の東を迂回して門の方へ逃げ始めていて、その様子はまるで嵐に吹かる木の葉のようであったという。

たった一騎を恐れて江馬とその麾下はそんな風に怯えたのである。これはしかし江馬が臆病な武士であったということもあるが、それ以上に忠信の弓勢がえぐかったということでもある。ところが、

「こわいー」

と逃げてくる江馬を門外で見ていた武者たちは苦虫をかみつぶしていた。

「たった一人の敵にあんなに怯えるなんて。俺はあんな奴の仲間だと思われるのが恥ずかしい」

「俺も」

「あれが関東武士だと思われるのかと思うと嫌になる」

「俺も」

「文句、言わないとあかぬのではないか、と思う」

「俺も」

「君、さっきから、俺も、しか言ってないじゃないか。なんか言え」

「俺も」

「射殺しようかな」

「すまぬ、すまぬ。じゃあ、なんか言うよ。おいっ、こらっ、江馬。君、みっともないぞ。敵が五騎とか十騎とかいるんなら、いったん引くこともそりゃあるでしょう。戦術として。しかるに敵は一騎。君も武者なら向きを変えて突撃しなさい。それでこそ武者です。このまだと君は一生、逃げ続けることになる。恥を知るなら突撃。君が生きる道はそこにしかありませんよ。生きようよ、前を向いて」

というふざけた叱咤が江馬小四郎の耳に入った。江馬小四郎は思った。

「もしここで向きを変えて突撃しなかったら一生、一騎の敵に怯えて逃げた奴、と言われる。そんなことを言われたら出世ができない。突撃するしかない。それに言われてみれば確かに敵はたった一騎。大勢で取り囲んだらどうにでもなる。そうだ。突撃しよう」

ってことで、

「こらあっ、おどれら怯むな、敵はたった一騎じゃ。突き込め。促音便を撲滅せよ」

と絶叫、馬首をめぐらせて突撃、これを見た周囲の者も、考えてみればその通りだ、と思い直し、同じく馬首をめぐらせて庭先に殺到、さんざんに矢を射かけた。

となればそもそも十六本しか矢がなく、それを速射して一瞬で射尽くした忠信は、これを禦ぐこと以外にできることがなく、このままでは射殺されるだけである。

最初から死ぬ気なのだからそれで構わないはずなのだが、なぜか忠信はそのまま蹲(うずくま)ってはいられず、弓と矢のケースをかなぐり捨てると、

「どらあああああっ」

と絶狂、白刃を振りかざして大勢の騎馬武者のなかへ突撃していき人馬もろとも、忽ちにして数十人を斬って斃(たお)した。忠信は絶叫した。

「こんかい、こらあっ」

敵はこれに応えず、黙って一斉に矢を射かける。何十本、何百本という矢が忠信目がけて飛んできた。

普通ならば一瞬で射殺されただろう。しかし、忠信は歴戦のつはもの、考える前に身体が勝手に動く、錣を傾けて首筋を護り、絶えず身体を揺らして鎧の小片と小片の間に隙間ができぬようにするから、絶え間なく飛んでくる矢も命中はするものの致命傷にはいたらない。弓射が上手な武者の放つ矢は鎧を貫通はするが肉身にはいたらず、身体劣弱で弓勢弱い兵の矢は突き立ちすらせず跳ね返って落ちた。

その間にも忠信は敵を斬る。その姿は鬼神そのものであった。

とはいうものの。やはり何百本のなかには偶然、鎧の隙間に突き立つものもあり、それらが次第に忠信のHPを削っていった。

そうすると当然、鬼神も弱ってフラフラになってくる。動きも鈍くなる。意識が途切れがちになる。何度かそうなった後、また、一本の強烈な矢が太腿に突き立って、その激烈な痛みに我に還った忠信は、目の前に居た雑人を、ざん、と横殴りに斬って、フラフラになりながら引いていき、縁に駆け上がった。その背中めがけてまた矢が飛んでいく。

縁に駆け上がろうとして足元がおぼつかぬ忠信は何度か失敗して転げ落ちた。その都度、血潮が噴出した。

ようやっと縁に忠信の姿を見た江馬小四郎は、おやっ、と思った。縁に上がった忠信の様子がおかしかったからである。

忠信は西に向かって姿勢を正して座り、そして合掌していた。

武者たちも同じように思ったらしく、束の間、攻撃の手が止まって、戦場に静寂が訪れた。

その瞬間、忠信が口を開いた。

「江馬小四郎殿に申しあげる。伊豆、駿河の若い衆が随分と暴れてますが、ちょっと静かにするように言って貰えませんか」

方々の若党、侍が口々に言った。

「あれ、なんかしとんねん」

「合戦で静かにせぇて頭おかしなったんか」

「確かにそんな感じやな」

しかし忠信は気にせず、ひときわ大きな声で言った。

「静かになされて、剛の者、真の勇者が腹を切る様子をご覧ぜよ」

寄せ手は息を呑む。忠信は続けて言った。

「東国の方にも主があり、また主に誠を尽くす志があるだろう。さすればそれゆえ苦難に遭い、自害しなければならないこともある。俺がこれからその手本を見せて差し上げるからよく見て、そのときの参考にしろ。かつまた、俺が死ぬときの様子、最後の言葉を鎌倉殿に伝えろ。わかったか」

そう言って初めて庭の方を向き、江馬小四郎をひたと見た。

江馬小四郎は気圧されて手綱から手を離した。騎馬武者が手綱から手を離すということは戦闘の意志がないということである。寄せ手の指揮官がそうしたのを見た武者郎等たちも一斉に手綱から手を離し、刀を引いて忠信のなすことを見守る形になった。なかには、「いやー、疲れた。ちょっと座らせてもらお」と言って胡座をかいて座る者もあった。

これを見た忠信は心を静め、三十遍ばかり、声高に念仏を唱えた。荒れ邸に忠信の唱える念仏が響いた。

願以此功徳平等施一切同発菩提心往生安楽国

高らかに唱え終えると、太刀を引き抜いて鎧の左脇、パカッとなるところの紐を押し切った。鎧がパカッとなった。腰を浮かせて膝立ちになり、上体を後ろに反らせ、刀を内向きに持ち替えると、気合いとともに、ブス、左の脇の下に突き立てて、ぐっ、と右に引き回すと、胸元まで切り上げ、それから真っ直ぐ臍の下まで切り下げた。

そんなことをしたらどうなるか。激痛が走るに決まっている。ところが忠信はまったく痛そうな素振りを見せず、自分の腹に突き立った刀を純客観的な目で見て言った。

「いっやー、驚いた。なにが驚いた、ってこの刀のよく斬れることに驚いた。これだけ腹を切れば普通なら筋やら脂やらにひっかかる感じが絶対あるのに、まったくない、スーッ、と斬れた。さすが、陸奥国の有名な刀鍛冶・舞草に別注しただけのことはある」

これを聞いた敵の郎等が言った。

「なんか舞草の刀の宣伝みたいなってますけど、それが言いたくて切腹したんですかね。逆に」

「そんな訳あるかいっ」

忠信は続けて言った。

「もしこの刀を残して死んだらどうなるか。東国に持って行かれて、訳のわからん連中に論評されるに違いなく、それは避けたい。じゃあ、どうするか。こうしてこましたる」

そう言うと忠信は血と脂で汚れた刃を袖で拭って鞘に収め、傍らにそっと置いた。そうしたうえで十文字に切り裂いた傷口を、まるで包装紙でも破るかのように無造作にバリバリと開いた。

そうしたところ、湯気の立つプリプリの腸が、ドバッ、と噴出した。

これを極めて煩わしそうな目で見て忠信、

「あー、もー。この腸が邪魔なのよね」

と言うと自分の腸を無造作につかみ出し、縁や庭に撒き散らした。

そのあまりにも凄惨な様にさすがの兵たちも、

「なんか気分、悪なってきた」

「ドイヒー」

と悲鳴を上げる。それを聞いているのか、いないのか、忠信は傍らの刀を、ムズ、と摑むと、

「よう見とけ。刀を冥途まで持って行くにはこうするんじゃ」

と言うと、柄を握り、開いた胸元に鞘を差入れ、まるで懐に入れるようにして、ずほっ、と身体の中に入れてしまった。

「あんなことされたら……」

「どんな名刀でも気色悪くて触れません」

など兵が言うなか、そこまで身体を損壊しているのだから、いい加減、出血多量で死ぬか、

死なないにしても意識を失ってぶっ倒れるはずであるが、昂奮の極にある忠信はそうなってなお意識を保ったまま大声で念仏を唱えている。

　そしてその周囲には夥しい血が流れ、臓物が散乱し、胸元から腰骨にかけては刀が入っていた。

　そのあまりにも凄惨な姿に恐怖して口をアングリ開けたまま馬上、小便を垂れ流す関東武者も少なくなかった。

　とは言うものの忠信も人間、こんな無茶をして苦しくないわけがない。大向こう受けを狙って派手なことをしたものの、生きたまま劫火に焼かれるような激痛に悶え苦しみ、後生を願って、というよりはそれに抗せんがため、大声で念仏を唱えていたのだが、痛み苦しみはいよいよ激しく、死ぬまでにはもっと苦しむことが予測され、ほとほと嫌になった忠信は苦しい息の下で言った。

「だめだ。まだ死なない。これほどやってまだ死なないとは、いったいどういうことなのか。心臓が強いのか。痛い。苦しい。早く死にたい。ああ、腸がまだある。あんなに沢山、捨てなければよかった。そうしたらこんなに苦しくなかったのかも知れない。でも、こんなことになったら普通、死ぬっしょ。っていうか世の中には、たまたま飛んできた矢ァが一本、プスッ、と刺さって、パタッ、と死ぬ奴もいる。こんなになって腸とかほとんどなくなってても俺みたいになかなか死ねない奴もいる。なんでこんなことになるのか。それが前世の宿縁というものなのかよ。だから念仏唱えたじゃん。だから俺はそろそろ死ぬ。このいまの痛みがピークで、それで俺は死ぬ。さようなら」

「と思ったのに、まだ死なない。念仏が効かない。なぜだ。というのはつまり俺が此の世に未練を持っているからだろう。その未練とは判官殿のこと。俺は判官殿を愛している。いまも激しく愛している。お目にかかりたいと思っている。その執着が俺の命を苦しみとともに現世につなぎ止めているのだ。それを断ち切るためには。そう、この判官殿に賜った、判官殿の分身とも言うべき御佩刀(おはかせ)、これで喉をつけば、俺は判官殿とともに冥途に行く感じになる。そうだ、そうしよう。判官殿、俺の菊門はもうありませんっ」

そう言うと、忠信は帯びていた私の刀の切っ先を口の中に突っ込んでくわえた。喉元にダラダラ血が流れたが気にもしない、そうしておいて両の手を膝につき、力が弱ってのめりがちな上体を腕(かいな)で支えて膝立ちになったかと思うと、膝から両の手を放す、支えを失った上体が俯せにがばと倒れる。顔面、盆の窪を突き通して刃がスラリと突き立った。

忠信の身体は暫くの間、ビクビク痙攣(けいれん)していたがやがて動かなくなった。

かくして文治二年正月六日辰の刻、四天王の一人、佐藤忠信は死んだ。

二十八歳。惜しい男であった。

忠信の首級を胴体から切り離したのは、三島(みしま)の弥太郎(やたろう)、という男であった。

私はいまもときどき三島に行くことがある。もちろんあの頃の三島と今の三島は随分と違っているが、三島に行くたびに、若干、喉を絞めた甲高い声、わかりやすく言うと目玉おやじの声、で、「弥太郎」と言ってしまう。どういう感情でそれを言っているのか自分でもわからない。

というのはいいとして、とにかくこの三島の弥太郎という北条の郎等が、自害して果てた忠信に駆け寄って首を刎ねた。

私は追討の宣旨が出ている謀叛人であり、忠信はその一味である。当然の如く、その首は六波羅に送られ、六波羅から院庁に報告と問合せがいった。

その内容をわかりやすく書くと、

ご担当者様　お世話になっております。殺害のご報告です。前から逮捕のご依頼を受けておりました源義経の部下、佐藤忠信を先日、殺害いたしましたのでご報告申しあげます。佐藤忠信の生首は現在、私どもで保管しております。近々、鎌倉に送って獄門的なことをする予定ですが、謀叛人なので、獄門の前に都大路を渡したいな、と考えているのですがいかがでしょうか。ご検討ください。よろしくお願いします。頼朝代官・北条時政

という感じである。文中にある、都大路を渡す、というのはそうした国家的な犯罪人の首を長い槍刀の先に刺して高く掲げ、繁華な大通りを練り歩き、その後、獄門にかける、ということで、いったいなんのためにそんなことをするかというと、逆らうとこうなるぞ、という見せしめ、或いは、かつて自分を苦しめた政敵を辱め、その勢威を完全に払拭する、とい

う意味もあった。

また、そうして練り歩く以上、当然、多くの庶民が見物に押しかけたが、普段、かつかつの生活を送っている下賤の民が、かつていい目を見ていた奴が悪いことをして誅せられ、今はこんな惨めなことになっているのを見て日頃の鬱憤を晴らす、という効果もあった。これは現在の、週刊雑誌などに悪事を暴かれた著名人に皆で寄ってたかってボロクソに言う、あの感じに似ている。

ということで北条としては国家的犯罪人として忠信の首を渡したかったのだけれども、都の貴族たちはみんなこれをいやがった。

なぜか。一言で言うとまずは、そんなことをしたら怨まれる、と思ったからである。

この場合、怨むのは死者であり、かつまた生者でもあって、それをすると忠信の亡霊が都に現れて祟り、かつまた未だ行方のわからない義経が、ゆらっ、と現れて、都に住む者に、「よくも私の家来を辱めてくれたたな」と言って都を全焼させるかも知れない、と本気で恐れたのだ。

次に、

「ゴミをこっちに持ってこないで」

と思う貴族が院を始め多かった。

どういうことかというと、例えば、家に鼠が出て困る、ということになった。家の主婦は業者に鼠を駆除するよう依頼した。業者は毒餌を撒いて、或いは罠を仕掛けて鼠を駆除、その証拠品として、血や内臓が飛び出た鼠の死骸を主婦に見せようとしたが、主婦は悲鳴を上げてこれを拒絶した。みたいなことか。

そんなものを持ってこられたら私たちのピースでラブな都が穢れてしまう。都の環境を守れ！　みたいな意識も当時の貴族には強かった。命を大切にし、平和を愛する彼らは東国武士と自分たちは別の生き物であった。彼らにとって一介の武士の首は鼠の死骸に等しかったのである。

鼠が死んだのはありがたい、でもその死骸は嫌な気持ちになるから見たくない。祟りや後難も恐ろしい、煩わしい。

といって無下に断って鎌倉サイドに切れられるのもいや。

そう思う院の近臣は以下のように回答した。

北条時政さま　殺害お疲れさまです。お尋ねの首について。送信記録を確認したのですが、こちらからその殺害を依頼した記録が見つかりませんでしたので、そちらで処分してくださってかまいません。ただし、そういう事情ですので、都大路を渡したい、というご希望には沿えそうにありません。せっかく殺害してくださったのに申し訳ありません。よろしくお願いします。担当：藤原兼雅

そう言われてなお忠信の首を掲げて都大路を渡ることもできず、江馬の小四郎が五十騎を

引き連れて東に下った。

たったひとつの首級に武者五十の護衛というのは多過ぎるように思えるが、それは東海道を下るうち、美濃あたりで私の配下が襲ってくるのではないか、と怖れたからである。さほどに私は恐れられていたのだ。

鎌倉に入ったのが正月の二十一日、その日のうちに鎌倉殿に見参した。

頼朝さんはその頃、既に関東八ヵ国のみならず、そこから西のすべての武士に睨みをきかすトップみたいなことになっているから、立派な邸の庭に面した奥の座敷に大将軍の貫禄で鷹揚に座している。その背後には刀や薙刀が置いてあった。

そしてその手前の座敷には、千葉介常胤、葛西清重、畠山重忠、三浦義澄、和田義盛、江戸重長、土肥実平といった大幹部、工藤祐経、梶原景時といった懐刀がずらりと控え、その真ん中に忠信の首を載せた三宝が置かれた。

その首を首桶に入れて持ってきた江馬の小四郎は縁に控え、

「謀叛の者の首を取って参りました」

と報告をした。

一通り報告を聞いた頼朝は忠信ほどの大物を討ち取ったことを激賞し、またその、忠信の最期の時の様子について、

「これこそが武士としての心ばえ。素晴らしいことだよ」

と評価した上で、

「九郎に付き従う郎等には一人として愚かな者がない」

と言った。私はこの言葉に頼朝さんの性格がよく現れていると思う。優れていると言わないで愚かな者がいない、と言う。都育ちの頼朝さんはこの頃、いやそれ以前から東国の武者たちの愚かさに苛立っていたのではないだろうか。しかしそれを表だって言うことはできない。なぜならその、愚かさ、に囲繞(いにょう)されることによって頼朝さんは朝廷に一目置かれていたのだから。

しかし言葉の端々にその苛立ちが現れているように、弟である私には見える。

というのはまあよいとして。そういう微妙なことが武者たちに伝わるはずがないし、また伝わっても困る。頼朝さんは続けて、

「忠信を九郎に付けたのは奥州の秀衡。秀衡もそういう、すごい奴、ってことがわかってたからこそ、いっぱい居るなかから忠信を選んで九郎に付けたんだよ。あーあ、関東にもこんな奴、居るといいんだけどな。馬鹿な奴を百人雇うより、忠信一人雇う方がずっといいよ。もし忠信がどっかの段階で義経の恩顧を忘れて俺に臣従してたらなあ。俺だったら、もちろん、私のいうこと聞かない国もまだいっぱいあるから、どこの国でもいいよ、って訳にはいかないけど、この私が仕切ってる関東八カ国のうちだったら、武蔵(むさし)でも上野(こうずけ)でも、欲しいっていったらどこでも呉れてやるのになあ、残念ですよ。残念でたまらないですよ」

と言った。

というのは先ほどの言葉のようなつい本音が出たものではなく、武士の情緒を刺激するた

めのきわめて政治的な言葉である。

　そうしたところ、千葉介常胤が、「いっやー、そら、もったいないことしましたなー。もし、あんた、これが首じゃなくて生け捕りやったら……」と言い、これを受けて葛西清重が、「許されて一国任せられて家が栄えますわ。そらもったいない」ともったいながった。

　これの発言によって頼朝さんは、自分が関東の実質的な王であることを皆に再確認させ、さらには武勇を示し忠勤を尽くせば、恩賞を与えられるが、さもなくばいま持っているものも剝奪される、ということを示したのである。

　ところがこれに対して武蔵の畠山重忠が言った。

「死んだからそんなことを言うんですよ。生きて捕まったらそうは言いませんよ。だから死んでよかったんですよ。まあでも、もし仮に、『日本全土をおまえにやるよ』と言われたとしても四郎忠信は判官さんを裏切りませんけどね。忠信はそういう男ですよ。僕も、忠、だからわかりますよ」

　そう言う重忠の口調はまるで評論家のようであった。

日頃から畠山に批判的な大井(おおい)実春(さねはる)、宇都宮(うつのみや)朝綱(ともつな)はこれを聞き、目引き袖引き、

「あんなこと言ってますわ」

「よく言うわネ、えらそーに」

「この場の雰囲気が察知できないのかしら」

「少しは周りを気にすればいいのにネ」

「ホントホント。呆れるわ。呆れてものも言えないわ。言ってるけど」

と言い、その口調はまるでコメンテーターのようであった。

頼朝さんはそれらの議論については聞こえなかったふりをし、そして宣した。

「とは言うものの物事のけじめは必要だよね。可哀想だけど首をさらしちゃってください」

命令により、下級スタッフがこれを由比ガ浜に運び、八幡宮（というと今の鶴岡八幡宮の立派な佇まいを思い浮かべるがこの頃は、もっと浜寄りにあって規模も小さかった）の鳥居の東側に晒した。


三日後、頼朝さんは近侍のスタッフに、「忠信の首、あの後、どうなった?」と問うた。ずっと気にしていたようだった。近侍のスタッフが、「まだ浜に晒されてます」と答えると、

「あー、誰か縁者が持ってくかと思ったけど、あいつ、東北なんだよな」と呟き、そのうえで、

「ああいう勇士は、復活して土地の魔物になって、この後ずっと祟るかも知れない。そうなると嫌だから、取ってきてください」

と言って取りに行かせた。

死を惜しみつつ、見せしめのために晒し、晒したかと思うと、祟ると嫌だから取ってきてと言う。この狐疑、この逡巡。私から見ると実に頼朝さんらしいなあ、と思う。

やがて、

「取ってきました」

とスタッフが戻ってくる。その辺に埋めといて、という訳にもいかないし、というか、この時点で、祟られる、という頼朝さんの恐怖は極点に達しているから、私たちの父である左馬頭殿の菩提を弔うため建立した勝長寿院の裏に埋葬し、それでもまだ怖かったのか、長寿院別当に仰せつけられて百三十六部のお経を写経してもらって、忠信の魂を鎮め、これを供養した。

この時点で関東の覇者、後には日本全国の武士を束ねることになる正二位右大将源頼朝を忠信の首はこれほどまでに怯えさせた。

佐藤忠信。えげつない勇者であった。

忠信は死んだ。一方その頃、私がなにをしていたか。ヘモリンドでも飲んでいたか。私はそんなものは飲まなかった。飲まずに南都にいた。奈良におったのである。

と言うと、「なんじゃいな、奈良ちゅったら吉野とは目と鼻の先、いつまでそんなとこで愚図愚図しとんね。さっさと逃げんと捕まってしまうがな」と心配してくださる方がいらっしゃると思う。

だけど大丈夫だった。なんでかというと、何回も言うて申し訳ないが、私は木曾君のように完全に人望を失ったわけではなく、朝廷にも、それから南都とか比叡山とかにも、またいろんな地元の人にも私のファンというか、義経派の人はまだまだ沢山いた。

なぜかと言うと、それは私がちゃんとした行政をしたからで、まあ、頼朝さんに憎まれたのはそういう部分もあったのかも知れない。どういうことかというと、まあ、人間というものはいろいろ理屈や理念を言ったところで最終的には、我がのええ感じ、をなによりも優先する。

だから人は対立する。そしてその多くは利権やポストを巡る対立である。

「この土地はそもそも儂のもんや、どけ」

「じゃかあし、どかぬ」

とか、

「家格を無視して菊門だけでいいポストに就くのが許せない」

「やかましい。ブサイクが偉そうに言うな」

とか、

「俺の寺の方が格上」

「まったく違う。俺の寺が遥かに上」

といった揉め事が至る所で起きる。

私はこれをある程度のところまで調停する権力を与えられていた。だから自分の権限の及ぶ範囲でこれを調停した。

それが正しかったかどうかは解らないが、これによって利益を得た人と利益を失った人がいたことだけは確かである。

そしてその利益を失った人のなかに鎌倉殿に連なる人がおり、それらの人の報告によって私は鎌倉殿の不興を買った。また、利益を得た人は私を称賛し、私の人気は高まった。しかしそのことがまた鎌倉殿の不興を買った。

畿内で力を付けた私が西国を固めて自分を脅かす存在になるのではないか、と考えたからである。その頼朝さんの怯えは分からないでもない。なぜならその鎌倉の北には秀衡さんがおり、もしもそうなったら頼朝さんは北と西から挟撃される形になるからである。

そしてまた朝廷が私に期待したのは今から思えばそういう役割でもあっただろう。つまり、私という存在を使って頼朝さんを牽制しようとしたわけである。しかしいろいろあってそれは失敗して頼朝さんに詰められ、私に対する追討宣旨を出した、とこういう流れである。

と言うと人は、「だからあ」と言うだろう。

「だからあなたはもう落ち目だったわけでしょ。だったらさっさと逃げなさいよ」

とこういう訳である。

しかしそこが違っていて、私が失脚した後は北条時政とかその息子の江間小四郎とかが鎌倉殿代官として乗り込んで来て、東国武士団の軍事力を背景に私がやっていた仕事をやり始めた。

そうするとどうなるか。

そう、こないだまで利益を受けていた勢力が急に利益を失うって事も起こる。そういう勢力に属す人は当然、私の時代を懐かしみ、私の時はよかったなあ、と思う。

と言うと、さっきの人が、でもでもでも、と反論してくるだろう。

「でもでもでも、あれでしょう。やはりそういう利益を重視する人間は落ち目になって、っていうかもうはっきり言って落人になって、天下に居所がなくなったあなたにいつまでも拘泥しないで、さっさと次の人に取り入るんじゃないですか。実際の話、佐藤忠信の女とかそうだったじゃないですか。違いましたっけ。違ってたらすみません」

なんてね。そりゃあ違ってない。

ただ、私の場合、佐藤と違う点がひとつある。それは私が源家の御曹司であるという点だ。それは東国においては神話にダイレクトに連なっているということだ。

頼朝さんは石橋山(いしばしやま)で負けて、僅か数名で山中を逃げ回り、真鶴(まなづる)のあたりから小舟で逃れた。その頼朝さんの麾下に数千、数萬の兵を引き連れた連中が馳せ参じた。なぜか。それは頼朝さんが源家の嫡流であるからだ。

となれば。私だって条件は同じ。頼朝さんが上総介(かずさのすけ)や千葉介を率いたのなら私だって、状況によっては奥州の秀衡君の軍勢を率いることができるはず、と私も思っていたし、世間もそう思っていた。

そして私には平家を西海に沈めたという実績があった。

なにをしてくるかわからない、突然、予期せぬ所に現れて、突然、攻めかかってきて一瞬にして敵を殲滅する神がかった軍略家、と思われていたのである。

つまり私にはあの頃でもまだまだ人望があって、誰も私が終わったとは思ってなかった。頼朝さん・鎌倉殿はマジで私に怯えていた。

また私が都の人たちに好かれていた理由のひとつに、まあ、こんなことを自分で言うとアホみたいなのであまり言いたくないのだが、言わないとわからないので言うと、私の顔がよかったから、というのは結構あると思う。

都の人たちは、美しいものが好きで、醜いものは存在しているだけで罪、みたいに思っていた。私はその都の人たちを圧倒するほど顔も姿もよかったし、ファッションセンスも凄かったし、舞いや笛とかも芸能花舞台って感じだったので、理窟を超えて好かれていた部分もあったと思う。

大分経ってから、私の歯並びをあげつらうなどして、私の顔貌を批判する文章が書かれたりした。そしてそれを読んだ人が頭から之を信じ、「義経は本当は醜男(ぶおとこ)だった」「物語や芝居に描かれる義経は嘘」とか言って私を貶めたが、私はそんな奴に言いたい。

「君は私の顔を実際に見たのか?」

と。なめんな、クソが。田舎のアホが。おまえには脳がないのか? 考えたら解るだろう。私の母が誰か知ってるのか。私の母は絶世の美女、常盤御前(ときわごぜん)なんだよ。醜男な訳ないだろう、つの。

と、それからまあこれが一番、大きいのだけれども、ある時代の、ある時点を見るとき、その先の結果を知っていて見るのと、結果を知らないで見るのとはぜんぜん違う。

そしてその当事者は、当然の如くにその瞬間を生きているから先のことはわからない。

結果を知っていて、結果から逆算して考えるからこそ、「義経はこの時点で既に落ち目」とか或いは、「平家はダメダメ」とか言うのであって、あの頃の人間は都を出た後もいずれ平家が反攻してくるだろうと思っていたし、それができなかったのは私が一ノ谷とかで撃退したからで、まあはっきり言って蒲冠者（範頼のこと）しか行ってなかったら、あの後、どうなっていたかはわからない。

それは私についてもまったく同じで、結果を知らない当時の人は私が一時的に退いたとは思っていても、もう終わったとは誰も思っていなかった。

そんなことで私にはいろんなところに支持者がおり、もちろん南都にもいた。

私はビン・ラディンやなんかより遥かに安全なところにいた。それは南都の勧修坊の得業（僧の学位・学階）聖弘のところであった。

私が坊舎に立ったとき、聖弘はたまたま居て、私が何か言う前にもう、「ようおいでくだはった」と言って悦んだ。これを見ても私がまだまだいけてる存在であったことが解るだろう。

「こちらへどうぞ」

と聖弘が私を案内したのは、奥まったところにある、聖弘だけが礼拝するために建てられた堂（こんな堂を持仏堂と言った）で、そこには聖弘得業が小さい頃から敬い礼拝してきた、それを見て私は覚えず言った。

普賢菩薩、虚空蔵菩薩がいらっしゃった。

「よろしいのか」

聖弘にとりてかくも尊き仏さまが渡らせ給ひける持仏堂に戦乱の土煙血煙のなかからやって来た私が滞在して差し支えないのか、と問うたのである。しかし、聖弘は、

「よろしいのでございます」

と、仏に対して恭謙であるのと同じような態度で答え、その後も仏に対する丁重な態度と同じような態度で私をもてなした。

そして聖弘得業は私に数度に亘って出家を勧めた。そしてそれは政治的な立場からではなく、あくまでも仏教的な見地からなされた意見であった。

例えばある日の夜、堂の周囲に妙な気配を感じた。私は明かりを消し、太刀を摑んで腰を落として身構えた。

次の瞬間、堂の戸が開いて、一条の光が堂に差した。私は光の下の辺りを横薙ぎに薙いだ。

ざんっ。

という音、そしてそれに続いて、

ぐむむむむっ。

という声。

が聞こえるはずであった。ところが寂寞としてなにも聞こえない。

ぬかったかっ。

と、飛び退り刀を構え、改めてよく見れば、そこには得業がただ一人で立っていた。

「相済まなかった」

詫びる私に得業は、

「よろしいのでございます」

と言う。けれども私はこれを恥じた。私は言った。

「身に寸鉄も帯びぬあなたの気配をただならぬものと感じたのは恥ずかしい。私も落ちぶれたものだ」

苦笑する私に得業は言った。

「いえ、そんなことはありません。確かに堂の周囲にたれかおりました。私も見ましたよ」

「そうですか。それは武士でしたか」

「暗くてよくわかりませんでしたが、寺の者のようでした」

「私が此処にいることが知れ渡っていますか」

「知ってる者もあるようです」

「そうですか。だとするとあなたにも迷惑を掛けますね」

「それは構いませんが、どうですか。この際、出家なされては」

「また、その話ですか」

「ええ。あなたは三年に亘って戦を戦い、敵味方数萬の人の命を滅ぼして、現世でその罪障から逃れることはできません。となれば心に菩提心、仏を求める心を起こし、高野の山、そしてまた粉河寺(こかわでら)に籠もって、ひたすらに南無阿弥陀仏南無阿弥陀仏と唱えて、あの世で救われることを求めてはいかがですか」

「そう仰ってくださるのはありがたいし、もっともだと思います。いずれはそうしようと思います。ただ、あと一両年は髪の毛をそり落とさず、穢れた世に留まろうと思います。まだ数名、殺したい人がおりますので。出家したらもう殺せないですからね。どうでもいい奴を数萬殺して、絶対に殺したい奴をいかしたまま出家しちゃったら罪障にまみれた意味ないじゃないですかあ。なので、もう少し、このままでいようと思ってるんです。申し訳ありません」

と自分で言っておいて自分で言うのはなにだが完全に鬼畜のロジックである。

しかしそれを言ってなお聖弘がその後も変わらず接してくれたのはありがたいことだった。そしてまた得業聖弘にはこのとき別の思惑もあった。けれども私はそれを知らなかった。

そしてまた、私には、ついに言ってしまった、という思いもあり、それまでは持仏堂に籠もって勤行のようなことをしてもいた。

ところがこのとき、身体のなかでなにかが壊れたような気がして、私はなにかこう、倦怠、のようなものを感じるようになっていた。

特に夕方がひどかった。私はたまらない気分になった。こういうとき効き目があるのは女を抱くことと酒に酔い痴れることだったが、持仏堂にあってそれはどちらも叶わぬ事だった。

そこでどうしたかというと私は笛を吹いた。

音楽は私の心をわずかに慰めた。しかしそれは同時に、悶え、のようなものでもあり、そこには苦痛と快楽が等しくあった。

だから私はそれを、その音が広がって消えていくところで演奏したかった。いつまでも長い残響が尾を引く狭い堂のなかで演奏したくなかった。

なので私は勧修坊の門外に佇んで笛を吹いた。

そうすることによって私は心に慰めを得た。音にひかれて可愛い村娘が参るなどしたらこれを抱いてもよいし、美しい稚児などを可愛がってもよいと考えていた。

ところが寵童も娘も来なかった。その代わりというのではないが、但馬阿闍梨(たじまのあじゃり)という者がやって来た。それは美男だっただろうか。

いやさ、美男ではまったくなく、どちらかと言うと不細工、ではなく、完全な醜男、で、どれくらい醜男かというと、間近にその顔を見た場合、五人中三人が吐く感じの醜男であった。

その代わりと言ってはなんだが、性格は極悪で、普通の人が野の花を摘むような感じで人を殴ったり蹴ったり、時には殺したりすることができた。

類は友を呼ぶ。

但馬阿闍梨の周りには同じ坊舎に住まう乱暴者が集まって、僧にあるまじき悪逆無道な行為を日常的に繰り返して恥じるところを知らなかった。

但馬阿闍梨を筆頭に、和泉、美作、弁の君、大夫坊などの七人である。


その少し前、この七人が集まって話をするうち、なんかさあ、俺たちも、なんつぅの？ここらで一発、でかいことやりたいよね的な話が出て、

「やりたいよね」

「ビッグになりたいよね」

「俺もなりたい」

って話になり、

「じゃあ、具体的な話しよう」

という話になって、「鹿に乗って走り回る」「芸能イベントをやる」「奉仕活動」など、数々の愚劣な案が出た後、誰かが、

「あのさあ、弁慶っているじゃない？　あいつがさあ、昔、夜な夜な京の都で歩いてる奴の刀を奪い取って、千本集めようとしてた、って話あるじゃない」

と言って、それに対して、

「らしいな。それでおまえ、牛若丸、いまのおまえ、義経にやられてもた、ちゅう」

「そうそうそうそうそう。それそれそれそれそれ。それをさあ、やんない？」

「やんないって、義経にやられよ、ちゅんかいな」

「ちげーよ。そうじゃなくて、刀を集める、それをやれば評判になんじゃねぇ、って話」

「ええがな」

「いいね」

「いいねっ」

ってことになり、馬鹿者どち、本当にそれをやり始めた。

夜さり。身なりのよい武士を見つけ、

「ちょっと顔、貸してくれへんか」

と声を掛ける。夜更けに、見るからに荒くれ者、みたいな奴にいきなりそんなことを言われるのだから、いかな武士であろうとびびる。

「ななな、なんやねん」

「ええからちょう来いや」

と言って物陰に引っ張っていく。

「自分、ええ刀、持ってるやん。ちょうめしてくれへん」

「いやや」

「ええやんけ、めせや」

「いやや」

「めせや」

「いやや」

「いややねんと。どないしょう。みな、どな思う？　どなしたらええと思う？」

「殺したらええやん」

「あ、ほな、そうしょうか」

「めします」

「最初からそな言え、あほんだら」

と言って武士を、ぐわん、と拳で打って、太刀を取り、ろくに見もしないで、

「ありがとう。もろとくわ」

と言い、よってたかって半殺しにして、その場を立ち去り、また次の獲物を探す、なんてことを繰り返していた。


しかしそれもこのところマンネリ化してきたというか、そもそも武士がびびってあまり出歩かなくなり、どうしても出歩かなくてはならないときは小学生の集団登校のようにみんなで固まって出歩くようになったので、せっかくの活動が下火になりかけていた。

私が勧修坊の門外で笛を吹き始めたのは恰度その頃で、きゃつらがこれを黙ってみているはずがない。

案の定、リーダー格の但馬阿闍梨が、

「なんかやあ、この辺で見かけん感じの若いやつが、夜さり勧修坊の門のとこで笛吹いとるらしれろ、そいつが、おまえ、むっさええ黄金の太刀持ってるらしやんけ。それって欲しない？」

と言い、アホな一同は直ちに賛同、

「欲しいな」

「欲しい」

「やりまひょいな、リーダー」

となったがなかに一人、美作という法師、こいつだけは少しばかり小知恵が回ったとみえて、

「けど、それってちょっとあれじゃないすかね」

と異論を唱えた。

「あれてなんぞいや」

「だから。みな聞いてるでしょう。九郎判官義経が吉野で攻められて南都に逃げて来てるちゅう話」

「それがどないした、ちゅうねん」

「そやさかいですよ。もし、もしあれが義経やったらまずいでしょ」

「なにがまずいちゅうねん」

「だから、あれがほんまに義経やったら、やばいですやん。考えてみてくだはいよ。もし俺

らが義経の刀奪ったら、奈良の衆徒全体がでらい揉め事に巻き込まれるかも知れんちゅうこってすよ。はっきり言いましょか。言いますよ。俺らがやったことがきっかけで戦争になるかもしれんちゅうことですよ。そしたら俺らどうなります？　怒られますやん」

これを聞いた一同は恐れ戦いた。

「マジか」

「マジ、マジ」

「俺、怒られんのいやや」

「いや、怒られへんかも」

「なんで」

「怒られる前に全員、義経に殺されてまうがな」

「ほんまや」

「あー、もー、絶対やめとこ」

「ほんまや。やめとこ、やめとこ」

とほぼ全員が中止ということでまとまりかけたとき、但馬阿闍梨が、

「なにびびっとんじゃあほんだら。チンポついとんのんか、ぼけっ」

と叱咤した。

「そんなこと言うてびびってばっかしおるから、俺らはいつまで経っても弁慶、海尊クラスになられへんのんとちゃうんけ。根性、見(め)したれや」

「そらそうやが、リーダー。もしうまいことといかなんだら、そんときはどないしまんねん」

「あほかっ。でけへん理由はなんぼでもあんねん。でけへん理由を探してばっかしおったらいつまで経ってもなんにもでけへんねん。一生、しょうむない奴のままで終わんねん。いけよ、いって黄金の刀奪ったれよ。根性、見したれよ。根性みしてビッグになったれよ。それともここでびびって逃げて、蛆虫みたいな一生、送るか。さあ、どうすんね。ビッグか。それとも蛆虫か。どっちにすんねん」

迫られて弁の君が言った。

「ビッグがいい」

「俺も」

「俺も」

「奪ってこまそ。奪ってビッグになろ」

「ほんまほんま。なにが義経じゃ、奈良、なめんな。仏、なめんなっ」

「ヘゲタレがッ」

「ああああ、あああああっ」

「うおおおおおおおっ」

という訳で、根底からのアホで知能というものが殆どないこの者どもは私の太刀を強奪する気になってしまった。多少知恵が回るはずの美作でさえ、集団の熱気に煽られ、架空の太刀を持って素振りをしたり、それを自分の腹に突き立て、切腹の真似事をしてゲラゲラ笑っていた。それを見て他の者もゲラゲラ笑った。此の世にアホほど恐ろしいものはない。

それから一同、善は急げ、というのでさっそく房を出て勧修坊に向かった。道々作戦を立てるのはリーダー格の但馬阿闍梨である。

但馬阿闍梨は言った。

「ほだらやな、近くまで行ったら、おまえらは築地塀(ついじべい)の角で待機しとけ。最初は俺が一人で行くから」

「一人で大丈夫なんか」

「大丈夫、大丈夫。最初はな、通行人の感じでいくから。ほんで、がー、って行ったら、判官が門のとこで笛、吹いとるわな。そこへ行って態(わざ)とぶつかる訳や」

「どーん、といくんかいな」

「あほやなあ、そんなことしたら、こっちからぶつかっていったことになってまうやんけ。そやのうて、まあ、そやな、こう、立ってたら太刀の鞘尻が突き出るがな」

「うん。突き出る」

「ところがおまえ、自分は前向いてるから、どれくらい突き出てるか、ちゅうのがわからん」

「そやな。くるっと横向くとき、後ろに居る人にぶつかるときあるわ」

「そやろ。そこへな、俺が通っていくねん」

「あ、なるほど。わかった」

「わかったか」

「わかった。くるっと横向くまで立って待ってんねやろ」

「ド阿呆。ちゃうがな、そやからその鞘尻のぎりぎり近くを通るわけや。そしたらどうなる」

「そしたらおまえ、そのおまえの鎧の下のとこのビラビラと鞘尻が当たるがな」

「そやろ。それが狙い目や。当たるなり俺が、『うわあ、この人が、いきなり殴ってきよったあああっ』と絶叫するわ。ほんならそれを合図におまえらが築地の陰から、『なんや、なんや、どないしたんや、なにがあったんやあああっ』とか言いながら走ってくる。俺が、『こいつが暴力ふるいよったんや』と言う。そしたらおまえらが、『なに考えとんねん。ここをどこや思とんねん。仏法興隆の地・奈良やど。その奈良でいきなり暴力をふるうなどといった仏の教えに背く罪を重ねるのは到底許せませんやんけ。そやけど俺らは平和なラスタマン。皆さん、なんぼ腹立つから言うて殺したらあきまへんで。とにかくこういう人には平和裡にこの奈良から出て行って貰うのが一番。しかし、こういう人は口で言ってもわからないで、この人が庶民やった場合は、一応、耳と鼻だけは、あー、削いどきましょ。もし武士やった場合は、髻切って、刀を没収して追放しましょ』と言うから、それを合図に、わー、と行って、全員でボコボコにして刀、奪ったらええと思うんやけど」

「完璧やな」

「これで刀、奪られへんかったらアホや」

「ほんまほんま」

と因縁を付けて刀を取る段取りをして、右のアホ、勧修坊の前までさーくさくやって来た。

その日。そんな企みがあるとはついぞ知らない私はいつものように笛を吹いていた。

そこへ、

「あー、笛か。おもろいなあ、ええなあ。俺も習いたいなあ」

とか言いながら近づいてくる奴がいた。

私はその口調があまりにも棒読みなこと、それからその男の全身からまるで糞のようなオーラが蒸散していることを不審に思ったが、いつの世にも、そんな奴はいくらでもいて特に珍しくもないので鹿十（しかと）して音楽の世界に没入していた。

そうしたところ、不自然に近づいて来たそいつが、ぐわん、と佩刀の鞘にぶつかった。態とぶつかったのは明らかであった。

音楽の世界に没入していたのを邪魔されて、私はとても嫌な気持ちになった。その嫌な気持ちに追い打ちをかけるようにその男（乃ち但馬阿闍梨）は怒鳴った。

「うわあ、この人が、いきなり殴ってきよったああああっ」

攻撃性と被害感を詭弁の糊で貼り合わせたような、これを聞いたら、仮にその人がお釈迦さんであっても殴りたくなるような、ストレスで胃を病むような、それほど嫌な声調であった。

　そしてそれを合図に、

「そうはさせへんどっ」

　とこれまたアホのような顔をした、そして口をきいたら二秒でアホとわかるような、粗野で下品で無教養丸出しで、実家は詐欺屋さんで、近所は全員、嘘つきか泥棒か知恵おくれで、十二歳まで野犬に育てられた、みたいな、揃いも揃って汚い服の男が六人、「ぼぼぼぼぼ」「おんべらあっしゃん」など口々に言って三方から私を取り囲んだ。


　私は、面倒なことになった、と思った。しかしむざむざ斬られるわけにはいかない。やむなく太刀を抜いて、塀を背にして三方から迫ってくる奴らに備えた。

　これが思慮あるものであれば、私が抜いたのを見て、そしてまたある程度、心得がある者なら私の構えをみただけで、敵わじ、と逃げていっただろう。

　しかし相手は思慮も分別もまったくないクズ人間の集団である。私が抜いたのを見て逆上、段取りもなにも忘れて、

「抜きやがった」

「なめんな」

「いてまえ」

　など口々に喚き散らし、長刀、小反刃、小長刀、めいめい手にした得物を振りかざして斬

りつけてきた。

　そうなったらもうやるしかない。といってそれ自体は別になんということではなく、奴らとすれば裂帛の気合いを籠めているのかも知れないが、私からすれば年寄りの太極拳にしか見えない。

　なんの造作も無く、一瞬で五人に致命傷を負わせ、勧修坊門前に屍骸が五つ転がった。

　残りの二人はいきなり五人が斬り伏せられたのを見て、「ひいいいいいっ」と悲鳴を上げ、血液と小便を垂れ流しながら逃げていく。

　私はその後を追い、三方を築地塀に囲まれた袋小路に但馬阿闍梨を追い詰めた。

　築地塀を背にして倒れ込んだ但馬阿闍梨は両手で顔を覆って横を向いていた。

「これ」

　私が声を掛けると、

「ひいいいいいっ」

と悲鳴を上げ、顔を覆ったままくの字なりになって左に倒れ、右足で宙を蹴るようにした。

　そんなことをしたってなんの意味もないし、それにそんなに恐ろしいのなら最初からこんなことしなければよかったのに。と思いつつ私は問うた。

「おのれは南都の者であろう。名を申せ」

　そうしたところ、いきなり殺される訳ではないらしい、と思って少し安心したのか、きゃつは、

「但馬阿闍梨」

と嗄れた声で名を言った。私はさらに問うた。

「命が惜しいか」

そうしたところ、私の言を曲解し、交渉次第では助かるかも知れないと思った但馬阿闍梨は私の方を見て、

「命、惜しない奴がいるわけないやろ」

とやや強気な口調であった。

私は、心の底から軽蔑する、みたいな口調で言った。

「かねてから但馬阿闍梨という名は聞いていた。南都で評判の悪僧らしいな。だから、いざとなったら、命など紙屑でも捨てるように、ポイ、と捨てるのかと私は思っていた。ところが聞くと見るとは大違い、いざとなったら卑怯未練な命乞いか。私はがっかりした。そして嫌になった」

「嫌になったらどうすんじゃい」

稍、弱気になった但馬は疑り深そうな顔をしてそう言った。私は答えた。

「殺そうかな」

言い終わった瞬間、但馬は一瞬で態度を変え、

「ぴいいいいいいいいいっ」

と絹を裂くような悲鳴を上げた。そして顔を覆って向こうを向き、今度は築地塀に頭をグ

イグイ押しつけるようにした。もちろんそんなことをしたって築地塀が動くはずもない。

「あきらめて念仏でも唱えなさい」

あまりの見苦しさに呆れた私がそう言う声が聞こえているのか、いないのか、それでも暫く但馬阿闍梨は築地塀を頭で押して、そのうちに頭に血が滲んできた。

それで築地塀を押すのをやめた但馬が潔く諦めたかというと、そんなことはなく、今度は俯せになり、頭を低くして、ジリッジリッ、と這いながら、私の後ろに回り込んで逃げようとした。

その姿は猫が敵わない強力な敵に遭い、なんとかしてその場から逃れようとするのに似て、もはや人ではなく畜生そのものであった。

なんという浅ましい姿であろうか。

と見ているのが嫌になり、とにかく早く決着を付けてしまおうと、その背をグイと踏んで、

「いくら姿勢を低くしてもダメっ。Ｎｏ！」

と飼い主が犬を叱る口調で言った。そうしたところ。

あたりに耐えがたい臭気が立ちこめた。恐怖が極点に達し、但馬阿闍梨が脱糞したのである。

私はできるだけ鼻で呼吸しないようにして言った。

「しがしばあ某(それがし)は俗人、汝は僧。斬るばげには参だぬ。だずげでやどう」

そう言った途端、安心したのだろうか、急に脱力した但馬は大量の小便を垂れ流し、辺り

の地面が黒く濡れた。もはや逃げる心配も無いので私は飛び退った。

distanceをとって悪臭がやや減じ、私は通常の口調で言った。

「こんなことは二度としないでください。そもそも君がこんなことをしたのは有名になりたかったからでしょう。だったら明日からこう言えばいいですよ。『俺はあの有名な源九郎判官と組み打ちした』とね。それだけで南都中が、『すげー』と言って感心するでしょう。じゃあ、行きなさい。あ、ちょっと待ちなさい。嘘だと思われるといけませんから、私と戦った証拠を残しておきましょう。これがその証拠です」

と、そう言って私は臭いのを我慢してこれを押さえつけ、鋭利な刃物で耳と鼻を削いだうえでこれを解放した。

耳は兎も角、鼻のないフガフガは見た目がかなり情けないことになり、もはや南都でヤンキーとして生きていくことができなくなった但馬阿闍梨はその夜のうちにこれを恥じて逐電、その後、その名前を聞くことはなかったので、いずれどこかで行き倒れ、獣か虫のように死んだと思われる。

但馬はさぞかし後悔しただろう。

あのとき、ええ格好しようと思ってあんなことをしなければ今頃はまだ南都にいて不自由なく暮らしていた。それがこんな姿になって流浪している、と。

別段、才能も無い若い者が根拠のない自信を抱いて無謀な夢を見てそれを実行に移すと得てしてこんなことになりがちである。

私はそうした者を多く見てきた。或いは、但馬はそのフガフガの鼻を人に見せ、「俺は昔、九郎判官義経と立ち合ったことがあってね。このフガフガはその折、義経に斬られたものだよ」と自慢、人に、「すげー」「マジすか」と言われ、そのことによって自尊心を満たして生きることができたのだろうか。

そしてまた自尊心だけではなく小銭を貰うなどして活計（たっき）としただろうか。情けないことだ。

とまあそんなこともちらと思ったが、それより困ったのは今後のことで、此の事はおそらくその日のうちに表沙汰になると思われた。

ということは、それ、すなわち、私が南都は勧修坊に潜伏しているということが日をおかず、鎌倉サイドに伝わるということで、私はあと数日から数週間、勧修坊に滞在、様々に工作し、根拠地をいくつか築いてから本格的に動きだそうと思っていたのだが、この災難によりそれが叶わなくなった。

ことに得業に累が及ぶのは本意でない。

私は得業を持仏堂に呼んだ。

やってきた得業は静かに座って私の言葉を待っている。

私たちは暫く黙っていた。その間も得業はなにも言わない。私はついに口を開いて言った。

「ここで年を越したいと思っていました」

「ならばそうなされよ」

「忝う存じます。なれど思うところがあります故、都へ罷り出ようと思います」

「ほう、都と」

「ええ。名残は尽きませぬが」

「都へ参られて如何なされるおつもりか」

「それはいまは申せませぬが、もし命長らえましたならば必ずや再び罷り越しお目にかかることでしょう。もし、私が死んだという噂をお聞きになったら、その時は後世の供養をお頼みします。師と弟子の契りは三世、と申します。来世はきっとお目にかかることでしょう」

目を閉じて私の言葉を聞いていた得業は、私が言い終わるや、閉じていた目を開き、私の顔を見て静かに言った。

「当分の間はここにいらっしゃると思いおりましたが、思わぬことを仰るのはまるで合点がいきませぬ。考えるに、人の中傷を気になさっての思し召しでしょう。たとえ、人がどんなことを言ったとしても私はそんなものには取り合いませぬ。来年の春まではここにいらっしゃって、その後、お出掛けなされよ。今はけっしてお発ちにならぬがよい」

私には、その一言一言が我が身を貫くように思われた。

災難であったとはいえ、ここまで言ってくれる得業の信頼を私は裏切ったのだ。笛とか吹いて。私はついに言った。

「御坊がそんなことを仰ってくださるのは今宵限りです」

「どういうことでしょうか」

「明日になり、今日、門外で起きたことを知りたまわば、御坊はきっと私に愛想を尽かされる。私は……」

　と言いかけるのを遮って得業が言った。

「今日のことは既に存じております」

「御存知でしたか」

「はい」

「面目次第もない」

「あれはあなた様のせいに非ず、斬られた奴が悪いのです。年若の衆徒共、寺の権威をいいことに無道なことをして、このところは夜な夜なのし歩いて人の太刀を奪い取ると聞いています。あなた様の御佩刀はとてつもなく贅沢な黄金造り、彼奴(きゃつ)らそれが欲しくてあなた様を襲い、あべこべに斬られたのでしょう。あなた様の落ち度は毛ほどもありませぬ」

「すべてお見通しでございましたか。左様です。鞘尻が腹巻に当たったのなんの言って因縁を付けてこられて、成り行きであんなことになってしまいました。仰る通り、私に落ち度はない。笛を吹いたこと以外は。けれどもこのことが広まれば……」

「広まればなんだと言うのです。なんともありはしませぬよ。それは確かに、あることないこと言い触らす輩もいるでしょう。寺中にはこの得業が気に入らず、六波羅に訴え出る者もいるでしょう。六波羅には北条時政がおりますが、一存で軍兵を動かすことはできません。そこで時政は鎌倉殿にお伺いを立てます」

「そうなると兄は大軍を寄越して奈良を攻めましょう」

私がそう言うと、得業は、ほほほほ、と笑い、そして言った。

「いや、いくら鎌倉殿とて宣旨も院宣もないまま、南都を攻めることはできませぬ。そんなことをすれば忽ち人心は鎌倉殿から離れまする。あの方は都育ち、そのことをよく御存知ですよ」

「だからなにもしないという訳ではないだろう」

私がそう言ったとき、得業は、きっ、と私の目を見た。これまでに彼が見せたことがない厳しい目つきだった。得業は私の目を見据えたまま言った。

「私の本当の心を話しましょう」

それから得業が語った言葉はある意味で私の心を打つものだった。得業は以下のように語った。


もしそういうことになったらどういうことになりましょう。あなたは平家追討の後、行政官として都にいらっしゃいました。その間のあなた様の統治は公平で、一天万乗の君の御覚えめでたく、治天の君のお気に入りでございました。もしあなた様が宣旨、院宣を願い出れば、必ずこれが下されます。そうしたらあなた様は最強です。あなた自身は都にいらっしゃり、四国九国の武士に馳せ参ずるよう命ずれば、どこに来ない理由がありましょう。具体的に言いましょうか。

先ずは畿内、それから中国の軍兵が集結するでしょう。なぜというに、近いから。それから九州へ使者を送って土地の実力者、菊池、原田、松浦、臼杵、戸次、なんて者共を招集します。ぜんぜん大丈夫です。同じことを鎌倉殿はやりましたよ。負けて真鶴から小舟で逃げて、それへ上総介とか千葉介とか、足立、葛西、さらには畠山、河越、江戸、なんてやつらが集結して大軍となったんですから。

なぜそんなことができたかというと、ひとつは源家の御曹司という御威光ともうひとつは以仁王の令旨。

あなた様はそれと同等の、いやさ、それ以上のものをお持ちですから当然、これに対峙するに足る軍兵を集めることができるのです。

もちろん鎌倉の恩顧を蒙った者で、あなた様のお召しに従わぬ者はいくらかはありましょう。そうした者には武蔵坊弁慶、片岡経春という歴戦の猛者に精兵を付けて少々懲らしめてやればよいでしょう。それを見た余の者は忽ちにして寝返りますよ。

そうやって畿内、西国をお手のうちに収められたる後は、越前と近江の国境、愛発の中山、伊勢の鈴鹿の関を封鎖して、逢坂の関も固めれば、鎌倉の軍勢はどうしたって侵入できません。

その状況が生まれれば、宗門もこちらに靡きます。この聖弘が三寸不爛、富楼那の弁を揮って興福寺、東大寺、比叡山、三井寺、吉野の修験、鞍馬、清水、みな御味方に付けてごらんにいれます。それはごく簡単なことです。

しかし此の世には予期しないことも起こります。それらがうまくいかないことも或いはございましょう。その場合はどうするか。

此の地には、この得業のためには命を捨てよう、と云う者が少なくとも二、三百はございます。彼らを集めて城郭を築き、櫓を構え、あなた様の配下の一騎当千の強者を呼び集めて、城を枕に最後の一戦を闘わせ、私たちは心静かにその成り行きを見守ろうではありませんか。そして、味方が滅んだ後は、幼少の頃から信仰するこの本尊の御前にて聖弘が誦経いたしますゆえ、あなた様は念仏申させ給いて、腹をお切りなさい。すぐさま私も自刃して後生までお供いたしまする。今生はあなた様の今生のためにお祈り申し上げてきた。来世は仏道に入らんがためにお祈り申し上げましょう。

私は得業がそこまで考えているとは知らなかった。過日、得業は私に出家を勧めた。そのとき得業は内にこのような決意を秘めていたのだ。

もし私が出家をするというなら、その来世を祈って差し上げる。私が出家せず、あくまでも戦うと言うのならとことんまで付き合う。

そう考えていた。しかるに私はそれを知らないで拗ねていた。拗ねて身バレするかもしれないのに笛を吹いた。そしてこの時、私はまた変なこと乃ち、私は、この方の言葉にふさわしい人間であろうか、ということを考えてしまった。

確かに私は凄い人間だ。私に勝る人間は日本国にはいないだろう。けれどもこの方は既に人間を超越して神仏の領域に入っておられる。その人の期待を裏切って私は笛を吹いてしまった。笛さえ吹かなければ或いは好意を受け入れて滞在することもできた。けれどもそれはできない。なぜなら笛を吹いてしまったから。ああ、笛なんて吹かなければよかった。と私は笛のことばかりを考えてしまっていた。いまから考えればそんなことはどうでもよいことだが、あのときはそう思ってしまったのだ。

私は言った。

「いろいろ考えましたが、やはり出ます。都でちょっとやろうと思うことあるんで」

私は得業の目を見てそう言った。

得業は静かに、

「然うですか。ならばそうなさいませ」

と言って目を閉じ、掌を合わせ、暫くの間、何事かを祈念していた。

私はその夜の内に勧修坊を発った。

得業は腹心六名を私に付けてくれた。気持ちの面では沈んでいたが、体力は完全に回復していた私は飛ぶような速力で移動して夜が明ける前に入京した。

驚くことに六名が六名とも、一人も欠けることなく私に付いてきていた。私がそれほどの速力で移動したのは彼らを撒きたかったからなのだが。

仕方なく私は六条堀川あたりで早業を使った。

久しぶりに使うのでできるかどうか不安だったが、やったらできた。六名は急に私が居なくなったので発狂して探していた。おもろかった。

それから後、私は誰にも消息を知られぬまま様々に工作した。

ただし私が南都に滞在したことは例の但馬阿闍梨の一件もあり多くの人が知っていた。

そのなかで、いったい誰の仕業？　ってそんなもの南都の反勧修坊派の工作に決まっている、意図的に、

「九郎判官殿、南都の勧修坊とともに謀叛を企て、これに従わぬ者を謀殺した」

という噂を流した。

それによって勧修坊はえらい目に遭うことになる。

＊　＊　＊

目に見えない大きな力が裏で働いていて現実に強い影響を及ぼしている。多くの人はそれを知らないが、それを踏まえて考えるとスッキリと腑に落ちることがたくさんある。これを唱えて陰謀論。なかには荒唐無稽なものも多いが、此の世の何処かに悪の組織があって、此の世に起きる種々の弊害は其奴等のしわざ、というのは実は多くの人にとって心温まる考えである。なぜならそのように考えることによって、自分は一切の責任を免れるからである。

だから、南都の反得業一派が流した、

「九郎判官殿、南都の勧修坊とともに謀叛を企て、これに従わぬ者を謀殺した」

という噂を、流した南都の者は得業、そして私が嫌いで、あるいは単におもしろがって、

そんな噂を流したのだろうけれども、都に居てこれを信じ、拡散した者は、得業が憎いからではなく、義経一派の陰謀、というものがあった方が自分としては心地よいから、これを信じて拡散した。

したがってそれは市中だけではなく、十分な諜報能力を有するはずの朝廷や六波羅探題にも浸透した。

なぜならそうしたところにこそ、義経の脅威、をあおり立てることによって自らの無能を糊塗し、地位を保全したり、利権を得たりする者が多く居たからである。

そして人間というものは弱い者で、何度も耳にし、また口にしているうちに、それが間違いのない真実に思えてくる。

通常の判断能力を有していれば、

「なにもこんな根拠薄弱、真偽不明、出所不明の噂レベルの話をいちいち鎌倉に知らせなくてもいいですよ。そんなことしたら、いちいちしょうむないこと言うてくんな、と怒られますよ」

「ほんまですよね」

となるところ、

「たた、大変だ。こんなおそろしいこと。一刻も早く鎌倉に報告しやんとあかぬ」

「あたりまえでしょう。すぐ早馬の手配してください」

ってことになる。

というわけで六波羅の北条時政から急ぎの使いが鎌倉に発った。

そのとき頼朝さんは庭を見ていた。庭には二羽鳩が居た。頼朝さん鳩を見て、「いっやー、鳩って常にびっくりしたような眼をしているよね」と思っていたのだろうか。

そこへ梶原がやってきた。鳩が飛んで逃げた。梶原は庭にしゃがんで言った。

「恐れながら申しあげます」

「なんだ」

「六波羅より急使が参りました」

「私は鳩を見ていたのに」

と頼朝さん、口走った。よくないことが起こったに違いない、と思って動揺、その内心の動揺を押し隠そうとしてそんなことを言ったのである。

「はあ?」

と怪訝な顔で問い返す梶原に頼朝さんは自分の発言をなかったことにして言った。

「ここに呼びたまえ」

報告を聞いて頼朝は自分の予感が当たっていたことを知った。けれどもこうなるともう動揺しない。多くの人が動揺する前に先廻りして動揺しているので、本当にそれが動揺すべき事態とわかったときにはもう動揺し終わっているため、当たり前みたいな顔で平然としている。

六波羅より急使、と聞いて庭前には諸将が参集していた。

「どないなったのか」

「なんかあったのか」

「やばいのか」

「このタイミングで急使ってことは、やっぱ」

「九郎殿御謀叛？」

「やっぱー」

と諸将がそんなことを言い合って顔色を失しているなかで鎌倉殿だけは平気な顔、抑揚のない声で、

「評議を開きまひょう」

と言った。


館の板間に諸将が集まって評議が開かれた。間諜対策のため四方を開け放ってがらんとした板間には寒い季節なのに火桶の用意も無く寒い。

誰もが、「ううっ、寒い」と思っていた。けれどもそれを口にする者は居ない。そんなくらいのことでいちいち文句を言っていたら関東武士は勤まらない。寒かろうが暑かろうが、雨が降ろうが風が吹こうが。重い鎧を着て、馬に乗って首を曲げて敵陣に突入していく。そして射たれて落馬して頭部を切断され、首なしの骸(むくろ)を晒す。その手当てとして遺族は地頭に

任命される。それが関東武士の生き様。だから寒いなんてことは思うけど絶対に言わない。

もしそんなことを言ったら、「あいつは使えない奴だ」という評価が確定して戦場にやってもらえず、それだけならまだしも、「あいつやったらなにやっても大丈夫」と思われる。というのは、つまり、なめられるということで、しかし、武士はなめられたらはっきり言って終わりで、そうなると、勝手に入ってきて稲を刈り取られたり、ひどい場合になると、「ここはそもそも俺の土地だ。どけ」と言われたり、もっとひどい場合になると、訳のわからない書類を持ってきて、「今日からここは俺の土地になった。どけ」と言われたりする。

そうなると、殺し合いで解決するか、裁判で解決するか、しかないが、どちらにしても正しい方が勝つ、という訳ではないから、そんなことになるくらいなら、寒いくらい、なんぼうでも我慢するのである。

しかし寒いことには変わりはない。多くの者は、「判官殿、南都に潜伏、謀叛の疑い」と云う報に接し、事態を憂慮、早めに対処しないと大変なことになる、と思うと同時に、「ううっ、寒い」とも思うから、兎に角、早く会議を終わらせたい、とも思い、

「はいっ」

と手を挙げ、

「申せ」

と頼朝さんに言われると、

「兎に角ですねぇ、もうこれはあれじゃないですかねぇ。判官殿の勢力が大きくなると大変

なことになって、九州とか四国とかですねぇ、伊勢とか近江とかでも蜂起が起こったらえらいことになります。よって、結論から申しますと、直ちに大軍を送って鎮圧、とこれしかないんじゃないでしょうか」

と言う。然うしたところ、みんな寒いから、

「あー、も、それでしょう」

「それしかないかも」

「大軍派遣に賛成」

「いいね」

「いいね」

と単簡に同意、大勢が決しかけた。そこで、頼朝さんが、

「なるほど。じゃあ、誰が行くのかな。俺が行く、って人、手、挙げよ」

と言うと、誰も手を挙げず、全員が黙りこくった。

頼朝さんは呆れた。

勇ましいことを言いながら、いざ自分が行くとなると、やはり嫌なのである。というのはしかし無理のない話であった。というのは、治承この方、ずっと戦乱が続いて、民も武士も疲れ果てている。というのは単に身体が疲れたとかそういう問題ではなく、銭というか、経済的の問題である。

どういうことかと言うと武士を動員すると、

①兵粮が要る。

②武者は全員、馬に乗っているから馬の飼料が要る。

③恩賞が要る。

のだけれども、それをどうやって調達するかが問題ということを、治承寿永以来、戦乱の現場を経験してきた武士はみな身をもって知っているのである。

それを具体的に言うと、例えば①兵粮。所謂ロジってやつだが、今の常識で言ったら自分の領域内から食糧だったら食糧を貨車で現地まで運ぶ。だから予め、そのルートを確保したり、貨車を調達したり、必要な分の物資を集めておく、ということになる。

もちろんあの頃も、そういうことはやった。やったけれども、戦乱が長引くとそれだけでは足りなくなってくる。その場合、どうするかというと、事前に追討軍のトップが京都の日本全体のトップと話をつけて、「いまは非常時なので本来、収公すべき官の貢納物を、この地域の官の倉庫から持ち出してもいいですよ」という証明書を貰って、現場の指揮官に渡し、これを以て兵粮とする。

しかしそれだけでは充分でないので、官だけではなく、「国防のためなので、お寺さんとか宮さん、公家さんたちが持っている土地にも、すんません、入らしたってください」という趣旨の政令を出す。

これに則り、武士たちは私有地にも入って、貯蔵してある収穫物を持ち去る。後に言う、徴発、である。

しかしそんなことをされたら、お寺さんや宮さんやお公家さんの口が干上がってしまう。そこで、そういう人たちは、たいてい国のトップと繋がっているというか、はっきり言って親戚ばかり、というか下手をすると国のトップ本人だったりするので、「自分のところだけは例外にしなさい」と要望し、そうするとそこには入れない。

そんなことで現場では、「入れろ」「入れない」「入っていいことになっているはずだ」「だからそれが変わったのだ」「いつ?」「昨日」「知らんがな」みたいな揉め事があちこちで起こって、戦争に集中できない。

そんなことで腹は減るし、馬は痩せて使い物にならなくなっていく。ところが戦争は終わらず、下手をしたらあべこべに攻められてやられてしまう。そこでどうするかというと、もうそうなったら最終手段で、「腹減ったら、各自でなんとかしてください」という他ない。そうするとどうなるのか。テキトーにバイトを探して食いつなぐのか。違う。各自、民家に押し入って、しまってある食い物を奪ったり、それが誰の土地とか彼の土地とかいうことと関係なしに、田畑に入っていって稔(みの)ったものを刈り取ったりする。抵抗したらぶち殺す。みたいなことをするのである。

つまり、掠奪、である。そんなものが何百、何千、集団で移動していくのだから、沿道の住民はたまったものではない。武者が来たら食物は匿し、自分は山に逃げる。

そんなことが毎年のように起こった。

頼朝さんを討て、といって平家が軍を動かし、また、義仲さんをやっつけろ、といってまた行動し、こんだ、義仲さんが平家をやっつけるから、といってそんなことをして、更にそれをやっつけろといって、私やなんかが動いた。そしてまた範頼君が九州に攻めていくときも、勿論、兵粮は要ったし、もう民衆はどえらい目に遭って、ということは民衆が納めた税で食ってる公家やお寺や朝廷も難儀した。

「だから、早く追討して平和な世の中にしろ」

「だから、そのためには兵粮が要るだろうがっ」

という矛盾のなかで、みんなが疲れ果てていたのである。


それでも、③恩賞、があれば武士は頑張れた。しかし私を討ったところでそれは期待できない。なぜなら、その時点で私は所領を持っておらず、私を討っても空きの土地が出ないからである。

そんなら別の土地を恩賞として貰えるか。具体的に言うと、地頭に任命されてマージンを稼げるかというと、それはない。なぜなら、そのためにはいま任命されてる奴を首にしなければならないが、そんなことをしたらそいつはそいつで全力で抵抗してくるし、下手したら私に与同して反乱が広がる恐れがあるからである。

そんなことで仕方がない部分もあるのだけれども、しかしそれにしても情けないことには変わりなく、これを見て頼朝さんは半ば切れて、

「なるほど。わかりました。そうしたら仕方がない。俺が自分で行くよ。えーと、どうしようかな。今からいこうかな。うん、そうしよう。付いてこられる人だけ俺に続け。さっ。馬を用意しろ」

と言って立ち上がりかけた。というのはしかし半ばは計算である。

頼朝さんにそう言われたら少なくともいま此処にいる人は一緒に行かざるを得ず、それは困る。全員で、「まままままま。兎に角、いっぺん座ってください」と止めた。

その上で梶原景時が言った。

「ま、このー、訳がわからないのは南都の勧修坊ですよね。とりあえず、こいつ殺しませんか?」

それを聞いて千葉介常胤が言った。

「そしたら反乱、収まるのか」

「そうですね、南都がグシャグシャになったらやばいですけど、南都が黙ったら収まるのと違いますかね」

「相わかった。ならば暗殺部隊を送り込もう」

千葉介がそう言うのを聞いて一同は、

「それだったらリーズナブルだね」

「コスパいいね」

と囁きあった。しかし、梶原は知恵者であった。梶原は言った。

「それはなりません」

「なんで」

「南都に兵乱を起こしたという悪評が立って反感を買います」

「なに言ってんだよ。兵乱にならないように暗殺にしてやってんじゃん。親切じゃん」

「いやいやいや、なんでも悪く言い触らす奴がいるんですよ」

それはおまえやんけ、と多くの者が心のなかで思った。

「では、どうすればよい」

と問う頼朝の方を向いて梶原は言った。

「院に奏上して院宣を出して貰うんです」

「なるほど」

「勧修坊、不審の儀これあり。故関東に下向くださるべく、お願い申上奉り、鎌倉に連れてくるのです。そしたらどうとでもできますよ。尋問して確かに九郎殿に与同したと白状すればこっちで死罪にでも流罪にでもできるじゃありませんか」

「そしたら……」

「南都の判官殿に味方する勢力は一気に発言力を失いますよ」

「まあな。南都も一枚岩じゃないからな。ではとりあえずそうしよう。御異議ありませんか」

「異議なし」

「それでは、院に使いを立てる。その院使については後刻、理事会で協議、本日はこれにて散会いたします」

　ということになって評定が終わり、頼朝さん子飼いの部下、堀藤次親家(ほりのとうじちかいえ)が五十騎を率いて使いに発った。


　五十騎の武者が洛中に入ってくるのだから、そりゃあ、目立つ。貴族は、「なんや、なんや。今度はなにがあったんや」と怯える。怯えて、

「また、軍か。軍は嫌です。No War」

「まったくその通りです。私たちは平和を望む」

「本当ですよ。また、税収が減ったら税金で豊かな文化を育んでいる私たちの暮らしはどうなるのか。私は持続可能な社会を望む」

「鎌倉は戦争がしたいんですか」

「なんか、謀略考えないといけませんよね」

「判官と平家残党を組ませて、対抗させるとかどうでしょうか。南都とかも組ませて」

「それいいかも」

といったおかしな世論が形成されるとやりにくいと北条殿は思うから、報告を聞くなり、

「了解です。すぐ院の御所に行きましょう」

と言った。そうしたところ、堀は言った。

「すぐですか。私、鎌倉からむっちゃ急いで来て死ぬほど疲れてるんですが」

「そうですか。わかりました。休んでください」

「ありがとうございます」

「いえいえ、大丈夫ですよ。楽になってください、永遠に楽に」

「さ、行きましょう」

ってことで北条、堀を連れて院の御所に行って、対応した近臣に、

「こうこうこうこうこういう訳で院宣、欲しいんでお願いします」

と口頭で院宣発給願を提出したら、近臣は、

「少々、お時間頂けますか」

と、言って奥に引っ込み、奥で議定が始まった。

「どないします？　出します？」

近臣は問うた。

院は宣（のたま）った。

「出すかあ、ぼけ」

というのは後白河院としては当たり前の話で、大体が急にやってきて、「こういう内容の院宣を出してください」なんて言ってくるのは武力を笠に着た失礼極まりない話で不愉快だったし、抑も院宣などと云うものは院の意志、つまり国家の意思、で院にとっての必要性、つまり国家にとっての必要性、に応じて出すものであって、一地方勢力の必要性に応じて出すものではない。

だからこそ鎌倉は院宣を欲しがった。

どういうことかというと、例えば武装して南都に入ったら当然、南都の人は、

「あほんだら、誰に断って神仏の土地に入っとんじゃ」

と言って怒り、南都と事を構えることになる。純粋に力と力の勝負なら、そりゃあ、鎌倉方が圧倒するだろう。しかし、然うした場合、神仏を敵に回すことになる。神仏を敵に回すということは同時に世論を敵に回すということで、平家はそのことで敵勢力に大義名分、突っ込み所を与えてしまい、最終的に滅んだ。

これを避けるために院宣は極めて有効で、院宣なしに行った場合、自分が自分の意志で行った、つまり、私闘、ということになるが、院宣があったら、「俺ら、上に言われて来てるんで。俺ら下っ端なんで。なんかあったら上に言ってください」と責任回避しながら擅に振る舞うことができるのである。

しかし長い事、政治に携わってきた後白河さんとその近臣だちが、そんな初歩の初歩みたいなことがわからないはずがなく、もちろん院宣は出ない。

そして、出さない、というその際も、腹の中で思ったとおり、

「そんなもの、出せるわけないでしょう」

とは勿論、言わない。なぜならそんなことを言ったら鎌倉方に、もしかして院も同腹？なんて痛くもない腹を探られることにもなりかねないからで、そこは担当者がうまいこと言った。どう言ったかというと、それはうちの担当ではありませんね、つまり、

「勧修坊は当今のお祈りの師で、凄く偉いお方ですが、やはり当今の代理に断りもなく、朕の方でそういう内容の宣旨を出すっていうのはいかがなものかと、院はこのように仰せで御座います。ですから麿の立場ではなにもできません。アーメン」

と言ったのである。

要するに退位した朕のところではなく、当今すなわち今の帝、すなわち後鳥羽天皇の内裏へ参れ、ということである。

私や頼朝さんがこれを承れば、そのまま御所へ向かうか、もう少し交渉するかは別として、「はっはーん。そういうことか」と察した。けれども北条君も堀君も、院宣でも宣旨でもなんでもいいから、とにかく早めに出して貰わないと南都が蜂起すると焦って、なにも考えずにそのまま御所へぶっ飛んでった。

そうしたところ内裏では驚くほど呆気なく、宣旨が貰えた。

なんでそんなことになったかというと、まあこれは私の推測になるがおそらく、なにも考えずに、「あ、そりゃ大変ですね」と思って出したのかも知れない。なぜならこの頃、大体

の重要事項は院庁で決まっていたので、裏を読んで考える必要が普段からあまりなかったのかも知れない。

「得業は凄い人ですが、そんな悪いことしたのであれば悪いです。朕はそう思います。頼朝が怒るのは当たり前だと思います。義経は国家の敵。それを庇った勧修坊は鎌倉に引き渡すべきですよ」

と宣旨が出て、

「よっしゃ、オッケーが出た」

と時政君、喜んで三百騎を率いて南都へ向かった。

それを知り、

「ふーん、行ったの」

と言う院に近臣が、

「あんな宣旨出して今上は大丈夫でしょうか」

と問うた。院は答えた。

「知らんがな」


その少し後。三百騎を率いた時政が南都は勧修坊に到った。

殺気だった騎馬武者がいきなり現れたことに驚愕した番僧どち、

「これはなにごとでございましょうや」

と問う。これに対して時政、

「身は北条時政。勧修坊得業殿に聞きたいことがあって罷り越した。得業殿にお取り次ぎ願いたい」

と言う。

「少々、お待ちください」

と言って引っ込んだ番僧、すぐに出てきて、

「なりませぬ」

と答える。そうしたところ時政は言った。

「だったら押し入るだけだけど」

「押し入る？　はあ？　意味わかんないんですけど。ここどこだと思ってんの？　仏法興隆の地なんですけど。知らないで来てんの？　あー、なんか笑けてきた」

「あ、そー。だったら、もっと笑わしてやるよ。こっちには宣旨、あんだよ、宣旨」

「言ってんじゃねーよ。そんなもん、ある訳ねーだろ。あるんだったら見せてみろよ。見せらんねえだろ、バーカ」

「言ってんじゃねーよ、章魚（たこ）。てめぇみてぇな雑魚に見せるわけねーだろ、バーカ。いいよ、いいよ。じゃ、もう押し入るから」

「え？　もしかしてマジで宣旨くだってんのかよ？」

「だからさっきからくだってる、つってんじゃん」

「やっべー。あの、すみません。いま、ちょっと聞いてくるんで、ちょっとだけ、ちょっとだけ待ってもらってもいいすか」

「早くしろ、クソがっ」

「すみません」


　ということで得業のところに僧が駆け込んでくる。宣旨を携えた三百騎が房を取り囲んだと聞いた得業は天を仰いで言った。

「私はあれだな、けっこう情けないな」

「なにが情けないんですか」

「今はねぇ、そりゃあ確かに末の世ですわ。けどね、なんぼ末の世でも宣旨の価値がここまで下落したのが私は情けない」

「あ、そんなもんですか」

「そりゃそうですよ。君ら若いから知らんかも知らんけど、僕らの若い頃、宣旨言うたらそらもう畏れ多いもんやった。それをあんた、あんな奴等が手持ちでぶらぶら持って来るやなんて」

「一応、箱に入れてる感じでしたけどね」

「それでもや、あんな半分下人みたいな奴らが持ち歩いてること自体があり得へん。もっと前で言うたら、宣旨に、咲け、と書いたあったら枯れた草木に花が咲いた。宣旨に、落ちよ、とあったら、空、飛ぶ鳥も地に落ちた。嘘やあらへん、ホンマの話や。それがこんな情けないことになって、これから先が思いやられる」

「そうすな。ま、それはそれとして、とりあえず対応、どないしましょ」

「とは言うものの、ここは仏法興隆の地。武士輩に蹂躙させておくわけには参らぬ。乱入してきたら闘わなければ相成らぬ」

「あー、そうすか、ほんだら、やりましょか。三百くらいの武者が相手やったら、まあそれなりの仕事はさせてもらいますよ」

「とは言うものの」

「どっちやねん」

「仏に仕える身としては戦争はなるべくやりたくない」

「じゃあ、どうするのよ」

「宣旨には、南都は私を鎌倉に引き渡せ、って書いてあるんでしょ」

「そうみたいです」

「じゃったら、いっすよ。行きますよ」

「マジですか。殺されますよ」

と僧は心配した。しかるに得業は、

「ははははははは」

と笑った。僧は、もしかして錯乱？　と思ったがそうではなかった。得業は言った。

「私を何屋だと思ってるんですか。仏教僧ですよ。人に仏法を教えて教化するのが仕事ですよ。私はねぇ、これまでどんな名僧智識にも言い負かされたことがない。論争をして負けたことがないんです」

僧は驚愕していった。

「もしかして先生は頼朝さんを……」

「オルグします」


暫くして得業はただひとり、ゆらっ、と門外に出た。得業の学識を慕う多くの者が供をしたいと言うのを、「かなりの確率で殺されるから君たちはここでさらに学び修行したまえ」と言って断ったのである。多くの弟子は泣く泣くこれを見送った。

そうして得業は門外でアホみたいな顔で待っていた時政に言った。

「聖弘です。さ、行きまひょう」

「マジ聖弘さんですか」

「マジ聖弘です」

「了解です。戦争しなくて済んでよかったです」

「ああ、そう。よかったね」

「ええ、ほんだら、こちらへどうぞ」

となんだか訣らない得業のカリスマ性にやられて丁重に扱いながら、取りあえず京都までお連れした。

さあそして時政は得業を六波羅に連れて行ったが、そのときにはもう得業を尊い御坊として尊敬してしまっているから、これを罪人を入れる牢になンど容れられるものではない。

自分が信仰している仏を祀った持仏堂に案内して、あれやこれやと丁重に御世話して奉った。

その姿を見て息子の江馬小四郎義時が言った。

「親父殿、相手は国家に対する反逆者ですよ。なにを賓客をもてなすみたいにしてるんですか。もっと厳しくせんとあかんじゃないですか」

「まあ、そうなんだけどね」

そう言ってニヤニヤしている父親の不甲斐ない態度に業を煮やした小四郎は、

「俺が、がーん、言うたる」

と言いながら持仏堂に向かった。

そして四半時ほど経った頃、

「要り用のものがあったらどうぞ私に仰ってくださいまし。なんでもご用意いたします。また南都へ御伝達なされたいこと御座いますればどうぞ仰ってください。直ちに使いを出しますので」

と恭しい言葉遣いで申し出ていた。

小四郎もまた得業の見識と人柄に魅了され、篤くこれを敬うようになっていたのである。しかもたった三十分で。

その小四郎に得業は言った。

「この期に及んでなんの伝えることが御座りましょうや。私の心はもはや此の世には御座りませぬ。後のことは後の者がいかようにもいたしましょうぞ」

という、まるで彼岸から響いてくるような得業の言葉を聞いて小四郎は声を詰まらせた。

「ご、ご坊……」

生きてくだされ、という言葉を小四郎はようやっと呑み込んだ。その小四郎に得業は言った。

「おお、そうじゃ、そういう訳で南都はいいが、この辺に、前から会おう、会おう、と言いながらまだ逢えてない人がおった。いま思い出した」

「あ、そうなんですか」

「そうなんじゃ。拙僧が都に居ると知れば会いに来るはずじゃが、未だ来ぬのは世間を憚ってのことであろう。そなた、すまぬがここに呼んで貰えぬか」

「お安い御用でござりまする。さればその御方のお名前はなんと仰りまするか」

「ああ、その方の名前」

「左様、その方のお名前」

「その方のお名前は」

と言って得業は少し間をおいて言った。

「法然坊源空」


と言ったら今の人でも名前を知らない人はないだろう。あの浄土宗の開祖として今も崇められる法然上人である。

そしてこのことから知れるのはこの勧修坊の聖弘という人が、あの有名な法然上人も一目置くほどの凄い学識を持っていたということである。法然は入ってくるなり、

「いや、どもどもどもどもども」

と親しく挨拶をし、それから深夜に及ぶまで仏教について意見交換をした。お互いの智識を認め合っているので初対面でも深い話が出来るのである。そして別れ際、

「いやー、会えて良かったです」

「こちらこそ。あ、私、多分、鎌倉で斬られるんで、これ良かったら、どうぞ」

「あ、なんか、すみません。袈裟ですか。いいんですか」

「あ、も、ぜんぜんぜん」

「あ、じゃこれ、よかったら」

「あ、法華経」

「よかったら持って行ってください」

「なんか、逆にすみません」

「あ、ぜんぜんぜんぜん」

「じゃ、また、どっか、来世とかで」

「See you later」

と云う調子であっさり別れた。さすが徳の高い坊さんは違う。


けれども凡俗から見ればその姿は哀れを誘うものであった。それから暫くして堀藤次親家が奉行(ぶぎよう)して鎌倉へ向けて発ったのだが、以前とのギャップはえげつないものであった。

というのはそらそうだ、そもそもこの勧修坊というのは当時、僧としてはトップクラスの人で、まず家柄が良かった。正味の話が家柄で官位の上限が決まっていた当時、太政大臣(だじようだいじん)にまで昇ることができる家の生まれであった。これは自分の祖父とか父親とか兄貴とか弟とかが、高位の官職に就いているということでまあ一言で言うと高貴の生まれなのである。だから東大寺という国で一番の寺の長官になっていたのである。そしてその立場から後鳥羽天皇に経を講義する役を務めていた。つまり朝廷にも極太のパイプがあったということで、はっきり言って超セレブであったのである。

だから移動の際も、激烈に華美な牛車(ぎつしや)または死ぬほど豪華な輿(こし)に乗るのが常で、自分の足でてくてくあるくなんてことはついぞなかった。まわりには美々しく飾った侍童や警固の僧など取り巻きが三重にも四重にも取り巻いて、本人の姿を見ることはなかなかできなかった。

内裏に入らば左右の大臣が恭しく出迎えて讃嘆した。

それがいまはどうであっただろうか。

そりゃあ時政も小四郎も大事にはしたが、謀叛の疑いをかけられている容疑者というより既に罪人みたいな感じになっていたから、高位の僧の着るシルクの法衣ではなく、麻の、ゴミを主食としている乞食坊主が着るみたいなのを着せられていた。

頭も、いつもなら毎日、剃っていたのが、このところ剃っていないから、ちょっと前に出所してきたシャブ中みたいな感じに伸びて、それに護摩の烟の脂と皮脂が附着して固まり、ラスタファーライみたいになって、惨めであった。しかし見ようによってはそれがかえって尊いグルのようにも見えたのはそもそも得業聖弘に具わる徳ゆえであろうか。

そんな浅ましい格好で得業は、思想においても言語においても一切通ずるところのない東国武士によって、みすぼらしい馬に乗せられて出立した。

しかしこれまで馬に跨がったことなどない、人生初の馬を乗りこなすことができず、粟田口に着くまでに七回落馬して、心ない武士は、偉い人がかかる不細工なことになって居るのを見て腹を抱えて笑ったが、なかには心ある者も居り、そうした者はそのあまりにも気の毒な姿を正視していられなくなって横を向き、あふれる涙を袖で拭っていた。

朝、六波羅を出て三条街道を東へ。粟田口を過ぎ、松坂を越えて、昔、醍醐天皇の第四皇子、蟬丸法師が住んだと云う四宮河原を横目に見て、逢坂の関を越える。美人で有名な小野小町が侘しい晩年を暮らした関寺を伏し拝んで三井寺を左に見て真っ直ぐ行ったら、くほほ、琵琶湖、打出の浜。そのまま行たら水にはまる。右に曲がって瀬田の唐橋、音を立てて渡ったら、そっから先ははっきり言って草深い田舎。あー、辛気くさ。わたしゃ田舎は嫌い、賑やかな都が好っきゃ。言うたところで詮ないこっちゃ。はや関山を隔てれば、都は遠くなりにけり。ぐるっと湖東へ回って、話には聞いてたけど来たことなかった、小野の摺針峠。なにが鏡山じゃ、曇っとるやないかいっ。と、霞に曇る鏡山に突っ込みを入れながら到着したのは鏡の宿。こっから先は伊吹山、今日はここに泊まりです。と一行、ようやっと足を淀める。

しかしこの段階で乗りつけぬ馬に乗せられた上人、もはやボロボロで、尻のあたりから鮮血が垂れて千人の荒法師に菊門を犯された稚児のようになっている。

これを宿に運び込んで、翌朝また出立、その日は輿を用意してこれにお乗せした。

一晩で全員がオルグされ、信奉者となったのである。なんというオルグ力であろうか。朝廷の貴族たちもこれにやられていた。そしてこの人が私に心を合わせていた。それによって私の凄さが訣るというものだが多くは言わない。なぜなら自慢になってしまうから。

出立前、堀藤次は輿の上の勧修坊に言った。

「昨日はすんませんでした。なんしょ、周囲の目がありますゆえ」

「いやいや、大丈夫ですよ。お蔭さんでこっからはもう楽に行けます。ありがとう」

「本当は最初から輿でなにしたかったんですが、なんしょ、周囲の目があるんで」

「ですよね。そんななかありがとう」

「いえいえ。ただあの、また、あの鎌倉に近づいたら馬でお願いします。兎に角、周囲の目が……」

「君、周囲の目、ばっかり気にしてるな。まあいいですよ。さっさと行きましょう」

ということで出立して、夜を日に継いで下向、十四日目には鎌倉に到着した。

ところがそこまでして急いだのにもかかわらず、鎌倉に入って堀藤次の屋敷に入ったまま、四日も五日もそのまま留め置かれ、鎌倉殿の糾問がない。

不審に思った勧修坊に、「どういうことか」と問われて堀藤次は、

「そうなんですけどね」

と口ごもった。

「どうなんですか」

「いや、鎌倉殿のところにお連れしたら、きっとお辛い思いをなされます。身共、それがお労(いたわ)しく」

「しかし、いつまでも匿っていたらそなたの身があぶないのではないか。周囲の目が気にならぬのか」

「気になります。周囲はもう目だらけです。私はそれが心配でずっと見参してないんです。夜も十時間しか眠れません」

「けっこう寝とるやないか」

「すみません。でもそんなことで周囲の目がもう限界なんで今日、出仕して日程を詰めて来

ようと思います」

「あ、今日」

「ええ、でも今日の今日ということはさすがにないと思います」

「いや、こうしてね、いつかいつかと思って待ってる方が逆につらいです。頼朝殿の質問にもちゃんと答えたいし、私から積極的に話したいこともあるのでね。できるだけ早いうちに参りたい」

「わかりました。そしたら自分ちょっと今から行ってきます」

「そうしてください」

ということで、堀、頼朝さんの邸宅へ参上、南の庭先に膝を突いて、縁の向こうに座した頼朝に、

「こうこうこうこうこういう経緯で南都より勧修坊を召して参りました。当人はできるだけ早く参上したいと申しております」

と申しあげた。

そうしたところ頼朝公、それには答えず傍らに控える梶原景時に、

「今日中に勧修坊を召して尋問する。侍共を召せ」

と言い、

「は」

と梶原承って諸将を招集、堀は勧修坊を連行するため自宅にとって返した。

ほどなくして集まった面々はというと、

和田小太郎義盛。佐原十郎義連。
千葉介常胤。葛西兵衛清重。豊田太郎師胤。
宇都宮弥三郎朝綱。海上次郎重胤。小山四郎朝政。
長沼五郎宗政。小野寺禅師太郎道綱。
川越太郎重頼。仝小次郎重義。
畠山二郎重忠。稲毛三郎重成。梶原平三景時父子。

である。

これらの歴戦の勇者だちが館の広間にズラリ並んだ様はなかなかの壮観、それらを見渡して頼朝公は言った。

「もうすぐ勧修坊の尋問をしますので、皆さん、陪席して各々よく考えて、意見の或る人は後ほど述べてください。よろしいか」

と言う頼朝の問いかけに一同、

「はっ」

「はっ」

「かしこまってござる」

「了解でござる」

と同意する。その麾下の諸将に頼朝はさらに或る事を諮問した。それは勧修坊を尋問するに当たって屋形内のどの場所で尋問すればよいか、ということであった。

というと、そんなのどこだっていいじゃん、と思うかも知れないが、実はこれは意外に重要なことで、もし犯罪者扱いして、庭先に座らせて尋問するなどして粗雑に扱い、それが都に伝わった場合、

「頼朝は帝の師僧を犯罪者扱いした。帝、朝廷を蔑ろにする不届きな奴」

という評判が広まって、

「義経はそんなことをけっしてしなかった。やっぱ義経だよ」

となる可能性が高く、しかしだからといって、座敷に上げて対座して丁重に遇した場合、千葉介常胤とか小山四郎とかが、

「なんだかんだいって頼朝殿は朝廷に媚びてるよね。そもそも都育ちだしね。発想が京都なんだよ。俺らとは違う。俺だったら勧修坊ごとき、即刻斬首だよ。それができない人が関東の盟主、武家の棟梁とか言ってんの、笑うよね、はっきり言って」

など言い、一門で独立して言うことを聞かなくなり、無理に聞かせようとしたら、「だったら腕尽くで来いよ」みたいなことを言い出しかねない。

そこで頼朝さん、取りあえず意見を言わせてみようと思ったわけだが、そうしたところ、なんでも自分が主導したがる梶原が、

「はいはいはいはいはい」

と手を挙げた。

「梶原君。どうぞ」

「はいっ。僕は中門の裏らへんに座らしたらいいと思います」

「ちゅうと、外、ちゅうことになるけど」

「はい。罪人ですんで。つか、謀叛人なんで」

「なるほど。尤(もっと)もな考えだ。他に意見は」

「はいっ」

「畠山君、どうぞ」

「僕はこの座敷がいいと思います」

「ちゅうと、僕と対座、ということになるけど」

「はい。天皇の先生なんで。外というのはあまりにも失禮です。あと、そうすると怒って何も答えない可能性があります」

「なるほどっ。一理あるっ」

と言って頼朝さんは演劇的に膝を打った。その時点で頼朝さんは座敷に上げて尋問しようと考えたのだ。しかしそれは頼朝さんが決めたわけではなく、畠山さんが言ったから。というとことにして、文句がある人の怒りを畠山に向けることができる。

そのうえで頼朝さんは、座敷において勧修坊を追い詰めようと考えていた。

がんがん尋問して、しどろもどろになるさまを皆の前で見せつければ自分の鎌倉殿としての権威も高まるし、勧修坊を精神的に打ち砕いて、二度と叛逆できないようにできると踏んだのであった。

つまり論争で勧修坊を鉾ろうと思ったわけだが、なぜ頼朝さんはそんなこと、つまり智識がむちゃくちゃある勧修坊に論争で勝つことができると思ったのだろうか。自分が言い負かされると思わなかったのだろうか。

というと頼朝さんはその可能性はゼロである、と考えていた。頼朝さんはこれまで多くの権門勢家と相対してきた。彼らは偉そうにして、多くの人が彼らと向き合うと卑屈になった。なぜなら彼らが権威や神威を身に纏っていたからである。

しかしそれは彼個人から出たものではなく、その根拠にある山門や朝廷の権威を根拠としていた。いわば彼らが協同して作り上げた、彼らのみに通用する権威であった。だから、「麿は関白じゃ」と言って、関白という役職を知っている者は之にひれ伏すが、これを知らぬ者からしたら、見るからに弱そうなくせに根拠なく偉そうにしているボケ、としか思えない。しかし関白は此の世にそんな人間がいることを知らない。なぜならそんな無知な土民と直話することは一生ないからである。

しかしそんな奴でも関白にびびる時はある。それは関白という重職を担う者に自然と身につく風格や貫禄、永年関白を出してきた家に育った者が生まれつき持っている器量、雅量、などに圧倒されるからである。

しかし私も都で仕事をしたから知っているが、朝廷に然うした者は少なく、互いの顔色や出方を窺いながら身の保全、安泰だけを考えている者が殆どで、そんな奴はどれだけ地位が高くても、表面上はどれだけ武士を見下すように見えて、ちょっと目で威圧しただけで態度が変わり、それまで横柄にしていたのが急に卑屈の色が浮かび、こちらの機嫌を取るようなことを言う。

私はそんな貴族や僧を多く見てきた。

カリスマとはったりと智謀で関東八ヵ国の軍勢を従えた頼朝さんは勧修坊の学識は認めながらも、しょせんはそうした権門勢家出身の政治僧に過ぎず、吾が糾問すれば勧修坊は震え上がって罪を認めひれ伏すだろう。そうしたら命だけは救うてやろう、くらいに考えていたのだ。

だから座敷に上げた。

そのうえで、というのは、罪人として裁くのではなく、そうして対等の論争という形を取ることによって、勧修坊に同情する世論が広がるのを防止したうえで、人格で圧倒して、帝の師僧が己の権威にひれ伏すところを諸将に見せつけ、また、都の義経に味方する勢力に対して、南都も罪を認めた。このうえ義経の逃亡を手助けしたら自分も危ない、と思わせる、ということを企図したのである。

ということでいったん奥に引っ込んだ頼朝さんは水干（すいかん）という服に着替え、立烏帽子と云って普通より長めの烏帽子をかぶって出てきた。礼装をしたのである。畳もいいのに替え、御簾を高く巻き上げて先に連れてこられて控える勧修坊の前に出た。

勧修坊はなにか言葉があるのだろうと思い、これを待った。

ところが頼朝公、なにも仰せ出さない。ただ、口元に皮肉な笑みを浮かべて、メンチを切っている。

頼朝の計算では武門の棟梁たる自分にニヤニヤ笑ってメンチを切られたら、どんなに地位の高い奴でも目を逸らす。そうしたら、そこで初めて尋問を開始してやろうと思っていた。

ところがこの勧修坊、まったく目を逸らさない。それどころか身じろぎもしないで、逆にメンチを切り返してくる。

「なんじゃ、こいつ」

と頼朝さん、思ったが、相手が目を逸らす前にこちらから話しかけたら負け、と思うからますます目に力を入れてメンチを切る。

それに対して勧修坊は、というと、頼朝のように力を入れるのではない静かな眼差しで、ただ真っ直ぐに頼朝を凝視していた。

それをみた頼朝は、「負けん。俺は絶対に負けん。武門の棟梁なめんな」という気持ちで、ますます目に力を込めて睨む。その目の力たるや凄まじく、並の公家なら腰を抜かして小便を垂れ流すほどの迫力であった。

ところがそれに対しても勧修坊は身じろぎ一つしないまま、まるでこれを哀れむような眼差しで頼朝を見つめ目を逸らさない。

そうしたところ。

頼朝の両手が小刻みに震え、額に汗が浮かんだ。これを見た諸将は、ことによると御殿はこの場で勧修坊を斬ってしまうのではないか、と思い、固唾を飲んで成り行きを見守っていた。

額に汗を滲ませた頼朝さんは、ふっ、と目を逸らし、息をひとつ吐いたかと思うと、内心の動揺をえらそうな感じで覆い隠して言った。

「その方が勧修坊か」

さすがに威圧的な声だった。謎のカリスマがあった。武者ならばこの声音だけで圧倒されて震え上がる。いやさ、公家でも、へーコラする人は多かった。それが武門の棟梁、日本国総追捕使のオーラだった。はっきり言って、この私でさえ、かつて怒られてヘエヘエしたことがある。

けれども問題なのは、勧修坊は武家でなく、そして公家でもなく、そしてそもそも彼がそんな玉ではなかったということである。

なのでその目の色は少しも変わらない。相変わらず静かな瞳で頼朝さんをとらえ、

「左様でございます」

と言った。

とりあえずこの時点では勧修坊がポイントを稼いだ。そこで頼朝さんは早い段階で倒してしまおうと、一気に攻めてかかった。頼朝さんは人を口撃するためのネチネチした、まるで、評論家と起業家の合いの子のような口調で言った。

「そもそも、お坊さんって釈迦の教えを学ぶ人のことですよねぇ。それってあれですよねぇ、出家してからは戒律を守んなきゃいけないんですよねー。殺生戒とか。で、その目的って、仏教を広めて、みんなを助けるってことじゃないですかー。おかしいと思うんですよ。なんで謀叛の輩と一緒になって、政治活動とかするんすか。わかんないですよ。僕の弟、申し訳ないですけど、犯罪者ですよ。全国指名手配ですよ。はっきり言って僕も捕まえろって言われてるんですよ。なんでお坊さんがあいつと一緒になって、全奈良のお坊さんに呼びかけとかするんすか。そんで、味方しなかったお坊さんを斬り殺したりするんすか。もうムチャクチャじゃないすか」

居並ぶ側近は頼朝さんの言葉を聞き、いちいちもっともだという風に頷いていた。けれども肝心の勧修坊は表情ひとつ変えず、いやさ、微笑すら浮かべてこれを聞いている。一応、パンチが入っているはずなのに効いていない感じなのだ。頼朝さんは苛立ちつつさらに言った。

「それだけでも訳、わかんないのに、なんか、西国の兵隊集めて京に攻め上る、みたいなことまで言ったらしいじゃないですかー。それってほんとすか。ほんとだったらかなりやばいっすよね。で、あの、僕、一応、日本国総追捕使じゃないですかー。それがほんとだとしたら、そうなる前に弟、捕まえないとまずいんっすよ」

そう言って頼朝さんはいったん言葉を切って勧修坊を見た。勧修坊はなにも言わない。頼朝さんは続けた。

「勧修坊さん。あんたが九郎を京まで送り届けたってもうわかってるんですよ。正直に言ってくださいよ。言わないんだったら、しょうがないすよ。僕だってそんなことやりたくないけど拷問にかけます。だって、あんたは国家的な犯罪人に加担してるわけですからね。法的に言っても僕にはなんの落ち度もないんです。悪いけど。違いますか。僕、なんか変なこと言ってますか。反論あったら言ってくださいよ」

とついに頼朝さんは暴力を行使することを匂わせた。

高僧かなんか知らんが肉体的な痛苦には勝てないと踏んだのである。


そしてその頼朝さんが放った痛撃は正確に勧修坊にヒットしたようだ。なぜなら。

勧修坊がハラハラと涙を流していたからである。

諸将は嘆息し、心のなかで思った。

いやー、やっぱ武家の棟梁つよいわ。

と。

そして、
やれ高僧だ、名僧智識だと言っていても、所詮は人間。拷問されるのは怖いし、その挙げ句、命を奪われ冥途に行くのはもっと怖い。なんだかんだ言って、最終的に一番、効くのは武力。暴力支配。これ終わって家に帰ったら組み打ちの練習をしよう。

　など思った。

　誰もが勝負あった、と思ったのである。

　頼朝さんは勝ち誇ったような表情を浮かべて勧修坊を見た。頼朝さんは、端座して涙を流し続ける勧修坊に、おのれのパンチを受け、グラリと傾いで、その場に倒れ伏し、失神してピクリとも動かぬ姿を二重写しに見ていた。

　そしてついに勧修坊が口を開いた。誰もが義経の居場所を白状するものと思った。ところが。

　勧修坊は別のことを言った。勧修坊はまず、

「皆さん。心を鎮めて聞いてください。皆さんは私が拷問が恐ろしくて涙していると思っておらっしゃるのでしょうが、違います。私はここにおわす将軍があまりにも哀れなので、つい同情して涙を流してしまったのです」

　と言った。頼朝のパンチはまったく効いていない、と言ったのである。そして続けて言った。

「なんか、いま将軍、聞き慣れんこと仰いましたな。『あんた』とかなんとか。私はねぇ、帝より命じられて将軍の地位にある人間がそんな言葉遣いすることが情けないんですよ。そんな言葉はね、クズな下郎が喧嘩するときに相手より優位に立とうとして使う言葉なんです

よ。それを将軍ともあろう方が仰る。そこまで自分に自信がないのか、とね、そう思って気の毒でならんのです。貴方様は将軍。私のことを得業さんと名前で呼んだからといって、誰も貴方の立場が私より下だとか、私に負けたとか思いませんよ。反対に、私を下に見て、あんた呼ばわりしたからといって誰もあなたを尊敬しません。むしろ、私が感じたように、よほど自分に自信がないのだなあ、と軽蔑します。それが哀れで、気の毒で私は涙を流したんですよ」

得業に言われた頼朝さんは、

「ぐぬぬ」

と言った切り反論できない。鮮やかな勧修坊のカウンターパンチだった。しかもこの攻撃はこの後の頼朝さんの攻撃に制約を加える効果があった。なぜならこの後も「あんた」と言ったら、勧修坊の言う通り、器の小さい人間、ということになるし、御坊、とか、得業さん、と敬った場合は相手の主張を認めたことになってしまうからである。この得業の巧みに論点をずらした反論を聞いた諸将は、「この勝負、まだまだわからない」と思い始めていた。なかには深く頷く武将すらあったのである。

頼朝さんが再反論できないのをよいことに得業はさらなる攻撃を繰り出した。

「都での貴方様の評判はとてもいい。国の将軍に任じられたのはその身に具わった運、いわば神佛の意志によるもの。それだけの器量を生まれ持っている。そのうえで情にも篤く、人に対して思いやりの心を持ったお方。このようなお方が国の護りとなるのだから、この後、世は治まるでしょうと、みんな言ってましたよ。ところがどうでしょう。この得業には、運はともかくとして、情においては末の弟御であらせられる九郎判官殿に遥かに劣っているように見えます」

持ち上げて落とす、というフェイントを食らい、頼朝さんは、効いてない、という素振り、「おもしろいこと言うじゃん。続きを言ってみなよ」

と言うのがやっとで反論できない。勧修坊は続けた。

「まあ、いまこんな事、言ってもしょうが無いですけど、平治の御時、あなたのお父さんの左馬頭殿（我らが父・義朝のこと）が戦に負けて京から東国へさして落ちていかはった。太郎の義平さんは斬られ、弟の朝長さんも死んでしまう。翌年の正月の三日にお父さんも尾張で長田忠致の裏切りによって斬り死に。たったひとり残されたあなたは死ぬことさえできず、美濃の伊吹山の麓でまごまごしていたところ、土民に生け擒られて都に連行され、男子は根絶やしという武家の習いに則って首きられんとしたところ、入道殿の母君にあらせられる池禅尼の憐れみによりて罪一等を減ぜられ流罪と相成り、そのまま池禅尼の実子、頼盛が家人、弥平兵衛宗清に預けられ、あれは永暦の春頃でしたか、伊豆の北条奈古谷の蛭ヶ小島という、蛭しかいてないようなしょうむないところに流されて、そこで二十一年間暮らしたから、そりゃもう、すっかり頑迷固陋、無教養な田舎者に成り果ててるだろうなあ、と思てたら案の定です。そらもう、九郎判官殿と対立するのは無理もない話ですわ」

勧修坊は天下の鎌倉殿に面と向かって、頑迷固陋で無教養な田舎者、と言い放った。

誰であれ絶対に許されない暴言であった。だから頼朝さんはその場で勧修坊の尋問を打ち切り、拷問に切り替えることもできた。

ところが頼朝さんはそうしなかった。いやさできなかった。そして居並ぶ諸将も、これを無礼と感覚しなかった。なぜか。それは勧修坊の攻撃が、一見、強引に見えつつも、実は巧みに相手の弱点を衝いたものであったからであった。

ではその弱点とはなにか。それは。


なんだかんだ言って結局、流人じゃん。

なんだかんだ言って結局、謀反人の息子じゃん。

その二点であった。その二点を正確に撲（なぐ）ったうえで、
本来、殺されるところを憐れみを受けて命を助けてもらったくせになにえらそうにしてんだよ。男らしく戦って死ななかったくせによ。
と言った。これを聞いた一同は、「言われてみればそうだった。忘れてた」となり、反撃できなくなっていたのである。
さあ、そうなると後は勧修坊のひとり舞台であった。勧修坊は話を続けた。

「判官殿は物のわかったお方です。武勇に優れ、そのうえで慈悲の心もお持ちです。だからこそ、治承四年の秋、兵をお挙げになったあなたの元へ、奥州から死ぬるような思いをして駆け付けた。西上するあなたに追いついたのは駿河国浮島が原。黄瀬川の川原に蘆が繁って浮いたような原ですよ。そこでご兄弟のご対面をなされて、それからは身に甲冑を纏い、剣を佩いて、山野に宿り、西海を漂い、草を食んで泥の中、屍を乗りこえて敵を討ち、ついに平家を滅ぼしました。なんのためにそんなことをしたのか。それはすべて、頼朝さん、あなたのためを思ってですよ。兄であるあなたの役に立ちたい。あなたに大将軍になってもらって、ナントカしてもう一度、家名を輝かせてもらいたい。その一心からですよ。そのためだったら自分は捨て石になって死んだってかまわない。判官さんはねぇ、九郎さんはねぇ、本当に心の底からそう思っていたんですよ。嘘じゃなく。その気持ちを思うとね、私、また、涙こぼれてきましたわ。それがなんなんすか、あなたは。人の心ない陰口、告げ口を信じて、あんな仕打ちして。酷すぎますよ。はっきり言って。まあ、こういう事は昔からありますけどね、それにしたって、あそこまで功労ある人間に、ここまでする人はそんないませんよ。まして兄弟じゃないですか。ありえないですよ。世間でなんて言うか、知ってます？　親子は一世、主従は三世て言います。親は生まれ変わる度に変わるけど、主君は三回生まれ変わっても変わらん、ちゅうんです。ところがね、兄弟は終生、ちゅうんです。これ、意味わかります？　兄弟はねぇ、何回生まれ変わっても兄弟や、ちゅうてるんですわ。その兄弟の仲をげしゃげしゃにした頼朝、ありゃ人間やない、て心ある人は皆、言うてます」

勧修坊はここでいったん間をおいた。勧修坊は再び、涙を流し始めていた。だが、もはやその涙を敗北と見る者はなかった。

そして話が熱を帯びるとともにその語調は少しずつ変わっていった。一同の目が潤み始めていた。頼朝さんは相変わらず反論できない。勧修坊は再び口を開いた。

話が始まってすぐ一同の目の色が変わった。勧修坊はいよいよ私（義経）が吉野から奈良に潜行したときのことを話し始めたのである。

「あれは去年十二月廿四日の夜も更けた頃でした。判官殿が拙僧の坊にいらっしゃいました。その御姿を見て心底びっくりしました。なんでてそらそうでしょう、かつてはあんた、キンキラキンの鎧兜、金覆輪（きんぷくりん）の鞍置いた名馬に乗って、千騎万騎を引き連れてたお方が、郎従の一人すらおらない、たったの一人で、しかも歩いていらっしゃった。格好もまた、雑兵が付けるようなユニクロの腹巻、太刀ばかりは立派でしたが、編み笠で顔隠して、そらまた惨めなものでした。たとえ見知らぬ人であっても、かかる惨めな姿を見る折からは、慈悲を垂れずにはいられますでしょうか。人情として。南都は、はい、仰る通り、公の要請に従って、義経追討の祈禱を修しました。それに対して、そのうえで義経を匿ったのはダブスタとか、追討の祈禱をやったら褒美がたんまり下される、それ目当てでやったんでしょう、という批判があるのは知ってます。ぅでもね、そんな状態の人見て、すぐ理屈で割り切れますう？とりあえず助けません？『もう一週間、飲み食いしてない。一杯だけ、一杯だけ、水飲ましてくれ』って言うてる人に、『おまえは罪人やから水はやらん。勝手に死ね』って言えます？　言えんでしょ。一緒ですよ。坊主でも一緒ですよ。もしこれをどうしても討ち取らなあかん、って言うんだったら祈りってなんなんですか？　誰に対して祈ってるんですか。人間に対してですか？　神佛に対してですか？　神佛ですよねぇ。だったら神佛はそんな無慈悲を望んでるんですか？　教えてくださいよ、逆に。祈りってなんなんですか。国家はなんのために寺社に祈禱を依頼するんですか。個人を無慈悲に抹殺するためですか？」

　という勧修坊の哲学的な問いかけに答えられる者はいなかった。みな押し黙って俯いていた。勧修坊は続けた。

「それから手前と判官殿が与同せん奴を殺したとかいうのも、とんでもない僻事、社会の情報網に流布される適当な言説の典型ですわ。委し、言います。去年の暮れ、私は判官殿に出家を勧めた。いくら天下静謐のためといえども敵味方数萬の命を滅したのは罪障。未だ政の中枢にいるなら話は別だが、もうこうなってしまった以上は出家して来世の救いを求めてはどうか、とマジで勧めたんです。けどあかなんだ。そもそも地位や名誉に執着はない。けど一人だけ、あと一人だけ殺さんと気ぃすまん奴が一人だけおる。誰やて、そら梶原や。ちゅうことで出家せなんだ。それがなんで南都全体に対する扇動になるのか、私にはさっぱりわからん」

　梶原は首をガクガクさせしきりに自分の睾丸を揉んだ。頼朝さんは目を閉じ汗をダラダラ流していた。その他の者は涙ぐんでいた。勧修坊得業の言葉は、そのロジックとは別の次元で、音として直接、諸将の感情に響いて、ジワジワ脳髄に染みいるようであった。勧修坊は続けた。

「それに与同せん奴を斬殺したなんていうのも、もうはっきり言うて根も葉もないことで、確かに判官殿は無頼の徒を斬りました。けどそいつらは、もう、はっきりいって札付きでした。徒党してムチャクチャばっかりしてる愚連隊やったのです。そいつら判官殿が帯びている黄金造りの太刀に目ぇつけて、奪ってまおや、とか言って辻斬り仕掛けてきたのを斬ったんであって、あれははっきり言って正当防衛やと私は思てます。ちゅうか、はっきり言いましょか。言いますわ。あれ、多分、扇動した奴いてますわ。アホな奴たきつけて襲わして、あたりまえの話やけど。殺されますわな。腕がもうぜんぜん違いますから。それを最初からわかってて、悪評を立てるために、アホにやらした奴がね、いてるんですよ。みなはん、ほんまに武家ですか。そんな初歩的な中学生レベルの謀略にいちいち乗せられて、戦できるんですか。呆れますわ」

頼朝さんはなにかに耐えるようにして身を震わせている。勧修坊は続ける。

「そんなことがあって、まあ義経が奈良に潜伏してる、ちゅうことがけっこう広まってしもて。ホンマのことというたらもうちょっと奈良におって、方々に書状を送って態勢を構築してから出て行こう、としていた判官さんの予定が根本から狂ってしもた。私はねぇ、かましません。態勢が整うまでおったらよろしがな。六波羅・鎌倉方がなんやかんや言うてきても、私がうまいこと言うときますよってに、とね、こない言うたんです。けど、ああいうお方や。『おまはんに迷惑かけんのは忍びない』ちゅてね、情勢がまだ整うてないのに出て行こうとする。せめて春までおってくれたらね、熊野、伊勢から大和にかけて、ほてまた、比叡山。北国。ほてまた、播磨にも備前にかけて一斉蜂起する段取りがね、これできてたんです。はっきり言ってそれには朝廷も関与してました」

と頼朝さんはなにかに抗うように顳顬を揉んだ。

「けど兵衛佐はん（と得業は敢えて昔の官名で頼朝さんを呼んだ）、ゆめ誤解しなはんなや、これはあんさんを害そうと思てのこっちゃ、おまへんのやで。あくまでもあんさんと和解するため、邪魔なる奴を除こうとしてのこってすわいな。けど私の立場を慮ってその態勢が構築でけんうちに出て行こうとする。そらあんた、討たれて死ぬ、ちゅうこっちゃおまへんか。そういう優しい人なんですわ。判官さんちゅのは。そいで私もう出家やのに恥ずかしい、うろが来てしもて思わず、『四国九国の者を召して候へ、東大寺興福寺は得業が計らひなり。君は朝家に御覚えもいみじくて、院の御感にも入らせ給ひて候へば、在京して日本を（頼朝公と）半国づつ知行し給へ』と口走ってしまったんです。けどそれはね、いま言った戦略があって初めて成り立つ話で、まあ無理な話なんで、『ありがとう。その気持ちだけもろうておく』言うて笑て出て行かはったんですわ」

諸将は嗚咽を漏らしていた。千葉介などは辺り憚らず号泣していた。おもしろいのはボロクソ言われている梶原も同じように嗚咽していることだった。勧修坊マジックに全員がずっぽりはまっていた。ただひとり頼朝さんだけが必死に耐えていた。それはもはや言論によるどつき合いではなかった。勧修坊は続けた。

「それと、知らんやろけど、私はあんさんの為にも祈りましたんやで。正確に言うと違うかな、結果的にあんさんの為にもなった、ちゅこってすかな。判官さんが平家追討しいに西国へ渡るときの話ですわ。摂津渡辺から、さあ、海、渡りまひょ、ちゅう段なって、『ところで戦勝祈願する奴おらんのか、効き目、強い奴』ちゅう話になったとき、どこのアホでっしゃろ、私の名前を出した奴がおって呼び出しが来よりました。しょうことなしに行ったら、『平家を呪詛して源氏を盛り上げろ』て、こんなこと言う。私、言いました。『あんたねぇ、人を呪わば穴二つ、ちゅうこと知りまへんのんか。そんなことしたら自分も呪われますね。出家の身ぃでそんなことできまっかいな』とね。断ったんです。ほしたら、言うに事欠いて、『断る、ちゅうことは、さてはおまえは平家に心あんねんな。そうとわかったら生かしてはおけん。かと言うて坊主を殺すのはなにやから半殺しの目ぇに遭わせたるわ。おもろ』とこんなこと言いよる。そこでしゃあないから祈りました。ちゅても平家を呪うた訳やない。源氏の繁栄を祈ったんです。なんて祈ったかと言いますと、あんたらご兄弟で日本国を治めてください、と、それだけ祈ったんです。ところが、判官さんは運のないお方で、いまのような身の上となり、一方、あんさんは、ちゅうと、日本国をお一人で知行なさっておられる。なんでそうなったと思いなはる？　私が祈ったからですわ。それともご自身の実力やと思いなはるか？　思うんやったら思いなはれ。そのうちにえげつない罰、当たりますわ。それまでは今のままでおったらよろし。精だい楽しみなはれ」

そう言って勧修坊は口をつぐんだ。あちこちからすすり泣きが聞こえていた。頼朝さんはなんとか堪えて座っていたが、その身体はグラグラと前後に揺れ、今にも横様に倒れそうだった。やがて勧修坊が口を開いた。その勧修坊を見て人々は驚愕した。勧修坊はそこにおらず、代わりに観世音菩薩が座していたからである。それを見て半ばの者は失禁し、半ばの者は随喜してへらへら笑った。天井から蓮華（れんげ）の花びらが降ってきた。

その場の者はすべて勧修坊の秘法によってマインドコントロールされ、視覚及び聴覚に異常を来たしていたのである。

観世音菩薩は言った。

「さ、もうなんも言うことはない。鎌倉殿は私を拷問するとかなんとか言うてましたけど一緒ですわ。言うことはみな言いましたさかい、手間かかるだけ無駄でっしゃろ。さっさと頸、斬んなはれ。さ、誰、でんね。私の頸、斬んの誰でんね。ここにおる誰かが言われてまんにゃろ。堀はん、あんたでっか。違う、ほな誰だんね。誰が私を斬りまんね。早いこと斬りなはれ。早いこと斬って頼朝さんの鬱憤晴らしなはれ。さあ」

ところが誰も返事をしない。というのは当たり前の話、観音に、頸を斬れ、と言われ、「あ、じゃあオレ斬りますよ」と言う剽軽者（ひょうきんもの）は此の世にいない。すべての者が涙を流しながら手を合わせ、観音（実は勧修坊）を伏し拝み、大声で念仏を唱え始めた。

となるとこの場の議事を進行できるのは頼朝さんだけ、ということになるが、その頼朝さんも観音が名指しで自分を批判してくるのを目の当たりにして恐怖に狂いそうになっていた。頼朝さんの痺れる頭に、石橋山で敗北して山中を逃げ惑ったときのことが蘇った。

水干がズクズクになっていた。恐怖のあまり失禁していたのである。そういえばあのときもズクズクだった。そう思った頼朝さんは立ち上がろうとした。ところが恐ろしさで足がベラベラになって立つことができない。

「御簾を下ろせ」

かすれる声で近習に命じた頼朝さんは這って奥へ去った。

這うて移動しつつ頼朝さんは思った。

あのときもベラベラだったな。でも今の方がもっとベラベラだ。

別室に下がって頼朝さんは小便まみれの水干を脱ぎ、普段着の直垂に着替えた。それと同時に顔つきも平静に戻っていった。

表の方から読経と号泣が入り交じって響いてきていた。頼朝さんは微笑した。そして、

「仏を敬い、僧を敬う。素晴らしいことだよ。国の基本だよ」

と声に出して言った。頼朝さんは太い声を出していった。

「おいっ。誰か呼んでこい」

「はっ」

近習が走って呼びにいき、佐原十郎、和田小太郎義盛、畠山重忠の三名が来た。

「呼ばれたんで来ました。どうしましょう。続けますか」

と佐原十郎が訪ねた。

「続けます？　なにを？」

不思議でならないという顔で頼朝さんは尋ねた。

「得業殿の尋問」

と佐原が答えると頼朝さんは、

「尋問？　はあああっ？　ふざけるなあっ」

と怒鳴るといきなり立ち上がって佐原の顎を蹴り上げた。不意を衝かれた佐原はもんどり打って倒れ、あまりの激痛に、

「ぐぎゃあああっ」

と絶叫しながら、両手で顎を押さえて転げ回った。

和田と畠山が慌ててかけより、「大丈夫か」と声を掛けた。佐原は返事も満足にできない。

頼朝さんはおろおろする彼らを、

「仏をなめるなあっ。あんな偉いお坊様に向かって、尋問とはなんだ、この罰当たりが。Go To Hell」

と罵倒し、

「あんな偉い人に尋問なんかしたらダメだ、と私は四年前から思っていた」

「いや、そんなことさっきまで全然……」

「うるさーいっ。理屈を言うな。あんな素晴らしい方を僕はこれまで見たことがないんだよ」

「あー、そーすか」

「そうだよ。だから、おまえら行ってお願いしてこい」

「なにを」

「決まってるだろう。あの人はねぇ、この国最大の伽藍、東大寺の院主様なんだよ。朝廷にも信頼されてるんだよ。はっきり言ってあの方の祈りによってこの世は存在してるんだよ。それがなくなったら、なにもかもが根底から崩壊するんだよ。そんな尊いお方がこんなクソ田舎まではるばる下向してくださってるんだよ。一〇〇%の善意で」

「お宅が嫌がんの無理に引っ張ってきたんじゃないすか」

「えっ、なんか言った?」

「いいえいいえいいえいいえいいえいいえいいえ」

「こんな機会ははっきり言ってもう二度とないよ。だからねぇ、最低でも三年間は鎌倉に居てもらって、僕らのために祈ってもらおうよ。この鎌倉に真の仏法を授けてもらおうよ」

「いいと思います」

「最高だと思います」

「佐原は?」

「佐原はいま口がきけませんが、頻りに頷いてます」

「そうだよね。当たり前だよね。じゃあ、君たち行ってお願いしてきてよ」

「なにを?」

「だから、最低でも三年、鎌倉に居てもらえませんか、って」

「ご自身でおっしゃった方がいいと思いますが」

「まあね。もちろん僕も言うけど、取りあえず打診っていうか、そういうお願いをすること自体が失礼かも知れない可能性があるかないかについての、取りあえずの仮のお伺い、みたいなことに類することを、まずは部下のおまえらからする、っていう手続きがね、こういう場合、必要なんだよ。武家の粗雑な交際とは訳が違うっていうか」

「わからんけどわかりました」

「じゃあ、行って」

「わかりました」

と三名、広間に戻って勧修坊に拝した。三人は勧修坊と直話することについて畏れ多いという気持ちを持ってなかなか切り出せないでいたが、三人が頼朝と話している間に、観音から人間の姿に戻っていた勧修坊からは柔和な気配が漂っていた。そこで恐る恐る頼朝の意向を伝えた。

三年間、此の地に留まり、仏法を興隆させて欲しい。

と懇請したのである。

この懇請には間がごそっと脱けている。というのは、さっきまで罪人扱いして、白状しないと拷問する、とまで言っていたのに急に態度が裏返るのはおかしいからで、その途中に、「先ほどまであなたを罪人扱いしていたが、疑いが晴れた。そしてあなたが尊敬に値する人であることを知った。それによって認識が百八十度変わった」という説明が本来あってしかるべきなのである。

ところがそれがまったくない。だから普通であれば、この訳のわからない変化に戸惑い、困惑し、「もしかして罠？」と疑心に暗鬼を生じるところなのだが、勧修坊はまったくそうはならなかった。

なぜなら、これらはみな勧修坊が仕組んだこと、人の脳髄を自在自由に操ることによって、そういうことで急な発言にまったく驚かない勧修坊は落ち着き払って、そうなるように仕向けたことであったからである。

「うーん。どうかな。東大寺の仕事もあるしなあ」

と言った。

明らかに気乗りしない様子である。そこで和田らは三人で力を合わせて説得を開始した。

「ままま、そらそうでしょう。しかしもう東大寺は長く奈良にあって教化とか、もう完璧じゃないですか。奈良じゃ、みんなが仏の教えを守ってその結果、仏に守られた最高な状態が実現してますよ。素晴らしい。すごいっ。奈良、最高っ。それに比べたら鎌倉はどうなんでしょう。どう？　佐原君」

「あー、もう、そういう意味では最悪です」

「どんな風に最悪なの？」

「仏教で謂う所の十悪五逆がはびこってるんです」

「あー、十悪、っていうと、殺生、偸盗、邪淫、妄語、綺語、悪口、両舌、瞋恚、貪欲、愚痴、だけど、はっきり言って僕ら全部思い当たる節あるよね。っていうか、はっきり言って僕ら武士だから殺生が本業だしね。戦場に行ったら掠奪と強姦、普通にするし。後、騙し討ちとか奇襲は当たり前の戦略だし。あと、貪欲に所領拡大してないと逆にやられるし」

「後、五逆もそうですよね」

「あー、やっぱそうですか、畠山君」

「そうです。戦場で親子が兄弟が敵味方に分かれて戦うってことも珍しくないし、保元の戦の折は左馬頭殿（父のこと）は父君を斬りました。相国入道（清盛のこと）は叔父を斬りました」

「仕方ないとはいえ、やはりそういうことはしっかりした数値目標立ててやめていきたいよね」

「でもそれが難しいんですよね」

「ポツリと言ったね。なんで難しいんだろう。佐原君、はどう思いますか」

「やはり、仏教がないからだと思います。歴史が浅いんですよ、鎌倉は。だってそうでしょう、ここが本当の意味で開けたのは治承四年の冬、頼朝殿が邸宅をお構えになって以降のことで、奈良とかに比べるとまったくと言っていいほど仏教が浸透してないんですね。だから十悪五逆的なことをする人が多いんです」

「それを防止するためにはどうしたらいいんだろうか」

「仏法の興隆しかないでしょうね。みんないろいろアイデア出すけど時間かけてコツコツやるしかないんですよ」

「それにしても何百年もかけてはいられない」

「もちろんです。そしてそのために一番、大事になってくるのは人財です。優れた方をお招きして、この破戒無慙な輩で満ち満ちた鎌倉を教化していただかなければならない」

「ほんとだよね。その人財と言えばもちろん」

「そうです。得業聖弘様。あなたの他にお縋りできる人はございません」

「そういうわけですので、何卒、向こう三年間、この鎌倉にお留まりあそばして、鎌倉を教化してくださる訳には参りませぬか。鎌倉に仏法を広めていただけませぬか。この通りです。何卒、何卒」

と言って三人揃って頭を下げた。

なんて白こいプレゼンだ。

そう思った勧修坊は言った。

「嫌です」

「そこを枉げて」

「嫌です」

「お願いします」

「なるほど。わかりました。そこまで仰るのであればお受けいたしましょう。でも三年経ったら帰りますよ。あくまでも期間限定で」

「ありがとうございます。じゃ、そういうことで。よろしく」

そう言って三名は去り、諸将も去って、勧修坊はひとり広間に残された。

なんか。引き受けた途端、急に。

勧修坊はそんなことも思っていた。


勧修坊が鎌倉に三年留まる、と聞いて頼朝さんは喜んだ。そして、「さあ、どのお寺に入っていただきましょうか」という具体的な検討の段階に入ると、大御堂（おおみどう）、すなわち勝長寿院、すなわち頼朝が父・義朝の供養のための寺院の最高責任者に就任していただこうというプランが浮上、直ちに実行に移された。

大御堂、というくらいだから規模が大きく、立派な寺院で、その背後には檜皮葺（ひわだぶ）きの山荘を建築し、勧修坊の私邸となした。

頼朝さんは、政務の合間を縫ってほぼ毎日、参拝した。鎌倉殿がこのように帰依しているのであるから、他の者も参拝しないわけにはいかず、これにより鎌倉の仏教はたいそう興隆した。

ということは。この間も頼朝さんはずっと勧修坊によってマインドコントロールされていたのか、ということになるが、確かに尋問の際は一時的に（勧修坊が観音に見えるなどして）そのような状態になっていたが、やがて（おそらく和田らを呼んだときくらいから）、少しずつ平静を取り戻し、指示を下したときには完全に覚醒していたのではないか、と思われる。

ではなぜ頼朝さんがこのように勧修坊を厚遇したかというと、それはもうヒャクパー政治的思惑によってであって、兄は以下のように考えたのだろう。

第一に、怒りにまかせて聖弘を拷問していたらどうなっていただろうか。どれほど責めても勧修坊は罪を認めないだろうから、まず間違いなく責め殺す、ということになる。ということは。宗教界の指導者を武家が殺害したということになり、全宗教勢力が敵に回る。京都政界での評判は地に落ち、南都を焼いた重衡（しげひら）、或いは木曾の義仲君、みたいな扱いになる。そうすると当然、義経待望論、義経再登板論が澎湃（ほうはい）として起こり、畿内から西国にかけての形勢が変わる可能性がある。

第二に、では無罪放免ということで聖弘を京都に送り返したらどうなるか。聖弘が義経派であることは明白だから、京都に戻って情報戦、多数派工作を仕掛け、畿内北国西国で一斉蜂起、みたいなことを企画立案、実行に移さないとはけっして言えない。

第三に、ならば、というので聖弘を鎌倉に軟禁したらどうなるか。聖弘はおそるべきマインドコントロールの技術者なので、監視の侍から始まって、その屋形の主、女房、奥方に至るまで洗脳され、自分の知らない間に信者はどんどん広がって、それが単なる信仰にとどまって居ればよいが、得業の扇動によって聖戦が開始され、頼朝暗殺や自爆テロを目論む輩が次々に現れ鎌倉崩壊、といった事態になる可能性、これは非常に高いと言わざるを得ない。

第四に、ならばどうすればよいか。得業をあり得ないくらいの厚遇で鎌倉に迎え、こちら側に取り込んでしまう。そうすることによって、南都、京、に対しては、これほど仏教を敬っている、大事にしているとアッピールしつつ、得業には厚遇によって頼朝によい印象を持ってもらうように努め、その謀略を根本から阻止する。

ただし、「厚遇に釣られて鎌倉に寝返った、骨抜きにされた」という批判を恐れ、得業がこれを拒絶する可能性が高いので、その批判を予め封じるため、「仏法興隆」「遅れた鎌倉に仏教を根付かせるため」というスローガンを前面に押し出すこと。

また、期間が長引くとそのカリスマによって、得業が鎌倉の政治に及ぼす影響力がきわめて大きくなる可能性が高いので、得業の鎌倉滞在は三年以内とする。

さらに、その三年のうちにどんなことがあっても義経を捕縛して殺害すること。できれば一年以内が望ましい。


このように考えて兄は勧修坊を鎌倉に留めたのである。

といって勧修坊だって諾々と頼朝に従い、骨抜きにされたわけではなかった。ただ勧修坊といえども人間、毎日のように会っているうちにその気心がわかってくると、だんだんに情が移り、心の底からその人物を憎むと云うことができなくなる。

頼朝と勧修坊は互いの立場を超えて和解し、人間的な関係を結ぶようになった。
とは云うものの、やはり頼朝は武家の棟梁であり、得業は奈良宗教界の代表であって、政治的に妥協することは互いにできなかった。その話になれば、得業は必ず、「義経と和解して畿内西国を奉行せしめ国家静謐に導くべし」と説き、それに対して頼朝は、「私もそれを望んでいます」と答え、何度か指示を出したのだけれども、その都度、梶原景時ら官僚の抵抗にあって、実現できなかった。

なぜ景時が抵抗したかというと、そのとき景時は、頼朝直系の武士たちを統括する部署の責任者で、武士たちの土地のオーナーとしての権利を認め、また別にオーナーがいる土地の現地責任者として任命するなどの業務を担当していたが、もし私が名誉回復され、鎌倉政権に復帰する、あるいは京都の行政長官になるなどした場合、いま現在、盛り下がっている各地の義経系の武士が盛り上がって、「そもそもここは俺の土地」とか「俺が責任者に任命された」とか言い、或いはまた、「むかつくんじゃ、ぼけ」とか言って、各地の倉庫を襲撃して生産物を強奪したり、抵抗する者を逮捕したりする、なんて混乱が起こる可能性が極めて高いからであった。それはいま既得権を得ている人たちからしたらとんでもないこと、当然の権利を不当に奪われるも同然のこと、で、全力で抵抗するのは当たり前の話である。

そういう現実の前で、「兄弟は仲良くするべき」などという寝言みたいなことはなんの意味もなく、梶原たち実務家からしたら、「あり得ない」の一言で終わる話だった。

もちろん頼朝さんは象徴的な存在ではなく、実際に政務に当たっていたので、そんな事情をわかっていないはずがなかった。

だから指示は出したが、そんなことできる訳がない、と思いながら出したのであって、もし本当にやる気があるなら自ら陣頭に立ち、これを実現したはずである。

そしてまた勧修坊も、いまの頼朝の立場でそんなことができるわけがないのを重々承知で、そんなことを言っていたのであり、それを言ったのは、「今、自分は鎌倉にいるが、なにも鎌倉方についた訳ではない。自分はあくまで仏法興隆、それしか考えてません。そのためにも兄弟で力を合わせてくれ。日本国を分裂させないでくれ、ということを訴え続けました」と朝廷や宗教界にアッピールするためであった。

また、頼朝さんも、「やろうとしたけど官僚の抵抗があってできない」と主張することで、自分は和解しようとしているというポーズをとることができた。そしてなにより、勧修坊と私が手を組み、自分の前に立ちはだかる、ということを防止できた。

つまりお互いにできないのをわかっていていてそんなことを言い合っていたのである。

えげつないことである。でもまあ、はっきり言ってみんなそんな感じだった。

だから秀衡の死後、息子の泰衡が義経を攻め、その結果、文治五年閏四月三十日、義経は自害して果てた、と知った勧修坊はただちに鎌倉を無断退去した。

その際、勧修坊は、

「これまで私が鎌倉に留まった真の理由は義経さんと頼朝さんを和解させるためだった。その義経さんが死んだとなればもはや一秒たりとも鎌倉に留まる理由はない」
と発言したとされるが、実際は、私が死んだら、勧修坊が私と組んで脅威になる可能性がなくなり、そうなると、頼朝さんが勧修坊を厚遇する理由はもはやなくなり、しょうむない寺に異動になる可能性を考えて退去した、とも言えるし、或いはもっと言うと、殺人に対して抵抗感のない武士であるうえ、意思して非情に徹することができる頼朝はもはや用済みになった自分を殺害するに違いない、と直感し、とるものもとりあえず逃げた、とも考えられる。

私の話は殺伐としすぎただろうか。しかしまあ昔も今も上下貴賤の別なく人間はこんなものだ。美しく歌ったところで、根底にあるものは同じ。私は美しい言葉を弄ぶ奴の心の奥底で常に銭と欺瞞のフェスティバルが開催されていることを知っている。えへへ。ということでその後、勧修坊は東大寺に復帰したが、帰って後は以前ほどの権力を揮うこともなく、その結果、あまり世間に相手にされることとなしに晩年は自室に籠もって念仏と写経に明け暮れて七十余歳でさびしく此の世を去った。

＊　＊　＊

先ほどから胃のあたりに嫌な、引きつるような感じがある。それは疼痛のようでもある。それから頭が熱くて、胸のあたりがキリキリと痛む。足元がふらつき、夢中の人のようで、思考がまとまらない。なにをしても上の空で、字を読んでも頭に入らず、人の話を聞いても耳に入らない。なぜそうなるのか。それは私が雪の吉野に見捨てた静のその後の消息を語ろうと考えているからである。

　私は静のことを考えると八百年経った今でもこうなる。こんな状態ではとても語ることができない。でも私は語ろう。英文学を究めた丸谷才一という作家は、「『古今』や『新古今』、『源氏物語』や『曾我物語』や『奥の細道』は西洋文学で言ふやうな意味での文学作品ではなく、思ひ切つて放言すればむしろ呪術的な何かなのではないか」と書いているが、静の語りを聴くことはおそらく多くの人にとってそういう功徳があっただろうし、今もあると私は信じる。そして私にとってそれは私によって私自身の魂を鎮めること。死者である私のために私が祈る祈りなのである。だから私は静のことを語ろうと思う。ふるえる声で語ろうと思う。そう、それこそ novel のように。


　文治二年一月、吉野の法師に捕らえられ京に送られた静は取り調べを受けた後、母親の磯(いその)禅師(ぜんじ)の許に身を寄せた。この磯禅師というのは白拍子(しらびょうし)（ホワイトビート）というダンスで人気であった。どんなダンスかというと、当時、庶民の間で流行っていた今様(いまよう)（ナウルック）というジャンルの楽曲を歌いながら、美女が男装して歌うのである。

　これをプロデュースしたのが歴史の教科書に必ず出てくる信西(しんぜい)という、清盛さんと結んで権力を揮ったお坊さんで、今様と前からあったダンスを融合させてホワイトビートという新ジャンルを創り出したのである。

そして当時、日本国に君臨していたのは後白河さんであった。この後白河さんというのは、登極（皇位につくこと）する前、雅仁親王と呼ばれていた頃は周囲にアホ扱いされていた。なぜなら、そういう身分の人間でありながら下賤の民の愛好するナウルックを死ぬほど愛好し、毎日のように自宅でパーティーを開いて、ホワイトビート三昧の日々を送っていたからである。

これはいまで言うと、畏れ多い喩えではあるが、殿下、と呼ばれるお方が連日、自宅に歌手、モデル、タレントを招いてセックスパーティーを開いているのと同じことで、批判にさらされて当然なのである。

そして雅仁親王は、歌手に歌わせるだけではなく、みずからこれを歌い舞った。これを今で言うと親王殿下がラッパーとなって、韻を踏んで友情や政治やサクセスについてラップするようなもので、国家の安寧のためにはやはりやめた方がいいことである。ところが雅仁親王はこれに没頭し、一昼夜歌い通して、咽を潰す、なんてことを何度も繰り返した。

だから周囲はアホ扱いしていたわけだが、いろんな人のいろんな思惑が重なって、雅仁親王は帝位についてしまった。

そして実は本当のことを言うと、前から権力者たちはみな今様やそれを歌いながらするダンスが好きだった。だからみな贔屓の芸人を抱えて、家に呼んだりしてはいたが、それが公の場で披露されることはなかった。私的な集まりではラッパーもポールダンサーも呼ぶけど、公使とかが来る晩餐会とかだとやはり弦楽四重奏とかそういう人が呼ばれるのと同じである。

ところが、この方が帝位についたので今様は権威の裏付けを得て、その地位が上昇して、貴族社会でも大流行した。そこへさして今、言った信西君が、これをプロデュースしてホワイトビートを始めたので、磯禅師は当時、超一流の芸能人というか、今のマスコミ言語で言うなら、世界的な芸術家、くらいな地位になっていたのである。

そして静はその娘であった。美貌は母親譲り。芸は子供の頃から一流の芸を仕込まれている。となれば当代、これにかなう者などあるわけがなく、その芸は母親をもしのいで眩（まばゆ）い光芒を放っていた。

その静が都に戻って磯禅師のところにいるのだから話題にならないわけはなく、静の身辺は、興味本位でいろいろ探る者あり、あからさまな下心を持って接近してくる者ありと騒がしかった。静がそれを厭わしく思うのはもちろん私と同行して罪人としてある今の立場を恥辱に思うからであったが、それよりなにより、そっとしておいて欲しいと思ったのは私の子を身ごもっていたからである。

私の生い立ちを知っている静はそれをひた隠しに隠していた。けれども。六波羅の監視、あくまでも厳しく、隠し通せるものではなかった。

静御前、懐妊の様子。父親はほぼ間違いなく判官義経、という情報は直ちに六波羅に齎（もたら）された。

このとき六波羅の長官は北条時政であった。この知らせを聞いた時政は、

「あー、面倒くさいことになった」

と頭を抱えた。なぜならその頃、膨大な予算をどう調達するかなど、行政上の諸問題が次から次へと発生して、その対応に四苦八苦していたからである。

「もー、こんなときに妊娠かよ」

と時政は思わず洩らし、相談するべく息子の小四郎を呼んだ。

「それは面倒くさいですね」

と若き官僚、江馬小四郎義時は言った。

「どうすればいいだろう」

「やはりこういうときは手続きを踏んでキチンと処理するということが大事になってくると思います」

「だよね。その方が後で問題起きたとき言い訳できるし」

「そうです。現場判断でやれることとやれないことがあります」

「だよね。義経も勝手にいろいろやって失敗したし。てことは」

「そう、関東に早馬です」

「だよね。そうしよう。誰かいる？　馬一頭、お願い」

という訳で頼朝の許に急使が送られた。一報を聞いたとき頼朝は小声で歌を歌っていた。

〽すみれー、九月、よぉおーる、すみれー、九月、おーどりぃーいいーなんでこんな歌を。九月でもないのに。と頼朝は訝った。突然、そんな言葉が節とともに頭に浮かんだのだ。そこへさして京よりの急使、急ぎ展き て見るなれば、予州の愛妾、静懐妊との報。

「やはり不吉の報せであったか。梶原を召せ」

頼朝に呼ばれたとき梶原は歌を歌っていなかったし、なにも考えていなかった。ただなにか自分が、こう、人に歌を歌わせているような感覚があった。しかし実務家の梶原はそれを気にも留めていなかった。

梶原は御前に罷り出て、床に拳を突いて頭を下げ、

「お召しにより参上仕ってござる」

と言い、顔を上げた。

その梶原の細目で顴骨の出っ張った顔を見て頼朝は、あっ、と声を上げそうになった。先ほどの歌を歌っているとき頼朝の頭蓋には見知らぬ男の顔が像を結んでいたのだが、その顔と梶原の顔がうり二つであったからである。

「どうかなさいましたか」

「いや、なにもない。いやいやいや、そうでない。実はね、京からこんなことを言ってきた」

そう言って頼朝は傍らの侍童に京よりの書を渡した。侍童はこれを受け取り、梶原に渡す。

受け取って梶原、「御免」と断って、

「ふんふん、ふんふん、ふんふん、ふんふん。えええええええっ。ふんふんふん、えええええええっ、ふんふん。まじか？　そうかー。ううむ。ううむ。うううーん。あっ、うーん」

といった声を上げながら読み、そして顔を上げ、
と言った。

「読みましてござる」

「景時」

「なんですか」

「君は少し静かに読めないのか」

「面目次第もございません。事が静の事だけにもう少し静かに読むべきでした」

「庭へ降りろ」

「どういうことでしょうか」

「斬る」

「お許しください」

「わかった許そう。こういった問題にはやはり君のスキルが必要だ」

「恐れ入ってござる」

「では諮問する。どうすればよい」

と問われて梶原はまず唐土（もろこし）の例を挙げて言った。

「異朝の例では、敵の王の子を身ごもっている女は殺します。それもただ殺すのではありません」

「どうするのだ」

「殺した後、頭の骨を砕いて脳を取り出して捨てます。それから体を切って骨を取り出して、骨を折って骨髄を絞り出します」

「なんのために」

「わかりません。わかりませんけど、敵対する王の子をなすということはそれ自体が犯罪で、その犯罪に対する刑罰ではないかと思われます」

「私はそこまでする必要はないように思うが」

という頼朝の意見を聞き梶原は、「仰る通りです。ただし」と言って今ある懸念について述べた。

「もし生まれてくる子供が男だった場合は看過できません。これが愚かな子供だったらいいのですが、血統から考えて愚かな子供であるはずがありません。判官殿（私のこと）と同等か或いはこれ以上の能力を有していると考えなければなりません。それが成人して、親の仇（かたき）、ということで我らに弓を引いたらどうなりましょう。勿論、殿がいらっしゃる間は仮にその者が叛（そむ）いたとて、何ほどのこともないでしょう。しかし御子様方の世になったときには必ずしもそうとは言い切れません。故、禍いの根は今のうちに断ち切っておいた方がよろしいでしょう」

「つまり、女を殺せということか」

それについては思い当たることがある頼朝はそう言った。自分のことであった。

敗走して父とはぐれた頼朝さんは伊吹で捕らえられ京に送られた。それを清盛の継母、池禅尼の嘆願で命を助けられた。「こんなちさい子を殺すのは可哀想や」と言うて。といって、でもそれは実際は、頼朝の母親の実家、熱田大宮司が後白河さん姉の上西門院と関係が深く、その上西門院と池禅尼がまた関係が深く、そしてまた池禅尼と清盛さんの関係が微妙、というところをみてとった後白河さんの清盛に対する嫌がらせ、ということなのだけれども、その助けられた自分が清盛の死後、挙兵、各地を制圧、都に兵を進めて、平家一門を滅ぼしたのだから、生まれてくる子が同じことをするかも知れない、ということはよくわかったのである。

然うしたところ梶原が言った。

「はい。そうなんですけど、この静というものは舞の名手で美貌もえげつないらしく、近く宮中に上がるという話です」

「なんでそんなこと知ってんのよ」

「私の独自調査です」

「君、えぐいなあ」

そう言って頼朝は景時の顔を見た。やはり曲とともに脳裏に浮かんだ男に似ていた。頼朝は思った。こいつは確かに有能で役に立つ。我が幕下(ばっか)になくてはならない男だ。けれどもそれが私に向かったら恐ろしい敵になる。

そんなことを思いながら頼朝は景時の話を聞いていた。景時は続けた。

「なので、この方を無断で連行したら、お内侍の女官に不埒な狼藉を働いたとかなんとか言われて、その宮中の世論を背景に、それこそ嫌がらせをしてくるかもしれません。恣意的に世論を形成して、それを背景にして評判をメタメタにして力をそぐ天才ですからね、あの人たちは。だからそうならないためにも手続きを踏まなければならないのです」

「それわかる。木曾君とかボロクソやられたからね」

「そうなんです」

「で、具体的には、やっぱ院宣?」

「そうですね。宣旨か院の宣旨でしょうね。鎌倉に渡らすべし、て書いてもらうんです」

「それできますかね」

「ま、政治的なテクニックがあればできます。江間小四郎なら大丈夫でしょう」

「なるほど。それで連れてきて産ませて、男だったら、そのときは」

「ですね。都近辺でやると目立ちますけど当地でやる分にはそんな評判にはならないと思います」

「なるほどな。じゃあ女だったらどうしよう」

「女だったら母親に返しても差し支えないでしょう」

「じゃ、決まったそうしよう。えーと、じゃ、誰に行かせようか」

「私が参りましょうか」

「いや、君は残れ。あー、あいつがいいだろう、あの堀藤次。あいつはほら、勧修坊連れてきてこういうこと慣れてるから」

「あー、じゃ、ま、そうしましょう」

ということで、静を鎌倉まで連行する役目は、前回、勧修坊を連行してきた堀藤次が担うこととなった。

呼び出されて頼朝から直々に静の護送を命じられた堀は自邸に戻り、出立の準備に忙殺された。というのは、もし道中、何者かに襲撃され静を奪われる、または殺されるなどすれば、堀個人の不名誉はもちろんだが、関東全体の失態と看做され、政治責任を追及されるので、屈強の武者を編成する必要があったり、その兵粮やギャランティーなど、道中にかかる諸経費、都在住の有力者に対する贈答品を用意したり、提出書類を整えたり、と、出発までにやっておくべき課題が山ほどあったからである。

あちこちに指令を飛ばし、かつまた部下と相談しつつあちこちに資機材を発注するなどして、忙しく立ち働きながら堀はその妻女にぶつくさ文句を言った。

「なんかあると、俺はこういう役目を仰せつかる。本当は俺はねぇ、馬上の人となって戦場を疾駆する方が好きなんだよ。それが最近、こういうことばっかやらされてんじゃん？ ま、他にできる奴いないから俺がやんなきゃしょうがないんだけどね」

しかし、と不平を言いながら藤次はどこか嬉しそうであった。その藤次の様子を見て妻女が低い声で言った。

「わが君」

「なんですか」

「なんか文句言いながら、嬉しそうですね」

「ええええ？　そおー？　ぜんぜん嬉しくないけど」

「そんなことない。とても嬉しそうに見える。なんならはしゃいでいるようにも見える」

「なーにを言ってんだよ。こんな面倒くさい仕事振られて、はしゃぐ奴なんていねーよ。はっきり言って」

「でも、先の勧修坊得業様のお役目を仰せつかったときとはぜんぜん違います。あのときは本当に辛そうにしておいででした。でも今度はなんていうか、ふと顔を見るとニヤニヤ笑っているっていうか」

「そーかなー」

と堀はとぼけたが実は内心にはうれしい気持ちがあった。なぜというに、以前、連れてきたのは枯木の如き、年寄りの坊さんであったのに比して、今回、連行するのが、若い女、しかも絶世の美女、しかも人気絶頂の芸能人であったからである。

あの美しい静御前を間近に見ることができる。

それだけで堀藤次は浮き浮きした気分になった。そして堀藤次は仕事をしながらふと馬鹿らしい空想に耽った。

それはもう言うのもアホらしいような空想で、道中、宿場で人馬を休めつつ、堀藤次が人足に指示を与えるなど、誠実に仕事をこなしていると、ふと視線を感じる。見ると静である。なにか困ったことでもあるのかな、と思い、

「なにか困ったことでもおありですか」

と尋ねる。そうすると静は、

「いえ、別に」

と無愛想な口調で言う。でもまだなにか言いたそうにしているので堀は気を遣い、

「慣れぬ道中で不自由をお掛けして申し訳ありません。困ったことがあったらいつでもこの堀に仰ってくだされ」

と言って去ろうとすると静は景色を眺めながら、

「素敵ですね」

と言う。それに対して堀は、

「ええ、このあたりの景色は本当に長閑(のどか)でいいですよね。都もよいが、私は田舎育ちなので、やはりこういう田園の景色を見ると心が和みます」

と言う。そうしたところ、静は堀を見て言う。

「いえ、そうじゃなくて。堀さんが」

「え?」

「え？」

二人の視線が一瞬重なり、慌てて二人とも目を逸らし、そしてまたすぐに視線が合う。そしてもう今度は二人とも目を逸らさず、いつしか二人は抱き合い、燃えるような口づけを交わしているのであった。

みたいな、島耕作的なものであった。

そして、妻女に、「そーかなー」と言いながら、静の美貌を頭に思い浮かべた堀は思わず知らず、緩みきった笑みを浮かべてしまっていた。それを見た妻女は、

「脂下(やにさ)がってんじゃねぇよ、章魚」

と言って暗闇に消えていった。その後ろ影を見送った堀は、今度は思う存分、静の姿形を頭に思い浮かべ、思う存分、にやついた。


そんな堀ではあるが、本来、仕事しいな男である。故、都に着くと休む間もなく江間小四郎と会談した。

「いやー、どもども」

「どもどもどももども」

「大変でしたでしょう、道中の兵粮とか大丈夫でした？」

「いやいやいやいや、大したことないっすよ、二十五人とかそんなんですもん。っていうか、そっちこそ大変でしょう、兵粮とか、どうしてんですか」

「まー、なんとかやってます。それより、九郎殿のあれですよね、妾の妊娠問題ですよね」

「そー、なんすよ。私なんかもう、ぱって殺っちゃぇばいいんじゃねーの、って思うんすけどね。梶原さんが、『それやると世論が』って言うんですよ」

「あー、でもそれ言えてますよ」

「やっぱそうすか」

「ですね」

「じゃあ、どうしましょう。梶原さんは宣旨か院宣、貰った方がいい、って言うんですけど、貰えますかね」

「ええ。交渉次第ですけど、大丈夫だと思います。僕、毎日、そんなことばっかやってんですよ」

「大変すね。戦争の方が楽じゃないすか」

「どっちも大変ですよ」

「ほんとすね。じゃあ、具体的にどうしましょう。やっぱ院宣の方が可能性ありますかね」

「だと思います。宣旨って間に入る人、多くてけっこう面倒くさいんですよ。でも院宣だったら割と早いんで」

「だれか間に入ってくれる人います？」

「いますいます。経房卿に言えば大丈夫です」

「ああっ、あの方ね。あの方、いっすよね」

「そうなんすよ。院にも信頼されてますし」

「あ、じゃ、私も資料、揃えてきましたんで、じゃああの、行政書士の人、お願いできますかね」

「了解っす」

「あー、よかった。江間さん居てくれて」

「そういって貰えると、僕も嬉しいですよ。じゃ、さっそく書類、作りましょうよ」

「ですね。やりましょう」

と仕事しいの二人、書類を作って、藤原経房卿を通じて、この件を奏上する。そうしたところ、暫くして院庁の宣旨が下る。その院宣の趣旨は、というと、

　前の勧修坊の時とは。やっぱちゃう感じやし。江間小四郎が我がで探して。我がで関東へ連れて行ったらええんちゃうけ。って上皇は言うてました。仍執達如件(よってしったつくだんのごとし)。


であった。

仰々しくこれを受け取り、恭(うやま)ってこれを読んだ小四郎と堀は顔を見合わせた。

「これって……」

「勝手にしろ、ってことですよね」

「いいんですかね」

「書いてあるからいいんじゃないですか」
「まあ、そうすね。でもじゃあ、私、来た意味ないすよね」
「そんなことないですよ。これ貰ってるのと貰ってないのとではぜんぜん違いますから」
と小四郎の言うのはその通りであると私も思う。

さあ、そんなことで後白河院の許可を得た江間小四郎は、数人の武士を伴って北白川の磯禅師方へ向かった。

一方その頃、磯禅師方には、鎌倉武士が六波羅に入り、院の許しを得て関東に連行するためやって来るだろう、という情報が既に寄せられていた。情報を齎したのは磯禅師と付き合いのある芸能関係者で、そうした者たちは芸能好きの公家からネタを得ては磯禅師のところに逐一、売りに来ていた。

またそうした情報には公家の最大の関心事である人事に関するものも多く含まれており、それを得るため、磯禅師方に接近する関係者もあり、そうした関係者からも情報を得ることができた。そしてまた、ただ単に磯禅師、静のファンで、その歓心を買いたくて頼まれもせぬのに贈り物を持ってきては、仕事上知り得た秘密をべらべら喋る痴れ者も少なくなかった。そういう訳で、磯禅師は自分方にやってくる武士が江間小四郎という者であることまで知っていた。

しかしそれを知ってなにになろう。仮にそれが私であれば事前にそれを知ることによって戦術を立案して敵を迎え撃つことができる。だが磯禅師は女性で、家に仕える者は殆どが女。下人は居り、腰刀のようなものは差してはいたが、勇猛で鳴る鎌倉武士を相手に戦えるはずもなかった。

もはや逃れられないことは明白であった。男なら覚悟を決めて戦うか、自裁するかするのだが、女は未練、六波羅の捜査網が張り巡らされた、広くもない京の都で隠れる場所などないのを知りながら、とりあえず身を隠そうというので、磯禅師は静を法勝寺(ほうしょうじ)というところに隠した。

或いは静が十人並みの縹緻(きりょう)であればそこで暫くの間は隠れていることができたかも知れない。

しかし静は絶世の美女であり、当代一流の芸能人である。なんぼう顔を隠しても、その服装は常人離れしてファッショナブルだし、当人は普通にしているつもりでも、ちょっとした仕草や歩き方が水際立って、人の注目を集めてしまう。というかもっと言うと、なにもせず座っているだけで眩い光輝のようなもの、auraを放っている。

「なんや、なんや、あの女、むっさええ女やんけ」

「ほんまや、あらどうみても普通の女ちゃうで」

「ほんまや、もっとおもっきり凝視したろ。ギョッシーン」

「口で言うな。どや、やっぱ、凝視したら、ちゃうか」

「うん。ええ女、過ぎて頭くるいそうなってくるわ、っていうか、うわっ」

「なんや、どなしたんや」

「どないしたんやない。おまえもちょっと凝視してみいっ、えらいこっちゃど」

「おまえはな、いちいち大袈裟やねん。なんやねん。しゃあない、ほな、凝視するか。ギョッシーン、って、うわっ、おまえ、あれ、もしかして」

「そやがな、あの有名な静御前やがな」

「あぎゃあああ、わおおおおっ。おーい、えらいこっちゃ、静御前が町内に来とんど」

「マジかー。そらえらいこっちゃがな」

「ほーら、みな静やど」

「静や、静や」

と、一瞬で身バレして大騒動、近隣四方から静目がけて人が押し寄せてきては、

「サインしてください」

「握手してください」

「一緒に写真撮ってください」

ともうムチャクチャな騒ぎになり、そのあまりの美しさに発狂して泣き叫ぶ者や発狂して都の往来で自慰行為に及ぶ者などが続出して、ひっそり隠れるなどということは到底できなかった。そして町内の騒動は忽ちにして多くの人の知るところとなって、いったん母の許に連れ戻され、簡単な取り調べを受けた後、六波羅に連行された。

そして静は堀藤次によって東国に連行された。その間、磯禅師は跣足(はだし)で一行の後を付いて歩いた。催馬楽(さいばら)、其駒(そのこま)という二名の弟子も付いて歩いた。

道中、堀藤次は静を丁重に扱い、また、逢坂の関を越えてよりは、磯禅師だちにも宿を手配してやるなどして、きわめて親切であった。だが、藤次が夢見たようなことはなにひとつ起こらなかった。静はただ私と子の行く末を案じ、自分の身の上を愁い悲しむばかりであったし、磯禅師も表面上は堀に感謝している素振りを見せていたが、内心では堀たちを恐れ、そして憎んでいた。それはそうだ。本当に親切なのであれば自分たちを連行せず、都に残れるよう動いてくれるはずである。それもしないで、卑猥な眼差しで娘を見てニヤニヤしているクズ野郎、という風に磯禅師は見ていた。

それも知らず堀藤次は気を遣い、また警備も怠らなかったため、道中何事もなく、文治二年三月十三日、静は鎌倉に入った。

その数日前から鎌倉は盛り上がっていた。

「おい、聞いたか」

「なにをだよ」

「あの、静御前が鎌倉に来るって話」

「聞いた、聞いた。いっやー、楽しみだね。ライブやってくれるかな」

「やるか、バカ。鎌倉殿の取り調べ受けに来るんだから」

「そっかー、そりゃ、残念。でもなんとか一目見たいよね」
「うん。取り調べの日に、門の前で待ってたら見れんじゃないすかね」
「That's a good idea!」
「英語で言うな」

という訳でやがて迎えた静取り調べの当日、どこから洩れたか聞こえたか、鎌倉殿の門前には静を一目みようと集まった群衆が市をなして、どえらい混雑。それへさして、鎌倉殿配下の大名小名が下人所従を従え馬に乗り、「おら、どけ、通られへんやないけ、どけこら、踏み殺すぞ」と言って通っては門の中へと消えていく。

そしてさてその面々はというと、和田義盛、畠山重忠、宇都宮朝綱、千葉介常胤、葛西清重、江戸重長、川越重頼を初めとする初期鎌倉幕府の主だった者ほぼすべてである。単に白拍子一人を取り調べるだけで、なんで鎌倉幕府総会みたいに人が集まったかというと、やはり当代一流の芸能人である静御前を一目拝みたい、という連中の希望を頼朝さんが聞き入れたからである。

また取り調べであるのにもかかわらず、頼朝さんの奥方である二位殿こと北条政子(まさこ)ちゃんを始め、女房連中も見物に集まって、その応援のため庭先には幔幕(まんまく)が張り巡らされ、床几(しょうぎ)などもも数多置かれたその様はまったくもってコンサート会場であった。そして集まった人々は口々に噂をしている。

「いやさ、楽しみですな」

「ほんまですな。いい女とは聞いてますがどれくらいいい女なんでしょうか」

「多くの鎌倉武士が大量の涎を垂らして小便をジャアジャア洩らしたらしいです」

「なぜ」

「いい女、過ぎて」

「マジすか。いまのうちにオシメしとこかな」

「その方がいいかも」

なんて話す侍があるかと思うと、女連中はやはり、都で最新流行の髪型や服装、ファッションが楽しみである。

そしてそれを見に集まった自分たちも様々に趣向を凝らし、最上級にめかし込んで来ているのだけれども、やはりそこは関東の武家の妻女どもで、どことなく垢抜けない、と言いたいところではあるが、どことなく、どころではない、思いっきり垢抜けない、というか、都の女を見慣れた眼で見ると、野暮と珍妙の混ぜ合わせ丼のようなことになっていた。

それらの連中が、鎌倉殿の邸宅の庭にひしめき、また、縁に居並んで、また、間に座して、静の到着を今か今かと待ち受けている。そしてかつまた、門前には鎌倉中の有象無象がアホみたいな顔で集まっている。

というような光景は今もよく見る光景である。当時と違っているのはマスメディアがあるかないかだけだ。

その少し前、堀藤次は私邸にいて鎌倉殿の様子を見にやらせた郎等が戻るのを待っていた。

「遅いなあ。また途中で女のところにでも寄っているのではないか。クズだなあ。殺そうかなあ。あ、言うてたら戻ってきた」

「今にござる」

「遅い。遅すぎる。なにをしておったのじゃ。どうせまた女のところへでも寄っておったのじゃろう」

「違います」

「ではなぜに」

「言うにゃ及ぶ。鎌倉殿の周囲は静様を一目見んと集まった群衆が取り巻いて門前市をなす有様、かなり手前から群衆が雑踏して近づくのにも時間がかかりすっかり手間取ってしまったのでございます」

「うーん、やはりそうであったか。そりゃ困ったのう。できればそうした好奇の目に静殿をさらしたくない」

堀藤次はそう言って瞑目した。その堀へ郎等が言った。

「大丈夫でございます。自分、そう思いまして、向こうの顔見知りの郎等と話して、人目に触れないで出入りできる地下駐馬場から中門廊（わたどの）に至る動線を確保してきました」

「おおっ、そうか。それはよくやってくれた。静殿は憂愁に沈んで泣いてばかりおられる。

禅師殿もそうじゃ。僕はできる限りのことをして差し上げたいのじゃ」

「それはよろしゅうございます。功徳になりましょう」

郎等はそう言って客観的な感じになった。その郎等に堀は言った。

「では、そろそろ出発することにしよう。既に女どもに命じてあるゆえ、静殿もおっつけ準備が調ったであろう。おお、そうじゃ、ちょっと僕、見てこようかな」

そう言って堀はいそいそと立った。

郎等は、この殿、なにかと口実をつけては静御前のところに行こうとする。助平な男だ。と、思って批判的な眼差しで堀を見たが、堀はそんなことには気がつかない。


その少し後、堀は静と禅師に相対していた。

そして堀はいつもながらその美しさに驚愕し、また圧倒された。

尋問ということで特に着飾っているわけではなく、むしろその服装は質素なものなのにこの美しさはなんだ。

堀は内心でそう思いながら静に言った。

「仕度が調いましたならばそろそろ出発したいです」

静は泣いて答えず、代わって磯禅師が答えた。

「仕度は調っておりますが、こなたは身重ゆえ、いたく馬を打たせず、何卒、ゆるゆると行かっしゃるよう願わしゅう存じまする」

「心得ております。それでは参りましょうか」

「堀殿」

「なんでございます」

「そなたには随分と世話になりました。この通り、御礼申しあげます」

「いやいやいやいやいや、やめてください。僕は仕事でやってるだけなんで」

「それから、この家の奥方にもお世話になったはず、まだ一度もお顔を拝せぬが、せめて一言、御礼を申しあげたい」

「あー、あいつですか。あいつは実家に戻りました」

「ええっ、なんでまた」

「いやー、あいつは嫉妬深い女でして、あろうことか僕と静さんの仲を疑って、いろいろ言うもんですから、不細工が理屈言うな、と言ったら怒って実家に帰りやがりました」

堀がヘラヘラ笑ってそう言うと、それまで泣いてばかりいた静が急に泣き止み、顔を上げて言った。

「考えただけで吐きそうです」


一時間後。諸将が居並ぶ広間に堀に伴われた静が入ってきた。そのあまりの美しさに、ほぼ全員の腰が抜けた。予測されたとおり衝撃で小便を漏らす者も少なからずいて、あたりには尿臭が立ちこめたが、静の美しさに気をとられていたため、誰ひとりとしてそれに気がつく者はなかった。

女たちは、ほう、と溜息を漏らした。静が入ってくるまでは、そりゃあ京の芸能人は美しいかも知れないが、自分だってかなりの美人だ。そのメイクと髪型とファッションを研究すれば、或いは静を凌駕することも、或いは不可能ではないだろう、と思う腰元も何名かはいた。

けれどもそもそものレベルが違った。

都の超一流のメイクさんとスタイリストとカメラマンが組んで写真を撮ったところで、寝起きの静に遠く及ばない、ということは明らかであった。

あたりは静まりかえって、門外から群衆のざわめきがかすかに聞こえてきていた。

それへさして、頼朝殿が入ってきて着座した。

諸将は左右に一列に並び、頼朝の正面、少し離れたところに堀が、その少し後に静が控えていた。

諸将が頭を下げ、静も平伏した。頼朝は堀に言った。

「この者がそうか」

「はい、そうです」

「そうか。顔をあげなさい」

言われて静は少しだけ頭を上げた。その顔を見て頼朝は心の底から思った。

俺の女にしたい。

けれどもそこは頼朝さん、弟の愛妾、しかも身籠もっている女を私情にかられて我が物とすることが、政治的にどんな影響を及ぼすかについて思いを馳せ、思いをぐっと抑えつけて堪えた。しかしそれでも、
いっやー、それにつけても相手が九郎でなければなー、なんとでもできたんだけどなー。

と何回か思った。

そのとき、門の外から声が聞こえてきた。女の声であった。頼朝さんはこれを訝り、

「堀君、表の声、あれなに?」

と問うた。声を発しているのは磯禅師であった。磯禅師と二名の美女、催馬楽と其駒は鎌倉殿の地下駐馬場の入り口で、静と別れた。なぜなら勝手に付いてきてただけだからである。鎌倉の官僚機構は峻厳で、こうした例外をけっして許さない。

そもそも戦時に不意に敵前に現れて敵を攪乱したり、いよいよというときの脱出口として設けられた、ごく限られた人だけが知る出入り口であるから、警備は厳重である。

だからこそ堀は事前に知り合いを通じて許可を得ていたわけだが、そのリストに磯禅師と二名の美女は、当然だが入っていない。

「お気の毒ですがここから先は通れません。手前の屋敷に戻って待機していてください」

と告げられ、泣く泣く娘と別れ、だけれども諦めきれず、なるべく娘の近くにいたい禅師は、人に道を尋ね、表門にいたり、群衆雑踏するなか、自分の悲しい気持ちを得意の歌で表現し始めたのである。

有名な静御前の姿を拝むことができず、フラストレーションを溜めていた群衆は、突如として始まった都、本格の芸に大喜び、俄に、磯禅師狂熱のライブ、が始まった。

といって通常であれば遠く離れた門外の歌声が館の中まで聞こえてくるなんてことはありえない。ところが本格の芸というものは恐ろしいものだ、弁慶の声のようにただ単にでかいということではなく、その中に科学では説明の付かない、観音力、というものが含まれており、その観音力は、どんなに遠く離れていても、人の心にも耳にも確実に届く。

人が音曲を聴いて感動するとき、聞いているのは単に音を聞いているのではなく、その観音力を聞いているのである。

と同時に、磯禅師の声は、そこらのどうでもいい白拍子の二〇〇〇倍くらいよく響く声であった。弟子の、催馬楽と其駒の声も、一六〇倍くらいは響くので、そういうこともあって、館の中にいる人は、その歌詞をも明らかに聞くことができたのである。

そしてその歌詞は、娘の身の上を思う悲痛な歌詞であった。娘と同席を許さぬ鎌倉殿の無情に泣きくれる哀れな女の苦しみと悲しみが、まるで自分のことのように民衆に伝わった。

それを聞いた民衆は、鎌倉殿というのはなんという無人情な男だ。同席くらいさせてやればよいではないか。と思った。

民衆ばかりではない、館の内にいた女房や一部の武士の間にも、「あれでは磯禅師が気の毒だ。陪席させてやればよいのに」という空気が広がった。

そんな無人情な人についていって自分はこの先、所領を保って子孫に伝えていけるのだろうか。そんな疑念を抱く武士もなかにはあったのかも知れない。

そして頼朝さんはその空気感を敏感に察知した。いくら鎌倉殿でも自分直属の兵力がある訳ではなく、そのカリスマによって多くの武士に支えられて初めて権力を維持できる。そのカリスマ・信望を失ったら鎌倉殿と雖も安泰ではない。また、女たちに嫌われると、その実家を敵に回すことにもなるので危ういことだった。開化天皇は后の実兄に命を狙われた。だから、「堀君、表の声、あれなに?」と問うたとき、頼朝の肚は既に決まっており、

「磯禅師とその弟子の美女にござります」

と答える堀に、

「女なれば苦しゅうない。これへ召せ」

と命じた。


やがて磯禅師が連れられて来る、弟子は庭に控えさせられ、磯禅師だけが対面を許され、その磯禅師に頼朝公、直々に問い、まずは期せずして禅師と頼朝殿の問答が始まった。

「その方が禅師か」

「さようにございまする」

「その方に問う。なぜ九郎に静を与えたのだ」

とそう問う頼朝の問いは、まるで、なぜ儂に呉れなんだ、と問うているようであった。それで磯禅師が、

「それはその」

と答えあぐねていると、頼朝、重ねて問うた。

「それなる静には殿上人からも数多の引き合いがあったと聞いている。それらには与えず、なぜわざわざ、その後、謀反人となる九郎に娶(めと)らせたのかと問うておるのだ。なにも、なぜ儂に寄越さぬ、と言っているのではない」

「それならばお答えできます。十五の歳までに静をご所望の殿原(とのばら)は随分とございました。けれども妾(わたし)はそれらに静を与える気になりませんでした。なぜと申されても困りまする。その気にならなかったのでございます。ところが院の御幸のお供を申しつかりまして、神泉苑(しんせんえん)のお池で祈雨祈願の舞を奉納いたしました折、たまたまいらっしゃった判官殿に見初められ、堀川のお屋敷に召し出されましたのです。それもこれまでと同じく一夜のことと思うておりました。ところが判官殿は本気でございまして、あちこちに恋人があって、ときどきその許を訪れていらっしゃいましたのに、静に限っては堀川の邸に留め置かれました。格別のことでございます。さあ、そうなって改めて考えてみるなれば判官殿は清和天皇の御末裔にして鎌倉殿の御弟君にあらせられますれば、これに縁づくことは私どもの身にとっては面目、出世と心得、喜んでいたのでございます。それが今、こうした身の上になるなどということは、夢にも思いませんことでございまして、それを予(かね)て知るなんてことができる訳もございませぬわいな」

これを聞いて諸将は無言で頷いていた。女房だちもそうであった。下の者たちは小声で言いあった。

「おい、聞いたかい」

「聞いた、聞いた。完璧だな。勧学院の雀は『蒙求』を囀る、ってやつだよ」

「なんだそれ」

「なんだ、おまえそんなことも知らないのか。だから関東武士は野蛮だって言われるんだよ」

「すまん。教えてくれ」

「それくらい知っとけ。あのなあ、それの意味はなあ」

「うん」

「俺も知らない」

「知らんのかーい」

「げらげらげら」

「げらげらげらげら」

こんな遣り取りはそして耳ざとい頼朝さんの耳にも入り、当然の如くに頼朝さんはおもしろくない。

なぜなら頼朝さんは、前右大将であり、日本国中の武家の棟梁である自分が、「なぜ謀反人の義経に娘を与えたのか」と問うたら、相手はもうそれだけで恐れ入って、「すんませなんだ」というと思っていた。それがあろうことか反論してきて、その反論が誰が聞いても筋が通った反論で、その件に関しては自分はそれ以上なにも言えない、みたいなことになってしまったからである。

そしてなによりも頼朝が腹立たしかったのは、磯禅師が私・義経を高く評価して、この美しいがうえにも美しい娘を献じたこと、そして私がこの美しい白拍子の肉体を恣（ほしいまま）に愛し貪ったことであった。

つまり私の思うに兄は弟である私に嫉妬していたのである。

そこで頼朝は争いようのない事実を持ち出して問うた。

「ならば問う。そこなる女、九郎の子供を身籠もっておると聞くが、確（しか）と左様か」

もちろんそれについては磯禅師も反論できない。

「それは世に隠れなきこと。弁解の余地はございません。来月にはお産でございます」

これを聞いてこんだ、女たちがざわめいた。

「えええっ、来月、お産ですって。ぜんぜん目立たない」

「だよねー。どうなってんだろう」

「あ、でもよく見るとわかる」

「あ、ホントだ。よく見るとそうだ。でも、よく見ないとわかんない。なんでだろう」

「だからあれだよ、それが所作とファッションの魔力なんだよ。それで男の人はみんな虜になるんだよ」

「すっげー。妾も習いたい」

「あなたは無理」

「なんで」

「元が気の毒な感じだから」

「ホンマのこと言うなー」

「おほほほほほほ」

「おほほほほほほほほほほほ」

そんな女房たちのざわめくなか、頼朝は梶原景時を呼んだ。

「梶原君」

「なんでございましょう」

張り切って側近くに躙(にじ)って寄った梶原に頼朝は、これで陳弁は終わりだ、という雰囲気を滲ませて言った。

「聞いただろう、梶原君。恐ろしいことだよ。なにをするか分からない九郎の子供が生まれないうちに、さ、静の腹を割いて子供を取り出して死罪に処せ。いますぐだ。といってここではするな。どっか遠くで、でも確実にやれ。さ、早く。いますぐだ。いけ、ほれ。なにしてる、ほれ、ほれ、やらんか」

以前、「そこまでしなくても」と言っていたときに比して頼朝は嫉妬により、より過激になっていたのである。

頼朝のこの言葉を聞いて、これまで気丈に答えていた磯禅師、俯いて忍び泣いていた静は、もはや堪えきれなくなったのであろう、手を取り合い、抱き合って号泣した。

その姿は世にも悲しく、これを見た女たちは全員もらい泣きをした。ふと見ると北条政子も涙を流していた。あちこちから聞こえるすすり泣きの声が次第に高まり、そのうちに肩をふるわせて泣き崩れ、号泣する者も出てくる始末で、その場全体が愁嘆というか、なにか途轍もない禍々しいことが起こっているような雰囲気になった。

そしてまた侍たちはというと、これもまた非難がましい目で頼朝を見ていた。彼らは、

「やっぱあれっすよね、こういうやり方やってたら、これだから東国は駄目だ、って言われるんじゃゃないですか」

「ですよね、やはり世論というものが黙ってませんよ」

「静御前、っていう象徴的存在を殺したら、鎌倉殿個人だけじゃなくて東国武士全体の人権感覚を疑われますよね」

「ほんとですよね、やはりここは道理と礼節と慣習を弁(わきま)えた、冷静かつ慎重な議論が望まれるところですね」

など、無責任な建前論を言い合って、自分が良識派だということを確認し合っていた。

その、まるで全員が自分を非難しているような空気に頼朝は大いに不満であった。頼朝は思った。

これじゃあなんか僕がとてつもなく非道いことをしているみたいじゃないか。じゃあ、助

ければいいのか。助けて、その腹の子が成長して、僕と同じことをやったらどうなるんだ。おまえらみんな滅ぶんだよ。それを防止するために僕は子供を殺せって言ったんだよ。なのになんだ。まるで僕を血も涙もない殺人鬼を見るような目で見て。そんなねぇ、可哀想とか、謀反人の人権が、とか、ワイドショーのコメンテーターみたいなこと言ってたら現実の政治はやれないんだよ。じゃ、俺、この場で出家するからおまえら代わりに将軍やってみろよ。三日で滅びるよ。っていうかさあ、女はいいとしておまえら戦場でいつも自分らがなにやってるのか忘れたのかよ。ダブスタ、えぐいんだよ。

頼朝がそんな風に不満を覚えているとき、まるでその内心を見計らったように、既に罷り出ていた梶原が、さらに、つい、と近づいて、意見を言う感じになった。

これを見た一同は、「まーた、梶原かよ」と思い、うんざりした。

確かにこの頃の頼朝は梶原に意見を求めることが多かった。頼朝には梶原の意見がもっとも的確なものに思えたからである。

けれどもそれは当たり前の話で、なぜなら梶原はその卓越した言語能力＋べんちゃら能力で、頼朝の内心を探り、頼朝が言って欲しいことを予め察知した上で、それを適宜、脚色して喋って、それにより頼朝は、「おー、こいつはなかなかいいことを言う」とその都度、思うからである。

こういう人間を周囲に置くことにより、本来、有能なはずの人が政策を誤る。しかし、孤独なトップはこういう輩には、ころっ、といかれてしまう。そして諸将の多くはそれに気がついているのだけれども、それを指摘すると、頼朝の猜疑心を刺激する形で、こんだ、自分が刺されて失脚の憂き目を見る。それは絶対に避けたいことだから、多くの者は思ったことを言わず、かくして正論が斥けられ、梶原の、梶原にとってだけ都合のよい極論が政策として採用され、全体が少しずつ誤った方向へ傾いていく。

このときもそうで、また梶原が頼朝の内心を察知して、

「腹を切って子を取り出して斬首するのはとてもよいことと思います。唐土では普通のことですしね。その役はこれまでの経緯を勘案して堀藤次に命ずるのがよろしいかと存じます」

みたいなことを進言して、頼朝の意見を補強するのではないか、と思われ、一同は辟易、いったいどんなべんちゃらを言い出すのやら、と半ばは呆れ、半ばはうんざりしながら耳をそばだてていた。そうしたところ、言わんこっちゃない梶原、

「静御前の腹の子を取り出して切害せよ、との仰せ。承ってござる」

と言いやがった。

この一言でもはや異論は言えなくなり議論は決した。無惨なことだ。と人々は思い、黙って下を向いた。人々が啜り泣く声がまたひときわ高く響いた。

そして梶原はまた口を開いた。

「しかし」

これを聞いて人々は訝った。

「おい、聞いたかい、しかし、と言いよったぞ」

「なにを言うのだろう」

「しっ、暫く黙って聞こう」


「しかし。それをしたら当たり前の話ですが、母親の静御前も死んでしまいます。将来、源家に仇なすかも知れない嬰児を今のうちに殺しておく、というのは分かりますが、この場合、将来の禍根となる可能性があるのは赤子だけでございます故、静まで殺すというのはちょっと罪深すぎるのではないか、と思われます。そういうことをするとかなり罰というものが当たってくることが予測されるのです。ただ赤子を殺すのはとてもいいことなので、月、満ちるのを待って、子供が生まれて、それが若子さまか姫御前かが分かってから、殺すなり母親に返すなりしてやったらどうかと愚考いたします。ただ、ここ、つまり鎌倉殿の館で罪人の子を出産するというのは不吉なことでございます。そこでどうでしょう。この梶原が館に参っていただき、そこを御産所となして、若君か姫君かが定まってから、殺すなりなになりすればよいのではないでしょうか」

それを聞いた人々は驚いた。梶原が頼朝に反論、しかもそれが正論であったからである。

人々は隣の人の袖を引っ張り、また隣の人の膝を叩いて言った。

「いまの聞きました?」

「聞きました。梶原さんが正論、言ってます」

「あり得ないっすよね」

「あり得ないっすね」

そんなことを言いながら人々は、梶原が正論を述べるということは、もしかしたら、此の世はいよいよ終末の時を迎えつつあるのではないか、などと言い合いながらも、取りあえず今すぐ静が殺されることはなくなったと思い、ほっと安堵の溜息を洩らした。

ただ梶原の館で産をする、と聞いた静は死ぬほど嫌な気持ちになった。そこで、「お許しください」と言って平伏した。

これを見た頼朝が堀藤次に、

「なにか言ってる。言っていいよ」

と言い、堀が静に、

「言いたいことがあるのなら仰ってください」

と伝えた。それで静は意見を述べようとしたが、しかし涙にむせんでその声が殆ど聞き取れない。そこで、堀藤次が近くに行って、その声を聞こうとしたところ、伊東(いとう)の住人、工藤祐経がしゃしゃり出て、

「声が聞こえぬ。僕に言ってご覧なさい。僕が御主君に伝えてあげるから」

と静に顔を近づけて言い、堀は、

「勝手なことをするなっ」

と怒鳴りたかったが、工藤祐経は梶原と同じくらい頼朝に気に入られているからそれができない。また逆に気に入られている側近であるからこそ、そうして通訳を買って出られたの

である。

だから堀は我慢をした。そうして工藤は静に顔をぐんぐんに近づけ、その体から発散される得も言われぬ女の香りと気配を感じながら、その言い分を聞き、それを頼朝に申し伝えた。

それを要約すると以下のようになる。


京を出て以来、梶原という名前を聞くだけで鬱になって死にたくなりました。その梶原の自宅で出産なんてはっきり言ってあり得ません。仮にお産の際に万が一のことがあり、死産ということになったとします。普通であれば生まれたての子は此の世に未練はないのですぐに成仏します。けれども梶原の家で産まれた、ということが引っかかって成仏できず迷う、なんてことになるかも知れません。因果なことです。同じ出産をするなら、できますれば、下向以来、世話になった堀殿の屋敷にて出産できますれば、これに勝る幸せはございませぬわいな。

これを聞き堀は、

「やりい」

と声を上げ、ガッツポーズをした。

同じく梶原は、

「なにもそこまで嫌わなくても」

と項垂（うなだ）れた。

同じく頼朝公は、

「いんじゃね、別に」

と面倒くさそうに言った。梶原の意見にかこつけて威厳を保ちながら世論に迎合したのでである。もしかしたら梶原は兄のその心理も読んでいたのかも知れない。

堀は尋問が終わるとすぐに家に帰った。そして興奮して、意味なく板割りとかをした。そして馬に乗って妻女の実家に行き、事の経緯を話し、土下座をするなどして妻を説得、妻に戻って貰った。なぜなら女の指揮・監督なしにお産ができぬからである。

その際、堀は、「梶原が名乗り出たのにもかかわらず、静御前直々の訴えにより我が家が御産所となった。これは家の誉れである。もし判官殿が奥州におわさば、その噂がお耳に入るやも知れぬ。判官殿に心を寄せるわけではないが、彼が左馬頭殿の御子息であり御主君の弟君である、つまり御主筋であることには違いない。よくよく労って、無事、出産していただかなければならぬ。この通りだ。頼む」と言って土下座をし、持参した瓦を割るなどした。

これを見た妻女は、

「貴方がそこまで発狂しているとは知りませんでした」

と言って涙を流し、

「そこまで発狂している貴方が哀れなので手伝います」

と言って屋敷に戻りお産の準備に努めた。

そうして堀は新たに有能な女性スタッフ六名を雇い入れて、静の専属となし、自らは暇さえあれば雄叫びを上げ、板や瓦を割りまくっていた。

堀はこの日以来、自宅を「御産所」と名付け、出入りの業者などが以前と同じ調子で、

「あ、じゃあ、明日、ご自宅にお届けします」

か、なんか言うと、

「なにを言うか、バカ。御産所と言いなさい。不謹慎な」

と言ってプンプン怒った。


その日より磯禅師は二六時中神佛を祈った。それは次のような祈りであった。

「稲荷（いなり）、祇園（ぎおん）、賀茂（かも）、春日（かすが）、日吉（ひえ）山王（さんのう）七社、八幡大菩薩、静が胎内にある子を、たとひ男子なりとも女子となしてたぼれ」

これを日に何万回、何十万回も唱えるのである。その間は食も断ち、水しか飲まないし、ほとんど不眠なので、磯禅師はもの凄い形相となったが、それほどまでしても生まれてくる子供を救いたかったのである。

そうして月日が重なって産月を迎え、「あ、産まれるかも」となった。もちろん、数日前から、祈禱師や僧が呼び集められ、医師が待機し、堀の妻女、磯禅師を始め、内外の女多数が集結、帝の御后もかくや、という程の万全のサポート態勢を整えてある。

大釜にグラグラ湯が沸いているのは産湯（うぶゆ）である。広間に設えられた壇に、煙で前が見えないほどの護摩が焚かれ、読経の声と、魔除けに鳴らされる弓弦の音が、耳を聾（ろう）せんばかりに響いて、耳元で怒鳴るように話さないとコミュニケーションができない。

堀は発狂して庭で板を割りまくっていた。割りすぎて板がなくなると、一抱えも二抱えもある庭石を抱えては頭上に差し上げ、咆吼しては放り投げ、泣き濡れるという異常行動を繰り返していた。

それだから家人たちは、

「おい、どこへ行く」

「坊主に用を言いつかって寺に行く」

「庭の近くを通ると危ないから気をつけろよ」

「知ってる。殿様が発狂して岩投げてるんだろ。おまえも気をつけろ」

「ああ、そうする」

と注意し合った。生き延びるために。

そうこうするうちに静は無事に出産した。その産は当人が、

「あれ？　いま生まれたかも」

と言った瞬間、産声が響く、というきわめて軽いものであった。磯禅師はこれを喜んだ。なぜなら、こんなに産が軽いのは神佛が祈りを聞き届けてくれたからに違いなく、さすれば、

たとえ男子であっても女子となせ、という祈りも聞き届けられたに違いない、と思うたからである。

さあ、それで、生まれた子供は介助の女の手にて洗い清められ、発狂した堀が買い調えた最上級の白絹で包まれ、磯禅師に手渡された。

手渡された磯禅師は顔を見るより先に、その股間を見る。

渡された子供は若子様であったか。それとも姫御前であったか。

生まれた子供は男子であった。

普通であれば、「御男児御出生」といって家内中、大喜びするところである。しかしこの場合は違った。生まれるや否や、その顔を見るより先に股間を覗き込んだ磯禅師は、そこに唐辛子のような陰茎がちょこんと付いているのを見て絶句した。

あれほど祈ったのに。あれほど願ったのに。ちんぽが。

そう思うと同時に磯禅師は子供を抱いたまま意識を失ってその場に倒れた。

「禅師さま、禅師さま、しっかりなさってください」

と催馬楽、其駒が慌てて駆け寄る。その様を見て不安になった静が、今はもう倒れた母親より自分が産んだ赤子の将来が気になって、

「どっち？　男？　女？」

と絶叫して倒れた磯禅師の手から子供を抱き取り、その股間を見、そこに陰茎があるのを

確認して、絶望して気を失う。その際、生まれたてで、まだグニャグニャの赤子を取り落としそうになり、すんでのところで催馬楽がこれを抱きとめた。そして、やはり気になっていたので、すぐに股間を確認、そこに男根があるのを見てとって気を失った。

それを見て今度は其駒が赤子を抱きとめた。そして股間を見て気絶した。

そんなこんなで、その場にいた全員が股間を見て気絶、赤子だけが元気に泣き叫んでいた。

此の世をまだしっかりと見ないうちに殺害されるとも知らずに。

その時、堀藤次は裏庭で、訳のわからないことを喚き散らしながら、板を割ったり、巨岩を持ち上げて放り投げるなどしていた。それへ所従が声を掛ける。

「岩を投げているところすみません」

「なんだ。産まれたのか」

「ええ、産まれました」

「そうか」

そう言って堀藤次は岩をそっと下ろし、そして言った。

「男か、女か」

静かな口調であった。所従は意外に思いながら答えた。

「和子(わこ)さまにござりまする」

「そうか」

言葉少なに答えた堀藤次は静かに縁にあがると、いったん奥に通って、汗を拭い、夫人に手伝わせて髷を結い、衣服を改めた。

源氏の嫡流に目通りをするためである。

堀が御産所の近くまで行くと、ようよう正気づいた女たちの泣き叫ぶ声が縁にまで響いていた。堀は慰めるようなことを一切言わず、端に平伏すると、一言、

「産まれたら直ちに報告せよ、と仰せでございましたゆえ、参上して報告して参ります」

とだけ言った。磯禅師は、

「いちいちそんなことを言いに来ないでください。行くなら勝手に行けばいいでしょう」

と言った。多くの権力者と付き合い、権力の非情を熟知していた磯禅師は、ここで堀に命乞いをしたところでどうにもならないことを知っていた。

そして静はただ泣くばかりであった。

堀の報告を受けた頼朝にもとより迷いはない。

父、左馬頭殿は命ぜられてその父・為義(ためよし)を斬り、またその幼い遺児を斬った。なんでか？ 決まってる。自分の家を勃興させるためだ。だから私だって自分の家を勃興させるためにそれをする。其の點(てん)について躊躇はない。

ただ、誰に殺させたらよいかについては迷う。なぜなら誰だってそんな仕事をやりたくないからである。

多くあった為義の遺児のうち、ごく幼いものの斬首は波多野次郎延景がこれを行った。波多野義通の妹は義朝の側室となり次男の朝長を生んだ。つまり波多野の次郎延景は義朝にとっては身内であったのである。

やはり自分に向くかも知れない批判を恐れてこのような処置をとったのであろうか。つまり自分をあまり批判しないであろう自分に近い者に実行させ、「酷いことをやらされたー」なんて言い触らされるのを防止する、みたいな。いやさ、言い触らされないとしても世の無常を感じて出家とかされたら、言い触らしたのと同じかそれ以上のネガキャンになるしよ、と思ったのかも知れない。

だが考えてみれば、やはり世の批判は無名の実行者ではなく、有名の命令者に向くであろうから、批判を恐れて近しい者に命じたのではなく、ぜんぜん違う理由でこれを命じたのではないか。つまりどういうことかと言うと、いい加減なものに頼んだら、「こんな幼い子供を斬ったということが世間に知れ渡ったら自分の評判はどうなるのか。情けもなにもない冷酷非情な武士、ということになって好感度が下がり、企業広告の仕事が来なくなるのではないだろうか」と自分の評判を気にして断るか、引き受けたとしても竊かに逃がすとか匿うとかそういうことをするのではないだろうか。或いはもっとがめつい奴だと、ここで幼子を助け、成長した幼子が勢力を保持して優勢になった際、

「あのとき、助け参らせたのは自分でございますよ。所領くださいよ。官位くださるよう朝廷に推挙してくださいよ」

など言おうと思って助ける、将来に儲けを想定してリスクを取るということをするかも知れないのである。実際の話、私の政権だってそうで石橋山で負けたとき、進退窮まって洞穴に隠れていた私を敵軍にありながら、見て見ぬ振りをして見逃した梶原景時は今現在、股肱の臣として私を補弼(ほひつ)している。

それを考えれば今、「俺も判官殿の赤子を助けて未来の梶原景時になりたい」と思う者が出ぬとは限らない。

じゃあどうすればよいのか。

考えて頼朝は安達新三郎(あだちのしんざぶろう)という側近くに使える、軽い身分の者を呼んだ。そういう者であれば、世間の評判よりも頼朝自身の勤務評定を気にするし、大それた出世を考えることもないだろう、と思ったからである。

呼ばれて庭に控えた安達新三郎に頼朝は言った。

「その方、静って白拍子、知ってるよね」

「ええ、知ってます。綺麗な人ですよね。こないだ見ました」

「ああ、そう。実はその静が九郎の子を産んでね、生かしとくとまずいから君、ちょっと行って斬ってきてください」

「マジですか」

「マジです」

「わかりました。じゃあ、行ってきます」

「ああ、ちょっと待て」

「なんでしょう」

「その方、何処に行くかわかってるか」

「ああ、それ聞くの忘れてた」

「こういう男だ。静はな、藤次の屋敷にいる。赤子もそこにいる」

「了解です。じゃあ、ちょっと行って斬ってきます」

「待て待て」

「なんでしょう」

「その方、どこで斬るつもりだよ」

「え、そこで斬っちゃいけないんですか」

「駄目だよ。罪人なんだから。由比ヶ浜に引き出してそこで斬るんだよ」

「あー、なんか、京の三条河原的な」

「そうそうそうそうそう」

「わかりました。じゃ、ちょっと行ってきます」

「待て」

「まだ、なにか？」

「その方、今日はこの頼朝の名代だ。だから私の馬に乗っていけ」

「マジですか？　いいんですか？」

「いいとも」

「わかりました。けど、どの馬に乗って行きましょうか。やっぱ一番ちっちゃい奴ですかね、身分柄」

「いや、あの鹿毛で行きなさい」

「マジですか、殿の廏の中で一番の名馬じゃないですか」

「構わない。あれで行け」

「有難き幸せ。ちなみ、それって、斬った後、返却するんですよね？」

「いや、返さなくてよい。その方に遣る」

「マジですか」

「マジだ」

「メチャクチャうれしいんですけど」

「よかったな」

「マジありがとうございます」

「うん。だから早く行け」

「行ってきます」

と言い、安達は勇躍して「御産所」に向かった。

あの頃の武士にとって馬はとても重要な資産であった。なぜなら戦場で手柄を立てるためにはよい馬が必須で、どんな武技・武芸に秀でていても馬がなかったら、なんにもできなかったからである。だから、安達も名馬を貰って、

「これで俺も一人前の御家人やで。これを機会に出世してこましたる」

と勢いごんで堀邸に向かったのである。


といってでも敵は武技に優れた兵（つはもの）ではなく、生まれたての赤子で、容易いことの喩えを「赤子の手を捻るよう」というが、この場合、マジでそうなので、堀邸に着く頃には、新三郎は勢い込むというよりは、なにかこう、悲しいような、寂しいような気持ちになっており、門の内らへ入っていくときも、馬に乗ったまま、

「右幕下（ばっか）よりの使いであーる」

ズンズン入っていく感じではなく、

「あのー、すみません。将軍家からきたんですけどー」

と、弱気な感じになってしまっていた。だけれども自分は鎌倉殿の名代、しっかりせぬといかぬ。そう思いつつも新三郎は、いざ目を真っ赤に泣きはらして表の間に出て来た磯禅師に対面すると、「赤子を由比ヶ浜で斬罪に処すので引き渡してください」とも言えず、

「生まれた子供さんが若君だと、男のお子さんだと聞いて、御主君が仰いますには、『それはそれは祝着至極。ならばひとつ、私が、抱き初め、をしてやろう』ってことになりまして、それで手前が参りました。その赤子、どうか手前に渡してください」

と嘘を言った。しかし感情が高ぶり、感覚が鋭敏になっている磯禅師がそんな見え透いた嘘に騙されるわけがない。磯禅師は言った。

「清経さん、ちいましたか。あんた、そんなことで人が騙されると思いなはるか、阿呆らしもない。やれ、敵の子ぉや、親ぐち殺してまえ、とまで言われた嬰児、それも男のやや。すぐに殺せ、ちゅことになるに決まってまっしゃないかいな」

それに対して新三郎、根が正直者なので、「いやいやいやいや、そんなことないです。本当に抱き初めです。そんな愛らしい子供を殺せる訳がないじゃないですか」と根底からの嘘を言うこともできず、

「あ、まあ、それは、その、なんて言うんですかね、最終的には、まあ、あれですよね、やはり、死ぬときのタイミングって大事ですよね。武士は自分でそれを決められますかね、どうなんでしょうか。僕なんかはまあ、わかりませんけどね、今ももう、喋っていて自分でなにを言っているのか、わかりませんもん」

など、落ちが見えないまま、沈黙を恐れて、訳のわからないことを口走っていた。磯禅師はそれを聞きもやらで涙にくれ、

「暫し最期の出で立ちせさせん」

と言い、奥の母子のいる間にひきとり、これから死ぬ赤子のための死装束を用意し始めた。その様子を見た新三郎の心が挫けた。

新三郎は思った。

いくら敵の子だからといって、なにもこんな生まれたての赤子を殺すことはないじゃないか。可哀想すぎる。そしてその親たちが哀れすぎる。見ていられない。心が張り裂けそうだ。心臓が痛い。つらい。今、俺が見逃せば赤子は助かる。可哀想な母親と子供のために俺は勇気を持ってそれをするべきじゃないのか？　子供たちの未来を守るべきじゃないのか。自分の出世のため、赤子の命を奪って、果たしてそれで幸せな未来が俺に訪れるだろうか。人を犠牲にして得られる幸せなんてあるのだろうか。ねぇよ。そんなもん、ねぇよ。だったら僕は今なにをするべきなのだろう？　って、そんなもん決まってる。赤子を助けるんだよ。哀れな母親を救うんだよ。此の儘、赤子を旅の法師とかに託して逃がす。それでいいんだよ。それが僕たち若者が今やるべきことなんだよ。

そう思った新三郎は奥の間に、

「もし」

と声を掛けた。しかし、奥から返事はない。そこでもう一度、

「もし」

と声を掛けた。しかし、奥からはそよとも音がせず、衣ずれの音ひとつしない。

「もしや」

赤子を抱いて逃げたか、と思うと同時に新三郎は激しくかぶりを振って思った。

ぷるぷるぷる。俺はなんたら阿呆なことを考えたのか。魔が差すとはこういうことを言うのか。なにが、赤子の未来、だ、なにが哀れな母親を救う、だ。ふざけるな、俺。そもそも、

武士ってなんなんだよ。武芸ってなんなんだよ。敵を殺すことじゃないか。敵を殺して功名を上げて、それで所領を安堵してもらって俺たちは生きてるんだよ。それを否定するってことは自分が死ぬ、ってことなんだよ。俺は死にたいのか？　死にたかねぇよ。

旅の法師に託す？　阿呆か。で、その後、どーすんだよ？　御主君になんて言うんだよ。「殺してきましたー」って言って、それで通ると思ってんの？　「ご苦労さん、じゃあ、首、みして」って言われるに決まってんじゃん。或いは検死役が浜で待ってるかも知らんし。

幸せな未来とか寝言言ってんじゃねぇよ、クソが。とにかく今、今を生き延びる。それが一番、大事なんだよ。それを忘れたら殺されちゃうんだよ。馬鹿言ってンじゃねぇよ。

すんでのところで思い直した新三郎は、それまでの気遣いを捨て、ことさら足音を立てて奥の間に入っていった。

奥の間には磯禅師、静、その他、女たちがいて、まだ名前もない赤子に死装束を着せている。それを見た新三郎は、心の奥でなにかが発動しそうになるのを感じたので、慌ててこれを打ち消し、

「どうせ死ぬんだから準備なんて意味ないでしょう。さあ、赤子をこっちによこしなさい。早く、よこしなさい。さあ、早く」

と赤子を引き渡すように言った。ところが磯禅師は、

「待ってたもれ」

とかなんとか言ってなかなか渡そうとしない。そこで新三郎は、

「じゃかあっしゃ」

と言ってずかずか内らへ踏み込んで禅師が抱いていた赤子を奪い取り、これを物でも扱うように小脇に挟みこんで縁から庭に出て行こうとする。

これまで、柔らかいものにくるまれて、女たちに世話されていた赤子が、急に荒武者の手に渡り、固い腹巻と籠手に挟まれて連れ出されたものだから、赤子は火がついたように泣き始める。

「噫、待ってたもれ。手荒になせそ」

そう言って禅師は後を追う。それに対しても新三郎は、

「どうせ首を斬るんだから一緒っしょ」

と言いながら縁から庭に向かった。庭には鎌倉殿から賜った鹿毛がいて、なにか草的なものを食って笑ったような顔をしている。それを見た新三郎の顔にも笑みが浮かんだ。

こんな良い馬をもらえるのは身の仕合わせ。それもこの赤子を殺すから。赤子を殺さないで馬だけ欲しいなんて理屈は通らない。そんなことが言へるのは、「嚢中無一物であるところの下層級の人、若しくは無責任の学生」だ。ふざけるな、だぼが。

そう思いつつ、拝領の名馬に、ひら、と跨がって馬上の人となった新三郎に、よろぼいながら追い縋ってきた磯禅師が、

「生かして返せ、とは言わぬ。せめて、もう一目、もう一目だけ、幼き顔を見せてたもれ」

と言うのにも、

「見たらかえって未練が残る。見ぬ方がいいですよ」

とだけ言って、振り返らずにそのまま馬を打たせて遠ざかっていった。


さあ、そうなるともはや禅師は居ても立っても居られない、その頃、女が外出するときは、頭から被衣(かつぎ)という名前の薄い布をかぶるのが常で、これをかぶらないで歩くということは今で言うと、乳を丸出しにして歩くのと同じくらい恥ずかしいことであったが、禅師はそれもかぶらない、それどころか履物すら履かない状態で、

「あああっ、待ってたもれええっ」

と悲泣しながら新三郎の後を追って幼子の斬首があるという由比ヶ浜に向かった。

これに其駒も同道する。もちろん師匠の磯禅師が乳を丸出しにして跣足で歩いているのだから弟子の其駒が装いを整えるわけにはいかず、其駒も跣足で乳を丸出しにして（ものの喩え）由比ヶ浜に向かった。

これを見た静は、

「妾(わたし)も、妾も行く」

と後を追おうとしたが、堀の妻女がこれを押しとどめ、静はその場に泣き崩れた。

そもそも不案内な鎌倉、案内もなしに飛び出てきたから、どっちへ行ったらよいのか皆目見当が付かない、あっちで尋ね、こっちで聞きし、ようよう由比ヶ浜までやってきた、そのとき

にはとっくに斬首は終わっており、人影さらになく、せめて亡骸を拝みたいと、馬の通った跡をたどって浜辺を探し歩いたが、幼い死骸の影も形もない。

磯禅師は噎び泣き、

「もう二度と逢えぬなら、せめて、せめて亡骸だけなと見せてたもれ。拝ませてたもれ」

と、その一心で人影のない由比ヶ浜を西に向かいて歩いて行った。

呆然として歩むうち、砂浜を横切って海に注ぎ込む川が見えてきた。稲瀬川である。その稲瀬川の川端に三、四人の幼子があった。砂を摑んでは笑い声を上げ、水に手足を浸してははしゃぎ、或いは駆け回るなどして無心に戯れていた。

それを見て磯禅師の心は烈しく痛んだ。

赤子が生きて大きくなればいずれ成長してあのように走り回ることができたはず。友と笑い合うことも。砂に戯れることも。だけどもうそれはない、それは望むべくもないのだ。あの子の一切の未来は断たれたのだ。

磯禅師は砂浜に膝から崩れ落ち慟哭した。其駒も同じように泣き崩れ、二人の女は抱き合って泣いた。それを見て子供らが駆け寄ってきた。其駒が子らに、「赤子の泣き声を聞かなんだか」と問うた。

「どんな赤子じゃ」

「馬に乗った侍に連れられた赤子よ。その侍が赤子を棄てるところを見なんだか」

本来であれば、赤子を殺すところ、と言うべきであった。しかし、其駒はその言葉を口にできなかった。それで咄嗟に、棄てるところ、と言ったのだ。言ってから其駒は、それが本当だったらどんなによいことか、と思った。其駒は想像した。

あの侍は、赤子の首を斬ろうとして、赤子を小脇に抱えて由比ヶ浜までやってきた。乱暴に取り扱われた赤子は初め泣き叫ぶが、やがてぐったりする。そのぐったりした赤子を見た侍は死んだものと思い、死んだんだったらわざわざ首を斬らなくてもよい。なぜなら面倒くさいし、刀とか汚れるし。勝手に死んでくれたのが幸い、そして赤子の屍骸を持ち帰ったところで仕方がないからこの浜に棄てていこう。おおそうじゃ。そう思って屍骸を棄てていく。ところがどっこい、赤子は死んではおらなかった。泣き疲れてぐったりしていただけ。やがて息を吹き返し、私たちはそれを拾って帰って育てる。此の世の光を浴びて無事に成長して、この子らのような頑是ない笑顔を浮かべる。それだったらどんなによいことか。

そう思ううちに其駒は、ことによるとそうしたことも実際にありうるのではないか、その可能性が大きいのではないか、と思うようになっていた。その其駒に子らのうちの一人が言った。

「その赤子かどうかは判らぬが、あの汀に材木が積んであるのが見えよう」

と子供は浜を通って海に注ぎ込む川の向こうを指さして言った。

「ほんに」

「あの材木の中に馬に乗った侍がなにかを投げ入れるのを見たぞ」

「そりゃ、まことか」

「まことじゃ」

それが本当なら、其駒の想像は当たっていたということになる。それを聞いた磯禅師と其駒はすぐにでもその材木の積んであるところに駆け寄りたかった。だが、浜を貫く川に阻まれてそれより向こうに行けない。

「あれに、和子があるやもしれぬ。疾く行てやらねば。なれど」

と狼狽(うろた)えるところへ、
東の方(かた)より、「を、い、〱」と呼ばいながら浜を駆けてくる者があった。

すわっ。鎌倉殿の配下の者と思い、思わず身を固くすると駆けてきたのはさにあらず、堀藤次の下人、駆け寄ってきて、

「主より連れ戻すように言われて来ました故」

と言うから、

「戻ります。ただ、その前に、あの材木のところに和子がおわすやも知れぬ。ちょっと見にいておくれやす」

と頼む。

「わかりました。僕の方が体力あります故」

と答えて下人、ジャブジャブ、川を渉って行く。やがて戻ってきたその手には赤子が抱かれていた。

やはり、自分の思ったとおりであった。赤子は殺されてなかった。よかった。よかったああっ、と涙を流して喜んだのはしかし束の間の夢であった。

下人に手渡された赤子は、すでに息をしておらなかった。

赤子を包む衣の色は変はらねども、赤子は変わり果てた紫色の屍骸になっていた。だけれども磯禅師はそれでも諦めきれない、「もしかしたら生き返るかも知れない」というので、浜の真砂の、日が射して暖かいところに衣を脱いで敷き、身体を撫でたりさすったりしてみたが、もちろんそんなことで屍骸が生き返るわけもなく、砂浜にかがみ込み、長いことそうしていた磯禅師は、それをふとやめてのろのろと立ち上がった。もはや涙も涸れ果てていた。

磯禅師は気の毒そうに禅師を見ている下人に言った。

「連れて帰ってくだされ。私たちは道がわかりません」

「もちろんですよ。僕はそのために参ったのでござります故」

悲しみのなかで其駒はこの下人は少し変わった人だと思っていた。

「では疾く参りましょう。あまり人目につきたくない故」

と先に立って歩き出した下人に向かい、

「待って」

と赤子の屍骸を抱いた磯禅師が言った。

「静がこの変わり果てた姿を見たらなんと思うだろう。静の思いのなかではまだこの子は生きている。だが、この姿を見て現実を突きつけられたら、悲しみはよりいっそう耐えがたいものになる。妾はそれを身を以て知った。連れて帰って静にこの姿を見せない方がよいと妾は思う」

それを聞いた其駒が言った。

「ではなんといたしましょう」

「このあたりに埋めるのじゃ」

「わかりました。ではそういたしましょう」

ということで、磯禅師と其駒の主従と堀の下人は赤子の死骸を埋める場所を探して浜近くを長いこと歩き回り、ようようここがよかろうと定め、掘ろうと思うのだけども鍬もなにもない、仕方がなく、磯禅師は砂浜に這いつくばって手で砂を掘り、だけど芸能人の磯禅師はこれまでそんなこと、したこともないからなかなか捗らず、下人も手伝ってやっとこさ、赤子の屍骸を葬るほどの穴を掘るには掘ったが、いざ埋けんとしたとき、向こうの方から牛を連れた田夫が歩んでくるのが見え、それを見た途端、赤子の骸が浅ましい牛馬に踏まれるような気持ちになって、とてもじゃないが埋められないような気持ちになった。

そんなことを言ったら浜に埋められるような場所はなく、でもやはり嫌なものは嫌で、どこにも埋められないまま、空しく赤子の屍骸を抱いて堀の邸に戻った。

となれば静に対面させないわけにはいかない。

「こんなことになってしまった」

と手渡された赤子を抱き取った静は、「どうしたの。どうしてこんなことになってしまったの。起きて、早く起きて」とそれがまるで生きている者であるかのように語りかけた。ついさっきまで生きて動いていた者が、もはや冷たくなって動かない、ということがどうしても理解できなかったのである。

その様を縁から堀藤次は見ていた。藤次はもはや正気であった。藤次は若党を呼んで言った。

「このままではまずい。静殿は狂気しておられる」

若党は、おまえかてこないだまで気ぃ狂てたやんけ、と思いながら、

「そっすね。なんか死んだことを認められず、ずっと抱いて話しかけてますよね」

と話を合わせた。

「死んだ児を親が哀傷するのはスピリチュアル的にもよくない。やめさせんとあかん」

そう言って藤次は静を優しく説得して、幼子を勝長寿院の後ろに埋葬させた。勝長寿院は故左馬頭殿のために造られた寺だから丁重な扱いと言える。というか由比ヶ浜に穴を掘って埋めるのに比べたら格段にいい。それを堀藤次親家はやってくれたのである。

堀親家はこの後、建仁（けんにん）三年九月、いろいろあって工藤行光（ゆきみつ）という御家人に殺害された。

すべてが終わって静は言った。

「一日も此処に居たくない」

だけれども静たちはすぐには鎌倉を出なかった。なぜか。それは、磯禅師が、それを主張したからである。

子供が殺されることは京を発つときからある程度、覚悟していた。仕方がない。だが、静の身の上についてはもしかしたら助かるかも知れない。そう思い、「どうぞ助け参らせ給え。もし助け参らせ給えば若宮八幡宮に参じまする」と願を掛けた。そしてその宿願が叶い、静は殺されずに済んだ。ゆえ若宮八幡宮に参らんければならぬが、静には産による血の穢れがあるから五十一日間は神域に立ち入ることができない。五十一日間は精進潔斎して、その後、八幡宮に参ろう。それまでは堀邸に留まろう。と磯禅師は考えたのである。

一日も留まりたくないというのはそうだけれども、神仏のこととなると話は別である。参拝しますと言って願を掛けて、それで命が助かって、その上で参拝しなかったら冥顕（みょうけん）の罰があたってどえらいことになってしまう。そんなら仕方がない、というので静は八幡宮への参拝が叶うまでの五十一日間、鎌倉に滞在することになったのだ。

一方その頃。頼朝さんも精進して身を清めていた。三島神社に参拝するためである。というと、「なにをやっとんねん、暇か」と思う人もあるかも知れないが、この頃の武家の棟梁というのは、関東の王として宗教的な権威でもあったので、政務とは別にそうした神詣でのようなこともけっこうやっていて、かなりの時間をそうした行為に費やしていた。

どれくらい費やしていたかというと、ざっと言って人生の半分くらいはそうした神事、佛事に費やしていたのである。

そして頼朝と雖も、やはり神仏に参るときは精進潔斎が必要で、そういう三島神社とか、箱根(はこね)権現、走湯(はしりゆ)権現といったところに参る際は、精進といって、それ専用の御小屋に籠もり身を清めてから参った。

それはよいのだが、その間は水で心身の汚れを落とし、肉を食ったり酒を飲んだりもせず、大人しくして過ごすので、けっこう暇というか、精神が非常にこの、退屈になってくる。

だからと言って白拍子を呼んで騒ぐとか、そういうことも禁止なので、どうしようもない。そういうときにやはり徒然(とぜん)を慰めるのは男のツレで、頼朝さんの場合もそう、といってでも頼朝さんの場合はツレというよりはもうちょっと違うか、まあ、頼朝さんを慕う奴ら、ですよね、そういう奴らが集まってきて、いろんな話をする。いろんな話をしているうちに時間が経って、暇が潰れる、とまあ、こういうことになる。

ということでその日も、いろんな関東の侍が集まって戦場の話とか、馬の話とかをしていたのだけれども、そのうち川越重頼がぼつりと、

「そう言えばあの、静っていうのは、判官殿の女らしいですが……」

と一言言った途端、みな一瞬で狂熱して、

「いっやー、げっさ、ええ女らしいですな」

「らしいです。楊貴妃(ようきひ)とかええ女やったらしいけど、多分、超えてますよね。お宅見ました

か」

「見ました。その後、馴染みの女のところに行ったら岩石に見えました」

「僕は同じケースで女が豚にみえました」

「僕も豚」

「僕は泥」

とか、

「訊問の時、一瞬、目が合ったんですよ。その時、僕はなぜか切腹したいような気持ちになりました」

「そう言えば知り合いが恋い焦がれて発狂しました」

「そう言えば知り合いが堀邸に忍び込もうとして塀を攀り（よじのぼり）、誤って転落骨折しました」

など噂し、そして、

「たった一度でもあんないい女とやれたらこれに勝る身の果報はありませんよね」

「だったら、だったら、もし敵の大将軍を討ってですよ、『静か日本一の名馬、どっちか望みの方をとらす』って言われたら、あんた、どっち貰います？」

「迷わず静」

「僕も」

「そしたら、ムッチャクチャいい土地の地頭と静だったら」

「それでも静」

「僕も」

「そしたら、そうですね、中将の位と静だったらどうですか？　都で中将になったら、いくらでもいい女と出会えますけど」

「いーや、なかなか。僕は都に赴任してたことあって、そのとき、けっこう上の人の警備担当で、いろんな女房とか、時にはお姫様も見て、そんときは、身震いするほどいい女揃いだ、と思いましたが、静に比べたら、あんなもん、仰るように岩か豚ですよ」

「やっぱ、そうなりますよね」

　など言って盛り上がりまくった。

　そしてそんな会話を頼朝は苦々しい思いで聞いていた。なぜならそうして静を称賛すればするほど、それがそのまま、そんないい女を我が物としていた義経は凄い、という理屈になるからである。

　それを思うと頼朝さんは弟である私に負けたような気になった。頼朝さんはそれを許せない。頼朝さんはさらに思う。

　だけどはっきりいっていまの自分と九郎だったらあらゆる点で自分の方が優れている。だって私は多くの御家人を従える鎌倉殿で、公家はなんかあったらまず私に、なんとかしてくれ、と言ってくる。だから彼らも私を無視して政治を動かせない。私は権力者。位階もはっきり言って従二位である。しかるに九郎はどうか。はっきり言って追討宣旨が出ているお尋ね者で、僅かな従者を連れて六十余州に身の置き所なく逃げ回っているような有様である。

だったら普通に考えれば九郎なんかより私の方がいいに決まっている。ところが静は今でも九郎の方を好いている。九郎の方がいい、と思っている。なぜだ。私の顔がでかいからか。「あんな顔のでかい男とは付き合えない。向かい合って座ったら向こう側が見えないし」とでも言いたいのか。痴れ者がっ。男の価値は顔の大小で決まるものではないわっ。

頼朝さんがそんなことを思いながら悲しんだり憤ったりしているとき、その末席でひとりしょんぼりしている者が居た。葛西清重である。その葛西清重に盛り上がっていた川越重頼が声を掛けた。

「葛西君、さっきからしょんぼりして発言もしないけど、どうしたの？　なにか心配事でもあるの？」

「いやー、実は僕、まだ静さん、生で見たことないんですよ」

「えええっ、マジっ、あの尋問の時、見なかったの？」

「僕、あのとき、たまたま実家、帰ってて行けなかったんですよ」

「マジ？」

「ええ。だからみんなの話にも入っていけなくて。なんか、もう意味なく討ち死にとかしたいですよ」

「まあ、そうなるよね。俺もその立場だったらそう思う」

そのとき梶原は頼朝さんのすぐ近くにいた。梶原は頼朝さんに言った。

「葛西があんな風に悲しんでますよ」

「そうみたいだね」

「それで私、思うんですけどね、こんな事でもなかったら、都で頂点きわめてる静が鎌倉に来るなんてあり得ないでしょ、だから、こないだ見なかった奴はもう死ぬまで静ちゃんを見ることができないんですよ。可哀想じゃないですか」

「可哀想なのかなあ」

「そうですよ。それにこないだ見た奴もですよ、やはりもう一遍、ちゃんと見たい。っていうか静のマジの踊りを見たい、っていう気持ちを持ってると思うんですよ。っていうか殿も見たいでしょ」

「まあね」

「だから、折角だから、やってもらいましょうよ」

「なにを」

「だから、舞」

梶原がいとも簡単にそう言うのを聞いて頼朝さんは難色を示した。

「そーれは、どーかなー」

「なんで」

「だってそうでしょう、そもそも静は九郎の女でしょ。その九郎を僕は討っているからね。

討っているって言うか、追討してる訳でしょ。そしてこないだは私の命令で子供を殺された。その僕の前で舞うかな」

「そりゃ、言えば舞うでしょう」

「そりゃ、舞うかも知れないよ。けどそれは、もう言われてやる嫌々の舞でしょ。僕はそんなの観たくないんだよ。どうせ観るなら心のこもった芸と言うか、九郎の前で舞ったのと同等の舞でないと僕は観たくない」

「でも、折角なんだから一回ぐらい観ればいいじゃないですか」

「だからあっ、わからん人だな。俺は観たくないんだよ」

頼朝さんは依怙地(いこじ)になってそんな風に言った。頼朝さんとしてはもうその話題を打ち切って欲しかったのだ。ところがその内心の複雑精妙な動きを読み取れない坂東(ばんどう)武者どもは、頼朝さんが遠慮して、或いは、気を遣って、或いは、面倒くさがってそんなことを言っているのだ、というとんでもない心理の読み違えをして、

「いやー、そんなこと言わないで観ればいいじゃないですか」

とか、

「一回見れば、殿もその良さがわかりますよ」

とか、

「絶対、観てほしい。絶対、いいから」

とか、

「どうやったら観ていただけるかな」

など、見当違いのことばかり言い募り、頼朝公の心理を理解しようとしない。頼朝公はそれに苛立った。だけど、今はなにをやっておるのか。そう、三島神社に参詣するために身を潔(きよ)めている。だけど瞋恚を身の内に溜めてたら潔まったことにならない。ゆえ、その苛立ちを頼朝さんはぐっと堪えた。あの人はそういう抑制が利く人だった。そして、頼朝さんは苛立ちを自分のなかで合理的な思考に変換した。頼朝さんは思った。

俺の近習はいつも俺の機嫌を気にしている。だけど静のことがからむと俺の気持ちを無視して、まるで気がおかしくなったように静一辺倒になる。いったい静のなにがそんなによいのか。ほかの芸能人とどこが違うのか。容姿はもちろん優れているが、人が容姿だけであのように狂うとはとうてい思えない。じゃあ、その芸がやはり超絶的に凄いのか。僕はそれを知りたい。

そして頼朝さんはそれを一同に問うた。そうしたところ、それをうまく説明するだけの言葉を持たぬ一同は黙った。

だけど梶原は、梶原だけは言葉を持っている。梶原が一同を代弁して例の神泉苑の一件について語った。

というのはそう、私が静を初めて観た、大内裏の東南、二条大宮は神泉苑の大池での神楽舞奉納のことである。梶原はそれを頼朝に以下のように言った。

「何年か前です、旱(ひでり)の年がございましたでしょう」

「あー、あったなあ。こっちはそうでもなかったけど」

「あの時は私、向こうに居りましたからね、よく覚えてますよ。賀茂川も桂川も干上がって、井戸も涸れました」

「そうだった。あの年は兵粮の調達に君も苦労しただろう」

「ええ、しました。それと、そうなりますともう神仏に縋るしかありませんので、古に倣って尊き経文の講読をいたします。それの費えがまた莫大で」

「国家レベルだからな、そら凄いでしょう」

「えら凄です」

「そんな凄い」

「ええ、凄いです。比叡山延暦寺、三井寺の園城寺、南都の東大寺、興福寺から、トップクラスの高僧が百人、神泉苑に集結するんですからね」

「そら凄いな。銭で言うても」

「何万貫でしょう。それ以外にも布も米とかも数千、数萬のオーダーになってきます」

「えぐいね」

「えぐいです。そいでそんな山、三井寺、南都の尊いお坊さんが揃いましてですね、神泉苑の池の畔に壇を拵えまして、これを荘厳いたしまして、護摩を焚きまして、鉦を打ちまして、仁王経を講読し奉りました」

「尊いね」

「それはそれは尊いです。そこには堂上の貴族もみな随喜して、もう皆さん、あまりの尊さに号泣いたしまして、八大龍王もこれを御覧なされますれば、『おまへらの気持ちわかた』と仰って慈雨を恵んでくださるだろう、と泣きながら言い合ったのです」

「うん。そらそうだね。それ、どうなったの？」

「一滴も降りませんでした」

「あかんではないか」

「ええ、あかんのです」

「で、そいつらはどうしたの？」

「誰？」

「その高僧たち」

「あ、なんか、『今日はモニターの調子がいまいちで……』とかなんとか言いながら帰っていきました」

「むかつくなあ。それ実は僕も某・院の人、に頼まれてけっこう費用、出してるんだけど」

「まあね。でも、だからと言って銭を返せとも言えませんからね」

「人の銭と思って朝廷は気楽だよね」

「ままま、そうなんですけどね。結局、それよりなにより問題は雨ですよ」

「まあ、そうか。で、どうしたの」

「で、或る人がね、『ほしたらもう、高僧百人であかんにゃったらいっそあれちゃう？　むっさ美人の白拍子百人集めて踊らしたらどう?』って言い出したんですよ」

「それってもしかして、あの人?」

「まあ、ご想像にお任せしますけど、まあそうですよ。そんな無茶言う人、あの人しかいないでしょ。名前は言えませんけど、後白河院ですよ」

「おもっきり言うとるがな。でやったの?」

「ええ、やりました。むっさ美人、容顔美麗ならんずる白拍子百人、これを選抜しまして、院も御幸(みゆき)あそばされまして、そいで舞を」

「奉納した?」

「ええ、しました。も、他になにも思いつかないし、ダメ元でやってみよう、ってことで」

「よくそんなバカなことしたね。で、どうなったの、雨は降ったの?」

「容顔美麗ならんずる白拍子が九十九人まで踊って歌いましたが、まったく降りませんでした」

「あたりまえや、ちゅうねん。名僧百人集めて駄目なものが白拍子舞でなんとかなるわけないですよ」

「ええ、それはもうみんなそう思いまして、全体に諦めムードが漂ってました。でね、大トリが静御前だったんですけどね」

「そりゃあ、そうなるだろうね」

「そんなだからみんな、さすがの静でも駄目でしょう、って空気感になってたんですよ。そしたら、ジャーマネの磯禅師が出て来て……」

「待て。なんて言ったか当てようか」

「ええ、なんて言ったとお思いですか」

「静には舞わせない、って言ったんでしょう」

「げっ。なんでわかったんですか」

「そりゃそうだよ。磯禅師の立場からしたら、必死で舞ったのに降らなかった、という静に対するネガティヴなイメージが貴族や民衆の頭の中に残るのが嫌だからね。そこはやはり静のタレントとしてのイメージを守るために舞わせないだろうね。僕が磯禅師であってもそうするよ」

「さすがですね」

「そういうところは芸能も政治も同じだよ。っていうか政治は芸能だよ」

「なるほどね。だけど、殿ならそれはできますけど、磯禅師はただの芸人ですからね。権力者には逆らえません。担当者に、『九十九人が舞うてあかなんだんですから静一人が舞うても降りまへんやろ。それに静は内侍所に召されておす。舞うて降らなんだら内侍所の面目も丸つぶれどつせ』とこう言ったんですが、埒があかず……」

「あ、わかった。院が、いいから舞え、と言ったのでしょう」

「そうです。『とても人数なればただ舞はせよ』と仰せがくだって、そしたらもう舞わざるを得ない」

「あの方らしいな。で、どうなったの」

「いや、凄かったっす」

「語彙」

「いや、もうホント、筆舌に尽くせず、つうか、静が舞台に進み出た瞬間、その場の空気感が一変して、最初の音が鳴った瞬間、異次元に飛ばされました。それからはもう忘我です。我も彼もなく、ただ音と気配に酔い痴れて、すべての貴族が涎と小便を垂れ流してアウアウ言ってました。然うしたところ、あれは後から考えれば、その日の演目『身無常』が、半分くらい進んだところだったでしょうか、愛宕山の上の空に真っ黒い塊が突然、現れて、市内に向けてグングン進んで来たんです。あたりは真の闇となりました。

そしてその真ん中あたりにはピカと光るものがふたつありました。そうです。あれは間違いなく超巨大な龍王でした。そしてピカと光るのは、そう龍の眼。人々はもうその場から動けません。口々に、『龍が、龍が現れたぞ』と言ふてゐる間もあらばこそ、稲妻が光ってあたりが真っ白になりました。そして次の瞬間、耳を聾せんばかりの雷鳴が轟いたかと思うと、まるで滝のような雨がどうどうと降ってきました。その間も静は舞い続け、稲妻に照らされ、雷鳴轟く中で舞い続ける静の姿は、もはや此の世の人の姿ではありませんでした。

雨は三日間、降り続け、乾ききった田畑を潤し、国土の平穏無事が保たれました。

それ以来、静の白拍子舞は神佛を動かし、祈雨降雨を齎す、弘法大師(こうぼうだいし)にも匹敵する天下一の舞と評価が定まったんです」

「なるほど、そうか」

最後の方、観光ガイドのような口調になった梶原の説明を聞いた頼朝はそう言って暫く考えたうえで、

「ならば、説得して舞わせよ。これは頼朝の命である」

と言った。

私は頼朝さんのこういうところは積極的に評価している。というのはどういう事かと言うと、最初、頼朝さんは私への対抗心から感情的に静を否定していた。否定というか、静にみな興味を示すことに不快感を覚えていた、と言うべきか。そんな女くらい自分も愛人に出来るだけの器量を有している、みたいな。

と同時にむちゃくちゃにいい女である静を我が物にしたいという気持ちもあった。だけど静は自分を恨んでいる、自分は静に嫌われている、という認識もあり、「そんなに俺が嫌いなのか。そんなに義経がいいのか」というジメジメした感情もあった。

だけど、梶原の話を聞いた頼朝さんはそんな感情的なものをバッサリ断ち切って、「舞わせよ」と命じた。

なぜか。頼朝さんはもはやそれがそうした感情的な問題ではなく、重要な政治問題であることを認識、ならばこれを政治的な問題として適切に処理する必要がある、と考えたからである。

ではなぜ、頼朝さんは、it's only 白拍子舞を政治問題と考えたかというと、そう、それが今日において国家的なイベントとして行われ、そして大成功した、という梶原の話を聞いてしまったからである。

そしてまたその話は頼朝に近侍する諸将の前で披露されてしまった。ここでもし頼朝が静を舞わせることが出来なかったらどうなるか。頼朝の勢威・評判は少なからず失墜する。

もちろん彼らは頼朝の器量に心服し、頼朝の公正と信義に信頼してこれに仕えていた。だけど、後白河院ができた白拍子舞興行を頼朝ができないとなったら彼らはどう思うだろうか。そしてその白拍子が義経の思い者だったとしたら。そして、これが重要なポイントなのだが、その白拍子が全宗教勢力を合わせたよりもさらに凄い霊的なパワーを持っているとしたら。

「いくら鎌倉殿といってもやはり朝廷や院のような行事は出来ませんよね」

「やっぱ九郎判官殿の方が京で人気ありましたよね」

「(頼朝の器量不足により) 静御前の霊的パワーは鎌倉を護ってくれませんでしたね。残念です」

となったらどうなるか。

もちろんこれにより彼らが直ちに離反するとは思えない。だけど、千丈の堤も螻蟻(ろうぎ)の一穴を以て潰(つい)ゆ、という諺があるように、こうしたことを切っ掛けに政権基盤が揺らぐという例は本朝においてもまた唐土においても枚挙にいとまが無い。っていうか、ついこないだの平家の滅亡がそんな感じだった。

頼朝さんはそんな風に考え、自分の不愉快な感情を棚上げして静を鎌倉において舞わせる、ということを政権の重要な政治課題としたのである。

私が評価したのはこういうところである。だけど。


その後の経緯はけっこうグダグダだった。

まず、

「じゃあ、誰がそれ静に言いに行きますか」

という話になり、

「僕が参りましょう」

「うーん、それはどうなんだろう」

と頼朝さんが言うのを、

「なにを仰い枡やらキャベツやら。いまや日本国に住んでて我が君の言うことを聞かん人は居ません。しかもこの梶原はあれじゃないですか、殿が死刑とお決めになったのを、マーマーマー、と取りなして救うてやった、謂わば命の恩人じゃないですか。それを考えれば、それはもう、舞うてもらわないと」

と言うので、

「じゃあ、頼む」

ということになって、梶原はしょうむない馬に乗って堀藤次の屋に出かけていった。

「ポクポクポクポク、こっうっまっ、ってね、いいよね、馬」

など訳のわからない唄を歌いながら、堀方に着いた梶原は、「鎌倉殿の御用にござる」と言い、大きな顔をして奥に通り、自ら応対に出た堀藤次に用件を話す、梶原が来た時点で、

「はっはーん、これは静のことだな」とピンときていた堀はすぐに磯禅師を呼ぶ。呼ばれてやってきた磯禅師に梶原、挨拶もそこそこに、

「こうこうこうこうこうこういう訳で鎌倉殿が舞をご所望、参上して音に聞こゆる御舞一番、見せ奉り給え」

と、要談を切り出すや、梶原が考えていたとおり、もうこの頃には昨今の政治情勢を読んで、無闇に頼朝に逆らうのもよろしくないと考えていた磯禅師は、にべもなく断るということはしなかった。だが、肝腎の静が嫌だと言った場合、無理に舞わせることもできない。

そこで、

「検討のうえ、後日改めて担当者からご連絡させていただきます」

と言ったのだが、梶原は、

「うんにゃ、今、返事が欲しい。っていうか、あなた、担当者じゃないの？　それとも堀君に言えばいいのかな。だったら話、早いんですけど」

と即答を迫った。あんな梶原でも戦場に出ればこれくらいの勘というか機微というか、そんなものが身につくのである。

「では、少しお時間をいただけますか。本人に聞いて参ります」

「ええ、いくらでも待ちます」

「了解いたしました。ではお待ちください」

そう言って磯禅師は奥へ引っ込んだ。

梶原はその後ろ姿を見て、

「婆ァなれどいい女や」

と頭の中で思いつつ、居住いを正し黙然として動かない。


さあ、そして、母親から話を聞かされた静はなんといったか。

「それってセカンドレイプだと思う」

と言い、それ以上、一言も発しなかった。このとき静は自分が芸能人であることを心の底から悲しんだ。

なぜか。

芸能というものは、そこにいる観客を神佛に擬し、身も心も、全身全霊を捧げ、己をむなしくして無心の真心で演じて初めてなり立つものである。その根底には愛と尊敬がある。そしてそれを演じる者は此の世の最底辺の暗闇に蠢く賤しい者である。最底辺の賤しい者が一直線に天井に駆け上がるときに生じる熱と力が人の心に迫るのである。

だからこそ芸能者は権力者に逆らえない。銭で売り買いされ、権力者に媚びて初めて生存を許される。そんな賤しい立場だからこそ、その芸能は神佛に近づくことができるのである。

つまり、輝けば輝くほど、その身分の卑しさを実感するのである。これはひとつの逆説であるが、芸能人として頂点を極めた静は普段からこの矛盾に引き裂かれていた。

そして今回のことが起こり、静は頼朝を悪み、恨むようになったが、あろうことかその頼朝のために真心を捧げて舞わなければならない。そんなことは絶対に嫌だ。あり得ない。だけど最下層の身分だから、権力者たる彼の懇請を拒むことはできない。或いは、芸もなにもない、または芸があっても中途半端な存在であれば、そのような要請をされることもなかった。

だけど静は、天下一の白拍子、となってしまった、その光輝ゆえに、生ぢごく、のような屈辱を味はわされるのであり、そのことを心の底から情けなく思ったからであった。

一言も発しない者にそれ以上問いかけても仕方ない。そこで磯禅師は表の間に戻り、黙然と座したままの梶原に言った。

「嫌や言うてます」

それは梶原がまったく予期しない答であった。梶原は本当にマジで心の底から、静がオファーを受けると考えていた。だが断られた。梶原はそのことの意味が理解できない。なぜなら長く戦場で戦ってきた梶原は人間が合理的な判断に基づいて行動すると信じていたからである。

だがここは戦場ではない。だから合理的な判断に基づいて行動しないこともある。

また戦場であっても人間が合理的判断に基づいて行動するとは限らず、意地や面子によって意味の無い突撃や抜け駆けをして味方を敗北等に導くことはこれはあった。戦場であればそういう場合はそいつを射殺した。だがこの場合、梶原は静を射殺することはできない。なぜならここは戦場ではないし、梶原は将軍ではないから。

大将軍の私は戦場でなくてもムカついた場合やなんかは割と射殺した。梶原は官僚で、大将軍ではないのであまりそういうことができない。「あ、そうですか。では、あのまた日を改めましてお願いにあがります」

と言って堀方を辞した。

その間、自邸に戻っていた頼朝は伊豆の韮山で山木兼隆邸を襲撃したときのことを思いだしていた。

襲撃部隊を見送って屋敷で待機していた頼朝は何度も表に出て山木屋敷の方を見た。闇の中に火の手が上がるのを今か今かと待っていた、そのときのジリジリした、まるで時間が皮膚のなかに染みいっていくような恐怖と期待の感覚を思い出したのである。

そして頼朝は苦笑した。

俺はなにを焦れているのだ。あのときは生きるか死ぬかの挙兵、いまはたかだか一人の女が舞うかどうかに過ぎないではないか。それを同じくらいに焦れている。俺も焼きが回ったものだ。

その時、近習がバタバタと縁先に顔を覗かせ、

「我が君」

と声をかけた。頼朝は、逸る思いを必死でこらえ、わざと余裕をかまして言った。

「なんですか。なにかありましたか」

「ありました。疾くお伝えしたいことがございまする。それを私は今から言おうと思っています」

「なるほど、じゃあ、言いなさい」

「ええ、じゃ、申しあげますけど、いいですかね、言っても」

「いいよ」

「じゃあ、言いましょう。ええっと、ですね。どうしようかな、ええ、やっぱやめときますか」

「やめなくていい、何方(どっち)なんだ。早く言え」

「え？　何方ってどういうことですか」

「だから、舞うか舞わないか」

「はあ？　なんの話です」

「だから、あれだろ？　堀のところに行った梶原が戻ってきたんだろ？」

「違います」

「じゃ、なんなのよ」

「御台所様から使いが参っております」

「あ、なんだ、そうなのかよ。あーそー、じゃ、君、用件、聞いといて」

「もう聞いて来ました」

「なんだったの」

「景時は戻りましたか。静は舞いますか、と御台所様が気にしていらっしゃるとのことです」

「マジか。政子も気にしてるのか。そうか」

と言い、頼朝は噂の広がりの速さに驚くと同時に、懸念したとおりの、静が舞うかどうかが重要な政治問題になっていることを改めて認識した。

「こうなったら無理矢理にでも舞わせないとまずい。そうしないと俺の権威が失墜し、マジで政権基盤が揺らぐ」

頼朝がそう思うとき、またバタバタと人が来た。

「なんだ」

「梶原殿が戻られました」

「通せ」

「行ってきました」

「待っていた。報告しなさい」

「私はなんかおかしいんでしょうかね」

「いかがいたした」

「なんか、こう、なんて言うんでしょうか、なんか変なことしたいんですよね。馬に乗ったら唄を歌ったりしたし、いまもなにか、こう、この座敷で摩羅を出したいような気持ちになっている」

「大丈夫か。なんだったら殺そうか？」

「いまのところは大丈夫です」

「では報告いたせ。如何であった。静は舞うと申したか」

「断られました」

「あかんがな」

「ええ。私の戦略論に基づく予測によると『絶対に断らない』という卦が出ておりました。ところが断られました」

「出るとき、自信満々だったものな」

「ええ。だけど断られた。之は私の思うに私の計算に何か欠けた要素があるのではないか、と思われます。思えば寿永頃よりそんなことは始まっていました。判官殿の戦術では軍に負ける、それはいまもそう信じています。だけど兎も角、あの御方は軍には勝った。これはどういうことでしょうか。それは私の戦略・戦術は何かを欠いている。それを考えると、なぜかおかしな唄が頭に浮かび、摩羅を出して烏帽子を脱いで舞踊したくなるのです」

「そうか。それは大変だな」

と頼朝さんは梶原に言いながら、その話を聞いていなかった。その時、これまた合理主義者の頼朝さんは、ならばどうやって舞わせよう、ということを一心に考えていたからである。そこで頼朝さんは梶原の述懐には相手にならないで次のように問うた。

「もうこうなった以上、静にはどうしたって舞って貰わないと困る。駄目でした、と言って辞めるのは勝手だが、そうなら後任を指名して貰いたい。君は誰なら説得できると思う」

　これに対して梶原は言った。

「工藤左衛門尉祐経が適任だと思います」

「なんでそう思う。理由を述べよ。まさか、勘でテキトーに言って居るのではないだろうな」

「違ひます。彼は在京勤務でしたが、その際、判官殿と非常に近かった」

「なるほど、それで静も好感を持つだろうということか。だけど、今は鎌倉方についていい感じになっているのだから静からは仇の一味ってことになるんじゃないの。同じことなんじゃないの」

「いや、それだけじゃないんですけど」

「じゃあ、なんなんだ」

「つまりね、彼は戦場では、ほぼマッドマンであった九郎殿と近かったということからもわかるのですが、私などからすると、とても非合理な思考パターンを持っています。静のような非合理な思考の持ち主と波長が合うのではないか、その結果、交渉が成立するのではないか、と合理的に考えるのです」

「なるほど、それは合理的な考えだ。よし、そうしよう。祐経に行かせる。だけど別の者が行って説明すると、また事が行き違って面倒くさい。事情を知っている君が行って説明をしてくれたまえ。引き継ぎ、っていうか」

「畏まってござる」

そう言って梶原景時は跛行(はこう)して御前を退出した。そんなことをする意味が頼朝にはまるでわからない。


梶原はすぐに工藤左衛門尉祐経を連れて戻ってきた。その祐経に頼朝は言った。

「事情は梶原から聞いたな」

「ええ、聞きました」

「なにか質問はありますか」

「はい、あの、この問題は非常にこの、非常に難しい問題だと思います。それがなんでまた……」

「ないな。よし、行って参れ」

鎌倉殿にそう言われては断れない。

「承ってござる」

そう言って工藤は下がった。その工藤の顔面が蒼白であった。

だってそうだろう、静が頼朝を恨み、呪っているのは鎌倉中の誰もが知っていることである。その静のところへ行き、頼朝のために舞うよう説得なんてどう考えても無理だ。

しかもそれがどこにでもいる田舎のブサイクな白拍子だったら自分だって脅して舞わせる。だけど向こうは都の、朝廷とかにも出入りしている、自分の六百万倍くらい贅沢な暮らしをしている、超美人のセレブで、どうも気後れがして、面と向かって物を言う自信が工藤にはなかった。

と工藤が思ってしまうのには理由があった。

それは工藤が京都勤務が長かったせいであった。小松殿（重盛さんのこと）に仕え、長く京都に暮らした工藤は都の貴族やその貴族の邸宅に出入りする芸能人たちが自分たち田舎出の武士をどのような目で見ているかを身を以て知っていた。

もちろん武力はある。財力もある。だけどそれでは美人に愛してもらえない。尊敬もしてもらえない。やはり都で尊敬されるためにはファッションセンスや文学的な才能、語学力、外国の最新の学問をある程度知っていなければならなかった。器楽演奏もできないと駄目。そしてなにより、院や帝との距離が近ければ近いほど尊敬された。それは精神的な距離であったが、精神的に近づくためには血や骨や肉が必要だった。それは血筋の近さであったり、肉体的な接触であったりしたが、いずれにしても工藤は遥か遠くに居た。そして、その価値観と美意識だけが酸のように工藤の精神を蝕んでいた。

そんな工藤にとって静は正視できぬ、それを押して見つめれば目が潰れる、光の塊であった。

「どえらいことになってもおた」

家に帰って工藤は関西の言葉で言った。工藤は伊豆の武士であった。だが長く京都で勤務するうち、いつしか怪しげな関西の言葉を話すようになっていた。工藤はそれが正しい関西の言葉でないことを知っていた。だけどそれをよすことができなかった。

「どないしやはりました」

青い顔で帰ってきた夫に妻女が問うた。妻女は千葉介常胤が在京勤務の際、京で馴染んだ女に生ませた娘で、京育ちであった。ゆえ、こちらは千葉に土着する武士の娘でありながら京の言葉を話した。

その妻女に工藤は言った。

「鎌倉殿にムチャクチャな事頼まれてもおて」

「なに頼まれましたん」

「あの、静御前な、あれに、おまえ、白拍子舞をやるように言え、ちいよんね」

「それのなにがムチャクチャですの」

「そらそやがな、静は鎌倉を恨んどんねで、その鎌倉のために舞え、言われて舞うはずないやんか」

「そやろか」

「そやろか、て、そらそうやろ。なんしょ、おまえも聞いてるやろ、梶原はんが行てあかなんだんやで。あの、弁の立つ梶原はんが行てあかなんだんや、僕が行ってどうなるもんでもないがな。ほんまどないしょう。ここで下手打ったら僕はもう一生、出世の目はないわ。頑張って生きてきたのに」

　嘆く祐経に妻女は言った。

「それ、多分、大丈夫やと思うわ」


「ほんまか」

　と問う祐経に妻女は、

「へえ」

　と頷く。なぜ妻女はそんな簡単に請け合うのか。いい加減な安請け合いをほざいていやがるのか。いやさ、そうではなかった。妻女には成功するという確信があった。そしてその確信には確実な根拠があった。それは以下のような根拠である。


　そもそも妻女は、祐経が仕えていた小松殿・平重盛卿の御殿に出仕、冷泉局(れんぜいのつぼね)、と呼ばれ、けっこう全体を仕切るポジションにいた。つまり、祐経は関東からやってきたガッツある新入社員、冷泉局は実力がある女上司、みたいな感じだったのである。

　当初、慣れぬ京でわからぬ事ばかりの祐経は周囲から田舎者とバカにされ、落ち込むことが多かった。そんなときいつもさりげなく庇ってくれたり、アドバイスをしてくれたのが冷泉局であった。

「工藤クン、どうしたの？　落ち込んじゃって」

「僕、都のことなにもわからなくて、それでみんなに迷惑かけて、もうどうしたらいいかわからなくて……」

「大丈夫、大丈夫。みんな工藤クンのこと蔭では応援してるから。私だってそう。ファイト、ファイト！」

「冷泉局先輩……」

そんな会話を交わすうち、二人は互いに好意を持つようになった。

そんな或る日、工藤祐経は重大な問題を抱えてしまった。

といって都で失敗をしたのではない。都では冷泉局の助けもあり、着実に業務をこなし、鼓とかも習ってうまくなった。そのため小松殿にも目をかけていただいて、とてもうまくいっていた。じゃあなんの問題なのかというと、そもそもの地盤、伊豆国での所領問題であった。そうして祐経が在京して留守にしているのをよいことに、親戚の伊東祐親（すけちか）に先祖代々受け継いできた土地を押領すなわち奪取されてしまったのである。それだけでも重大な問題であるうえ、祐経の妻は伊東祐親の娘（万劫（まんごう））であったのだが、これを実家に連れ戻し、相模（さがみ）の土肥遠平（とおひら）という男に再嫁させた。

土肥というのはいまの西湘（せいしょう）バイパスの早川ＩＣあたりで、私はここをよく通るので、通る度にいろんなことを思う。土肥遠平も一緒に戦った仲なのでよく思い出す。マアマアの武士だった。

　ま、ま、それは良いとして、そう言う訳で祐経は妻・万劫との仲まで裂かれてしまったのだ。

　となれば即刻、帰国して伊東祐親を殺害しなければならないが、いま帰国すれば折角、苦労して京都で得たポジション、キャリアがすべて無駄になる。といって帰国しなければ、なによりも大事な先祖伝来の土地、命懸けで守ってきた土地が失われてしまう。

　葛藤の挙げ句、祐経は帰国することにして、小松殿に暇乞いをした。小松殿とすれば、その、能力に目をかけていた祐経に去られるのは困る。だけど小松殿も武士だから、所領が大事なことはよくわかる。

「ま、しゃあないな」

　とこれを許した。けれどもそこは抜かりがない。小松殿はある手を打った。どうしたか。

　小松殿は冷泉局を呼び、言った。

「君、工藤君とやり給え」

「いつまでにですか」

「早いうちに」

「了解です」

　というのはつまり、そう、厳密に言うと違うかも知れないが、まあ、或る種のハニートラップで、ふたりが互いに好意を抱いているのを知っていた小松殿は冷泉局と祐経を割ない仲とすることによって、祐経の気持ちを都に留め、地元での懸案が片付いた後も、心は自分にあり続けるように仕向けたのである。これ則ち政治である。

という訳でふたりは出来合った。

そして地元に帰った後、工藤は伊東祐親の嫡子、河津祐泰を殺害して所領を回復した。そしていろいろあって頼朝さんの信任を得てその御家人となったので、伊豆とかの辺で工藤祐経に楯突く者はいなくなった。

それはよかったのだけれども、そうこうするうちに治承三年、小松殿が薨去した。

それはそれで京との重要なパイプだったので祐経は、困ったことだ、と思っていたのだが、もっと困ったのは冷泉局で、小松殿の薨去とともに彼女は職と住まいを同時に失った。そこで予てより関係があった祐経に相談したところ、「そんなら伊豆に下向して俺の妻になれ」という返事をもらったのでこれに具足せられて東国に下った。

それ以来、祐経と冷泉局は鴛鴦の契、互いに協力し合って生きてきた。


そういう経緯があるため、祐経の妻女・冷泉局は貴族社会のことを能く知り、芸能や文学にも通じている。その冷泉局の読みでは梶原が失敗したのは、そうした宮廷社会の作法・マナーを無視して、いかにも官僚的に、「何月何日の何時に出頭して下さい。正当な理由なしに出頭しなかった場合、処罰されることがあります」みたいな感じで通告したからに他ならない、と踏んでいた。

そりゃあもちろん頼朝に恨みはあるだろう、だが。

と冷泉局は考えた。

静もそしてジャーマネの磯禅師も所詮は芸能者である。芸能者は本能的に権力者に逆らえない。その本能は個人の意志を超える。静が個人として、「頼朝のためになんか絶対に舞わない」と意思したところで、芸能者としての本能がそれを許さない。芸能者というのはさほどに賤しく、浅ましいものだ。貴族の御殿にあって多くの芸能者を見てきた冷泉局はそのように静を見ていた。

だがそれゆえ彼女らはギリギリのプライドを持っている。辱めを受けたと思ったら死んでも舞わないかも知れない。

冷泉局はしかしそうも思っていた。そして、
だからこそ梶原はよい仕事をしてくれた。

と考えた。梶原があれほど官僚的な態度をとってくれた、その後に祐経とともに自分も行き、情誼（じょうぎ）を尽くし、真心がある風な依頼をすれば、梶原によって傷ついた心に、その真心的なものがよりいっそう染み、そうして、「そんなら依頼を受けます」と言うに違いない、と冷泉局は一瞬でそこまで計算していた。それは鎌倉の武士かつ官僚である梶原には絶対にできない計算であり、芸当であった。恐るべし。都の世界。私もそんなことではまあまあ苦労した。

そういう訳で静の出演交渉を一任された工藤祐経と冷泉局は連れだって堀藤次邸に赴いた。門をくぐり、縁にあがり、

「今日は何用にござりましょうや」

と問われ、

「磯禅師さん、いらっしゃいますかねぇ」

と言うところないだ梶原が来たばかりだから堀サイドのスタッフも、「あ、出演の件だな」、と察し、お互いに主持ち、口には出して言わないが、「たいへんっすよねぇ」と目で言って、「あ、じゃあ、いま呼んでくるんで、こちらへどうぞ」と妻は縁で待ち、祐経ひとりが客の間に通る。

ほどなくして磯禅師がやってくる、座るなり祐経を見、なにか言いそうになるのを制して祐経、

「ちゃいます、ちゃいます、あの、今日は用事があって伺うたんとちゃいますねん。ほな、なにしに来てンちゅう話ですけど、いや、もうホンマ、あんたもあれですやろ、薄情なやっちゃっとおもてはりましたやろ、けど気ぃ悪ししてくれなはんな、あんたが鎌倉に来てはると聞いて、すぐにでも伺わんとあかんなあ、と嫁はんとも言うてたんです。それがあんた、拍子の悪い、こないだうちからうちの大将が三島神社でご精進、お籠もりあそばされて、こっちゃ勤めの身ぃだっさかい、行かんちゅうわけにはいきまへんやろ、それですっかりご無沙汰してしもうて。ほんまにご無礼をいたしました。今日は妻も同道いたしました、都の人間

でございますじゃによって、どうぞ、話相手にしたっておくれやす。ほな、私はこれで失礼いたします」

と申して、自分はそのまま行こうとした。

これを聞いた磯禅師がどう思ったかというと、率直に嬉しかった。というのは、ちょっとしたものも手に入らず、髪型から着こなしからみんな変で、下の者でさえ人の目を真正面からじっと見てくる、みたいな鎌倉に下向して日数が経つにつれ、都の人やその口調が恋しくなっていたからである。

そこで工藤と妻女ともども自室に招いてゆっくり話をしたいと思ったが、静がどう思うのかも気になったので、

「ちょっと待ってください。ちょっとまだ行かんとってください」

と工藤を待たせ、静に話をした。そうしたところ静もこれをよろこんだ。

というのはそらそうだ、都で毎晩、パーティーに明け暮れていた人間がいきなり馬糞くさい関東に来て、毎日することもなく、しょうむない堀の家の一室に引きこもっているのである。だからといって頼朝主催のイベントに出演したいとは絶対に思わないが、退屈しきっているには違いない。そこへ都で見知っている工藤と、宮廷関係者であった妻までもがご機嫌伺いに来ていると聞いて嬉しくないわけがない。

「ぜひ、ぜひ」

と喜んでこれを承諾し、部屋を取り片付けさせ、酒肴を命じてこれを待った。

「ぜひと言うてます」

「ありがとう存じます」

と祐経よろこび、妻女にこれを告げ、自分は別室に下がった。女だけにした方がよいと判断したからである。そうしたところそこには、端、堀があまりにも静に肩入れするのを快く思っておらなかった堀の妻女もいた。なぜかというと華やかな都の雰囲気、超一流スターのアウラに抗しきれず、日々、これに接するうちにすっかりファンになっていたからである。

「私も行っていいかな」

「いいと思うよ」

そんな感じでどさくさに紛れて一緒に行ったのである。もちろんそこは静の部屋ではあるが堀邸の一室であるから関係者であることには違いなく、一般人が潜入した感じにはもちろんならないから、それで場の雰囲気が壊れるということはない、忽ちにして、華やかな社交の感じが静の部屋に生まれた。

もちろん工藤の妻は初手からそれを狙っているから、盛り上げる盛り上げる、酔うたふりをして、

「私、歌おうかな」

と言うと今様を歌う。と言うとプロの芸人の前で素人がなにやっとんねん、という感じがするが、今様というのは、そこまでプロアマの差があるものでもなく、その技術的に分析す

ればもちろん繊細巧妙なものであるが、繊細巧妙な技術を用いながら、まったく人の心に入って行かない玄人の芸もあり、また、そのような技術は知らないけれども、自然に人の感情を揺さぶる素人の芸もある。というかそれ以前に玄人と素人の違いというのは身体を売るか売らないかという大前提もあるので、純音楽的な見地から言えば、今様の巧拙に素人玄人の別なし、と言うこともできた。

で、その冷泉局の今様がどうだったか。一言で言うと、よかった。それはその場の、その座の芸として、そこにいる芸に通じた磯禅師や静と美意識を共有して、愉しむことができる立派な芸だった。そんなことができるのが都の、しかも宮廷に仕える人間の、たのしく生きるためのスキル、であったのである。

そしてまたそれに刺激された堀の妻女が、

「私も歌おうかな」

と言うと催馬楽という歌を歌い始めた。と言うと多くの人が、「なんと大胆な」と思うに決まっている。というのはそらそうだ、冷泉局の今様は今も言うように立派な芸だった。だけど堀の妻女というのは都のこともあまり知らない、ただの田舎のおばはんだ。その田舎のおばはんが都のセレブの前で歌うのはさすがにどうなのか。と思ったら、予想もしなかったことだ、どんな田舎にもそういう人が一定数、埋もれているのだろう、堀の妻女はこと歌に関しては、はっきり言って玄人が裸足で逃げ出すほどに上手だった。もちろんそれは荒削りで洗練されてはいない。また、衣裳やメイクや照明や音響効果や、で飾り立てていない分、それこそ一般の素人が聞いたら、単に、「うまいなー。でもやっぱプロには負けるなー」と思ったかも知れない。だけど、玄人の磯禅師や静にはその良さが理解できた。堀の妻女の天分は、都でそこそこやっている玄人を遥かに凌いでおり、数年みっちり修業すれば十分に頂点を狙えるものであった。

と言って磯禅師はプロデューサーとしてこれを聴いた訳ではなかった。そのとき磯禅師はこう思っていた。

「やっぱ音楽っていいなー」

そう、指名手配となった静を匿い、鎌倉に連行され、孫を殺害されて以来、一日たりとも心穏やかに過ごすことのなかった磯禅師はこの日、音楽によって救われていたのである。

そして、

「お二人と違い私は芸人、今更、珍しくもございませんが」

と言って白拍子を披露する。力が抜けていながら足に檜の香りが染みこんだその底光りするような芸はやはり素晴らしい。

そのとき隣室の壁に耳をぴったりとくっつけてこれを盗み聴く二人のおっさんがあった。

工藤左衛門尉祐経と堀藤次親家である。

「レア過ぎでしょ」

「私、ちびりそうです」

「ああ、見たい、座敷で見たい」

「私もです」

二人はそんな風に聞き惚れながら焦れていた。

師匠の磯禅師がやったのに弟子がなにもやらない訳にはいかない。催馬楽、其駒も日頃、修練を怠らぬ至芸を披露する。これはこれでいつの間にそんな上達したのか、全盛期の磯禅師と同じくらいか、或いはそれを凌駕するのではないかと思われるほどの素晴らしいものであった。

これに芸人魂を刺激されたのか、

「朧な空に雨が降る春の夜はいつにも増して静かです。壁の向こうの人も聴いてください。今夜此処での一と殷盛(さか)り、千歳の命、延ぶなれば、いざ我も歌い遊ばん」

と言い、ついに静までもが、一音文字移り、という超絶技巧で、締めの白拍子を歌った。

「ありえないいっしょ」

「射精しそうです」

「こわしたい、この壁をぶち壊したい」

「私もです」

二人のおっさんはそう言って悶絶昏倒した。

そうやって各々が喉を披露して、全員がもっと盛り上がりたい、これで終わりたくない、という気持ちになった。が、そういう気持ちはいちいち言葉に出して言わない。

磯禅師が目配せすると、つと立ち上がった其駒と催馬楽、楽器ケースを抱えて戻ってきた。其駒が抱えていたのは光沢のある錦の琵琶ケース、催馬楽が抱えていたのは纐纈（こうけち）・絞り染めの琴ケースである。其駒は琵琶をケースから取り出すとチューニングをし、これを左衛門尉の妻の前にセットした。催馬楽は琴を取り出し、静の前にセッティングした。

左衛門尉の妻はこれを構え、ベン、ベン、ベン、ベンベンベンベンベンベン、と弾いた。静はこれに、パラララララララララ、ペラポンペラポンペラポンペラポン、と応じ、合奏が始まった。

それは両名の心と心の対話であった。ある時は寄り添い、ひとつになり、低きから高きに駆け上がり、すぐさま駆け下った。高きにある者を低きが支え、語れば頷き、頷けば語った。またある時は責め、責めにむせび泣き、ある時は睦み合って喜悦した。

技、神に入って天も人もこれに感応した自我を超越した。

歌う者も物語る者もあった。涙が流れ、同時に笑いがこみ上げた。

いつ始まり、いつ終わったかもわからない。だが、音がやんだとき、そこにいた者は頭が痺れたようになって虚脱していた。

その虚脱のなかで左衛門尉の妻は痺れる頭で思った。言うなら今しかない。というのはそれが相手を説得しやすい状態にあるからではない。自分自身が自分の心をストレートに言える状態にあるからだ。だから今しかない。そんなことを思うこと自体が頭が痺れている証拠なのだが、頭が痺れているのでそれがわからない。左衛門尉の妻は以下のように口走った。

「大昔の都は難波の京と謂いました。それが山城国愛宕郡に遷り、平安京と謂うようになって以来、源氏が祖、源頼義殿が石清水八幡宮を東にお下し奉り、鎌倉は由比ヶ浦、鶴ヶ岡の麓に若宮としてお祀り申しあげたが鶴岡八幡宮の始まり、鎌倉殿にとっても判官殿にとっても氏神様でございます。なにとぞ、なにとぞ、お参りください。お参りして歌と舞を奉納してくださいい。和光同塵は結縁の始め、八相成道は利物の終わり、と言います。佛と縁を結ばなければ佛の救いは得られません」

「……」

「もちろん、貴方が参ったら、貴方は超人気者ですから物見高い群衆が押しかけて、ぐちゃぐちゃになって神佛に祈るどころじゃなくなるのはわかってます。だから人の多い、日中は避けて、といって朝も人が多いですから、まだ日の昇らん時間帯に行きましょ。暗いけど大丈夫です。堀の女房殿も妾も、道やなんかみな心得てますから、大丈夫です。絶対に大丈夫です。お参りしましょう。そもそもお参りするための滞在じゃないですか」

「……」

「それでそのついでに神前舞を舞えばいいんですよ。それは鎌倉殿に見せる舞じゃなくて、神佛に捧げる舞です。はっきり言いましょうか。言いますよ。静様、あなた様の舞は神佛を動かします。それは神泉苑でも証明済みです。そしたらどうなります？　源氏の氏神様である若宮八幡様にあなたの心が通じたらどうなります？　そうです。そのとおりです。ご兄弟であらせられる鎌倉殿と判官殿の仲が修復されて、またご兄弟で手を取り合って天下のことを為されるようになるんですよ。そうなったら判官殿がどれほどお喜びになると思われます？　あと、その為にあなたが心を込めて舞ったということを知ったら、それはそれはお喜びになることでしょう。私と彼女がたまたまいて、たまたま、ぱっ、とお参りできる、こんなタイミング二度とありませんよ。なにも考えずに行っちゃいましょうよ。ごめんなさい、なんか、もう他人な気がしないんですよ。だから、もう立場とか関係なく言っちゃってるんですけど」

と言い終わって左衛門尉の妻は静の表情をうかがった。そう、左衛門尉の妻は話しているうちに当初の目的を思い出し、後半は完全に口車に乗せる詐欺師の口調で喋っていたのであった。さすがは宮廷出身の年増である。

だけど母親に守られて育った十九歳の静は純情だった。演奏直後の興奮状態だったこともあってまんまと説得され、半分は参詣する気になっていた。だけどやはり決めかねて、磯禅師に、

「どう思う？」

と問うた。それを磯禅師がどういうつもりで言ったのかはわからない。だけど磯禅師は言った。

「これはきっと八幡様のご託宣ですよ。八幡様はこれほど深く私たちのことを気にかけてくださっているんですよ。うれし過ぎる。このラックを逃さないためにもすぐに参ったほうが

いいと思う」

　ということで左衛門尉の妻は見事、静の説得に成功した。そこでそのことをいち早く夫に知らせようと、トイレに行く振りをして伝言を頼んだが、立ち聞きをしていた工藤はもうそこにおらなかった。

　射精をして気分がさっぱりしていたところに、静が舞う、とわかってうれしくてたまらなく、妻の報告も待たず、馬に飛び乗って駆けだしていたからである。


　一方その頃、鎌倉殿の方では、静が舞うかどうかが最重要政策課題となっており、頼朝始め重要閣僚が寄ると触ると、現在の情勢とこれからの見通し、について公式・非公式に議論を重ねて、その他の政策課題は放置される、という有り様であった。

「実際のところどうですかねー」

「まー、これはあくまでもエビデンスに基づかない推測になるのですが私の実感だと静は舞いませんね」

「工藤が行っても駄目ですか」

「駄目ですね。やはり息子を殺された、というのはなんだかんだいって大きいと思うんですよ。その恨みがね、どうしても鎌倉殿に向いてしまう。それを考えると私は舞わないということになる可能性がきわめて大きい、とこう言わざるを得ない」

「そうすると頼朝政権、まずくないですか」

「まずいですが、これぱっかりはどうしようもないです。首に縄つけて引っ張ってきたところで本人が踊らないとどうしようもないわけですから」

「そうすると刺激的な話だけど、静斬首、ってことはありますかね」

「それはないと思います」

「どうしてですか」

「超人気者の静を斬ったとなると京都の評価が変わってきます。やはり関東はなにをするかわからない野蛮な連中、ということになって折角これまで苦労して築いてきた信用を一気に失います」

「鎌倉でも人気ですからね」

「そうです。北条政子あたりは、ファッションアドバイザーになってもらいたいんでしょう、静にかなりの親近感を持ってます」

「だからこそ、鎌倉殿の権力で静を踊らせたい」

「その通りです。静が踊ったとなれば、潜伏中の義経に対する融和のメッセージにもなります」

「なるほど、これは単なる芸能じゃなくて、重要な、政治的駆け引きである、と」

「だからこそ頼朝サイドとしてはなんとしてでも踊らせたい」

「でも、現状ではそれは難しいのではないか、という見通しですね」

「なるほど。わかりました。さ、今、静御前が滞在中の堀邸の前には吉岡さんが行っています。吉岡さーん、聞こえますか」

「はいはい、吉岡です」

「仰る通りです」

的な議論があちこちで為されていたのである。


そんななか工藤が帰ってきたのだから大騒ぎである。

門のなかに入るや否や工藤は待ち受けていた侍どもに、

「どうだったんですか」

「静は舞うんですか、舞わないんですか」

「工藤さん、一言お願いします」

「工藤さん」

と問われた。

だけど先ずは鎌倉殿に報告しなければならず、

「ちょっと、通してください。あぶない、さがって」

と揉みくちゃにされながら侍所に入り、そこにいた人に、

「工藤が戻りました、と鎌倉殿にお伝えしてください」

と言うと、ものの一分もしないうちに頼朝がやって来て、

「如何であった」

と問うた。

「そこにおったんかーい」

と工藤は思うた。頼朝さんは勢いごんで、

「で、どうだったの」

と問うた。工藤は、夜明け前に参ると言っていたことから逆算して、

「寅の刻に御参詣され、辰の刻に御腕差し（神前で舞うこと）なされる由に御座りまする」

と答えた。そうしたところ。

侍所に千万の軍兵が鬨の声を上げたが如き、爆発的な音響が響きわたり、その音響によって建物の一部が破壊せられた。だけどそんなこと誰も気にしない、

「よかったあ、よかったあー」

と声を上げ、日頃、仲の悪い者も、立場に差がある者も、そんなことを一切忘れて、抱き合い、涙を流して喜んだ。

だがそんな中、ひとりだけ浮かぬ顔をする者があった。猜疑心の人一倍強い頼朝殿である。頼朝殿は、内心でほっとしつつも、不快であった。というのは、この御家人どもの喜びように納得がいかなかったのである。

頼朝は思った。

だってそうだろう、自分は日本国総追捕使である。自分が保護し、かつまた荘園公領の地

頭に任命して初めてこの者共は生きていかれる。だから本来、此の者共がもっとも気にして、もっとも注意を払わねばならぬのは、この頼朝の一顰一笑（いっぴんいっしょう）なはずである。しかるになんだ、たかが一人の女芸人、たかが一人の白拍子が気まぐれで舞うからと言ってこんな喜ぶなんておかしくないか。もしかしてこいつら、俺より白拍子に忠誠を誓ってる？　どこまでアホなんだ。どこまでエンタメ好きなんだ。白拍子舞見て一家眷属一族郎党養えるのか？　白拍子がおまえらの所領安堵してくれるのか？　ふざけるな、木っ端。

そう思いつつ頼朝は次のようにも思った。

と同時に俺が内心でほっとしたのも事実だ。というのは戦略家としての話だが、ここで静が舞わなければ俺の権威は地に墜ちる。九郎を慕い、九郎の言うことならなんでも聞く女が、鎌倉殿である俺の言うことは聞かない、というのは確かにまずい。だからといって殺すのはもっとまずい。ゆえ、今、踊るというのを聞いて俺はほっとした。だけど、「鎌倉殿もほっとしておられる」「我々同様よろこんでおられる」と思われるのもまずい。だから顔は不機嫌そうにして、それから内容についても手放しで喜ぶのではなく、なにかこう批判的な雰囲気を醸し出して、やはりこの人は一筋縄ではいかないし、芸能人より遥かに偉大な人だということを印象づけておかなければならない。

ということで頼朝は左右の者がどれほど自分の意見に同意するか、を測りたくて言った。

「ぜんぜん理解できない。だってそうでしょう、どうせ踊るなら、人の多い昼間に参詣すればいいじゃないか。なんでわざわざ人のいない時間帯に参詣するんだよ。馬鹿じゃないのか」

そうしたところ、左右に居た侍たちがいっせいに、

「あー、殿、それちがうんですよ」

と言い、なかの一人が代表して、

「やっぱあれなんですよ、そら普通のね、芸人だったらそうでしょうけどね、内侍所に召されたというのはやっぱね、格が違いますからね」

と言った。

これは頼朝さんにとっても説得力のある話であった。芸能やスポーツにとって天覧というのはなににも勝る名誉である。私はそんなことをいちいち闡明に記憶しているが、あくまでも下層民の娯楽であった浪曲を普通民が見にいくようになったのは、桃中軒雲右衛門が有栖川宮妃殿下にまねがれ御前公演を行って以降である。長嶋茂雄が昭和のスーパースターになったのは天覧試合でサヨナラホームランを打ったからである。

近代化した明治の御代で、或いは民主化した戦後日本ですら賜天覧というのはさほどの重みがあった。まして元暦年間においては尚更である。

だけど、これに続けてその者が言った言葉は頼朝さんにとって看過できぬ、いや、絶対に許せぬ一言であった。その者はこのように言った。

「それにあの判官殿が愛した女です。いわゆる芸人の範疇を超えたカリスマとして洛中に君臨しているほどの方なんです」

この一言で頼朝さんは怒るというより拗ねた。頼朝さんはそんなことを自然な口ぶりで言う部下に鎌倉殿としての誇り完全に打ち砕かれたのである。頼朝さんは言った。

「あー、そんなセレブだとは僕、知らなかった。そんな気位が高い女だったら、踊りの準備しているときに僕が行ったら、『頼朝が来るんだったらあたしおどらなーい』とか言って踊らないでしょう。みんなが期待しているのに僕のせいで踊り見られなかったらみんながっかりしますよねー。じゃあ、僕は今晩から行ってお籠もりしてますよ。先に行っていたら静は知らないで踊ると思うから」

頼朝さんはそう言えば、さすがの部下たちも、

「いくらなんでも鎌倉殿にそこまでさせるわけにはいきません」

「どうか、舞台の準備ができてから悠然と現れてください」

「大将軍としての威厳を保ってください」

と懇願すると思った。ところが豈図(あにはか)らんや、諸将どもは口を揃えて、

「それは名案」

「さすがは戦略家」

「これで僕らも間違いなく舞を見られる」

「ありがとうございます!」

「ありがとうございます!」

とそれを止めるどころか、この行動を褒めそやし、感謝した。なので頼朝さんは深く傷付

きながら、だが、御家人を思い遣る、大腹中のお屋形様、と見られるような演技をするしかなかった。


　さあそんなことで鎌倉殿の若宮八幡宮のご参詣があった。

　舞は中庭の特設ステージにて行われる。ほだら、正面は畏れ多い、朝日を背に東の回廊の真ん中が広がって広間みたいになっているところが見やすいやろう、ということになって、そこに御簾を掛けて着座なさった。その北隣に御台盤所(みだいばんどころ)・北条政子のブース、南隣は御乳母三条殿。その他、回廊にずいと伸びて、大納言局、中納言局、帥の典侍(すけ)、冷泉殿、鳥羽殿、といったお局ちゃんたちが思い思いに幕を張った。

　中庭を挟んで西の回廊には艶やかな向こう側と違っておっさんたち、真ん中の広間には畠山重忠、その北隣に小山朝政、宇都宮朝綱が、南隣には和田小太郎義盛、佐原十郎、そして回廊には一条(いちじょう)、武田太郎(たけだたろう)、小笠原(おがさわら)、逸見(へみ)、板垣三郎(いたがきさぶろう)らが幕を張る。

　と言ってそいつらが一人で来ているわけではなく、それぞれ警固の侍、丹、横山、与、猪俣、私市、村山などを連れてきており、そいつらも幕を引いて警戒にあたっているから、そこらが武者でグシャグシャになっている。ことに鎌倉殿御前近くは最側近・梶原父子が一門の幕を張って目立ちまくっている。

「明け方近くに参ったら人が居らんからゆっくり祈れますよ」

「どこがやねーん」

的な光景である。といってこの辺りの上層部に情報が洩れるのは仕方がない。だが、どこから聞いたのか、もっと下の奴らも静が舞うのを知り、拝殿の軒から垂れる雨を受ける石を敷いた溝のあたり、建物の前にぎゅうぎゅうになっている。さらに身分が低く、なかに入ることのできない者は、回廊の外側から伸び上がって覗いたり、階段の裏の隙間に無理矢理入り込んで骨折とかしていた。また、オーロラビジョンなどの設備がないため、そんなところに居て歌が聞こえるわけもなく、舞が見えるわけでもないのに、拝殿の向こうの山にもびっしり人が居るのには驚いた。少しでも静の近くに居たいということなのだろうか。それとも後日、人に「俺、あの時、あそこに居たんだよ」と誇るため？

しかしそれにしても、こんな奴らまでもが静が舞うということを知っているというのはどういうことなのか。「拡散しすぎやろがいっ」と思う。

って言うか、全鎌倉市民にこの噂が一瞬で広まったようで、若宮八幡宮近辺は、現今の三が日を凌ぐ人出で、付近の交通が麻痺状態に陥った。

この有り様を見て頼朝さんが下で警備している梶原に声を掛けた。

「ムチャクチャなことになっているが大丈夫なのか。そもそもここに居て見えるのか。都ではどういう風にするのか。拝殿の中でやるのか。それともこの回廊の前でやるのか。どっちだ」

「ええ、さっきからそれを確認しようと思っているんですけど、雑人が興奮して絶叫していて、なにも通信不能です。伝達事項がなにも伝わってこない」

「それはまずいな。じゃあ、スタッフを集めて雑人を排除してください」

「了解です」

梶原は命を受けスタッフの侍に、

「鎌倉殿の命令である。そこにいる雑人を排除しなさい」

と命じた。スタッフは、

「了解です」

と返事をしてそこらの雑人を排除にかかった。といって民主的な手段では勿論なく、いきなり棒で頭を殴った。

一般人は烏帽子を打ち落とされ、法師は笠を打ち落とされた。それくらいなら恥辱ではあるが命に別状はない。だけどなかには負傷して流血する者も多くあって、そこここに血だまりができるという凄惨な光景が現れた。

だが民衆は怯まなかった。民衆は叫んだ。

「これほどおもろいイベントはもう二度とない。今、見逃したら一生見られない。血が出たくらいで見なんだら一生、後悔する。つかナーニ、これしきの疵、静御前の舞の功徳で治りますわいな」

とこうなったらもはやエンタメキチガイであるが、そこにいる全員がそんな精神状態だった。静はそれほどのスーパースターであった。

佐原十郎がこの騒動を見て、

「しまった。こうなることが最初からわかっていたら回廊の真ン中に舞台を据えて舞せたのに」

と歎息した。頼朝さんは耳が極度によかった。宏壮な御殿にいて、遠く離れた間で縫い針が、ポソッ、と墜ちる音が聞こえたという。

そんなだから耳を劈くような喧噪の中に佐原十郎の声を聞き取り、横におった奴に、

「いま申しつるは誰ぞ」

と問うた。

「調べてきます」

「調べてきました。佐原十郎義連です」

「呼んできなさい」

「了解です」

呼ばれてやってきた佐原十郎に頼朝は言った。

「その方、このようなイベントの仕切りや演出に詳しいのか」

「はい。京都勤務の際に仕えた家がそんなところで、そこでいろいろ習いました」

「そんなら白拍子のステージのセッティングもできるのか」

と頼朝に問われ、実はこの話を聞いた瞬間から、そういうことがやりたくてやりたくてた

まらない、あの不世出の芸術家、静御前のステージを己が手で演出してみたいと念願していた佐原は勢いごんで答えた。

「できますっ」

「じゃ、頼むよ」

言われて佐原は張りきった。といってそのステージの骨組みになるような木材がない。

「どうしようかな。まあ、しょうがない、そこらの家、毀して柱とかもらおかな」

など思案して境内の裏の方へ歩いて行くと、一角に材木が高く積み上げてあった。

「これは重畳」

とさっそく佐原はこれを部下に命じて、運ばせようとする。そうしたところ向こうから血相を変えた人が来て佐原に言った。

「こら、なにしなはんね」

「なにをするもかにをするも、見てわからんんか。材木、運んでるんやないけ」

「あかん、あかん。どこのキチガイや。これはなあ、畏れ多くも若宮八幡宮御修理のための材木じゃ。猥りに触れたら罰あたりまっせ」

「じゃかあっし。あの名高い静御前が神前にて御奉納舞をなされ、鎌倉殿がこれを御観覧遊ばす、そのための舞台を据えるための材木じゃ、ごぢゃごちゃ吐かすな」

「しゃあさかい言うてまんにゃがな。この木ぃは、その舞を御奉納する尊い八幡宮様の、それからそれを御観覧あそばされる鎌倉殿にとっては氏神様の本宮の御用木やおまへんか、それをば徴発するのは本末転倒やおまへんか」

「理論を言うなっ。おいっ、かまへん、持ってけ。けど俺らなんで関西弁で喋ってんねやろな」

と部下に命じ、それから理論を言った男を殴り倒し、天に向かって、

「神さん、罰はこいつに当てたってくれ」

と言い、部下を呼んで一瞬でこれを運ばせた。なんで一瞬で運ばせることが出来るかというと、治承寿永と合戦が続き、そこいらにある木材で陣地を構築したり、櫓を組んだりするのに極度に習熟していたからで、つまり軍事技術が民生に転用されるということはこの頃からあったわけである。

ということで中庭に面した回廊のところに舞の舞台を拵えるなんてことは造作もないことで、しかも佐原は有職(ゆうそく)も故実も一般的なことなら知っているから、都の人間が見ても、「まあ、普通」という感じの舞台が組み上がった。

だけど凝り性の佐原は物足りない。もっと華やかな、いい感じにしたく、あちこちから、やれ紋黄だ、やれ唐綾だ、と様々の色、テクスチャーの布を集めてきて、ああでもない、こうでもない、と仔細に検討して、ようやっと満足のいくものを作り上げた。

それを見た群衆は驚愕した。

それまで見た舞台はすべてイントレで組んだ工事現場の足場のようだったし、幕も筵(むしろ)とか、あり合わせの布であったからである。

群衆のうち、一人の老人は、
「私はかつてこのように華やかに設えられた舞台を見たことがなかった。この舞台を見られただけでも今日来た甲斐があった」
と呟いた。

しかしいくら工兵の仕事が早いと雖も、それだけの舞台を拵えるのには一定の時間がかかり、刻すでに巳の刻であった。

しかし静はまだ現れない。優れた芸術家の常で、興が乗らないとその気にならないのだ。というと、「名人ぶってるんじゃないよ」とか「我が儘、言ってんじゃないよ」と批判する一般人や批評家がいるだろうが、それはてっぺんから誤りである。

そういう雑駁な愚物は千回洗ったタオル、それも工務店にもらったやつ、のような自分の感受性を基準にして言うからそんな心ないことを言うのであるが、芸術家はそんな奴が十万億回生まれ変わったところで理解できない複雑精妙な心理の綾のチューニング、外界と内界の圧力調整、天文地理遁甲ということを考慮に入れて一万分の一寸刻みに身体を動かす、といったことを絶えず行っているからである。

だけどそんなことがわからない群衆は、
「いつまで待たすんじゃい。なに考えとんじゃい」
と口々に不平を言いながら、しかしその場を立ち去るものは一人もなく、日が昇るにつれ、人は増える一方なのであった。

そして日がかなり高くなってから静は輿に担がれてやって来た。

その左右には左衛門尉、堀藤次の女房が供をしていた。

一緒に来た禅師、催馬楽、其駒は出演者なので舞台に上がってスタンバイした。

工藤左衛門尉の女房は桟敷にあがったが、自分はこの日のイベントの主催者だくらいの勢い、えらい権幕で、揃いのコスチュームを着せた女房三十人を連れてきたのでただでさえ狭い桟敷がギュウギュウになった。

しかしこれに文句を言う者はなかった。なぜなら工藤の女房が静を説得してこのイベントを成立させたという噂が既に広まりきっていたからである。

そしてそのとき静はどうしていたかというと。

舞台の隅で布をかつぎ、敬虔な祈りを捧げていた。

そしてその姿は誰にも見えなかった。

なぜなら。

あまりにも己をむなしうして祈っていたからである。これほどの祈りができて初めて超一流の芸能者と言えるのであり、「俺がー」「俺の踊りガー」と喚き散らしているようなものははっきり言って、芸能者と言うよりはただの糸屑のような目なしザルなのである。

もちろん、母親にしてジャーマネの磯禅師はその辺の機微は嫌というほど心得ている。だ

からといってここで変な間をあけると、また東国人が騒ぎ出して、静が「やっぱ無理」と言い出すのを恐れ、

「じゃあ神様も退屈でしょうから珍しくもないけど前座やりまーす」

と言い、催馬楽に鼓を打たせて「好き者の少将」と謡うちょっとおもろ目の白拍子を鋭角的なビートに乗って踊ったのだけれども、これがあり得ないほど力感・躍動感に満ちて素晴らしく、終わった瞬間、驚きと感動の余り、地鳴りのような響きが起きて地面が揺れた。

或る者は言った。

「俺、なんか怖なってきた」

隣に居た者が問うた。

「なにが」

「静に比べたらだいぶ下の磯禅師でこれなんやろ。ほしたら静の芸みたらどないなんにゃろおもて」

「多分」

「多分？」

「死ぬやろ」

「いやよー、でも見たいー」

そんな風に次元の低い人々を歯牙にもかけず祈っていた静ではあったが、その喧噪に気が

つかぬ訳はない。静は葛藤した。

結局、頼朝殿の前で舞わされる。祐経の女房に騙された。でも、なにか自分のなかに舞おうという意志があるのもわかる。でも鎌倉殿のためには舞いたくない。あんな屑のために舞う舞は私のなかにない。

私はどうしたらいいのだろうか。

静の思いはかつぐ布の下で千々に乱れていた。


群衆が参集し、仇である頼朝も見物に来る。いくら私の為、神佛に捧げる舞だとしても、そんな環境下で舞うのはかえって不敬にあたるのではないか。

千種(ちぐさ)に案じた挙げ句、そう結論づけた静は辺りを見回して言った。

「左衛門尉さん、居ませんか」

左衛門尉はなにがあっても直ぐ対応できるよう舞台下に控えていた。

「なんでしょうか」

「鎌倉殿がご参詣なさっているようですね」

「はい。そのようです」

「妾、やはり今日はやめときます」

「それは、それはいけません。ここまで来てやめるわけには」

「ええ、だけど、鎌倉殿がいらっしゃっているのであれば、これは公的な要素を帯びます。

ならばそれなりの準備が必要です」

「どういうことでしょうか」

「囃(はやし)です。都の内侍所に召された折は、内蔵頭信光(くらのかみのぶみつ)殿の囃でした。神泉苑の雨乞いの折は、四条のきす王という達人に囃されて舞いました。今回は嫌疑を受けての下向ですから、鼓打ちも居りません。奉納については今しがた母が形通りに腕差しを奉納いたしました。妾は都に上り、またこそ鼓打ちをも人選して、改めて下向いたし、腕差しを参らせましょう」

　静はそんな理窟を言った。つまり、私的な奉納であれば、適当な伴奏でいいが、鎌倉殿が出席するのであればそれは内侍所で舞ったり、神泉苑で祈禱したりするのと同等の国家的行事であり、ちゃんとしたバンドの伴奏がないと失礼に当たる、と言ったのである。

　要するに約束に反して頼朝さんが来たことを逆手にとってごねた訳だ。

　そして静はそのまま舞台を下りてしまった。

　これを見た鎌倉の支配層の御連中は落胆のあまり、一斉に溜息を洩らし、脱力して両手を猿のように垂らし、天を仰いで口から涎を垂らしグニャグニャになって左右に揺れた。

「ちょ、ちょっと待ってください。まだ、行かないでください。禅師さん、ちょっと帰らさないでくださいね。堀さんも頼みまっせ。ここに、ここに居とくなはれ」

　慌てふためいた左衛門尉は、そう言ってくれぐれもまだ帰らないように頼み、そして頼朝さんのところへ疾駆した。

「えらいこってす」

「どうしました。静が舞台を下りましたが、なにか不都合でも生じたか」

「実は、こうこうこうこうこういう訳で、舞わぬ、と。帰る、と。こう申しまして」

「マジか」

「マジです」

「くっそう、たかが芸人が名人ぶりやがって、驕り高ぶるにも程がある。もう、斬ろうかな。よし、斬ろう。おいっ、工藤、おまえ、斬れ」

なんて短気を起こすようでは武家の棟梁はつとまらない。そこは内心でそう思っても、ぐっ、と堪え、

「うーん。鎌倉を僻地と侮ってそんなことを言うのであろうが、しかし、鎌倉には鼓打ちもろくにいない。文化的に劣ったところだ、と頭悪いくせに自分は意識高いと思っている都の奴らに思われるのも腹立たしいし、それだけではなく政治的な不都合も生じる」

と言い、そして、

「梶原君、侍どものなかに鼓を打てる者はありませんか」

と問うた。そうしたところ梶原は、

「居りますよ」

「たれ」

「工藤左衛門尉ですよ」

「マジか。いま、鼓打ちがいないからダメ、って言ってきた工藤が鼓打ちなのか」

「マジです。彼の仁は小松殿に仕えておりましたとき、内侍所の御神楽に呼ばれてました」

「そりゃ、凄い」

「宮中で評価の高い名人でないと呼ばれませんからね」

「灯台もと暗し。おい、工藤君、君、鼓の名人なのか」

「いいえいいえ、滅相もない」

「謙虚だな」

「名人ではありません。達人です」

「自分で言うな。じゃあ間違いないな。でもおかしいな。ではなぜ静が鼓打ちが居ないから舞わない、と言ったとき、『そいじゃあ手前が』と言わなかったのだ」

「すみません。舞わないと言われてパニックでした」

「メンタル弱いな。まあ、いいや。では、打ってください」

「了解です。最近あんまやってないんで自信ないけどやってみます。けど」

「けど、なんや」

「鉦も入った方が盛り上がると思うんすよね」

「心当たりあるのか」

「長沼五郎ですね」

「なるほど。では呼んできてください」

「承知」

「行ってきました」

「時間かかったな」

「ええ、この場に来てませんで家に行きました」

「どうでした」

「ええ、行ったら家の中、暗いんです。どうしましたと聞いたら、『眼病を患って、家で養生してる』と申されまして、『舞楽の鉦、打って欲しいんですけど』と言ったら『無理っ』と断られました」

「マジか」

「マジです」

「そうか。困ったな。頼朝ちゃん、困っちゃったな。じゃあ仕方ない、鼓だけで行く?」

と頼朝さんがそういうと横手から、

「私がやりましょうか?」

と言うた者があった。梶原平三景時である。

頼朝さんは疑わしげに景時を見て、

「君が?」

と言い、そして、左衛門尉に問うて言った。

「実際のところどうなの?　梶原君、どれくらい打てるの」

「そうですね、まあ、長沼の次くらいですかね」

「マジか」

「マジです」

「そうですか。梶原、君、そこまでの上手になるためにはかなり練習しないといけないと思うけど、いったいいつ練習したの」

「京都に赴任中に練習しました」

「ああ、そうですか。じゃあ、やって」

とそう言いながら頼朝さんはふと不安を覚えた。

果たして自分の幕僚は真面目に戦争をしていたのだろうか。真面目に朝廷工作をしていたのだろうか。笛や太鼓の練習をしてただ宴会をして楽しく暮らしていたのではないだろうか、という疑問を抱いてしまったのである。にこにこしながら頼朝さんは、後で調べて問題があるようであれば粛清しようかな、と思いを巡らしていた。

そのとき、ステージのデザインを担当した佐原十郎義連が発言した。

「ちょっといいですか」

「なんですか」

「いま話、聞いてて思ったんですけど、鼓だけだったらそれでいいと思うんですけど、鉦が入って笛が入ってないのって変くないすか？」

「うーん、どうなんだろう」

「演出家の立場から言わしてもらうとバランス悪いんすよね。あと、音楽的にもバンマス的な人いた方がいいと思うし」

「あ、なるほどね。一理あるね」

と言いながら頼朝さんは、なにが演出家じゃ。後日、粛清しようかな、と思いつつも、

「誰か笛、できる人いますか?」

と問うた。そうしたところ近侍していた和田義盛が言った。

「畠山重忠がいいと思います」

「どれほどの腕前なんです」

「院の御感に入るほどの達人です」

「マジか」

「マジです」

「信じられない。だけど、どうだろう、畠山は私の吏僚のなかでも賢人第一と言われるほどの男で、そのうえ偏屈だ。いちびった楽団の楽団員になるだろうか。断るんじゃないかな」

「鎌倉殿の御諚(ごじょう)と言って説得してみましょう」

「じゃあ、まあ頼む」

「承知」

そう言って和田が、〽ワダダッ、オーワダッ、ワダッダッ、と歌いながら畠山の桟敷へ向かった。

「畠山さん」

「あー、なに、和田君か。なかなか始まらないけど、いつ始まるのかな。君、知らない？」

「それが、こうこうこうこうこうこういう訳でね、君に笛を頼みたいのだが」

「何、笛？　無礼な。そんなことはねぇ、僕は絶対やるよ」

「やるんかいっ」


　という訳でバンドのメンバーが揃い、まずステージに現れたのは工藤左衛門尉であった。工藤は光沢のある深いネイビーの袴を穿き、見る角度によって色合いが変化する黒みを帯びたグリーンの水干に、黒いキャップを被り、紫檀の胴に羊のヘッドを張った鼓を手にしていた。

　暫くの間、工藤は俯いてチューニングしていたが、やがてこれを左の脇に抱え、そして袴の股から裾に流れるラインが美しく見えるよう留意しつつ、これを太腿で挟み込み、「ほっ」と掛け声を掛けると、ポコランポコランポンポコラン、と音色も調子もいい按配に打ち鳴らし始め、その素晴らしきサウンドは回廊の天井、そして八幡宮の上空にまで響きわたった。

　ポコランポコランポンポコラン。

　それはもの凄くなにかが始まる感じのサウンドで、群衆のワクワク感・期待感がいや増した。

　その鼓のサウンドが響きわたる中に、ウオー、という地鳴りのような歓声が響いた。

鉦・銅拍子(どびょうし)を手にした梶原平三が登場したのである。その時の梶原の服装もまた粋なものだった。工藤と同じく光沢のあるネイビーの袴に少し黄味がかったグリーンの水干を合わせて黒のキャップをかぶり、手にした銅拍子はシルバーでできていて真ン中の部分にゴールドを打ち出して作った菊が貼り合わせてある。歓声のなかステージにあがった梶原は工藤の右隣にピタと座ると、工藤の鼓に合わせて絶妙のタイミングで鉦を打ち始めた。

その鈴虫のような音色は人を狂わせる要素を含んでいた。それは鼓の音と絡み合い、また、長く残響して人々の脳に直接に響いた。梶原の鉦が入って人々の体温が明らかに上昇した。あまりの音の快楽に気がおかしくなり、白目を剝き、小便を垂れ流して昏倒する者が現れ始めた。その音楽はすでにして窮極のトランスであったのである。

それだけでも凄いのにそこへさしてさらに畠山が入ったのだからえぐかった。畠山はだけどクールな奴だった。袖からステージの様子をチラと見ると、シンプルなオフホワイトの無地の袴に同じく無地のトップスを合わせ、紫に染めたレザーのベルトをさっと締めたうえで、先端を折りたたんだキャップを被るという、そのさりげない感じが逆にきわだって渋かった。そして、松風、という名前の付いたレアな輸入素材で作った横笛を取り出して、チューニングを確認すると、さっ、と後ろ幕を上げ、袴をたくし上げながら、悠然と進み出て祐経の左にピタと座った、その姿たるや、溜息が出るほどの格好良さで、歳は廿三、顔は死ぬほどの男前、御簾のうちよりこれを見ていた鎌倉殿も思わず、

「むっさええバンドやんけ」

と独り言を言った。はっきり言って同時代で最高のバンドであったのである。

芸人というものは卑しいものである。そして浅ましいものである。と言うと芸人が怒ってくるだろうか。ならば、芸術家と言い換えてもよい。芸術家の心根は卑しく、性根が浅ましい。

静にとって頼朝さんは夫の仇、子の仇であった。夫は彼によって命をつけ狙われ、六十余州に身の置き所がない。子に至っては彼によって切害せられた。だからこそ静はその頼朝の為に舞うことを拒絶した。その静が、スーパーバンドによる演奏が始まった今、どう思っていたか。

静は、「さっき舞わずによかった。本当によかった」と思っていた。と言うと一般人は、憎い仇の為に舞わなくてよかった、と思ったと思うに違いない。だが、そうではなかった。

では静はどう思ったのか。静は、「さっき渋ったからこそ、この素晴らしいバンドが結成され、その演奏で舞うことができる。さっき、『あ、いっすよ』と言っていたら、このバンドの演奏をバックに舞うことができなかった。さっき舞わずによかった。本当によかった」と思ったのであり、そう、静は工藤、梶原、畠山によるスーパーバンドの演奏が耳に入った瞬間から、子のことも夫のことも忘れて、踊る気満々になっていたのである。

まさに我執の塊であるような芸術家のエゴの発露であった。静は磯禅師に言った。

「お母さん、妾、踊ります」

「マジ?」

「うん。衣裳、用意して」

「了解」

時は三月弥生(やよい)。池の汀には松の木に絡まった藤の花が垂れ下がり、幽かな風にそよそよと揺れて、あたりによい香りが漂い、時鳥(ほととぎす)の鳴き声がいい感じに響いていた。

そんな絶好の舞台に現れた静の出で立ちがまた最高であった。ホワイトの小袖に文様を浮き織りにしたもう一枚を合わせて、袴はホワイト、割菱(わりびし)、と云う菱形が四つ集まった家の紋を縫い付けたアウターをさらりと羽織り、腰まである髪を高々と結い上げ、メイクはナチュラルメイク、眉も細く自然な感じに仕上げているのだけれども、このところの心労で面やつれしているのがまた、言葉で言いがたい魅力を放っていた。

その間もこの機会を逃したら生涯、聴けないであろうと思われる名演奏が続き、群衆の期待度はマックスで、その場に居る全員の視線が静の姿態に集中した。

その視線の中で静は、朱漆で全面をペイントした舞扇を振りあげ、ひた、と静止している。その様を見た御台所様(北条政子のこと)は、「これまで散々苦労してやつれてるけど、それでこの美しさ、びびるよね」と周囲の者に洩らした。

その時、舞台上の静は忙しく計算を巡らせていた。なにを、どの曲を歌い、そして舞おうかと考えていたのである。鬼面人を驚かすような新ネタをやろうか。いやいや、やはり田舎の群衆だからベタな、わかりやすいネタがよいのか。そんなことを高速で考えながら静はやはり自分がやりたいネタをやるのが一番だという考えに至った。そんな風に客に媚びていて、よい藝はできないからである。それは自分の全力を盡さないということで、逆に客を舐めていることになるのである。神に向けて己をむなしうする。そして全力を盡す。そうすれば自ずと客にもその心が伝わる。心を共有し、魂がひとつになる。それこそが芸人の目指すところなのよ。

そう考えた静は、多くのレパートリーの中から「新無常」というネタを演ることにした。なぜなら、いろんな演目のなかで、それを演じているときがもっとも楽しかったからである。そして、それが聴衆にも伝わり、「新無常」をやると、どんな時でも聴衆は爆発的な反応を示した。「新無常」は俗に言う、鉄板ネタ・killer tuneであったのである。

静はまるで雑人が芋ケンピを買いに行くような何気ない足取りで人の領域から神の領域へ入っていった。

最高のバンドと最高の歌手は人間の感受性を根底から揺すぶった。群衆は不安と恍惚を同時に感じながら一体化して揺れた。前後もなかった。左右もなかった。上下もなかった。貴賤もなかった。全鎌倉が一斉に発狂していた。群衆は咆吼し、涎を垂らし、白目を剝いてぶっ倒れた。げらげら笑いながら脇差で自分の腹を突く者。隣の者とひしと抱き合って腰をスクスクする者。硬直してブルブル震える者。多くの者がもはや人間として成立しなくなりかけていた。

工藤祐経はこの有り様を見て、やばい、と思った。このまま演奏を続けたら大量の死人、狂人が発生して秩序が保てなくなる。芸人としては続けたいが将軍家の吏僚としてはこんなことを続けるわけにはいかぬ。祐経は、ポコランポコランポンポコラン、と鼓を打ちながらこんな事を考えたのである。

そう思った祐経は暫くの間、拍子の間合いを窺い、「ここぞ」という隙間が見つかったので、このタイミング逃すまじ、とすかさず、「いやっ、ポポポンポンポンポン、いやっ、ポポポンポンポンポンポン、ポンポンポンポンポンポンポンポンポン」という感じのリズムを割り込ませることによって、「そろそろエンディング行こうぜ」的な合図を梶原と畠山に送った。直ちにそれに気がついた梶原と畠山は、「おげあ」とばかり頷き、三人は顔を見合わせ、調子拍子を合わせて楽曲をエンディングに導いた。

至福の状態で歌い、踊っていた静は、まだまだこの至福が続くと思っていたので意外の感に打たれたが、そういう自我の意識はもう殆ど静の中に残っていなかったので、特に残念に思うこともなく、宇宙の法則に則って、最後の詞章を楽曲の中に収めて歌い切り、楽曲が終わった。

バンドの方はそれでよかったが、収まらないのは涅槃にたゆたっていたところ、突然、しょうむない現実に引き戻された群衆である。

「工藤、なに、ええとこで曲、終わらしとんねん、アホか」

「もっとやれ、呆け」

「銭、返せ。払てへんけど」

「静あああっ」

「静あああああっ」

という群衆の叫び声は、初めのうちこそバラバラであったが次第次第に一体化して、

しっ、ずっ、かっ。

しっ、ずっ、かっ。

しっ、ずっ、かっ。

しっ、ずっ、かっ。


という、六万人の叫喚と相成った。アンコールを求めるその声は上空に木霊して響き、また、群衆は叫ぶと同時に、足も踏み鳴らし、若宮八幡宮がぐらぐら揺れた。

「うわっ、うわっ、うわっ」

「揺れる」

鎌倉幕府の高官たちは狼狽えて隣の者に抱きついたり、欄干に摑まるなどしたが、しかしその者たちでさえ、いつしか、静コールに唱和して、アンコールを懇望していた。

「こら、もう一曲演らんと収まらんな。静さん、どうします?」

工藤に問われた静は、「やろう」と短く答え、再び、演奏が始まり、静が舞台中央に進み出た。

それまで大騒ぎしていた聴衆は一転して静まりかえり、息を呑んで食い入るように静を見つめている。やがて静は歌い始めたが、その歌が始まった瞬間、聴衆がざわついた。なんとなれば。

静が驚くべき曲を歌ったからである。それはこんな歌であった。

しづやしづ
賤(しづ)のをだまき繰り返し
昔を今になすよしもがな
吉野山
峯(みね)の白雪踏み分けて
入りにし人の
跡ぞ恋しき

(布を織る際、糸巻きを何度も手繰(たぐ)る。そのようにあの方は私の名を繰り返し呼んでくださった。糸を手繰るように時を手繰り寄せて、今を昔に戻すことができたらどんなにかよいだろう。降りしきる雪を踏み分けて吉野山の奥に消えていったあの方。私は今も恋しくてならない)

あの方、というのは誰がどのように聞いても私のことで、つまり静は私と敵対する権力者・源頼朝公の面前で、彼に敵対する私を称賛し思慕する楽曲を堂々と演奏したのである。また、時を昔に返すというのは、今の権力構造の転覆を宣言したに等しかった。

こんなことは今で言うと、芸人が独裁権威主義国家の指導者の面前で彼をおちょくるような芸を披露するようなもので、はっきり言って、そんなクレージーな事をする芸人・芸能人は今現在、唯の一人も居らない（安全圏に居る場合はボロクソ言うが、やばい時はむしろ追従して褒美をもらおうとする）。

ところが静は堂々とそれをやったのであり、群衆がざわつくのも無理はなかった。じゃあならなぜ静はそんなことをやったのか。好感度を気にしてのことか。つまり、「自分の夫が失脚させられ、自分の子が殺されているというのに、その殺した奴に媚びてヘラヘラ歌ったり踊ったりするってどうなんだろう。人として」という批判を怖れたのであろうか。

いやさ、そうではなかった。

好感度を異常に気にする今日日の芸人やロッカーであれば或いはそうであったのかもしれない。だが静の場合はそんなではなかった。此の時、既に静の心は澄みきっていた。だから、そんな好感度や political correctness とやらに配慮したことではなく、本当の本当に自分の心のなかにあるものを表現したに過ぎなかった。それを歌って自分がどうなるとか、どう思われるとか、そんなことは毛ほどにも考えておらなかった。もはや神佛と合一しているに等しい程に澄み切った静にはもはや頼朝も群衆も見えておらなかった。

そうした静の姿勢は衆人の心を打った。最初のうちこそざわついていた群衆であったが、曲が進むにつれ全員がノリノリになり、惜しみない拍手と歓声を送った。工藤たちはニコニコ笑い、手を振ってこれに答えた。全鎌倉がひとつになり、みながハッピーな気分になった。ただ一人を除いて。

その一人とは。そう、私の兄、頼朝さんである。頼朝さんは歌を聴くなり、心のシャッターを下ろし、「聞きたくない、聞きたくない」と言って、御簾を下ろさせた。その上で頼朝さんは静の芸を論評して言った。

「白拍子って、案外つまんないよね。歌も踊りもキモい、って言うか。それと一番、問題あるのは歌詞だよね。って言うか、なめてるよね。僕が気がつかないとでも思ってるのかなあ。前段の『賤の苧環繰り返し』って、なんすか？　あの曲。今っていうのは今、つまりこの頼朝が権力を握ってる今現在の事でしょ。で、昔、っていうのは、九郎が京都に居て権力を握っていた時の事でしょ。その昔に時を戻すってどういうことよ。要するに頼朝を滅ぼして義経を復活させるってことじゃん。それと後段の『吉野山峯の白雪踏み分けて入りにし人の』っていうのは、義経は死んでない、今も尚、何処かに潜んでいて健在だ、と主張してるわけだよ。つまり芸人風情が、しかも女の分際でこの頼朝に正面から喧嘩を売ってきてるんだよ。ああ、むかつく。ああ、むかつく。殺そうかなあ」

これを聞いた周囲の者は皆、あれほどのいい女を殺すのは酷いし勿体なく、実に困った事だが、しかしまあ、あれほどの事をしでかしたのだから仕方がない、と残念に思いながらも殺害を容認する方向に傾いた。しかしそれをやってしまったら、その後、頼朝さんはどうなっていただろうか。少なくとも、大腹中の武家の棟梁、という評判は地に墜ち、父や彼の息子たちのように周囲の者に裏切られ、殺されていたかも知れない。そうした事態になるのを押しとどめたのは北条政子ちゃんであった。政子ちゃんは言った。

「それ、違うよ。あれを歌ったのは静さんの芸が極点に達しているからだよ。そこらに溢れかえってる、褒美貰うことしか考えてない、好感度乞食の屑ロッカーとかだったら、あの歌詞、絶対に歌えないよ。後、所詮は女なんだからさ、実際の謀叛はできないじゃん。許してやりなよ。後、芸術の素晴らしさ、少しはわかれよ」

そして一方その頃、工藤、梶原、畠山は青ざめていた。

「まったくなんという歌詞を歌ってくれたのか。俺ら全員、人生終わったやんか」

内心でそう思いながら、終わるきっかけも見い出せず、惰性で演奏を続けていた。演奏がそうなるに従って、音楽とダンスの力によって神の領域に達していた静は次第に人間の領域に戻りつつあった。その状態で静は、

「この人たちは先程の歌詞によって処分されるのかも知れない。まあ、この人たちは侍なのだから死ぬのは最初から覚悟してるだろうけど、でもこれほど名人上手を死なせるのは惜しい。ちょっとだけ中和しておこうかな」

と思った。というのは静ほどの達人になると、その気になれば、悲しい、嬉しい、寂しい、

腹立たしい、といった、芸によって人の感情・気分を容易にコントロールできるということで、なんでかわからないけど涙が流れる、とか、さっき親が死んだばっかりなのになんか笑ける、みたいな状態にするなんて朝飯前で、怒っている権力者を愉快な気分にさせる、なんてなことは三歳の頃にはもうできた。静はダラダラの演奏に乗せて歌った。それはこんな歌であった。

吉野山
峯の白雪踏み分けて
入りにし人の
跡絶えにけり

これを聞いた多くの人は、私の跡が絶えた、即ち私の子供が鎌倉殿に殺された、と解釈した。しかし、頼朝さんは、私（義経）の命が絶えた、と解釈した。つまり、静が自分を恐れて歌詞を変更した、つまり自分の権威にひれ伏したと理解し、機嫌を直した。

これこそが静の狙ったところで、敢えてどちらとも取れる歌詞を出して、芸術がわからない権力者を手玉に取ったのである。

「御簾を上げなさい」

頼朝は、もう怒ってないよ、ということを静と世間に知らしめるためにそう言い、御簾を

巻き上げさせた。それを見た側近や一部の民衆は、「わかりやすっ」と言って笑った。その後、なんとなく演奏は終わり、人々は、

「なんか、よかったよね」

「うん、すごくよかった」

そんなことを語り合いながら、それぞれの日常生活に帰っていった。


「まあまあ、よかったよね。やっぱ都の芸能人は違うよね」

縁先から奥の間に入って休息しつつ、そんな感想を言う頼朝を、理解できないなら黙っておればよいのに、と思いつつ佐原十郎義連は、「あのお」と声を掛けた。

「なんですか」

「ギャラの方はいかがいたしましょうか」

「ギャラ？　なんの」

「静さんの」

「ああっ、そうか、そうか。うーん、こういう場合、なにを贈ればいいんだろう」

「衣裳とか、長持とかを贈るのがよいようです」

「なるほどね長持ね。でも長持って、いいのだとけっこうするよね。ニトリかなんかで安いやつ買ってきてよ」

「わかりました。ちなみに御台所様は既にご祝儀をくだされました」

「あーそー、なにを贈ったの？」

「絹千疋です」

「マジすか」

「マジです。そいでご家来衆も贈り物をされました」

「なにを贈ったのよ」

「宇都宮朝綱殿、長持三棹。小山朝政殿、長持三棹。バンドの三人から長持九棹、って感じです」

「マジか。でも、アレだろ、どうせ安いやつだろ」

「舞台の周りに積み上げてあるんで御覧になってはいかが」

「うん。じゃ、ちょっと見てみよう。くわっ」

「如何なさいました」

「むっさ、ええ奴やんけ。しかもおまえ、後から後から差し担いにして、続々と運ばれてくる」

「やはりそれほどの舞台でしたからね」

「うっわー、しかもそれ以外にも小袖やら、直垂やら、山になってる」

「長持を贈る財力がない人でも、やはりあれほどの芸をみたら、自分にできる限りのプレゼントをしたいと思うんでしょうね。さ、私、ちょっと行ってきます」

「どこへ？」

「どこへ、ってニトリですよ。ニトリ行って一番安い、みすぼらしい長持、買ってきて、それに『源頼朝より』って書いた札を貼って舞台周りの一番、目立つところに飾ります」

「あかん、あかん」

というので、頼朝さんは惜しまず銭を遣って誰よりも見事な螺鈿(らでん)細工を施した長持三棹を取り寄せさせ、これを目立つところに置いて鼻を広げた。

そんなことで舞台前に小袖と直垂と長持の小山ができた。たった三十分かそれくらいのライブで億単位のギャラをゲットしたのである。それだから催馬楽、其駒は、

「すごいわ」「見たことないわ」

と言い、磯禅師は、

「ボロ儲けやわ」

など言って、首を上下に振ってタテノリのような事をしたり、茶をがぶ飲みして小便するなどしていたが、肝心の静はというと、そんな素振りはいっ切見せず、長持は、私の無事を願って若宮八幡宮に奉納、小袖直垂は子供のために勝長寿院に寄進して自身は一物もとらなかった。

それからほどなくして静たちは許されて京へ戻った。此の時、静は十九歳、花の盛り。京鎌倉ともに認める、日本一の美人にして天才的歌唱力に恵まれ、途轍もないダンスの持ち主であった。

本人がその気になれば、好きな芸をしながらおもしろおかしく一生を過ごすことができただろう。にもかかわらず静は京都に戻って以降、この世のいっ切に興味を示さず、自宅に引きこもって読経三昧の日々を過ごし、ついには誰に相談することもなく自ら髪を下ろしてしまった。或る日、突然、その姿を見た磯禅師は衝撃で、その日から数日をどのように過ごしたか覚えていない。そして前年より物思いのあまり食事もろくにとらなかったせいであろうか、その年の秋の暮、ついに往生を遂げてしまった。

すべては私を思ってのことであり、すべては私のせいである。

可哀想でならない。もう一度、逢いたい。

装幀　有山達也
装画　ワタナベケンイチ

初出
「文藝」二〇一八年秋季号～二〇二三年春季号

町田康（まちだ・こう）

一九六二年大阪府生まれ。
作家。
一九九六年に発表した初小説「くっすん大黒」で
一九九七年にドゥマゴ文学賞、野間文芸新人賞、
二〇〇〇年「きれぎれ」で芥川賞、
二〇〇一年『土間の四十八滝』で萩原朔太郎賞、
二〇〇二年「権現の踊り子」で川端康成文学賞、
二〇〇五年『告白』で谷崎潤一郎賞、
二〇〇八年『宿屋めぐり』で野間文芸賞を受賞。
他の著書に『猫にかまけて』シリーズ、
『スピンク日記』シリーズ、
『夫婦茶碗』『ホサナ』『湖畔の愛』『男の愛』
『しらふで生きる』『私の文学史』
『口訳　古事記』などがある。
http://www.machidakou.com/

ギケイキ③ 不滅の滅び

二〇二三年一一月二〇日　初版印刷
二〇二三年一一月三〇日　初版発行

著者　町田康
発行者　小野寺優
発行所　株式会社河出書房新社
〒一五一-〇〇五一
東京都渋谷区千駄ヶ谷二-三二-二
電話　〇三-三四〇四-一二〇一（営業）
〇三-三四〇四-八六一一（編集）
https://www.kawade.co.jp/

組版　株式会社創都
印刷　株式会社暁印刷
製本　大口製本印刷株式会社

Printed in Japan
ISBN978-4-309-03131-6